Luc Winger

EMOTIVE

Falsche Gefühle

FSC
www.fsc.org
MIX
Papier aus verantwortungsvollen Quellen
Paper from responsible sources
FSC® C105338

Impressum

Bibliografische Informationen der Deutschen Nationalbibliothek: Die Deutsche Nationalbibliothek verzeichnet diese Publikation in der Deutschen Nationalbibliografie; detaillierte bibliografische Daten sind im Internet über http://www.dnb.dnb.de abrufbar

Herstellung und Verlag:
BoD – Books on Demand, Norderstedt

ISBN: 978-3-7528-5702-3
Covergestaltung: lemon island

Über das Buch

Tom ist erfolgreicher Jazztrompeter. ‚On stage' frei improvisieren, das ist seine Leidenschaft. Doch eines Tages merkt er wie seine kreativen Fähigkeiten schwinden und er sich instabil und psychisch angegriffen fühlt. Gemeinsam mit seiner Freundin Sina wird er Opfer von mysteriösen Überfällen, bei der Menschen betäubt und ihnen unbekannte Substanzen zugeführt werden. Wer steckt hinter diesen Anschlägen? Die Polizei tappt im Dunkeln, bis die Journalistin Cynthia Jäger einem schottischen Unternehmen auf die Spur kommt. Ein von der ersten Minute spannender ‚Psycho-Thriller', der in der Welt des TV-Business spielt.

Über den Autor

Luc Winger, Jahrgang 1961, lebt mit seiner Familie in einem kleinen hessischen Dorf. Mehrmals im Jahr verbringt er inspirierende Tage in der Provence. Seine Bücher schreibt er gerne im Sommer in freier Natur oder im Winter in seiner gemütlichen Hütte. Dazwischen geht er mit seinen zwei Hunden spazieren oder arbeitet im Garten.
Der Bezug zu aktuellen oder historischen Themen und Ereignissen sorgt in seinen Romanen für den brisanten Inhalt und den gesellschaftlichen Kontext.

Prolog

Die Kreide quietschte über die Tafel. Ein kalter Schauer lief Tom den Rücken runter. Alle Härchen an seinem Arm stellten sich auf. Der Krötz stand mit dem Rücken zur Klasse und formulierte wieder einmal die ultimative Matheaufgabe, die aus seiner Sicht doch ganz einfach war und alle in der 6c lösen könnten. Alle, bis auf Tom! Schon am Morgen im Bad saß er wie gelähmt auf der Schüssel und starrte vor sich hin. Er hatte geübt und gepaukt bis zum Umfallen. Aber sein Kopf würde leer sein, dass wusste er schon jetzt. Warum ging er überhaupt hin, wenn jetzt schon klar war, dass er versagen würde? Versagen, wo die anderen stolz nach Hause kommen und ihre 1 oder auch ihre 2 präsentieren würden. Er hatte verständnisvolle Eltern, die ihm nicht gleich mit Verboten kamen. Trotzdem, es machte ihn fertig.

Warum blieb diese blöde Mathematik nicht in seinem Kopf? Es waren nur Zahlen und es war eigentlich alles ganz logisch. Ganz in Ruhe und daheim konnte er die meisten Aufgaben auch lösen. Warum waren es keine Noten? Die konnte er im Schlaf. Er hörte ein Lied, er übte auf seiner geliebten Trompete, und, oh Wunder, am nächsten Tag konnte er die Melodie schon auswendig. Das war cool. Manchmal wachte er nachts auf und hatte die Melodie im Kopf, nur, er spielte sie nicht im Original, sondern variierte sie.

Am nächsten Morgen fragte er sich, ob das nur ein Traum war. Das konnte eigentlich nicht sein, denn seine Finger spielten nicht mehr nach den Noten auf dem Papier, sie funktionierten einfach so, wie von selbst und der Rest auch. Zu Anfang fand er das gar nicht so lustig, er dachte, irgendetwas stimme nicht mit ihm. Warum konnte er sich nicht auf die von ihm geforderten Dinge und Aufgaben konzentrieren? Warum musste er immer alles auf seine Weise machen? War Tom etwa gestört? Irgendwie krank? Bis zu seinem zwölften Lebensjahr war das eine Riesenbelastung für den talentierten Nachwuchsmusiker. Seine Gedanken gingen immer mit ihm durch und das, was er machen sollte, funktionierte bei ihm einfach nicht so wie bei allen seinen Freunden.

Genau diese Eigenschaft, dieses Talent, sollte eines Tages sein Leben bestimmen und ihn zu einem ganz besonderen Menschen machen.

Kapitel 1

Noch nie hat Tom während eines Auftritts einen Schweißausbruch gehabt. Noch nie hat er überlegen müssen, wie sein Part weitergeht. Das konnte einfach nicht sein. Noch nie hat er der Versuchung nachgegeben, eine Frau mit nach Hause zu nehmen. Ja, es war eine ganz besonders scharfe Lady, die er letzte Woche bei der After-Showparty kennengelernt hat. Die Drinks, die Gespräche, die Berührungen. Und jetzt ist es der Morgen danach. In seinem Kopf dreht sich alles, trotzdem hat er ein gutes Gefühl und sagt sich: Warum eigentlich nicht?

So eine Chance wollte er sich einfach nicht entgehen lassen. Wofür hatte er all die Jahre am Konservatorium in Wien gebüffelt? Alles aus sich herausgeholt, alles gegeben, nie über die Stränge geschlagen. Jetzt ist es endlich soweit – er ist ein Star. Okay, noch nicht wie David Guetta, aber für einen Trompeter, der mal mit Klassik und Jazz angefangen hat, ist er populär. Und, wie die letzte Nacht gezeigt hat, auch ziemlich begehrenswert!

Sina liegt neben ihm. Ihr Haar kitzelt an seinem Ohr. Wie gut sie riecht. Was für eine Haut. Und erst ihr Body. Liegt es daran, dass er es dringend brauchte, dass er sich dieses Mal hatte wirklich fallenlassen? Nicht wie die wenigen Male zuvor, die zwar befriedigend waren, aber doch immer eine unsichtbare Mauer zwischen den Girls und ihm blieb. Heute Morgen fühlt es sich anders an. Er hatte traumlos geschlafen, was äußerst selten war. Keine freien Interpretationen, keine neuen Stücke, die als Fetzen durch seinen Kopf flogen und sein Gehirn wachhielten, obwohl er schlief. Weg mit diesen Fragen.

Einfach tief einatmen und den süßen verführerischen Duft der letzten Nacht auf sich wirken lassen. Sina rekelt sich, und ihre wasserblauen Augen blicken ihn fragend sinnlich an.

„Na du, gut geschlafen?“, haucht Tom in ihr Ohr. Ein Lächeln huscht über ihr Gesicht. Sie springt auf und verschwindet im Bad.

Typisch, denkt Tom. *Bin wohl doch nicht so der Megatyp. Dann raus aus den Federn!*

Auf der Bettkante sitzend reibt sich Tom den Schlaf aus den Augen. Gerade will er sich langsam erheben, da kommt Sina aus dem Bad zurück und landet mit einem Sprung direkt auf ihm.

„Da wird doch einer nicht aufstehen wollen?“

Sanft, aber nachdrücklich, legt sie ihre langen schlanken Arme um seinen Hals und knabbert vorsichtig, aber eindeutig, an seinem Ohrläppchen. *Sie kann das wirklich gut,* sagt sich Tom. Wobei, viel reden kann und will er nicht, dazu ist er schon wieder zu beschäftigt. Seine Hände fest an ihren Pobacken, kommt sie gleich zur Sache. *Na gut,* denkt Tom, *dann genieße ich es verführt zu werden und sehe den Dingen ins Auge. So schön, wie die beiden gerade aussehen, gibt es auch keine Alternative.* Sina krallt sich an seiner Brust fest, und ihre immer schneller werdenden rhythmischen Bewegungen versetzen Tom in einen pulsierenden Schwebezustand. Waren es nur Sekunden? Oder vielleicht doch Minuten? Irgendwie eine schöne Ewigkeit. Er spürt sie, wie es nur in dieser Stellung sein kann. Willenlos und ferngesteuert steigt es in ihm hoch. Ganz besonders erregend, da sein Ego die Kontrolle verliert, kommt er überraschend intensiv. Sina, ganz cool, anscheinend hat sie es schon hinter sich, lächelt verschmitzt. Immer noch auf ihm sitzend, greift sie hinter sich, direkt an das, was ihm gerade einen wonnigen Höhepunkt geboten hat.

„Oh, alles leer?“

Ihr Becken macht bei dieser Bemerkung eine kreisend-pulsierende Bewegung, die Tom mit einem leicht gequälten Gesichtsausdruck kommentiert.

„Leer, aber glücklich!“, beteuert Tom.

„Na dann lass uns mal stärken. Ich habe einen Bärenhunger!“

Sina schält sich von Tom herunter und tippelt mal wieder ins Bad. Tom hört die Dusche. „Okay, dann kümmere ich mich mal um den Kaffee und schalte den Backofen für die Croissants an.“

Still in sich hinein lächelnd, schlurft Tom in die Küche. *So kann ein Tag doch beginnen!* Beim Frühstück stellt sich heraus, dass Sina unter anderem für den neu gegründeten TV Sender Z24 arbeitet. Was für ein Zufall! Da wird sein bester Kumpel Ron aber Augen machen. Wo ER doch eigentlich der Frauenheld ist. Als talentierter Nachwuchsmoderator bei Z24 ist er gerade damit beschäftigt ein neues Sendeformat mit dem Team zu entwickeln. Wie nannte Ron das? 'Nah ran'. Ron hatte ihm neulich davon berichtet. Sie wollen mit Kameradrohnen Politiker und Manager begleiten. Eine intime Doku, die dann in einer Show präsentiert und diskutiert wird. Wahrscheinlich mit den „besten Freunden“ dieser Leute. Sina hatte auch schon davon gehört.

Etwas zu schnell reagiert Sina auf Toms Insider Info: "Ist nicht mein Ding! Ich bin ein Scout und habe meine eigene Castingagentur“, erklärt sie nicht ohne Stolz.

"Mit meinem Team casten wir ganz normale Leute, die dann in Shows, Soaps und Dokus auftreten“, merkt sie mit einem etwas zu spitzen Ton an, als Tom sie direkt anspricht, was sie denn so beim Sender treibe?

Nach einer Mischung aus Schmusen, gegenseitigem Croissant füttern und leidenschaftlichen Küssen endet der gemeinsame Morgen überraschend. Sina springt plötzlich auf und, obwohl sie gerade noch von einem langen gemeinsamen Wochenende sprach, greift sie ihre Tasche, und packt ihre herumliegenden Sachen ein. In einer schwungvollen Bewegung sprudelt es aus ihr heraus: „Oh, ich muss los, wir haben bei mir im Studio ein Casting um zehn!"

Fast schon aus der Tür, kann Tom gerade noch mit einem letzten flüchtigen Kuss ein Wiedersehen für den Abend klarmachen. Etwas verdutzt steht er nun in seinem Apartment, das wie nach einem mittleren Tornado aussieht, und genauso fühlt es sich auch bei ihm an. Mal sehen, wie sich die Sache mit Sina entwickelt? Gut gelaunt beginnt er das Chaos zu lichten. Zwischendrin liest er Posts auf Instagram über sein Konzert am letzten Abend. Die waren durchweg positiv, viele begeisterte Fans beschreiben seine Performance als mega, und die Emojis zeigen, dass es den Leuten wirklich gefallen hat. *Wenn ihr wüsstet*, denkt sich Tom, *wie viel man dafür üben muss*. Er nimmt seine geliebte Trompete aus dem Koffer, bewegt die Ventile, bevor er das Mundstück an seine leicht befeuchteten Lippen setzt und eines seiner Stücke zu spielen beginnt. Mindestens zwei Stunden jeden Tag muss er seinen Ansatz und seine Fertigkeiten halten und verbessern. Gerade ein Profi darf nie aus der Übung kommen, das wäre fatal. Deshalb hat Tom seine festen Übungsrituale. Jeden Morgen nach dem Frühstück und jeden Nachmittag übt er und lernt neue Parts auswendig. Dies erfordert volle Konzentration, niemand darf ihn dabei stören. Nur wenn Tom auf Reisen ist, dann lässt er seine Übungsstunden manchmal ausfallen. Leider merkt er das gleich am nächsten Tag. Trompetenspielen ist seine Passion, gleichzeitig aber auch eine enorme Verpflichtung sich selbst gegenüber. Aber das ist Tom seit vielen Jahren gewohnt: üben, spielen, auftreten, üben, spielen, auftreten. Immer wieder aufs Neue. Während er spielt, denkt er, *ob Sina sich dessen bewusst ist, was es bedeutet, ein Berufstrompeter zu sein? Ob sie damit Probleme haben könnte?* Die eine oder andere seiner ehemaligen Freundinnen waren zum Teil genervt davon. Für Tom ein Grund, eine Beziehung zu hinterfragen. Aber Sina ist nicht so, sie hat selbst einen Job, der sie rund um die Uhr fordert. Was hat er die letzten Minuten gespielt? *Konzentrier' dich!* sagt er sich, *du hast bald Konzerte, unter anderem in deiner Heimatstadt Wien.* Darauf freut sich Tom ganz besonders. In die Stadt zurückzukommen, die der Ausgangspunkt seiner Karriere ist. Das motiviert ihn und er wiederholt das letzte Stück umso intensiver.

Ein paar Tage später ist Tom bei Ron im Studio um ihn für ein gemeinsames Dinner abzuholen. Doch Ron ist noch schwer beschäftigt. Sein Regisseur scheint noch einige Anmerkungen zum neuen Format zu haben. Beide stehen rechts neben dem Set und schauen auf einem Screen Probeaufnahmen an. Ron argumentiert gestikulierend. Tom schnappt einige Wortfetzen auf. „Intensiver Fragen ... dranbleiben ... Thema nicht so oft wechseln ... gehen wir da nicht zu weit?"

Da ist Ron ganz schön direkter Kritik ausgesetzt, denkt Tom. *Dann halte ich mich besser im Hintergrund und warte bis Ron mich bemerkt.* Tom setzt sich in einen der vielen herumstehenden Designerstühle, die wohl für die Diskussionsrunde in der Show bereitstehen. *Die sehen richtig bequem aus,* denkt sich Tom. Spontan lässt er sich hineinfallen und hängt schnell seinen Gedanken nach, die sich natürlich gleich um Sina drehen. Kein Wunder, denn diese Frau beschäftigt ihn nun seit über einer Woche Tag und Nacht. *Würde daraus etwa etwas Ernstes werden?*

Am Abend nach ihrem morgendlichen intensiven Abschied hatten sie Zeit auch mal länger miteinander zu reden. Sina ist, stellte Tom fest, nicht nur eine äußerst selbstbewusste und attraktive Frau, sie ist auch extrem unterhaltsam. Durch ihren Job kennt sie eine Menge Promis und auch einflussreiche Leute beim Fernsehen und darüber hinaus. Verglichen mit Tom hat sie hervorragende Connections! Und reden kann sie! Tom hört ihr gerne zu. Dabei steht er sonst nicht auf die heißesten Prominews. Wenn Sina darüber spricht, hat das Ganze aber etwas Authentisches, so, als ob man live dabei ist. Er stellt für sich fest, dass er, wenn er weiterkommen will, mehr unter die richtigen Leute muss oder sich wenigstens an ein paar ausgewählten In-Locations blicken lassen sollte. Übertreiben wollte er es aber nicht.

„Ich kann dir die richtigen Kontakte machen, und so verlierst du keine Zeit mit Typen, die dich nur ausnutzen wollen oder die einfach nur drittklassig sind", versprach ihm Sina beim Espresso. *Besser, ich bin erst einmal vorsichtig,* sagt sich Tom, immer noch auf dem hippen Designersessel sitzend. Denn Ron ist weiterhin mit dem Regisseur beschäftigt. Das Gespräch scheint mittlerweile konstruktiv zu sein, denn die Gesten wirken moderater. Seit Sina in Toms Leben gekommen ist, hat er seine wiederkehrenden Träume fast vergessen, die ihm in den letzten Wochen Kopfzerbrechen bereiteten. Der Moment der Ruhe hier im eher hektischen Studio erinnert ihn jedoch an das Chaos in seinem Hirn. Zu

Anfang wachte er nachts auf und war verwirrt. Aufgeschreckt aus dem Schlaf, als ob jemand eine Tür zu einer neuen Erkenntnis aufgemacht hatte. Eine Erkenntnis, die ihm im Moment des Aufwachens bewusstseinserweiternd vorkam. Er sah sich, erkannte sich, aber er fühlte, er war anders. Oder, dass er Dinge anders wahrnahm. Es gab wohl etwas in ihm, was er noch nicht kannte, und ihm im Schlaf Zugang zu einem veränderten Tom ermöglichte. Er wusste, dass Träume oft Elemente der Realität verarbeiten und man Erlebtes nachts verarbeitet. *Konnte er eine Art gespaltene Persönlichkeit haben, die im Schlaf aktiv wird? Oder ein zweites „Ich"?*

Sein zweites „Ich" hatte seit kurzem auf jeden Fall Probleme mit Noten und mit der Improvisation. Das kam in seinen Träumen immer wieder vor. Eine Angst vor der Freiheit, das zu spielen, was einem die Intuition sagte. Für Tom ein Unding. Denn diese kreative Fähigkeit war schon immer sein großes Talent, und er war bekannt für seine Spielfreude, mal eben das Gehörte besser, frischer und oft auch moderner, zu interpretieren. Die Situationen in diesen Träumen kamen ihm fremd vor, jedoch hatten sie etwas mit ihm zu tun. Nur eben waren ihm seine eigenen Verhaltensweisen und seine Reaktionen unbekannt.

„Tom! Warum sitzt du denn hier herum? Du hättest doch einfach einen Laut von dir geben können. Ich bin bereit, wollen wir los?"

Ron steht breitbeinig und selbstherrlich, die Arme in die Hüften gestemmt, vor ihm.

„Äh, ich war gerade etwas in meinen Gedanken versunken, und außerdem wollte ich deine Debatte mit dem Regisseur nicht unterbrechen ..."

"Wäre aber genau das Richtige gewesen. Wir neigen nämlich zum endlosen Diskutieren; da ist es nur gut, ein Ende zu finden. Lass uns hinausgehen. Ich hänge schon seit heute Morgen in diesem Studio herum, bin kurz vor einem Studiokoller. Und ich bin gespannt, was du so erzählst."

Ron lächelt wissend und gleichzeitig voller Neugier.

„Deine WhatsApp war ja mehrdeutig. Sina heißt sie?"

Ron zieht Tom mit einem lauten Lachen und einem Ruck aus dem Sessel und schiebt ihn aus dem Studio, das mittlerweile auch die anderen Mitarbeiter verlassen haben.

So ist Sina das Gesprächsthema, als Tom und Ron bei Balduccis, ihrem Lieblingsitaliener, vor Frutti di Mare sitzen, und Tom von ihrer ersten Nacht schwärmt. Doch irgendetwas arbeitet in ihm. Er spürt so eine Art Vibration in seinem Körper und ein Summen oder Brummen in seinen Ohren. Im Laufe der Woche tauchte dieses Phänomen sporadisch auf. Eben gerade, das erste Mal im Beisein einer anderen Person. Bisher kam es, wenn Tom allein war, nachdachte oder mal kurz seine Gedanken schweifen ließ.

Ron bemerkt die teilweise Abwesenheit seines Freundes.

„Hey, was geht dir durch den Kopf, Tom? Du siehst aus, als ob dich etwas bedrückt. Du wirkst verändert. Irgendwie komisch diese Reaktion, nach einer Woche voller positiver Gefühle! Das sollte dich doch nicht belasten? Oder hast du was anderes auf dem Herzen? Komm rück's raus!"

Tom schweigt noch eine Weile und starrt auf sein halb leeres Weinglas. Leise und vorsichtig, so, als ob er ein lang gehütetes Geheimnis erzählen will, beginnt er zu reden:

„Ich versuche es dir mal zu beschreiben, aber bitte lache nicht, ich komme mir irgendwie blöd vor. Du hast ja recht. Im Prinzip sollte ich jubeln und auf Wolke sieben schweben. Kurzzeitig war das auch so, aber jetzt?“

Toms Blick verliert sich wieder.

„Komm, trink noch einen Schluck Chardonnay, ich habe dich immer ernst genommen. Erinnere dich doch mal an die Sache im Fußballverein mit dem Schiri, da, wo du den Verdacht hattest. Das blieb doch auch zwischen uns. Erst als wir uns sicher waren, sind wir an die Öffentlichkeit gegangen.“

Tom nippt an seinem Glas, und mit einem tiefen Atemzug setzt er seine sehr persönliche Beschreibung fort.

„Seit ich Sina kenne und mit ihr geschlafen habe, verändere ich mich irgendwie. Manchmal bin ich mir selbst fremd. Mir schießen Gedanken in den Kopf, die ich nicht von mir kenne. Und ich träume anders. Jeder Mensch hat doch, so habe ich es gelernt, typische, sehr persönliche Träume. Oh, Mann, ich weiß einfach nicht, wie ich es dir beschreiben soll. Ich komme mir lächerlich vor, aber es sind in letzter Zeit so einige obskure Dinge passiert, die ich so nicht von mir oder aus meinem Leben kenne.“

Ron runzelt die Stirn und schaut Tom ernst in die Augen.

„Was für Dinge? Sich verlieben ist doch nichts Schräges, oder was meinst du genau?“

Tom ist nun etwas mutiger und reagiert auf Rons Unverständnis.

„Es geht nicht um das Verliebtsein, das ist wie ich es kenne. Schmetterlinge im Bauch und so. Du kannst die

Hände nicht von ihr lassen ... es geht um meine Persönlichkeit und um meine Fähigkeit als Musiker frei und kreativ zu sein. Ich fühle mich plötzlich wie gehemmt!“

Ron stochert in seinen Meeresfrüchten und versucht realistisch auf Toms Äußerungen zu reagieren.

„Jetzt aber mal halblang! Denkst du, Sina hat irgendwelche mystischen Kräfte, die dich beeinflussen?“

Tom zieht mit der Gabel Linien auf die blütenweiße Tischdecke.

„Ach komm, lass sein“, beendet Tom das Gespräch über seine aktuelle Situation, „Vielleicht bin ich auch nur überdreht nach den ganzen Gigs der letzten Wochen.“

Den Rest des Abends begeistern sich Tom und Ron für das neue TV-Format 'Nah ran', an dem Ron gerade arbeitet. Beide sind erleichtert, dass sie nicht mehr über Sinas mystische Aura reden.

Das schicke Büro in Sendling ist voller junger Leute, die alle darauf warten für ein vor kurzem gestartetes neues Format gecastet zu werden.

Sinas Assistent, Raphael, springt wie aufgedreht zwischen den Wartenden herum und verteilt Casting-Formulare, die jeder ausfüllen muss.

„Servus Sina! Was für ein Andrang! Es werden immer mehr Bewerber, bei den letzten zwei Castings waren es vielleicht 40 oder 50 Leute. Heute stehen sie die Treppe herunter!“, ruft Raphael begeistert.

„Ist Richard schon da?“, fragt Sina voller Vorfreude auf einen erfolgreichen Tag.

„Ja, der holt sich gerade einen Kaffee, an der Bar“, bemerkt Raphael eingeklemmt zwischen zwei muskulösen Typen.

Raphael, der nur knapp eins siebzig ist, wirkt wirklich etwas verloren. Sina hat sich geschickt zwischen den sehr unterschiedlichen Bewerbern durchgeschlängelt und tippt Richard von hinten auf die Schulter. Dieser dreht sich um, auf seinem noch etwas müden Gesicht erscheint sofort ein unwiderstehliches Lächeln.

„Good morning, Sina. What a day!“

Sina antwortet dem Engländer auf Deutsch, denn in ihrer Firma 'Charisma' muss jeder Deutsch sprechen, auch Richard, der dies nur ungern, aber doch recht fließend, kann.

"Ja, Richard, es scheint sich herumzusprechen, dass ein Kuss die Karriere beschleunigt!“ Richard, der Regisseur der Dating-Show 'Kiss for Love', wie immer ganz der coole Engländer, erwidert: „Was ich schon always gesagt habe. It works, perfectly. Especially mit Leuten zwischen twenty and thirty.“

Mit ihrem ersten Casting-Espresso in der Hand gehen beide gemeinsam in den spartanisch eingerichteten Aufnahmeraum von 'Charisma'. Dort steht schon der erste Kandidat bereit. Gerade als Sina auf einem der typischen Regiestühle platzt nehmen will, bemerkt sie eine junge Frau, die sich lässig an der gegenüberliegenden Wand anlehnt und das Geschehen beobachtet. Kurzerhand geht Sina auf die Blondine zu und eröffnet das Gespräch.

„Ich bin Sina, die Geschäftsführerin von 'Charisma'. Und wer bist du?“

Da sich hier alle duzen, ist es für Sina ganz selbstverständlich auch die ihr unbekannte Person mit ‚du‘ anzusprechen.

„Ich bin Corinne Sailer, von 'Mega'. Den Blog kennst du bestimmt. Wir berichten jede Woche online über angesagte Themen. Dein Assistent Raphael meint, es sei kein Problem, wenn ich mal zuschaue. Ist voll spannend.“

Eigentlich steht Sina nicht auf solche Überraschungen. Doch da Corinne ihr sympathisch ist, bemerkt sie nur mit einem verständnisvollen Lächeln: „Wenn Raphael das meint, dann ist es schon okay. Aber bitte keine Fotos. Wenn du welche haben willst, dann frag ihn. Er stellt dir welche zur Verfügung. Die Kandidaten hier dürfen nicht in anderen Medien erscheinen. Und wenn, dann nur über uns.“

„Ist schon klar.“, erwidert Corinne.

Damit ist die Sache für Sina erst einmal erledigt, doch sie nimmt sich vor, ihren Praktikanten später zur Seite zu nehmen und ihm klar zu machen, dass er solche Entscheidungen nicht einfach so treffen kann.

Okay, denkt sie, *legen wir los.*

Sie setzt sich, ihre langen schlanken Beine übereinander schlagend, aufrecht und erwartungsvoll in ihren mittig positionierten Regiestuhl. Das ist das Zeichen für Richard, er reagiert sofort.

„Okay, let‘s Start! Stell dich mal kurz vor and show me your profile.“

Einer der beiden muskulösen Typen, natürlich mit Bart, präsentiert seinen Body in einem Super-Slim-Fit-Shirt, und, oh Wunder, er kann auch recht überzeugend reden.

Sina konzentriert sich auf ihn und ist für die nächsten acht Stunden in ihrer Welt. Am Ende des langen Castingtages gibt es drei männliche ‚Küsser‘ und 24 weibliche. Genug Auswahl für die Präsentation am nächsten Tag. Denn ein Mann küsst in der Datingshow mit verbundenen Augen acht Frauen und, Runde für

Runde, entscheidet er sich für immer weniger Kandidatinnen, so dass am Ende die *‚Eine‘* übrigbleibt.

„Raphael, lass uns morgen die Set-Cards der ausgewählten Kandidaten zusammenstellen und für den Sender eine kleine Präsentation schneiden. Wir haben doch genug Videomate-rial?“

Sina klingt nach dem langen Castingtag etwas müde. Die Diskussionen mit Richard waren auch nicht gerade leicht. Der Engländer ist zwar meistens gut drauf, doch sein Geschmack entspricht nicht immer Sinas. Im Prinzip findet sie das auch gut so, denn je vielfältiger die Auswahl, umso besser funktioniert die Dating-Show. Es geht ja gerade darum, unterschiedliche optische wie auch charakterliche Typen zu finden. Insbesondere bei den Mädels. Der Mann sollte eher dem aktuellen Mainstream-Typen entsprechen, so dass möglichst viele Zuschauerinnen angesprochen werden. Und Richard ist ein alter Fuchs, was die Umsetzung von Unterhaltungsformaten angeht. Er hat schon in den USA produziert und war für den Sender Z24 die erste Wahl. Schon richtig, dass Sina zwar ihre Meinung sagt, die finale Entscheidung aber ihm überlässt. Denn er muss mit den Leuten später, wenn es darauf ankommt, arbeiten. Und nachcasten ist teuer und aufwändig, insbesondere, wenn die Produktion schon läuft.

„Alles ist auf der Festplatte hier.“

Raphael hält einen orangefarbenen kleinen Kasten in die Luft.

„Ich nehme ihn mit nach Hause und mache einen ersten Rohschnitt. Dann kannst du morgen schon darauf schauen, und wir schneiden die finale Version bis Mittag. Wann hast du dein Meeting beim Sender?“

Sina schaut in den Kalender auf ihrem Smartphone.

„14:30 Uhr. Und es sind wieder alle da. Vom Produzenten bis zum Regieassistenten wollen alle einen Blick drauf werfen. Ja, die Neugier ist groß, denn je besser die Kandidaten sind, umso besser läuft dann die Produktion.“, erklärt Sina Raphael, der erst seit letztem Monat bei ihnen ist und sich sehr gut macht.

„Ich freue mich schon auf morgen und das Feedback. Mal sehen ob unsere Auswahl gut ankommt, oder ob wir ihnen noch eine zweite Wahl Kandidaten nachliefern müssen.“, doziert Raphael etwas altklug.

„Mach du nur deinen Job, ich kümmere mich ums Verkaufen. Und Richard hat ja auch noch ein Wörtchen mitzureden. Er kann gut mit dem Produzenten und der vertraut ihm. Jetzt raus hier, Raphael! Ich bin müde und habe noch eine Verabredung. Vorher muss ich dringend unter die Dusche.“

Raphael trollt sich und Sina schaltet die Alarmanlage ein und verlässt das Studio.

Bisher hatten sich Sina und Tom nur in Toms Wohnung getroffen, doch heute wollen sie gemeinsam ausgehen, sich das erste Mal in der Öffentlichkeit zeigen. Tom ist in München kein Unbekannter, und die Presse ist bekanntlich überall und versucht immer eine heiße ‚Celebrity Story‘ zu bekommen. Beide haben darüber gesprochen und entschieden, in die Offensive zu gehen, denn früher oder später kommt es sowieso heraus. Da ist es besser, sie haben den Zeitpunkt und die Art in der Hand, als dass ein dummer Zufall sie in den falschen Klamotten am falschen Ort zeigt.

Sina ist spät dran als sie das Wasser in ihrer Wellness-Dusche aufdreht. Kein Problem für sie, denn im Gegensatz zu ihren Freundinnen und vielen in der Branche, macht sie keine große Sache aus ihrem Styling. Wenn man sie darauf anspricht, dann sagt sie nur lapidar

„Natürliche Schönheit braucht nicht viel Schminke und Accessoires. Da ich viel mit Stylisten und Visagisten zusammenarbeite, habe ich mir einige Tricks abgeschaut, die schnell und effektiv sind. Die große Dame will ich sowieso nicht sein. Ich bin ich, und wer das nicht mag, der soll eben Abstand halten. Ich merke sowieso sofort, ob einer eine Show abzieht oder ganz er selbst ist."

Genau mit dieser Einstellung macht Sina sich fertig für das erste öffentliche Rendezvous mit Tom. Lässig, aber schick sieht sie aus. Ein puristisches Taschenkleid in Elfenbein, etwas Schmuck, ihre Rolex Mariner und eine kleine Weste in einem dunkleren Ton für abends, wenn es kühler wird. Ach ja, und die Schuhe: da ist Sina ganz Frau und benötigt ein paar Versuche, welche die Richtigen sind. Sie entscheidet sich dann für eine flache Variante, französischer ‚Tropéziennes', nur echt aus dem In-Place an der Côtes D'Azur.

Pünktlich um 19:00 Uhr steigt sie in ihr schwarzes Mini Cabrio und braust in Richtung Innenstadt. Kaum hält sie an der ersten Ampel, klingelt ihr Smart-Phone über die Bluetooth Verbindung ihrer Audio-Anlage. Es ist Tom.

„Hi, Tom, bin schon auf dem Weg.", plappert Sina gleich los, „Wollen wir uns vor dem Restaurant treffen? Ich denke, es ist besser, wenn wir gemeinsam reingehen."

Nach einer kurzen Pause, antwortet Tom, der durch die Übertragung im Auto und die Fahrgeräusche durch das Offenfahren etwas leise klingt: „Sina, du, mir geht es nicht gut. Ich habe tierische Kopfschmerzen und mir ist auch leicht übel."

Natürlich ist Sina enttäuscht, lässt sich dies aber nicht gegenüber ihrem neuen Freund anmerken.

„Du Armer! Was wollen wir machen? Soll ich bei dir vorbeikommen, und wir bestellen uns was zu Essen und machen es uns gemütlich?“

Die schnelle Antwort von Tom bestätigt Sina, dass ihr Vorschlag bei ihm ankommt.

„Ja, das ist eine gute Idee. Was hältst du von Sushi? Vielleicht könntest du auf dem Weg welche mitbringen, und ich bereite einen japanischen Tisch mit Jasmintee und einem guten Chardonnay vor.“

Sina ist zwar nicht super begeistert, aber lässt sich das gegenüber Tom nicht anmerken. In der Zwischenzeit ist sie in eine Parkbucht gefahren und dreht nun ihren wendigen Mini über vier Spuren, da gerade keine Autos kommen.

„Okay Tom. Ich bin, denke ich, in fünfundvierzig Minuten bei dir. Bitte nimm noch ein paar Tabletten, oder soll ich in einer Apotheke welche besorgen?"

Sina hört förmlich, wie Tom überlegt, und es ihm schwerfällt, zuzugeben, dass er keine gute Hausapotheke hat.

„Wäre das sehr umständlich für dich?“, formuliert Tom betont vorsichtig.

„Tom, du weißt doch, ich arbeite in der TV-Branche und da sind mir spontane Wünsche meiner Klienten nicht fremd.“

Das war vielleicht etwas zu frech, denkt sich Sina. Doch Tom reagiert ganz gelassen und erwidert:

„Dann wird dein neuer Klient später besonders dankbar sein, und dir deine intimsten Wünsche erfüllen.“

Sina antwortet lachend: „Falls er dazu in der Lage ist ... So, jetzt lass mich mal fahren, und die Besorgungen für den Herrn erledigen."

„Bis gleich Sina, lieben Dank, freue mich auf dich!"

Was hat er nur?, fragt sich Sina, *er ist doch sensibler als ich dachte. Ein echter Künstler eben. Aber dafür habe ich ja Verständnis und überhaupt, sie können auch nächste Woche noch ihr Coming-Out haben.* Ah, da ist eine Apotheke. Vielleicht hat sie noch auf.

Sina ist schon wieder gut drauf und hat die neue Situation bewältigt. Ganz so, wie sie es schon oft in ihrem unberechenbaren Job gemacht hat.

Erleichtert springt Tom schnell unter die Dusche. Er hatte wirklich zwei Stunden im abgedunkelten Schlafzimmer gelegen und konnte auch etwas schlafen. Nur, was gut für ihn war, hatte zur Konsequenz, dass die Zeit zu knapp wurde, um sich noch für den Abend im Restaurant mit Sina fertigzumachen und die fünf Kilometer durch die Stadt zu fahren. Kurzerhand entschied er, Sina anzurufen und ihr einfach die Wahrheit zu sagen. Auch wenn ihre Beziehung noch jung war, das sollte sie aushalten. Und Sina im Restaurant warten zu lassen, war auch keine Alternative. Was Tom am Telefon jedoch nicht erwähnte, war, dass er wieder von düsteren Gedanken geplagt wurde und dieses Brummen in seinem Kopf stärker wurde. *Sollte er mit ihr darüber sprechen?*

Das Wasser der Regendusche prasselt auf sein Gesicht. Sollte er gleich am Anfang der noch frischen Beziehung sein Date mit so etwas belasten? Seine Situation geht ihm nicht aus dem Kopf. Auch nicht als er das original japanische Geschirr auf dem niedrigen Couchtisch eindeckt, einen gut gekühlten Chardonnay auswählt und das Teeservice bereitstellt. Sein Blick geht zu den offenen Panoramafenstern seines Penthauses unweit der Münchner Innenstadt. In der Ferne sind die Alpen zu sehen.

Eigentlich alles perfekt, sagt sich Tom. *Eine wunderschöne Frau kommt gleich zu mir, voller Erwartungen, und ich hänge irgendwelchen Gedanken nach, ohne jeden Grund. Ich kann mir das einfach nicht erklären. Ich kenne mich gar nicht.*

Auch wenn es gerade nicht zu einem perfekten Gastgeber passt, öffnet Tom den Chardonnay und trinkt einen Schluck. Zum einen, um sich zu beruhigen, zum anderen, in der Hoffnung seine Stimmung damit etwas aufzuhellen. Äußerlich ist ihm nichts von seinem Brummschädel anzumerken, als er, ganz in weiß, Sina die Tür öffnet und sie mit einem innigen Kuss begrüßt.

„Sina! Du glaubst nicht, wie froh ich bin, heute nicht unter Leute zu müssen. Ich bin dir echt dankbar, dass du nicht auf unserer ursprünglichen Idee bestanden hast“, erklärt Tom, während er Sina das kleine Paket mit Sushi abnimmt, welches sie ihm bereitwillig gibt.

„Was möchtest du trinken? Ich habe gerade einen kühlen Chardonnay geöffnet, oder möchtest du einen Tee oder einen Saft?“

Sina merkt, dass Tom ungewöhnlich nervös ist und geht direkt auf ihn zu, schmiegt sich an ihn, haucht ihm einen Kuss ins Ohr und flüstert: „Ich hätte gerne als Aperitif einen leidenschaftlichen Kuss und danach ein Glas Wein. Und meine Sushi möchte ich von dir mundgerecht serviert bekommen.“

Ihre wasserblauen Augen sprechen eine deutliche Sprache, die Tom sofort versteht. Sina ist eine Frau, die genau richtig für ihn ist. Sie rettet die Situation, und seine Stimmung hellt sich sogleich auf.

„Bist du so gut und gibst mir die Kopfschmerztabletten?“, muss Tom dann doch ganz pragmatisch einwerfen, auch wenn die Gefahr besteht, deshalb ein Spielverderber zu sein.

Sina wirft ihm die Packung zu. Tom nimmt gleich drei Tabletten. Er hofft mit dieser Dosis für den Abend Ruhe vor den Quälgeistern in seinem Kopf zu haben.

„Darf ich etwas Musik anmachen?“, fragt Sina vorsichtig, denn sie ist sich nicht sicher, ob Tom, insbesondere als Musiker, Hintergrundbeschallung mag.

„Na klar, hier ist mein iPhone. Such dir einfach was aus.“

Zum ersten Mal hält Sina Toms Heiligtum in der Hand. Wie sie weiß, sind hier auch alle Gigs von ihm gespeichert, sozusagen sein ganzer Stolz. Sie wählt ganz intuitiv eine ‚Smooth-Jazz-Compilation‘ aus. Sofort wird der Raum in einen weichen Soundteppich gehüllt. Lautsprecher sieht Sina keine, aber es klingt wunderbar. So langsam fühlt sich Sina in Toms Penthouse wohl. Überall bemerkt sie Gegenstände und Kunst aus aller Welt, von seinen Tour-Reisen in die USA, nach Südamerika und Asien.

Beide setzen sich auf große gemütlich aussehende Kissen. Das Sushi hat Tom elegant auf einem länglichen, feinen, schwarzen Geschirr arrangiert und, obwohl er mittlerweile doch hungrig geworden ist, streichelt er Sina ganz sanft am Rücken. Sie erwidert seine Berührung an seinem Arm entlang. Die feinen Härchen stellen sich sofort auf und ein leichter Schauer läuft durch seinen Körper.

Gerade als Tom Sina seine ‚Yashi-Maki‘ gekonnt in ihren leicht geöffneten Mund schieben will, macht sich

Sinas Smartphone bemerkbar. *Das darf doch nicht wahr sein,* denkt Sina. *Heute ist aber echt der Wurm drin.* Hatte sie das Handy, nachdem sie aus dem Auto gestiegen war, nicht auf lautlos gestellt? Am Klingelton erkennt sie sofort, dass es etwas businessmäßiges sein muss. Sie lässt es dreimal klingeln, dann blickt sie entschuldigend in Toms Augen. Dieser nickt verständnisvoll und nippt an seinem Weinglas. Sina steht auf, zieht ihr Kleid intuitiv gerade und geht auf die große Fensterfront zu.

Ihr Blick schweift über die fernen Berge, die jetzt im schon dämmrigen Abendlicht schimmern.

„Raphael, das muss aber wirklich wichtig sein. Hatten wir nicht ausgemacht, erst morgen wieder zu sprechen?“

„Äh, sorry, Sina. Ist leider wichtig, vielleicht sogar sehr.“

„Dann rück schon damit raus“, entgegnet Sina etwas ungehalten.

„Unser Casting ... einige Aufnahmen, die ... sind defekt.“

„Wie, defekt?“ Sina wollte es nicht glauben. Sie denkt sofort, dass es wohl ein Fehler war, ihrem Praktikanten diese Aufgabe übertragen zu haben.

„Jetzt erzähl mal ganz in Ruhe, was hast du bisher gemacht?“, versucht Sina Raphael zu beruhigen und Klarheit in die Sache zu bringen.

„Ich habe, wie ich es von dir gelernt habe, die Dateien von der Festplatte auf meinen Laptop gezogen. Da habe ich mich schon über die relativ geringe Datenmenge gewundert. Von den siebenundzwanzig Castings fehlen ausgerechnet die der drei Männer! Und auch noch weitere zwölf der Kandidatinnen. Was sollen wir nur machen?“

Sina kaut auf ihrer Unterlippe und spürt Verzweiflung in sich aufsteigen.

„Du hast wirklich alles durchsucht? Vielleicht gibt es ja noch einen zweiten Ordner oder der Kamera-Assistent hat die neuen Aufnahmen aus Versehen in einen alten Ordner kopiert. Ist alles schon vorgekommen."

Sina glaubt immer noch, dass Raphael einfach zu unerfahren ist, und er zu früh in Panik geraten ist.

„Ich habe alles durchsucht. Das Komische ist, dass die Dateien selbst noch da sind, nur halt so gut wie leer."

Sina versteht nichts mehr: „So gut wie leer? Das darf doch nicht wahr sein!"

Jetzt verliert sie die Beherrschung und schreit in den Hörer: „Wir verlieren den Auftrag, Raphael, und du bist schuld!"

Raphael ist bemüht seine Chefin nicht weiter zu reizen.

„Manchmal sieht man noch Bilder oder ein Gesicht, dann ist es aber wieder weg. Vielleicht kann man ja noch was retten."

Panisch läuft Sina auf und ab. Morgen ist die große Präsentation beim Sender. Was soll sie machen? Es gab nur eine Möglichkeit, sie muss selbst ran. Ihre Entscheidung ist klar, und sie formuliert sie unmissverständlich: „Wir treffen uns in fünfundvierzig Minuten im Studio. Bring die Festplatte und den Laptop mit. Wir müssen uns die Original-Dateien vom Server ziehen und diese überprüfen. Verstanden, Raphael?"

Der Praktikant antwortet blitzschnell: „Alles klar Sina, ich werde da sein."

Tom hat natürlich alles mitbekommen. Und als Sina ihr Smartphone vom Ohr nimmt, steht er hinter ihr, haucht einen Kuss auf ihren Hals und fasst sie sanft an ihre Schultern, um sie zu beruhigen.

Sina dreht ihren Kopf zu ihm um und formuliert, so gut sie es kann, eine Entschuldigung. Tom dreht sie verständnisvoll zu sich und küsst sie leidenschaftlich.

„Es ist deine Verantwortung und dein Ruf, der auf dem Spiel steht. Außerdem habe ich dich heute Abend auch beinahe sitzenlassen. Auf ins Studio! Ich drücke die Daumen, dass es nur ein blöder Übertragungsfehler ist."

Sina ist wirklich erleichtert, dass Tom sofort Verständnis hat und ihr keine Szene macht. Ihre Hände wandern unter sein Shirt und streicheln ihn gekonnt am Rücken entlang.

„Wir geben nicht auf. Vielleicht dauert es nicht lange, und ich komme später zu dir zurück. Und wir ..."

Ein Lächeln breitet sich in Toms Gesicht aus, obwohl er ahnt, dass Sinas Vorhaben höchstwahrscheinlich unrealistisch ist.

„Auf geht's, Sina. Dein Raphael wartet sicher schon vor der Tür."

Mit einem letzten flüchtigen Kuss verabschiedet sich eine immer noch aufgewühlte Sina. Kurz danach hört Tom die Wohnungstür zuschlagen. Er ist wieder allein.

Die Minuten, die Sina mit ihm verbracht hat, kommen ihm unwirklich vor. Wie der ganze Tag, der schon schräg angefangen hatte. Er hatte morgens einen Termin mit seinem Manager, Ricardo Salerno. Sie kannten sich schon viele Jahre. Tom vertraute Ric voll und ganz. Deshalb war er mehr als bestürzt, als ihm dieser direkt ins Gesicht sagte, es sei ihm bei seinem letzten Auftritt etwas an ihm aufgefallen. Tom hätte nie gedacht, dass sein kleiner Aussetzer jemandem auffällt. Doch Ric kannte Tom in- und auswendig. Es gab keine Studiosession bei der er nicht anwesend war und ihm seine Meinung sagte. Tom hörte auf Ric.

Umso schlimmer war es für ihn, direkt mit seinem Erlebnis ein zweites Mal konfrontiert zu werden. Andererseits war Tom froh mit Ric darüber zu sprechen. Denn die ganze Situation belastete ihn mehr und mehr. Was hatte Ric ihm geraten? *Hey Tom,* hatte er gesagt, *du bist jetzt seit über drei Jahren permanent on tour, ein Auftritt jagt den anderen. Du solltest eine Pause einlegen. Setz dich nicht selbst dauernd unter Druck. Die Leute werden es dir nicht danken. Ein Künstler kann ruhig auch mal eine längere Schaffenspause einlegen.*

Aber Tom wollte es einfach nicht glauben. Ric war doch immer derjenige gewesen, der ihn von einer Stadt in die nächste schickte: *Lass uns auf der Welle reiten. Jetzt ist deine Zeit,* klingt es in Toms Ohren. Nur weil er einmal Schweißausbrüche hatte und einen kleinen Blackout, hieß das noch lange nicht, dass er aufhören sollte.

Tom grübelt weiter und versucht sich darüber klar zu werden, ob Ric recht hatte. Sein Problem ist durch die Überlastung der vielen Gigs durchaus begründet. Tom blickt ins Leere und denkt plötzlich wieder an Sina. Wie sie ihn das erste Mal geküsst hatte. Das war wie ein Blitz. Wie Strom in seinem Körper. So etwas hatte er noch nie erlebt. Auch die Erinnerung daran war noch so stark. Er fühlte die Spannungsentladung. Alleine schon, wenn er sich ihre Lippen auf seinen vorstellte. *Ist das normal? Spinne ich?* Seine Gedanken gehen mit ihm durch. *Ich muss unbedingt mit Sina darüber sprechen! Aber sie hat momentan andere Probleme.* Ruckartig steht Tom auf und greift zu seinem iPhone. Seine Finger huschen über die imaginäre Tastatur, als er schreibt: *‚Hey*

Sina, habt ihr die Casting-Daten gefunden? Kommst du noch vorbei? Ich vermisse dich!'

Verdammt, denkt sich Tom, *ich habe nicht den Mumm, das Thema direkt anzusprechen.*

Mittlerweile ist es 23:30 Uhr und Tom ist platt. Er rechnet nun auch nicht mehr mit Sina. Sie hat wohl größere Probleme mit der Technik. Oder mit ihrem Praktikanten.

Tom löscht die Lichter in seinem weitläufigen Wohnzimmer und legt sich direkt in sein Bett. Sofort fällt er in einen tiefen traumlosen Schlaf.

Bis 1:30 Uhr nachts versuchte Sina die verlorenen Daten zu finden oder mögliche Dateien zu reaktivieren. Es war zwecklos. Die Casting-Aufnahmen waren demoliert oder weg. Das durfte nicht wahr sein!

Jetzt, am nächsten Morgen, bei einem starken Espresso, analysiert Sina ihre Lage und mögliche Konsequenzen. Sollte sie Richard einweihen? Ihn vorwarnen? Bis 9:30 Uhr muss sie auf jeden Fall eine Entscheidung treffen. Ihre Mitarbeiter werden dann da sein, und wenn alle mit anpacken, könnten sie den einen oder anderen noch einmal ins Studio bitten, um neue Aufnahmen zu machen. Manche der Kandidaten kommen von weiter weg, da sollten sie von Anfang an Alternativen kontaktieren. Die Entscheidung, ob sie Richard einweiht, wird ihr spontan abgenommen.

Denn plötzlich steht Richard unerwartet in ihrem Studio. „Good morning, Sina. Alles okay? Can I help you?"

„Richard! Ich wollte dich gerade anrufen. Leider sind wir *in big trouble,* wie du das sagen würdest. Wir haben die meisten Daten der Video-Castings verloren oder sie sind defekt“, formuliert Sina möglichst neutral und ohne Panik.

„F...!“, sagt Richard, nicht ganz so zurückhaltend. „What are your plans?“

Sina ist froh, dass auch alle anderen Mitarbeiter pünktlich im Studio eingetroffen sind und ruft laut in die Runde: „Guten Morgen Leute! Wir haben einen Notfall. Wir müssen auf die Schnelle möglichst viele der Kandidaten von gestern wieder ins Studio holen und neue Casting Aufnahmen machen. Bitte legt gleich los und kontaktiert die Namen auf dieser Liste. Erklärungen folgen später.“

Sogleich wendet sich Sina wieder an Richard: „Könntest du hierbleiben und uns unterstützen?“

Richard bleibt professionell und antwortet dementsprechend: „Na, klar! Your problem is my problem! Aber lass uns kurz in dein Office gehen.“

Sina ist etwas verwundert, doch momentan ist alles schräg. Da reagiert sie auch nicht überrascht, als Richard die Tür hinter sich schließt. Das hat er bisher noch nie getan. Er beginnt gleich direkt mit ihr zu reden und in einem für ihn unüblich ernsten Ton.

„Sina, ich war gestern very surprised und I wondered, wie leichtfertig du diese Bloggerin hast zusehen lassen. You did not check her at all!“

Sina wird so gut wie nie rot, doch an das Mädel hat sie seitdem keine Sekunde mehr gedacht. Könnte sie etwas mit den defekten Dateien zu tun haben? Sina hatte in letzter Zeit immer mal wieder vom Ausspionieren von neuen Sendeformaten gehört, aber 'Kiss for Love' war doch schon on air. Welche Geheimnisse gäbe es da zu finden?

„Richard, jetzt mal im Ernst, meinst du wirklich, diese, wie heißt sie noch, Corinne, hat hier was angestellt? Warum sollte sie?“

„Now you’re asking the richtige Fragen!“, sagt Richard, als er sich auf die Kante von Sinas weißen Designerschreibtisch setzt und die Blumen wegschiebt, die immer frisch auf Sinas Platz stehen.

„Probably sie hat nicht spioniert oder gestohlen, sondern bestimmt hat sie was reingeschmuggelt, oder es war already here, und sie musste es noch checken.“

Sina springt auf und läuft unruhig und aufgebracht in ihrem lichtdurchfluteten Loftbüro auf und ab.

„Was kann ich jetzt machen? Keine Ahnung was hier abgeht!“

Jetzt stellt sich Richard direkt vor Sina und schaut sie herausfordernd an.

„We have to find out. Ich kenne einen Wirtschaftsdetektiv. Den können wir mit der Sache beauftragen. He's trustworthy.“

Sina begreift die Situation, aber sie will hier die Oberhand behalten. Deshalb antwortet sie erst einmal abwartend: „Okay, Richard. Lass uns gleich das Casting wiederholen und dann überlegen wir, was ich beim Sender präsentiere. Danach setzen wir uns zusammen und überlegen ganz in Ruhe, was darüber hinaus zu tun ist. Einverstanden?“

Richard, antwortet mit in die Hüfte gestemmten Armen unmissverständlich und klar: „Yes Ma‘am! So machen wir es.“

Damit ist die Sache klar. Sina stürmt voller Energie in den großen Casting-Raum und ruft: „Raphael, Leute! Wie sieht es aus, wer kommt zuerst? Können wir starten?“

Mit der Hilfe aller haben sie bis 12:00 Uhr zwei der männlichen Kandidaten und zehn der weiblichen ein zweites Mal gecastet. Sina fällt ein Stein vom Herzen. Richard arbeitet mit dem Cutter parallel an der Aufbereitung des Materials. Nur so ist es möglich, dass Sina jetzt pünktlich zehn Minuten vor Start des Meetings beim Sender ist.

„Puh, das ist gerade noch einmal gut gegangen!“, flüstert Sina leise vor sich hin, als sie in den mit mehreren riesigen Flatscreens ausgestatteten Konferenzraum geht und ihren Laptop mit dem WLAN des Raumes verbindet. Kurzer Check. Ja, es ist alles da und es läuft auch. Jetzt kann es losgehen. Nach und nach kommen die Verantwortlichen in den Konfi. Der Produktionsassistent und die Redakteurin. Und dann kommt auch schon Richard, der ihr zuwinkert. Und zum Schluss die Produktionsleitung. Alle sind gespannt, als Sina ihre Präsentation beginnt. Nach fünfundvierzig Minuten ist alles vorbei.

Sina, Richard und der Produktionsassistent Steven stehen noch eine Weile zusammen und rekapitulieren die Entscheidungen.

„Okay, wir haben unseren männlichen Hauptkandidaten, Christopher.“, bemerkt Steven zufrieden.

„Und wir sind fast komplett, was die Mädels angeht. Zehn sind weiter. Wir müssen also nur zwei nachliefern. Da haben wir aber noch eine gute Auswahl, stimmt‘s Richard?“

Sina ist wirklich voll erleichtert, man sieht es ihr an. Ihr Gesicht glüht noch von der Anspannung. Sie musste natürlich jeden einzelnen Kandidaten genau vorstellen und das Für und Wieder darlegen. Aber zum Glück sind ihr die Entscheider beim Sender fast immer gefolgt.

„Sina, you are really great! What a Performance! Erst der Stress und dann diese Leistung, we are all very proud of you."

Das geht runter wie Öl. Sina ist wieder sie selbst und voll in ihrem Element. Im Verkaufen war sie schon immer spitze.

Steven, der etwas nutzlos dabeisteht, versucht sich wieder ins Spiel zu bringen: „Hey Sina, gibst du mir noch den Stick mit den Casting-Videos. Ich brauche sie ja gleich, um hier weiterzumachen und alles für die Sendung zu planen."

Sina ist froh, dass Steven nun übernimmt.

„Hier Steven. Raphael, mein Assistent, hat alles vorbereitet. Wenn du noch Fragen hast, dann wende dich bitte direkt an ihn."

Sie übergibt Steven den Stick und hat kein schlechtes Gewissen, ihren Praktikanten als ihren Assistenten verkauft zu haben. *So ist das eben in unserer Branche,* sagt sich Sina. *Bei mir war das nicht anders.*

Endlich hat Sina Zeit, in Ruhe auf ihr Smartphone zu schauen. Da entdeckt sie gleich die WhatsApp von Tom. *Oh, so ein Mist, bei dem ganzen Stress, habe ich voll vergessen, mich bei Tom zu melden. Der ist jetzt bestimmt sauer!*

Keine Sekunde später fliegen ihre Finger über die Oberfläche ihres Smartphones: *Hey Süßer, wie geht es dir, hast du noch Kopfschmerzen? Es tut mir echt leid, wir haben bis eben gekämpft, um die Situation wieder in den Griff zu kriegen. Die Präsentation ist vorbei und wir konnten heute Morgen die meisten Casting-Aufnahmen nachholen. Ich bin super erleichtert. Wollen wir uns heute Abend sehen? Gerne wieder bei dir! Küsse Sina.*

Gerade als Sina in ihr schwarzes Mini Cabrio einsteigen will, kommt Richard winkend auf den Parkplatz vor den Sendestudios gerannt.

„Just a minute, Sina. Ich war erfolgreich, hab Maximilian von Trebitz erreicht. Er hat in einer Stunde Zeit. Wir können uns mit ihm im Café Lungo treffen."

Sina schaut Richard verwirrt an: „Von Trebitz? Kenne ich nicht. Was haben wir mit dem zu tun?"

„Wir hatten doch ausgemacht, dass wir der Sache mit den zerstörten Daten nachgehen, und einen Detektiv beauftragen, der auch mal diese Bloggerin Corinne unter die Lupe nimmt."

Richard schaut Sina herausfordernd an. Er mag es so gar nicht, wenn seine Initiativen ins Leere zu laufen drohen.

„Oh Gott, ja, ich erinnere mich. Aber so schnell? Muss das sein?"

Richard versteht Sina nicht.

„Denkst du, wenn wir uns Zeit lassen, ist der Detektiv erfolgreicher? Solange die Spur noch heiß ist, sollten wir handeln. Also lass ihn uns im Café treffen. Es dauert sicher auch nicht lange."

Das ist Sina zwar gar nicht recht, aber sie will zu ihrem Wort stehen und willigt ein.

„Ach, noch was: Bitte bringe alle Casting Unterlagen mit. Die eingeladenen Kandidaten und die, die dann ausgewählt wurden."

Sina sitzt schon in ihrem Mini und verdreht die Augen. Jetzt muss sie auch noch zurück ins Büro. Sie startet den Motor, winkt Richard kurz zu und braust davon.

Richard bleibt etwas verdutzt stehen und schaut ihr mit einem Kopfschütteln hinterher.

Kapitel 2

Schottland, Edinburgh, 1.700 Kilometer entfernt.

Circa sechs Wochen zuvor betrat Cornel Camden, CEO von XOVELL, das im fünften Tiefgeschoss streng abgesicherte Labor seines vor drei Jahren gegründeten Unternehmens.

Offiziell arbeiten die zweihundert Mitarbeiter an der Entwicklung von Gesundheits-Apps und Nahrungsergänzungsmitteln. Doch das ist nur die populäre und harmlose Variante der XOVELL Produktpalette – jedenfalls für die neugierige Öffentlichkeit und die Presse.

Denn hier tief unter der Erde passieren die eigentlich bahnbrechenden Dinge die Cornel Camden antreiben und ihm eine Summe von drei Milliarden Dollar wert sind.

Das ist der Betrag, den er für drei Jahre intensive Forschung investiert.

Heute ist das Ende des zweiten Jahres, als der Colonel, wie Cornel von seinen Mitarbeitern ehrfurchtsvoll genannt wird, nach Passieren der diversen Sicherheitsschleusen voller innerer Anspannung das unterirdische Forschungslabor betritt.

Erwartet ihn heute der entscheidende Durchbruch? Nach vielen missglückten Versuchen, hat ihn sein Team eingeladen, bei der Verbindung zweier neuronaler Netze dabei zu sein. Camden ist immer wieder von seiner eigenen Idee fasziniert, das menschliche Wesen selbst, und nicht künstliche Intelligenz, zu nutzen, um die Menschheit auf ein völlig neues Level zu bringen. Ist der

Moment gekommen nachdem sich alles ändern wird? Die große Frage, die seine Wissenschaftler die letzten Jahre beschäftigte, war, was ist der Ausgangspunkt für das Übertragen von humaner Information? Was ist der Code?

Im Bereich der DNA wurden in den letzten 50 Jahren gigantische Fortschritte erzielt. Jetzt geht es darum, das noch passive Wissen für aktives Gestalten am Menschen zu nutzen. Das Erfolgsrezept sind im Labor hergestellte neue Formen synthetischer Neurotransmitter. Sind sie einmal im Körper eines Menschen angekommen, dienen sie als Transporteur von Stimmungen und Emotionen. Wird der menschliche Körper diese Transmitter annehmen und die Botschaften weitergeben?

Camden beschäftigt genau diese Frage, als er den Beobachtungsraum betritt. Hinter einer raumhohen Glasscheibe sitzt eine junge Frau auf einem Behandlungsstuhl mit diversen Apparaten um sie herum. Sie ist gerade im Gespräch mit Professor Luther Atkinson.

Links und rechts neben der Scheibe befinden sich diverse großflächige Flatscreens auf denen Diagramme und medizinische Daten visualisiert sind. Zwei weitere Wissenschaftler überwachen das Experiment vor einer Art Steuerzentrale.

Professor Atkinson legt nun der Frau eine Manschette, ähnlich der beim Blutdruckmessen, um den Oberarm. Die Frau beobachtet den Professor genau und stellt eine Frage. In diesem Moment schaltet einer der Assistenten im Beobachtungsraum die Audioübertragung an.

„Sind sie sich sicher, dass ich meinen positiven Charakter auf meinen depressiven Mann übertragen kann und so seine Panikattacken weniger werden?“

Mit einem selbstsicheren und gewinnenden Lächeln, wendet sich Professor Atkinson an die junge Frau: „Ja! Es wird zwar nicht gleich passieren. Aber im Laufe der Zeit und insbesondere durch ihre Liebe und Zuwendung wird er zusehends lebensfroher. Sie sollten nur, so wie ein frisch verliebtes Paar, miteinander umgehen, sich küssen, sich lieben und füreinander da sein. Ihr Verständnis und Einfühlungsvermögen ist dabei von entscheidender Bedeutung."

Die Frau ist noch nicht hundertprozentig überzeugt. Deshalb stellt sie eine weitere Frage: „Diese Manschette überträgt einen Botenstoff in meinen Körper, ist das richtig?"

Geduldig kommt die Antwort: „Ja, genau, dieser Botenstoff ist eine neue Form synthetisch hergestellter Neurotransmitter. Sie haben Millionen davon in Ihrem Körper. Diese übertragen permanent Erregung von einer Nervenzelle zur anderen. Ein Ihnen bekannter Stoff ist zum Beispiel Dopamin; man nennt ihn auch das Glückshormon. Das Besondere an unseren aber ist, dass sie wie eine Art zusätzliche Super-Transmitter arbeiten und die Erregungsübertragung nicht nur in Ihrem Körper funktioniert, sondern durch Übertragung, auch bei Ihrem Partner."

Die junge Frau schaut den Professor fasziniert an.

„Ich spüre davon nichts?"

Professor Atkinson nickt und ergänzt: „Absolut nichts. Nur bei Ihrem Partner wird sich, wie wir glauben, etwas verändern. Er wird durch ihre Empfindungen, Emotionen und durch ihren geistigen und seelischen Zustand in Zukunft positiv beeinflusst. Umso mehr Super-Transmitter von ihnen zu ihm übertragen werden, umso mehr können sie auf ihn einwirken. Die Tests, die sie gemeinsam in den vergangenen Tagen durchgeführt haben, bestätigen, dass sie das ideale Paar sind, um die Wirkungsweise unserer Super-Transmitter zu beweisen. Sie sind ein glücklicher Mensch und haben einen enormen Willen; ihr Partner ist durch verschiedene Schicksalsschläge unsicher und zieht sich immer mehr in sich zurück. Zwei Extreme treffen hier aufeinander. Sie, als das positive Extrem, können ihrem Partner nachhaltig helfen. Ist das nicht eine schöne Perspektive?“

In diesem Moment zieht Professor Atkinson die Manschette fest um den Arm der Probandin und nickt in Richtung des Fensters, das von seiner Seite nicht als solches zu erkennen ist.

„Die Übertragung beginnt. Bitte bleiben Sie die nächsten fünfzehn Minuten so sitzen. Sie werden außer einem leichten Brennen nichts Ungewöhnliches spüren. Alle weiteren Implikationen haben wir Ihnen ja ausführlich schriftlich in unserem Vertrag dargelegt. Bitte bleiben Sie nach der Übertragung im Raum. Sie werden dann noch von meinem Assistenzarzt untersucht. Ansonsten bitte ich Sie, wie im Vertrag formuliert, in den nächsten Wochen nur mit ihrem Freund intim zu sein. Nutzen Sie unseren Extranet-Zugang für Ihren täglichen kurzen Bericht und den damit verbundenen Fragebogen. In zwei Wochen sehen wir uns persönlich wieder, und in sechs Wochen werden wir mit Ihnen und Ihrem Freund einen Abschlussbericht verfassen. Danach erhalten Sie auch den zweiten Teil der achtzehntausend Euro.“

Professor Atkinson tätschelt den Arm der Frau, und im Gehen, sagt die Frau hoffnungsvoll: „Wenn ich meinem Freund damit helfen kann, dann wird alles gut.“

Professor Atkinson, antwortet völlig überzeugend: „Davon können Sie ausgehen!“

Dann schließt er hinter sich die Tür und geht direkt in den Überwachungsraum. Er wendet sich sofort an seinen Vorgesetzten.

„Mr. Camden, die Zusammensetzung der Stoffe in der Manschette und des darunterliegenden Pflasters wurden in den letzten Tagen noch einmal intensiv überprüft. Wir sind uns absolut sicher, jetzt die richtige Wirkstoffkombination, mit einem hohen fettlöslichen Anteil, gefunden zu haben, damit die Molekülmasse optimal von der Haut absorbiert werden kann."

Camden, ganz CEO, blickt Professor Atkinson kritisch an und erwidert: „Das will ich doch hoffen! Denn einen weiteren Rückschlag können wir uns nicht erlauben. Dann hoffen wir mal, dass unsere Probandin auch aktiv mitmacht und die Super-Transmitter fleißig an ihren Freund weitergibt. Haben sie mit ihrem Team noch einmal die Beziehung der beiden überprüft?"

„Selbstverständlich! Sie verhalten sich weiterhin wie frisch Verliebte und haben intensiven körperlichen Kontakt. Und sie sind sich treu!", erklärt Professor Atkinson zuversichtlich.

Sina, wo steckst du, denkt Tom und ist das erste Mal verärgert über Sinas Unzuverlässigkeit. *Hatten sie nicht ausgemacht, sich für heute Abend zu verabreden?*

Tom hat gerade von seinem besten Freund Ron eine aufmunternde Nachricht erhalten:

Hey alter Kumpel, geht es dir wieder besser? Ich habe mir nach unserem Abendessen echt Sorgen gemacht. Habe noch einmal über deine Geschichte nachgedacht. Und ich würde mich gerne bald mit dir treffen. Wann passt es bei dir? Melde dich einfach bei mir. Übrigens: die

Proben waren alle erfolgreich. Nächste Woche gehen wir auf Sendung mit 'Nah ran'. Gruß Ron.

Tom ist froh in Ron einen echt guten Freund zu haben. Das ist in der Branche nicht üblich. Es gibt doch viel Neid und keiner geht so wirklich aus sich heraus. *Wenn Sina sich nicht meldet, treffe ich mich eben mit Ron.* Gerade will er sein iPhone zur Seite legen, da fällt ihm der kleine Indikator mit einer '1' an der Messenger-App auf. Üblicherweise nicht Toms Kommunikationskanal, doch ab und zu wird er von Freunden über dieses Medium angeschrieben. Er hat zwei Identitäten bei Facebook: eine für Fans und eine für die kleine Gruppe seiner engen Freunde. Als er die App öffnet, ist er überrascht, denn Sina hat ihm eine Nachricht geschickt. *Wieso hier? Ich warte die ganze Zeit auf ein Lebenszeichen und mache mir Sorgen, dann schreibt sie mir, und ich sehe es nicht. Wie blöd ist das denn?*

Dieser ganze Social Media Kram kann einen manchmal ganz schön nerven! Sie will mich heute Abend sehen. Okay, jetzt ist es 16:30 Uhr. Sie hat mir die Message um 15:30 Uhr geschickt. Wenn ich mich beeile, dann kann ich Ron in der Bar in der Nähe des TV-Studios treffen, und anschließend mit Sina einen Happen essen gehen. Tom überlegt. Ja, das könnte klappen. Also schreibt er zwei Antworten und verabredet sich mit seinem Freund und seiner neuen Freundin. Zufrieden geht er ins Bad um sich für den Nachmittag und den Abend vorzubereiten.

Ron antwortet sofort, nachdem er die WhatsApp von Tom erhalten hat. Also treffen sich beide auf ein Bier in der Bar de Lune, in der Nähe des Studios. Ron ergreift gleich das Wort, nachdem sie sich in einer Nische einen ruhigen Platz gesucht haben. Die meisten frühen Gäste sitzen draußen in bequemen Lounge-Sesseln, drinnen ist es noch leer, aber Ron wollte keinen Trubel, und auf Leute aus dem Studio hatte er auch keinen Bock.

„Ich muss dir was beichten, Tom“, beginnt Ron das Gespräch, nachdem beide einen ersten großen Schluck getrunken hatten.

„Dann leg mal los, so schlimm wird es schon nicht sein“, erwidert Tom ahnungslos.

„Ich hatte dir ja schon geschrieben. Unser Abendessen letzte Woche geht mir nicht aus dem Kopf. Deine Vermutungen, und dass du, seit du mit Sina zusammen bist, so anders bist. Beziehungsweise, anders träumst und so.“

Ron fällt es nicht leicht, Tom anzusehen. Er starrt auf sein Glas und den Bierdeckel darunter. Tom blickt Ron ernst an und wartet ab, was sein Freund ihm erklären möchte.

„Als ich gesagt habe, dass ich Sina flüchtig beim Sender kennengelernt habe ...“, er unterbricht und trinkt einen weiteren Schluck Bier, „da habe ich nicht die Wahrheit gesagt. Die Wahrheit ist, ich hatte was mit Sina.“

Stille. Für mindestens eine Minute sagt keiner von beiden etwas. Tom schaut seinen Freund mit großen fragenden Augen an.

„Wie? Wart ihr befreundet?“

Sofort schüttelt Ron energisch seinen Kopf. Dann platzt es aus ihm heraus: „Ne, wir hatten eine Nacht zusammen. Einen One-Night-Stand, wie man so schön sagt.“

Tom schluckt, und muss die Beichte erst einmal für sich einordnen. Seinen ersten Gedanken formuliert er gleich danach: „Und warum wurde nicht mehr daraus?“

Ron, der sich jetzt sichtlich wohler fühlt, nachdem die für ihn unangenehme Tatsache ausgesprochen ist, erklärt schnell weiter: „Weil es nicht gepasst hat. Wir sind kurz aufeinander abgefahren, aber dann war da nichts mehr."

Das sitzt. Tom, der doch ziemlich verliebt in Sina ist, fühlt sich zum einen erleichtert, zum anderen will er doch noch mehr erfahren.

„Ihr hattet also Sex und der war nicht gut?"

„So kann man das nicht sagen. Der Sex war schon gut, aber ich denke, Sina und ich harmonieren nicht. Ich habe mich irgendwie allein gefühlt, danach war mir kalt, so was passiert mir sonst nicht."

Tom ist plötzlich ganz blass. In seinem Kopf drehen sich die Gedanken im Kreis. *Was soll er davon halten? Wie soll er mit dieser Tatsache umgehen? Wie soll er sich gegenüber seinem Freund verhalten? Wie gegenüber Sina?* Er überlegt fieberhaft, aber das einzige was er herausbekommt ist: „Okay Ron, ich finde es mutig, aber auch richtig, dass du mir das gesagt hast, nur kann ich im Moment noch nicht damit umgehen. Ich denke, ich brauche eine Weile, und ich will auch mit Sina darüber sprechen. Unsere noch junge Beziehung erfährt damit sicher eine erste Belastungsprobe."

Tom steht auf und will die Bar verlassen, da hält ihn Ron am Arm fest und schaut ihn durchdringend und konzentriert an: „Noch eins Tom, was du über Sina gesagt hast, das mit dem Küssen und der Veränderung, die du an dir danach gespürt hast, das spürte ich auch."

Jetzt ist es Tom wirklich zu viel. Ruckartig reißt er sich los und verlässt fluchtartig die Bar.

Draußen, holt Tom erst einmal tief Luft. Er läuft um den Block um herunterzukommen und das eben Gehörte zu verdauen. Er sagt zu sich selbst: *In einer halben Stunde habe ich eine Verabredung mit Sina. Wie soll ich mit der Sache umgehen? Ignorieren, direkt ansprechen oder abwarten?* Keine der drei Alternativen erscheint ihm im Moment sinnvoll. *Ach, was, ich lasse es einfach auf mich zukommen und schaue, wie der Abend sich entwickelt. Ich kann Sina ja keinen Vorwurf machen, sie kannte mich zu diesem Zeitpunkt noch nicht. Und Ron wird auch weiterhin mein Freund bleiben, das ist auf jeden Fall klar.* Wie sollte er aber mit der Tatsache umgehen, dass sie beide dieses Erlebnis mit Sina hatten? *Was war los mit dieser Frau? Konnte sie Männer so in ihren Bann ziehen?* Sein Bauchgefühl sagte ihm, da war mehr dran. Er beschließt, der Sache auf den Grund zu gehen. *Eine gute Entscheidung!* sagt er sich.

Tom steigt in seinen Range Rover und fährt direkt zu seinem Lieblings-Thai-Restaurant, wo Sina schon auf ihn wartet. Sina hat sich, um die Zeit zu überbrücken, einen Cocktail bestellt und saugt gerade genüsslich an einem Strohhalm, der in einem überdimensional großen Glas steckt.

Er sieht sie gleich beim Hereingehen und winkt ihr zu. Sina strahlt, und schon von weitem sieht Tom ihre wasserblauen Augen, die perfekt in das Umfeld des tropisch dekorierten Restaurants passen.

Wie es dort üblich ist, setzt sich Tom nicht gegenüber von Sina, sondern neben sie. Er legt seinen Arm um ihre nackte Schulter und haucht ihr einen Kuss ins Ohr. Dabei erhascht er einen Blick in ihr atemberaubendes Dekolleté, welches durch ein schulterfreies Top ganz besonders betont wird. Dazu trägt sie eine weite

Hose. Ein besonders blumiges Parfüm betört seine Sinne.

Die Frau lässt dir keine Chance, sie hat dich in der ersten Sekunde für sich gewonnen. denkt Tom. Am liebsten würde er sofort über Sina herfallen, aber ganz Gentleman, überspielt er seine Erregung.

„Was trinkst du da?“, fragt er, um einen neutralen Einstieg bemüht.

„Ganz klassisch, einen Mai-Tai“, erklärt ihm Sina völlig relaxed.

„Ich glaube, ich nehme einen Weißwein“, sagt Tom.

Tom hat keine Lust auf diesen süßen Kram und will seinen Alkoholkonsum auch unter Kontrolle behalten.

„Du wirkst sehr zufrieden“, beginnt er das Gespräch positiv.

„Ja, ich bin echt erleichtert. Das Casting ist durch. Eben habe ich von Raphael die Nachricht erhalten, dass auch die letzte Kandidatin aus unserer Auswahl vom Sender akzeptiert wurde.“

Tom ist auch froh, dass Sina heute Abend wohl keine überraschenden Anrufe erhalten wird und bestätigt ihre gute Stimmung.

„Und ich freue mich, mit dir einen ungestörten Abend verbringen zu können. Lass uns darauf anstoßen!“

Nachdem sie sich beide für das vegetarische Menü entschieden haben, und Toms Erregung etwas verflogen ist, bringt er das Gespräch auf Ron.

„Sag mal Sina, mein Freund Ron, seit wann kennst du ihn eigentlich?“

Sinas lässige Art ihn anzusehen und die blonde Strähne, die ihr beim Essen gerne ins Gesicht fällt, zeigt eine gewisse Veränderung, denn sie richtet sich auf und schaut ihn provozierend an: „Wieso fragst du? Hat er dir gegenüber etwas erwähnt?“

Da Tom ein exzellenter Musiker ist, aber ein lausiger Schauspieler, platzt er gleich mit der vor wenigen Stunden erfahrenen Beichte seines Freundes heraus: „Ja, das hat er! Ihr habt vor gar nicht so langer Zeit eine Nacht zusammen verbracht.“

Jetzt war es heraus. Zu Sinas gerader Haltung kommt noch ein eisiger Blick hinzu. „Und? Ist das ein Problem für dich?“, kontert sie gereizt.

„Nein, Sina, ist es nicht. Ich bin nur für Ehrlichkeit und Offenheit. Ich habe mich in dich verliebt, und mein bester Freund hatte was mit dir. Sein Gewissen hat an ihm genagt, und deshalb ist er direkt auf mich zugekommen und hat mit mir gesprochen, von Freund zu Freund. Er sagte mir, dass ihr nicht die tiefen Gefühle füreinander entwickelt habt und dass die Sache vorbei ist.“

Während Tom redet, schaut Sina ihn ununterbrochen an. Dabei erkennt sie, wie ernst es ihm ist, und er ihr nicht die übliche Szene macht, die sie fast schon erwartet hatte. Ihr Blick ändert sich zusehends. Als Tom endet, legt sie ihre Hand auf seine und flüstert:

„Mir geht es genauso. Ron ist ein netter Kerl, mehr aber auch nicht. Es stimmt und ich hatte im letzten Jahr einige Rons. Es war immer das Gleiche: ein ausgelassener Abend mit reichlich Alkohol, sportlichem Sex und am nächsten Morgen nichts wie weg. Du erinnerst dich an unseren ersten Morgen? Wir wollten einfach nicht aufhören. Ich kam noch einmal zu dir, und wir waren glücklich. So etwas habe ich noch nicht erlebt. Tom, ich habe mich auch in dich verliebt und möchte unsere noch junge Beziehung durch diese Geschichten nicht zerstören.“

Jetzt ist es Tom, der Sinas Hände in seine legt und sie innig ansieht: „Dann lass uns genau an diesem Punkt weiter machen und uns gegenseitig Liebe und Kraft geben."

Tom zieht Sina an sich und küsst sie leidenschaftlich. Dabei durchfährt es ihn von Kopf bis Fuß. Er weiß es in diesem Moment ganz genau: *Diese Frau ist phänomenal!* Nur er, Tom, fühlt weiterhin, irgendetwas in ihm ist anders.

Selbstverständlich reden beide an diesem Abend nicht mehr über irgendwelche Vermutungen, die Richard dazu getrieben hatten, einen Detektiv wegen der obskuren Geschichte mit den Casting-Daten zu beauftragen.

Das Treffen, zu dem Sina, kurz bevor sie Tom traf, eher lustlos erschienen war, wickelte Maximilian von Trebitz, der aussah, wie sein Name vermuten ließ, mit professioneller Routine ab. Er war der Typ Mensch, den nichts aus der Ruhe bringen konnte. *Das gehört wohl zu seinem Beruf,* dachte Sina.

Richard forderte Sina auf, die Geschehnisse von gestern im Detail zu beschreiben. So super viel konnte Sina jedoch nicht erzählen, nur dass ihr dieses junge Ding, Corinne Sailer von 'Mega', sofort aufgefallen sei. Nachdem ihr Assistent Raphael ihr aber erklärt hatte, es sei heute üblich, Bloggerinnen zu einem Casting einzuladen, damit sie ihren Leserinnen und Lesern exklusive Stories online präsentieren konnten, war Sina recht schnell beruhigt. Jedenfalls stellte sie dies von Trebitz so dar. Dieser zeigte sich verwundert, denn, da es sich um ein Casting für eine noch nicht produzierte Folge handelte, seien ja eigentlich alle Informationen vertraulicher Natur. Richard unterstützte den Detektiv in seiner Meinung und betonte die Tatsache, dass Produktionsfirmen und TV-Sender in diesen Angelegenheiten nicht mit sich reden ließen. Sina kam sich echt blöd vor. Sie wollte nur nett sein, und sie glaube auch nicht, dass Corinne an der folgenden Datenmisere schuld sei. Jedoch willigte sie einer Untersuchung ein und erlaubte von Trebitz auch ihre Mitarbeiter, insbesondere Raphael, die folgenden Tage zu den Geschehnissen zu befragen.

Am Ende des informellen Austauschs wollte von Trebitz noch wissen, was es für Kriterien für die Auswahl der Kandidaten gab und wie man sie fände. Obwohl Sina das nicht so ganz nachvollziehen konnte, warum er sich für den Ablauf interessierte, erklärte sie ihm bereitwillig die Regeln. Schnell wurde klar, wie wichtig Modelagenturen in diesem Prozess sind. Sie lieferten die Set-Cards. Mögliche Anwärter mussten sich also zuerst bei einer Modelagentur bewerben, bevor sie für eine Casting-Auswahl in Frage kamen. Sina erwähnte noch, die Akteure seien alle keine professionellen Models, sondern meistens Laiendarsteller, aber auch dafür gebe es spezialisierte Agenturen, mit denen sie zusammenarbeitete. Von Trebitz schien Gefallen an den Details zu finden und bestand auf eine letzte, für ihn wichtige Information. Diese gab ihm Richard, denn Sina war schon leicht genervt. Wie der Sender denn dieses Format entwickelte und ob das Ganze denn von Anfang an funktioniert hätte? Richard gab unumwunden zu, am Anfang selbst Zweifel gehabt zu haben. Jedoch hätten sie erste Tests mit Bordmitteln durchgeführt. Er selbst sei einer der ersten männlichen Kandidaten gewesen, der mit verbundenen Augen eine Kandidatin geküsst hätte. Er lächelte Sina wissend zu. Das ging Sina jetzt wirklich zu weit. Diese Informationen gingen von Trebitz wirklich nichts an. Ungeduldig beendete sie das Gespräch mit der Frage, wann denn erste Ergebnisse zu erwarten wären.

Die drei verabredeten sich genau in einer Woche, wieder am gleichen Ort. Sina bedankte sich und suchte umgehend das Weite.

Nach einem starken Espresso schlendern Sina und Tom Hand in Hand die Fußgängerzone entlang. Es ist schon spät geworden und nur wenige Passanten sind noch unterwegs.

„Was hältst du davon, wenn wir heute mal zu mir gehen?“, fragt Sina Tom, leicht aufgekratzt.

„Gute Idee, da kann ich endlich mal sehen, wie eine Casting-Chefin so lebt und wie umfangreich ihr Kleiderschrank ist.“

Tom löst sich von Sinas Hand und läuft hüpfend zur nächsten Laterne und dreht sich aus einer Laune heraus im Kreis.

„Bestimmt hast du über hundert Paar Schuhe! Und dein Bad platzt aus allen Nähten, überall Schminkzeug!“, ruft er ihr feixend zu.

Sina läuft Tom hinterher, jedoch ist sie heute nicht besonders schnell mit ihren Pumps. Kurz bevor sie ihn erreicht, hört sie ein lautes Motorengeräusch hinter sich. Ein Motorrad kommt in hoher Geschwindigkeit auf sie zu. Sina versucht auszuweichen, doch der Fahrer hat es wohl auf sie abgesehen. Er fährt direkt auf sie zu, und ehe sie sich versieht, packt er sie um die Hüften, hebt sie hoch und braust mit ihr davon.

Tom hört Sina laut schreien, ist jedoch zu weit weg, um eingreifen zu können. Der Motorradfahrer biegt wie ein Stuntman um die nächste Ecke. Das Motorengeräusch wird leiser und Tom versteht die Welt nicht mehr.

Kapitel 3

Als Sina ihre Augen aufschlägt, blickt sie zu ihrer Überraschung in die von Tom.

„Sina, da bist du ja wieder! Ich bin so froh und erleichtert!"

Hinter ihm steht die Stationsschwester und kommentiert Toms Freude in ihrer resoluten Art: „Herr Strasser, bitte lassen Sie mich mal kurz zu ihrer Freundin. Ich darf ihr gleich etwas Blut abnehmen, damit wir ihre Werte nach dem Aufwachen haben. Sie können sich gerne danach in Ruhe unterhalten."

Tom macht bereitwillig Platz, und nutzt die Gelegenheit, mal kurz die Beine zu vertreten und sich frisch zu machen, denn er hat die ganze Nacht nicht geschlafen und war sofort ins Krankenhaus gekommen, nachdem man ihn über Sinas Zustand und Aufenthaltsort in Kenntnis gesetzt hatte. Als er wieder zurückkommt, sitzt Sina aufrecht in ihrem Bett und hat ein Tablett mit einem kleinen Frühstück vor sich.

„Das passt ja gut, ich habe uns zwei frische Kaffees mitgebracht."

Sina, noch recht blass, schaut ihren Freund glücklich, aber doch mit einem fragenden Blick an: „Was ist mit mir passiert? Ich erinnere mich nur noch an den Motorradfahrer, der mich gepackt hat. Was hat er mit mir angestellt?"

Tom hält Sinas Hand, und versucht ihr zu beschreiben, was geschehen ist, soweit er von der Polizei darüber informiert wurde.

„Als du an der Seite des Motorrads durch die Luft befördert wurdest, habe ich gedacht, jetzt ist es aus. Mir gingen schreckliche Vorstellungen durch den Kopf. Nach ein paar Sekunden, so glaube ich, bin ich dem Motorrad hinterhergerannt, um zu sehen, wo der Typ mit dir hin ist. Ich habe aber schnell gemerkt, dass das sinnlos war. Deshalb habe ich die Polizei informiert und die haben umgehend alle Streifenwagen in der Gegend alarmiert. Außerdem fragten sie mich gleich nach deiner Mobilnummer, um dich eventuell zu orten. Leider hattest du deine automatische Ortung ausgestellt und so wurde es eine lange Nacht des Wartens und der Verzweiflung. Am frühen Morgen kam dann der erlösende Anruf, dass die Polizei dich gefunden hat. Ein aufmerksamer Passant, der seinen Wagen im Parkhaus abholen wollte, hat dich am ehemaligen Olympiagelände in einem Seiteneingang gefunden. Du lagst da, bewusstlos. Ich machte mir solche Sorgen. Die Gedanken kreisten immer wieder um dieselben schrecklichen Vorstellungen: Wer war dieser Typ auf dem Motorrad? Hatte er dir etwas angetan? Alles konnte möglich sein."

Tom schluckt schwer und Sina treten Tränen in die Augen.

„Ich kann es mir einfach nicht erklären. War das ein Verrückter? Bin ich vergewaltigt worden?"

Tom beruhigt Sina sofort: „Nein, nichts dergleichen, du hast einfach bewusstlos da gelegen und hattest, wie du auch jetzt an dir feststellen kannst, keine einzige sichtbare Schramme!"

Sina schüttelt verständnislos den Kopf.

„Aber, was sollte die ganze Aktion dann?"

Toms Gesichtsausdruck wird ernst und enge Falten auf seiner Stirn zeigen seine Anspannung.

„Das fragt sich die Polizei auch."

Sina schluchzt heftig: „Ich habe Angst Tom. Ich kann mir das nicht erklären. Was wollen die von mir?“

Tom beugt sich über Sina und küsst ihre Tränen weg.

„Du solltest, bevor du nichts Konkretes von den Ärzten erfährst, ruhig bleiben, und da es dir momentan bis auf den Schock und die psychische Anspannung nicht schlecht geht, droht dir auch keine Gefahr, denke ich.“

Sinas Schluchzen wird weniger, aber ihre Hände zittern.

„Süße, jetzt trink bitte von deinem Kaffee und versuche was zu essen. Das ist genau das Richtige in diesem Moment. Ich verspreche dir, ich bin bei dir und sowohl die Ärzte als auch die Polizei werden alles daran setzen mehr herauszufinden. Übrigens, die Polizei checkt gerade alle Straßenkameras auf dem möglichen Weg des Motorrads und versucht das Nummernschild herauszufinden. Ein Kommissar kommt später vorbei und berichtet dir, außerdem will er dir ein paar Fragen stellen.“

Jetzt ist es Sina, die ihre Stirn in Falten legt.

„Was soll ich ihm denn sagen, ich habe doch am wenigsten eine Ahnung, warum das mit mir gemacht wurde. Eine Geschäftsführerin einer Castingagentur wird entführt und Stunden später bewusstlos gefunden. Wo sind da irgendwelche Anhaltspunkte?“

Tom kann Sina gut verstehen, deshalb versucht er die Situation möglichst sachlich zu sehen.

„Lass das einfach mal die Sorge und Aufgabe der Profis sein. Du versuchst, wieder zu Kräften zu kommen, und wir beide versuchen, gemeinsam das Geschehene zu verarbeiten.“ In diesem Moment geht die Tür auf und ein Ärzteteam betritt das Zimmer.

„Hallo Frau Söhnke, ich bin Dr. Preuss und das sind meine beiden Assistenzärzte, Frau Kocher und Herr Bittner. Ich glaube, man hat sie schon über unseren Plan informiert, sie eingehend zu untersuchen. Bitte halten sie sich in zwanzig Minuten bereit. Sie werden dann für ein CT abgeholt. Herr Strasser, sie würde ich bitten, vielleicht heute spätnachmittags wieder vorbeizukommen, dann können Sie Frau Söhnke abholen."

Dr. Preuss wirkt freundlich, aber sehr bestimmt, und weder Sina noch Tom unterbrechen ihn.

„Gut, dann kommt Frau Kocher in zwanzig Minuten und holt sie ab. Mehr wäre jetzt von meiner Seite nicht zu besprechen. Haben Sie noch Fragen?"

Sina ist erst einmal überfordert mit der Situation und schaut zu Tom. Tom hatte schon kurz mit Dr. Preuss gesprochen, bevor er zurück in Sinas Zimmer kam.

„Nein, soweit alles klar. Ich bin dann um 17:30 Uhr zurück."

Die drei Ärzte drehen sich um, und Dr. Preuss sagt im Herausgehen: „Machen Sie sich keine Sorgen, alles was wir machen sind reine Routineuntersuchungen."

Die drei Ärzte sind gerade aus dem Zimmer, da fällt Sina ein, dass ihre Mitarbeiter bei 'Charisma' noch nicht wissen, was ihr zugestoßen ist.

Tom reagiert sofort und macht ihr einen Vorschlag: „Ich fahre vom Krankenhaus bei deiner Castingagentur vorbei und spreche mit deinen Mitarbeitern. Du solltest dich erst einmal nur um dich kümmern. Außerdem hast du ja gleich diverse Untersuchungen. Einverstanden?"

Sina bleibt nichts anderes übrig, obwohl sie lieber selbst mit ihren Leuten hätte sprechen wollen. Doch in Anbetracht der Situation, willigt sie ein.

„Okay, erzähl aber bitte nicht zu viele Details. Am besten nur, dass ich einen Unfall hatte und im Krankenhaus durchgecheckt werde. Nichts Schlimmes. Und ich mich freue, bald wieder bei ihnen zu sein."

Tom will jetzt nicht diskutieren und gibt seiner Freundin eine kurze klare Antwort: "Wird gemacht, Boss. Soll ich dir noch Kleider und andere Dinge, die du brauchst, mitbringen?"

Sina überlegt und hat einen pragmatischen Vorschlag. Du fährst erst einmal in die Agentur, und dann schicke ich dir eine Liste mit allem, was ich brauche."

Tom ist sichtlich zufrieden. Er gibt ihr zwei Küsschen auf die Wange.

„Ganz die alte Sina, immer die Oberhand behalten. Wunderbar!"

Sina knufft ihn in die Seite.

„Jetzt aber raus, du Künstler!"

„Ist ja schon gut, ich bin schon weg."

Tom schließt die schwere Türe des Krankenzimmers hinter sich, und gerade, als er vor dem Aufzug steht, fällt ihm ein, dass er ja gar keinen Schlüssel für Sinas Wohnung hat! Er macht kehrt und ist überrascht, als er die Tür aufmacht.

Sina steht mit dem Rücken zu ihm im Zimmer und telefoniert gestikulierend. *Mit wem spricht sie da*?, denkt er, leicht misstrauisch.

Er hört Sina ungehalten sagen: „Lass mich mit der Sache in Ruhe. Ich will mich damit nicht beschäftigen. Und wieso, was mischst du dich in meine Angelegenheiten ..."

In diesem Moment dreht sie sich um und sieht Toms verblüfften Blick. Daraufhin bricht sie abrupt das Gespräch ab: „Richard, ich muss Schluss machen, die Ärztin kommt gerade herein."

Tom hebt nur leicht seine linke Augenbraue. Das reicht, um eine direkte Reaktion von Sina zu provozieren.

„Das war Richard, der Regisseur von 'Kiss for Love'‘. Er hat sich gewundert, wo ich bin. Er wollte mir sagen, was gerade beim Sender los ist. Ich habe ihn abgewimmelt, wie du gehört hast."

Tom will nicht weiter insistieren, spricht Sina stattdessen wegen des Schlüssels an.

„Du, könntest du mir bitte deinen Wohnungsschlüssel geben, sonst kann ich dir später keine persönlichen Sachen bringen."

Tom bemerkt die roten Bäckchen von Sina, als sie ihm den Schlüsselbund mit einem kleinen Hasen in die Hand drückt.

„Geh‘ bitte gut mit Stupsi um, er braucht viel Wärme und Zuneigung."

Tom streichelt den kleinen Hasenanhänger, der schon etwas mitgenommen aussieht und beendet die etwas zerfahrene Situation elegant: „Er kommt gleich zu mir in die warme Tasche und kann dort kuscheln."

„Da bin ich beruhigt."

Hinter Tom taucht die Assistenzärztin auf und blickt beide auffordernd an.

„So, Frau Söhnke, sind sie bereit? Ich begleite sie zur CT."

Tom wendet sich an die junge Ärztin: „Bin schon weg."

Was für ein Morgen!, denkt Tom.

Tom fährt auf direktem Weg mit einem Taxi in Sinas Castingagentur. Sein Auto steht ja noch in der Nähe des Thai-Restaurants. Er plant den Range Rover später zu holen, bevor er damit zu Sinas Wohnung fahren wird. Im Taxi hat er Zeit über die unvorhergesehenen Ereignisse nachzudenken. Die Nacht über dominierte die Sorge um Sina und ihren Zustand.

Hatte sie etwas abbekommen? Wer hatte es auf sie abgesehen? Hatte sie ein Geheimnis vor ihm? Je länger Tom vor sich hinstarrt und in sich rein hört, desto mehr verbindet er seine körperlichen Empfindungen mit den Ereignissen der letzten Stunden. Als er sein Portemonnaie aus der Jackentasche fummelt, fällt er den Entschluss, der ganzen Sache ernsthaft nachzugehen. Er, Tom Strasser, wird herausfinden, was mit Sina Söhnke los ist, oder was mit ihr geschehen ist und wie alles zusammenhängt.

Mit diesem Vorsatz steht er am kleinen Empfang von 'Charisma' und stellt sich vor.

„Hallo, ich bin Tom Strasser. Sina hat mich beauftragt, euch Bescheid zu geben. Sie ist im Krankenhaus. Ich komme gerade von dort."

Die junge Frau am Empfang, der aus einem auf die Seite gelegten alten Fiat 500 gebaut ist, blickt ihn geschockt und verwirrt an. Sie stammelt: „Wie, Sina ist im Krankenhaus? Was ist passiert? Wir haben uns schon gewundert, warum sie heute Morgen nicht aufgetaucht ist. Das ist nicht ihre Art. Und warum weißt du, wie es ihr geht? Bist du mit Sina befreundet? Oh Gott, oh Mann, was soll ich jetzt machen?"

Die rothaarige, sommersprossige, grünäugige Lady konfrontiert Tom mit einem Redeflash, den er mittendrin unterbricht: „Halt! Stopp! Wir klären gleich alles. Sag mir zuerst einmal deinen Namen."

Tom versucht, etwas Ruhe in die Situation hereinzubringen.

„Mein Name ist Johanna und der steht nebenbei direkt vor dir auf dem kleinen Display."

Sie scheint sich schnell wieder etwas beruhigt zu haben, so schlagfertig, wie sie Tom begegnet.

Hm, denkt Tom, *wenn alle hier so sind, dann wird das ja lustig.*

Trotzdem beschließt er, es weiter auf die direkte Art zu probieren.

„Okay Johanna. Eins nach dem anderen. Ich bin der Freund von Sina. Wir sind noch nicht sehr lange zusammen, aber ich komme, wie schon erwähnt, aus der Uniklinik, und Sina hat mich gebeten, euch zu informieren. Also, könntest du mir bitte helfen, allen, die heute hier sind, Bescheid zu geben, damit ich sie persönlich treffen kann. Habt ihr vielleicht einen Konferenzraum oder sowas?"

Johanna fummelt nervös an ihrer überdimensional großen Kette herum, die Tom nicht so genau identifizieren kann, verdreht die Augen und setzt einen Kopfhörer mit Mikro auf ihre lange Mähne, die sie geschickt hinter die Ohren legt, damit sie auch etwas hören kann. Sie drückt irgendeinen Knopf an einem Pult und startet einen Rundruf. Jedenfalls vermutet Tom das.

"Hey Leute, kommt mal alle kurz in den Casting-Raum. Es gibt etwas Wichtiges. In fünf Minuten!"

Selbstzufrieden lächelt sie Tom an. Der hat das sofort kapiert und säuselt freundlich:

„Vielen lieben Dank, Johanna. Wo ist der Casting-Raum?"

Ohne ein weiteres Wort zu verlieren, tritt sie hinter ihrem Fiat-500-Tresen hervor. Kurzerhand steht sie direkt vor Tom, das heißt, ihrer Größe wegen, über ihm. Denn sie ist, Tom vermag es nur ungefähr zu schätzen, auf jeden Fall über einen Meter neunzig groß.

Tom, der sich mit seinen ein Meter vierundachtzig nicht klein findet, blickt mit offenem Mund zu ihr auf.

„So der Herr, bitte folge mir."

Tom kommt sich wie ein Praktikant vor. Wahrscheinlich hat Johanna diesen Auftritt auch an den vielen Praktikanten geübt, die bei 'Charisma' ein und aus gehen. Jedenfalls geht Johanna, oder besser stolziert sie, quer durch den offenen Empfangsraum, in dem sich außer dem Fiat 500 eine riesige Couchlandschaft ausbreitet. Vor einem überdimensionalen, vollständig in eine Betonwand integrierten Flatscreen ist ein Aquarium-Video zu sehen, das wartende Besucher wohl beruhigen soll.

Johannas grüne Lackpumps klackern auf dem polierten Betonboden. Kurz vor einem deckenhohen schwarz-lila Samtvorhang dreht sie sich theatralisch um. Mit einem geübten Augenaufschlag und leicht geöffneten Lippen, säuselt sie: „Der Casting-Raum steht zu deiner Verfügung."

Jetzt ist es Tom, der die Augen verdreht. *Wo hat sie das nur her?* Wahrscheinlich aus dem letzten 50-Shades-of-Grey-Film. Jedenfalls weiß Tom jetzt, dass er mit Sina eher eine gemäßigte Ausgabe einer Vertreterin der Filmbranche als Freundin hat. Johanna ist voll anstrengend, aber irgendwie auch unterhaltsam.

Der Casting-Raum ist einfach ein großer fensterloser grauer Raum. An der einen Wand ist eine große Rolle mit weißem Stoff oder einem ähnlichen Material an der Decke aufgehängt. Als sich Tom umdreht, erkennt er an der gegenüberliegenden Wand hunderte Fotos von Models. Alle befestigt an gespannten Wäscheleinen, ganz einfach mit Klammern. Er nähert sich dieser imposanten Sammlung, um einen Blick auf die vielen unterschiedlichen Typen zu werfen. Seine Vermutung ist richtig. Da ist alles vertreten. Von wunderschön bis skurril. Von ganz jung bis sehr alt. Eine Ordnung oder

Sortierung kann Tom nicht erkennen. Es scheint wohl sehr viele Menschen zu geben, die, nebenbei oder hauptberuflich, ihr Geld als Model verdienen. Weiter kommt Tom mit seiner Analyse nicht, denn auf einmal erscheinen die 'Charisma'-Mitarbeiter im Raum.

Vorneweg ein dünner, schlaksiger Mitdreißiger. Hipstermäßig mit Vollbart und überdimensional großer Hornbrille. Er geht direkt auf Tom zu, streckt die Hand aus und stellt sich vor: „Hi, I'm Richard, the director von 'Kiss for Love'. I work very close zusammen with Sina."

Tom denkt sofort: *noch so ein Unikat!* Er begegnet Richard freundlich aber distanziert.

„Guten Tag, ich bin Tom, Berufsmusiker. Ich bin mit Sina zusammen."

Doch da immer mehr Mitarbeiter den Raum betreten, zieht sich Richard zurück und überlässt Tom das Feld.

Tom wendet sich den ankommenden Leuten zu; es sind circa dreißig.

„Hallo, ich bin Tom Strasser. Bitte entschuldigt den Überfall. Ich bin der Freund von Sina. Sie hat mich beauftragt, euch mitzuteilen, dass sie wegen eines Unfalls im Krankenhaus ist. Ihr sollt euch bitte keine Sorgen machen. Ihr ist nichts Schlimmes passiert. Sie wird heute noch einmal untersucht, und wir gehen davon aus, dass sie morgen schon wieder das Krankenhaus verlassen kann. Selbstverständlich wird sie den Rest der Woche zu Hause bleiben, um sich von dem Vorfall zu erholen."

Tom schaut in betroffene Gesichter. Keiner sagt etwas. Ein junger Typ mit der typischen Max Giesinger Frisur tritt einen Schritt vor und fragt dann noch: „Können wir etwas für Sina tun? Braucht sie was?"

Tom ist froh, die Situation im Griff zu haben und antwortet prompt: „Sie hat mich beauftragt ihr ein paar persönliche Sachen zu bringen. Von eurer Seite wäre es gut, wenn ihr sie diese Woche nicht behelligt. Bitte seid so gut. Macht euren Job und sorgt dafür, dass der Laden läuft."

Tom kommt sich gerade selbst wie ein Geschäftsführer vor. Auf jeden Fall scheinen seine Ansagen zu wirken. Die Leute fangen an, miteinander zu reden und die Anspannung im Raum nimmt ab. Unbemerkt hat sich Richard zu ihm gesellt. Er blickt Tom konzentriert an: „Excuse me, können wir in private reden?" flüstert er verschwörerisch. Tom weiß nicht so recht, wie er darauf reagieren soll.

Da ihm die ganze Situation etwas unangenehm ist, will er nicht unhöflich sein und geht auf Richards Vorschlag ein.

„Wenn es wichtig ist, gerne."

Richard legt den Arm um Tom und bugsiert ihn aus dem Raum in ein angrenzendes Büro.

Sie betreten ein großzügiges Loft, ganz in Weiß. Weißer Boden, weiße Wände, weißer Schreibtisch. Da fällt der lila Ledersessel dahinter besonders ins Auge. Auf dem Tisch stehen farblich harmonierende Blumen. Richard bietet Tom einen Platz auf der imposanten weißen Ledersofalandschaft an. Die beiden Männer sitzen sich gegenüber und checken sich erst einmal ab. Tom, wie immer ganz in Schwarz gekleidet, ist der gut durchtrainierte Typ, mit schwarzen Haaren und einem dunklen Teint. Richard, schlaksig, irgendwie immer in Bewegung mit seinen Händen, ob am Bart oder an seinem Jeanshemd, rückt seine großformatige Hornbrille zurecht und beginnt das Gespräch.

„Sorry, dass ich dich so spontan sprechen will, but I think it is important!"

Tom begegnet der Situation erst einmal mit vorsichtiger Distanz. Er findet den Engländer etwas *strange,* wie dieser sagen würde

„Ich bin gespannt. Hat es etwas mit Sina zu tun?"

Richard rutscht unruhig auf dem Sofa herum und nestelt an seinen Manschetten.

„Of course! Hat Sina dir nicht von dem problem with the Casting-Videos erzählt?"

Tom nickt und bestätigt sein Wissen darüber.

„Ich habe einen Verdacht ... a young girl, ... eine angebliche Bloggerin. She was beim Casting anwesend. Sina hat das erlaubt. I thought it was unusual. Ich denke, sie spioniert etwas aus."

Bisher hat Tom interessiert zugehört, nun unterbricht er Richard in seinem Redefluss: „Wie kommst du darauf, gibt es hier Geheimnisse? Was könnte sie denn interessieren?"

Tom lehnt sich in eine entspannte Position zurück, er versucht hier die Oberhand zu behalten.

„Da gibt es many possibilities. Sie arbeitet möglicherweise für die competition. Und wollte, bevor die Sendung on air ist, die Kandidaten in ihrem Blog veröffentlichen. Oder she hat vor, 'Charisma' in difficulties zu bringen. The competition ist tough in der Branche, you know!"

Tom, der ja im Krankenhaus das Ende des Gesprächs zwischen Sina und Richard zufällig mitbekommen hat, wird es langsam zu bunt. Er versucht Richard freundlich, aber bestimmt, abzuwimmeln.

„Richard, warum erzählst du mir das? Ich bin Sinas Freund, aber ich mische mich nicht in ihr Business ein."

Die Bewegungen des Regisseurs werden noch fahriger. Er schlägt seine Beine übereinander und gestikuliert hektisch.

„Between you and me, ich habe den Verdacht, Sina ist etwas zugestoßen! The whole thing is strange. Kannst du mir sagen, was wirklich los ist, ich fühle mich für Sina responsible, you know?!"

Tom wird es nun endgültig zu viel. Er steht auf und formuliert unmissverständlich: „Lieber Richard, wenn du mehr erfahren willst, dann sprich bitte direkt mit Sina. Sie wird spätestens nächste Woche wieder in der Agentur sein. Bis dahin solltest du dich gedulden. Ich werde mich jedenfalls nicht in Sinas Angelegenheiten einmischen. Und jetzt muss ich ein paar Dinge für Sina erledigen. Sie wartet auf mich."

Inzwischen ist Richard aufgesprungen und tänzelt nervös um Tom herum.

„All right, lassen wir es dabei, ich habe dich nur informieren wollen. Thank you, for updating me."

Tom geht voran und verlässt den weißen Raum. Im Rausgehen überlegt er: War das vielleicht Sinas Büro? Vom Stil würde es gut zu ihr passen. Was erlaubt sich der Typ eigentlich? Verhält sich hier wie der *Chef.*

Tom und Richard verabschieden sich unterkühlt am Empfang. Für Johanna hat Tom noch ein flüchtiges Lächeln, das sie mit einem dezenten, aber vielsagenden Blick, erwidert.

Na, das war ja was, denkt sich Tom, als er später in seinem Range Rover sitzt. *Ein Erlebnis der besonderen Art.*

Sinas Wohnung ist der Hammer. Direkt an der Isar gelegen, im obersten Stock einer Altbauvilla, genießt Tom erst einmal den fantastischen Blick. Hier kann man es aushalten. Es dominiert wieder Weiß. Dazu kommt ein edler Parkettfußboden, und das eine oder andere großformatige Gemälde lässt die Wohnung lebendig wirken. Viele Zimmer scheint es nicht zu geben. Das große Wohnzimmer mit einer in die Schräge eingelassenen Terrasse und eine schlichte weiße Küche mit einem langen alten Eichentisch ergeben ein luftiges Ensemble. Ein praktisches Bad und ein Schlafzimmer mit einem runden Bett machen die Luxuswohnung komplett.

Schade, denkt Tom, jetzt bin ich hier allein und Sina liegt im Krankenhaus. Eigentlich hätten wir gestern Abend hier unsere Premiere gehabt. Wie schnell sich doch die Dinge ändern können! Ach was, was nicht ist, kann noch werden.

Tom lässt sich nicht die Laune verderben und versucht die Situation, so wie sie ist, zu akzeptieren. Trotzdem nimmt er sich vor, sobald Sina wieder zu Kräften gekommen ist und die Ärzte Entwarnung gegeben haben, in Ruhe mit ihr zu sprechen.

Kapitel 4

Professor Atkinson wartet nervös im Vorzimmer seines Chefs, Cornel Camden, CEO von XOVELL. Er hat eine unangenehme Botschaft, die er möglichst schnell weitergeben muss, denn sie könnte das gesamte Forschungsprojekt gefährden. Vor ihm liegt der letzte Studienbericht auf dem dicken Glastisch.

Seit der ersten Übertragung des Super-Transmitters haben Professor Atkinson und sein Team noch weiteren 30 Probanden die Manschette angelegt. Jeweils mit einer leicht anderen Zusammensetzung und jeweils mit einer anderen individuellen Anamnese der Testpersonen. Die Bandbreite geht von Aggressionsüberschuss über Schlafstörungen bis zu Angstzuständen vor Prüfungen. Immer ist die übertragende Person zum jeweiligen Partner positiv im Sinne der mentalen Schwäche des Partners. Bewusst wurde diese Kombination in der ersten Testreihe gewählt.

Der Colonel wollte eigentlich auch die umgekehrte Variante. Professor Atkinson riet jedoch davon ab. Denn die Probanden leben während des Tests in ihrem normalen Umfeld und sind nicht unter ständiger ärztlicher Kontrolle, was im umgekehrten Fall dringend zu empfehlen wäre. Der Professor putzt sich zum zweiten Mal seine kleine Brille und schaut ungeduldig auf seine Smart-Watch. 17:00 Uhr. Seit heute Morgen weiß er von dem Zwischenfall. Er muss Cornel Camden unbedingt heute noch sprechen, dann sollten sie gemeinsam überlegen, was zu tun ist.

Da geht die Tür vom Büro des Colonels auf. In seiner typischen leicht-provozierenden Art geht er auf den Professor zu.

„Und Atkinson, was führt sie zu mir? Wir haben doch eigentlich erst übermorgen unseren Jour fixe. Hat die Sache nicht bis dann Zeit? Ich fliege heute Abend noch nach Genf. Halte morgen bei einem Kongress in Beaune in Frankreich einen Vortrag ...“

Den Bericht unter seinem Arm geklemmt schreitet der Professor an dem fast zwei Meter großen Mann, mit dem glatt rasierten Schädel vorbei ins Büro. Er nimmt direkt am runden Konferenztisch Platz.

„Na, dann rücken Sie mal damit heraus. Haben wir etwa ein Problem? So wie Sie dreinblicken, vermute ich das.“

Professor Atkinson wischt den nicht vorhandenen Staub vom Tisch und legt den gebundenen Bericht auf die Platte.

„Mr. Camden, sie erinnern sich doch noch an unsere erste Probandin, das ist jetzt fast sechs Wochen her. Ich berichtete Ihnen, dass der Super-Transmitter von ihr gut vertragen wurde und sich auch schon eine erste positive Wirkung im Fall des Freundes zeigte. Seine Angstzustände und depressiven Episoden haben sich signifikant reduziert. Momentan unter fünfzig Prozent im Vergleich zu der Zeit vor der Gabe der künstlichen Botenstoffe. So weit so gut.“

Camden wippt ungeduldig mit seinem Oberkörper und reibt sich mit seinem rechten Zeigefinger an der Nase. Ein untrügliches Zeichen für seine Erwartung und dass seine Anspannung groß ist.

„Meine Zeit ist knapp, kommen sie zum Punkt, Atkinson.“

„Also, wir hatten der Probandin, sie heißt übrigens Sally, im Vertrag unmissverständlich klargemacht, dass sie und ihr Partner keinen Sex mit anderen Personen haben dürfen. Im Falle eines Verstoßes droht ihr wegen

Vertragsbruch eine Strafzahlung. Wir haben die beiden überwachen lassen. Sie wissen, wir tun dies schon seit sechs Wochen und bis gestern ist auch nichts vorgefallen."

Camden trommelt mit seinen langen Fingern eine imaginäre Sonate auf der Tischplatte. Sein Gesichtsausdruck ist frostig.

„Machen wir es kurz, Sallys Partner, John, ist bisexuell. Wir haben ihn in einem einschlägigen Club ausfindig gemacht. Dort tanzte er mit einem Typ namens Richard Lester, Regisseur von Shows und anderen TV-Sendungen und knutschte mit ihm auf der Tanzfläche. Er lebt in Deutschland und war zu Besuch in seiner Heimat. Warum gerade die beiden zusammen waren, haben wir bisher nicht herausfinden können. Jedenfalls sagt unser Informant, dass sie nach ein paar Drinks gemeinsam in ein Taxi gestiegen sind."

Der eisige Blick des Colonels weicht einem wütenden Gesichtsausdruck. Er springt auf und geht direkt auf den Professor zu. Sein Zeigefinger bohrt sich in Atkinsons Brust.

„Was habe ich Ihnen vor Wochen gesagt! Es ist zu gefährlich die Testgruppen in ihrem normalen Umfeld zu lassen. Aber nein, sie wollten ja möglichst realistische Bedingungen. Jetzt sehen Sie die Konsequenzen. Kümmern sie sich darum. Finden sie den Regisseur, wer weiß, mit wem der mittlerweile rumgemacht hat!"

Nun ist der Professor komplett in der Defensive. Er räuspert sich gekünstelt.

„Hm, dummerweise ist Richard Lester wieder in Deutschland und führt dort Regie bei der Sendung 'Kiss for Love'."

Jetzt war es raus. Der Professor fällt in sich zusammen und wischt sich mit einem Taschentuch den

Schweiß von der Stirn, während der Colonel, wie eine aufgescheuchte Giraffe in seinem Büro hin und her läuft und um Fassung ringt.

„Sie wollen mir also sagen, unser Experiment hat sich mal eben verselbstständigt!? Und, wie es der Zufall will, sind wir jetzt auch noch mitten in einer Kuppelshow gelandet? Das ist ja filmreif!"

Er lacht theatralisch schrill und schüttelt heftig seinen Kopf: „Ich glaube, die ganze Sache sollte jetzt in andere Hände gegeben werden. Ich spreche gleich mit unserem Sicherheitschef, und sie kümmern sich ab sofort ausschließlich um ihre Forschung. Sie haben schon genug angerichtet! Und lassen sie mir den Bericht da!"

Während der Colonel krakelt, hat er die Tür seines Büros geöffnet und schiebt den Professor hinaus.

„Irina, schicken Sie mir Koslovski. Sofort!"

Die Assistentin wählt umgehend die Nummer des Sicherheitschefs.

Pünktlich um 17:30 Uhr öffnet Tom die Tür zu Sinas Krankenzimmer. Seine Freundin sitzt angezogen auf der Bettkante und hat ihr Smartphone in der Hand. Als sie Tom sieht, springt sie freudig auf, und beide fallen sich in die Arme.

„Sina, du siehst gut aus, hast du die Untersuchungen überstanden? Kannst du schon was sagen?"

Tom ist natürlich neugierig.

„Jetzt gib mir erst mal einen Kuss, ich brauche dich und deine Kraft."

Sie küssen sich leidenschaftlich, und in Tom regt sich sofort wieder die Begierde nach dieser Frau.

„Weißt du was? Ich kann heute Abend schon wieder hier raus!" Sina strahlt über ihr hübsches Gesicht.

„Haben sie dir das schon gesagt? Das ist doch super!“ Sina streichelt Toms Oberkörper.

„Und dann können wir endlich zu mir in meine Wohnung. Apropos, warst du schon dort und hast meine Sachen geholt?“

Tom zeigt auf eine kleine Reisetasche, die er beim Reinkommen auf einen Stuhl abgelegt hat.

„Klar doch, aber brauchst du die ganzen Sachen, wenn du heute doch rauskommst?

„Ein paar frische Kleider wären schon nicht schlecht und schminken will ich mich auch. Wenn der Oberarzt kommt, möchte ich ihm schöne Augen machen ...“

Tom hält Sina auf Distanz und kontert: „Dann habe ich ja als Bote meinen Dienst getan und kann wieder gehen.“

„Du Blödmann, setz dich hin, ich gehe ins Bad. Die Ärzte müssten jeden Moment kommen.“

Kurz nachdem eine frisch zurechtgemachte Sina aus dem Bad kommt, öffnet sich die Zimmertür, und das bekannte Ärzteteam betritt den Raum.

Dr. Preuss bittet Sina Platz zu nehmen und fordert Tom freundlich auf, kurz draußen zu warten, denn die Informationen über ihren Zustand seien nur für Sina bestimmt. Die Ärzte unterliegen der Schweigepflicht gegenüber weiteren Personen, erklärt der Oberarzt. Seine Assistenten Kocher und Bittner haben einen Laptop dabei. Für einen kurzen Moment herrscht gespannte Stille.

Der Oberarzt bekommt einen Befund gereicht und überfliegt diesen kurz. Dann spricht er ruhig und leise: „Frau Söhnke, wir haben bei Ihnen keine körperlichen Verletzungen feststellen können.“

In Sinas Gesicht macht sich Erleichterung breit.

„Bis auf eine Sache. An Ihrem rechten Oberarm ist eine Stelle von circa einem Quadratzentimeter mit einer Hautreizung und mehreren kleinen Einstichen zu erkennen.“ Er deutet auf den Punkt an Sinas Oberarm.

„Erinnern Sie sich, vor dem Überfall eine Rötung oder einen Juckreiz beobachtet zu haben?“

Sina überlegt kurz und antwortet überzeugt: „Nein, da war nichts, es wäre mir aufgefallen.“

Dr. Preuss wendet sich wieder an seine beiden Assistenzärzte.

„Haben wir die detaillierten Ergebnisse der Untersuchungen schon vorliegen?“

Assistentin Kocher ruft in ihrem Laptop eine Datei auf und beginnt emotionslos zu zitieren: „Ja, das haben wir, sind eben gekommen." Sie liest laut vor: „Der Bericht zeigt eine generelle Veränderung der neurochemischen Signalübertragung. Diese betrifft bestimmte Neurotransmitter wie insbesondere Noradrenalin und Dopamin. Das könnte zur Folge haben, dass bei Frau Söhnke eine Prädisposition für eine bipolare Störung vorliegt. Diese kann erblich bedingt sein, aber verstärkt auch durch psychosoziale Faktoren ausgelöst werden.“

Sina schaut die Ärzte mit großen Augen an und ergreift das Wort nach dieser mit medizinischen Fachbegriffen gespickten Erklärung.

„Ich verstehe nur Bahnhof. Wollen sie diesen Bericht in Verbindung mit der Rötung an meinem Arm bringen?“

Dr. Preuss fühlt sich direkt angesprochen.

„Frau Söhnke momentan wollen wir noch gar nichts. Wir sind am Fakten sammeln. Was wir durch diese Daten vermuten können, ist, dass durch erbliche und länger anhaltende tägliche Belastungen bei Ihnen, eine Anfälligkeit für starke Stimmungsschwankungen und eventuelle depressive Episoden besteht. Das könnte sich im Laufe der Zeit deutlich verstärken, muss aber nicht. Das Einzige was wir momentan haben, sind diese Untersuchungsergebnisse und die ungewöhnliche Hautrötung an Ihrem Arm, die danach aussieht, als ob jemand Ihnen über ein transdermales Pflaster Wirkstoffe über die Haut zugeführt hat."

Herr Bittner ergänzt: „Und Reste eines Stoffes haben wir in Ihrem Blut nachweisen können. Es handelt sich um ein besonderes Narkotikum: Ketamin. Dieser Wirkstoff wird zur Betäubung in der Schmerztheraphie und seit kurzem in der Behandlung von schweren Depressionen eingesetzt. Es hat teilweise starke Nebenwirkungen bis hin zu einer Amnesie."

Sina schaut verstört.

„Aus welchem Grund gibt mir jemand solches Zeug und lässt mich danach einfach liegen? Die Dinge, die sie erwähnten, habe ich an mir noch nicht feststellen können. Ich neige weder zur Depression noch schwankt meine Stimmung extrem. Gut, ich bin oft beruflichem Stress ausgesetzt, da ist man manchmal schlecht drauf. Das legt sich aber spätestens am nächsten Tag wieder."

Dr. Preuss klärt Sina auf: „Ich vermute, jemand hat Ihnen Ketamin verabreicht, um Sie zu betäuben. Im Pflaster war eine Wirkstoff-Kombination und dazu wahrscheinlich auch noch ein Schlafmittel. Ketamin hat als Narkotikum bestimmte Vorteile. Zum Beispiel bleibt der Kreislauf relativ stabil und es besteht nicht die Gefahr eines Atemstillstands. Die Täter konnten also relativ sicher sein, dass Sie wieder aufwachen und alleine auf die Beine kommen. Die anderen Stoffe, die Ihnen eventuell zugeführt wurden, können wir noch nicht mit hundertprozentiger Sicherheit identifizieren. Wir sind aber dran und haben Proben davon in ein Speziallabor geschickt. Frau Söhnke, ich bitte Sie, machen Sie sich erst mal keine Sorgen. Mit Sicherheit können wir sagen, es war kein Gift dabei. Es war also kein Anschlag auf Ihr Leben!“

Die Assistenzärztin Kocher zeigt Sina ein Formular.

„Bitte lesen Sie sich dieses Formular durch, wenn Sie damit einverstanden sind, dann dürfen Sie heute nach Hause. Bitte halten Sie sich aber für weitere mögliche Untersuchungen zur Verfügung. Und bitte überlegen Sie sich, ob Sie uns von unserer Schweigepflicht gegenüber der Polizei entbinden wollen. Dann könnten diese mit den medizinischen Informationen die möglichen Täter eventuell leichter finden.“

Nun ist Sina komplett überfordert. Ihr Schädel brummt, und ihr ist schlecht. Sie blickt von einem Arzt zum anderen und kann nur noch sagen: „Ja, ich möchte nach Hause. Ich werde alles Weitere mit meinem Freund besprechen. Danke für die Informationen.“

Die drei Ärzte haben verstanden und verlassen das Zimmer. Kurz bevor alle draußen sind, erinnert Frau Kocher Sina noch einmal daran, das Formular zu unterschreiben und dieses der Stationsschwester zu übergeben.

Eine Stunde später sind Sina und Tom in Sinas Wohnung. Nachdem es sich beide auf der Couch bequem gemacht haben und eine heiße Tasse dampfenden grünen Tees in der Hand halten, gibt sich Tom einen Ruck und spricht Sina noch einmal auf den Vorfall gestern Nacht an.

„Hier in deiner Wohnung fühlt sich die Sache noch unwirklicher an. Aber sie ist passiert, und wir sollten sie nicht einfach so beiseiteschieben. Ich mache mir

Sorgen, und ich muss auch zugeben, irgendetwas stimmt hier nicht."

Sina bläst den Dampf ihres Tees weg und schaut Tom direkt an.

„Jetzt komm, rück schon raus, du wolltest sagen, irgendetwas stimmt nicht mit mir!"

Tom verändert seine Sitzposition, schaut betroffen und nickt.

„Ja, aber ich weiß nicht so recht, wie ich mich ausdrücken soll, um dir das Gefühl zu erklären, das bei mir entsteht, seit ich dich kenne."

Sina schluckt und versucht ihre Reaktion zu kontrollieren.

„Na, hoffentlich ist es ein Gefühl der Zuneigung. Bin ich denn so anders im Vergleich zu deinen bisherigen Freundinnen?"

Tom sucht nach Worten, denn er will nichts Falsches sagen.

„Du bist die faszinierendste Frau, die ich bisher kennengelernt habe. Du steckst voller Energie und ich habe mich in dich verliebt."

Sina lächelt ihn an und ihre Augen glänzen.

„Doch immer, wenn ich mit dir zusammen bin, insbesondere, wenn wir uns berühren, uns küssen und Sex miteinander haben, geht etwas in mir vor, etwas, das ich mir nicht erklären kann. Ich fühle mich vor mir selbst fremd und habe stark schwankende Empfindungen, reagiere irgendwie anders. Das erste, was ich bemerkt habe, ist, dass ich sehr stark träume, aufwache und unbestimmte Ängste habe. Dann, neulich, bei einem Auftritt, da wusste ich nicht mehr, wie ich meinen Part weiterspielen soll – das ist mir noch nie passiert!"

Während Tom den letzten Satz spricht, schaut er schuldbewusst nach unten. Sein Blick heftet sich an

Tasse, denn er ist sich im Klaren, was er da gerade ausgesprochen hat. Mit der Beherrschung von Sina ist es nun vorbei. Die Worte platzen förmlich aus ihr heraus:

„Du meinst also, ich kille deine künstlerischen Qualitäten, ich bin schlecht für dich? Ich glaube, ich spinne!"

Sina ist aufgesprungen und läuft aufgebracht zur offenen Küche. Angelehnt an die Kochinsel, rot im Gesicht und mit deutlich angespannter Körperhaltung geht sie Tom direkt an.

„Da sieht man mal, was man sich einhandelt, wenn man nicht nach einer Nacht Schluss macht! Was willst du mit deinen Anschuldigungen erreichen? Macht es dir Freude, mich zu maßregeln? Was ist dein Ziel? Ich will das alles nicht hören!"

Wütend läuft Sina ins Badezimmer und knallt die Tür hinter sich zu. Das hatte sich Tom anders vorgestellt. Er wollte vorsichtig mit Sina über seine Empfindungen sprechen. Anscheinend war das nicht möglich.

Tom nippt an seinem Tee und überlegt, was er tun soll. Sich entschuldigen, Sina in Ruhe lassen, noch einmal versuchen, mit ihr zu reden? *Okay*, sagt er sich, *ich werde es probieren*. Tom steht auf und geht zur Badezimmertür. Leise klopft er an.

„Hey Sina, bitte lass uns vernünftig reden. Vielleicht haben meine Probleme nichts mit dir zu tun. Vielleicht haben wir beide einfach sehr unterschiedliche Charaktere, die für ein Gefühlschaos sorgen. Wie geht es dir denn mit mir?"

Tom hört ein Schluchzen und dann wie Sina sich die Nase putzt. Die Tür geht auf und Sina steht vor ihm mit komplett verheulten Augen. Sie flüstert mit heiserer Stimme: „Mir geht es ähnlich. Aber nicht erst, seit ich dich kenne, sondern schon zuvor komme ich mir teilweise selbst fremd vor. Anders als bei dir, bin ich plötzlich aufbrausend, ungeduldig und spüre eine ständige innere Unruhe. Dabei konnte mich vorher so gut wie nichts aufregen. Zuerst habe ich gedacht, das hängt mit meiner Menstruation zusammen. Bevor ich meine Tage bekomme, bin ich ab und zu unausgeglichen. Das Gefühl blieb dann aber. Ach, Tom, wie sollen wir damit umgehen? Die Ärzte sagen, man hat mich bewusst betäubt mit irgend so einem Zeug, das wohl auch gegen Depressionen ist und es waren wohl auch andere Mittel in einem Pflaster, das mir jemand auf den Oberarm geklebt hat."

Tom nimmt Sina in den Arm und streicht sanft über ihren Rücken. Er denkt über ihre Lage und über die gemeinsamen Erkenntnisse nach. Sie ist ihm sehr nah, und, was sie beide bedrückt, ist eine sehr ernste Sache. Der Herzschlag von Sina beruhigt ihn. Wenige Momente später löst er sich vorsichtig von ihr. Mit klarem Blick und fester Stimme wendet er sich an seine Freundin: „Wir sollten unsere Beobachtungen festhalten und uns an deinen Arzt wenden. Unsere Emotionen sind mehr als durcheinander, wir beide haben uns verändert. Dr. Preuss, als Neurologe, ist der Einzige, den wir kennen, der sich mit unseren Symptomen auskennt. Wir sollten uns ihm offen anvertrauen."

Sinas Hände umklammern Toms Oberarme und ihre Augen strahlen im schönsten Wasserblau.

„Das ist eine gute Idee. Ich bin dafür. Wir reden jeder einzeln mit ihm, vielleicht ergibt sich dadurch für ihn ein klareres Bild."

Sie hält kurz inne, denn es fällt ihr noch ein anderer Aspekt ein.

s ist mit der Polizei? Die im Krankenhaus haben mich gefragt, ob ich bereit bin, die Ärzte von der Schweigepflicht gegenüber der Polizei zu befreien. Ich habe dazu ein Formular erhalten. Was meinst du, soll ich das tun?“

Tom hat mit solchen Dingen keine Erfahrung, doch er ist ein vorsichtiger Typ und rät Sina deshalb: „Ich würde damit noch warten. Du solltest noch mehr erfahren. Hast du noch einen weiteren Termin?“

Sina nickt: "Ja, es werden noch genauere Laboruntersuchungen gemacht. Wenn die da sind, dann melden sie sich wieder.“

Sina setzt sich zurück auf die Couch und Tom ihr gegenüber. Die Lage und Stimmung hat sich merklich entspannt. Beide schauen sich an.

„Du hast noch etwas auf dem Herzen, Sina. Ich sehe es dir an.“

„Ja, das stimmt. Und zwar hat es mit dem Vorfall bei mir in der Agentur zu tun. Richard ist einer der involvierten Personen, aber auch Raphael und eine Bloggerin. Sie heißt Corinne Sailer.“

Tom reagiert etwas verwirrt: „Das musst du mir jetzt mal näher erklären. Wie kommst du darauf? Aber bevor du berichtest, wollte ich dir kurz meine Einschätzung zu diesem Regisseur, Richard, geben. Der hat mich, wie ich bei dir in der Agentur war, gleich angesprochen und war recht aufdringlich. Entweder wollte er sich nur wichtigmachen oder er macht sich wirklich Sorgen. Jedenfalls tat er sehr verschwörerisch und sprach den Verdacht aus, dass diese Bloggerin bei euch geschnüffelt und eventuell sogar die Casting-Videos manipuliert hat.“

Sina schüttelt ihren blonden Kopf.

„Richard hat sich da echt etwas verrannt. Kannst du dir vorstellen, er hat einen Detektiv beauftragt, um der Sache nachzugehen. Wie heißt der noch gleich, irgendwas mit von Trebitz. Ja genau, er heißt Maximilian von Trebitz. Der soll meine Mitarbeiter befragen und herausfinden, wie und warum die Daten defekt sind."

Tom runzelt seine Stirn, ihm kommt das etwas übertrieben vor.

„Und, hast du zugestimmt? Immerhin ist es deine Firma? Da kann so ein Regisseur sich doch nicht einfach einmischen?"

„Ich denke schon, denn ich bin von ihm abhängig. Er hat 'Charisma' bei der Produktionsfirma als Castingagentur vorgeschlagen, und er ist es auch, der die Kandidaten final auswählt. Die beim Sender vertrauen ihm voll, denn er hat viel Erfahrung mit Shows und diversen Unterhaltungsformaten."

Tom will noch nicht so ganz verstehen, deswegen hakt er nach: „Aber wieso bringt er einen Privatdetektiv ins Spiel, warum nicht die Polizei? Wenn es wirklich ein Diebstahl ist, oder ein Ausschnüffeln eurer Geschäftstätigkeit."

„Ich denke, er wollte nicht zu viel Wind machen und die Sache diskret behandeln. Die Produktionsfirma und der Sender sollen nichts davon mitbekommen. Die sind da sehr sensibel."

„Hast du zugestimmt, von Trebitz zu beauftragen?"

Sina überlegt.

„Ich habe noch nichts unterschrieben, aber das Gespräch endete, als ob die Sache abgemacht wäre."

Tom will noch etwas anderes ansprechen und wechselt das Thema.

„Dieser Praktikant, Raphael, wie lange ist der bei euch?"

„Einen guten Monat."

Tom schüttelt verständnislos den Kopf.

„Da darf er nach so kurzer Zeit die Video-Daten eures Castings bearbeiten, ja sogar mit nach Hause nehmen?"

Sinas Gesichtsfarbe ändert sich zu einem leichten Rot.

„Das mag für dich ungewöhnlich sein, aber in unserer Branche sind wir auf Praktikanten angewiesen. Raphael hat schon mehrere Praktika hinter sich und nur beste Empfehlungen. Er ist mit dem Studium fertig und sucht nun den Einstieg in das TV-Business. Ich habe keinen fest angestellten Cutter, und da Raphael an der Hochschule mit der aktuellsten Software gearbeitet hat, war er für diese Aufgabe perfekt geeignet."

Tom kann es immer noch nicht ganz glauben.

„So perfekt, dass ihr den Dreh wiederholen musstet!"

„Jetzt mach aber mal halb lang, verdächtigst du Raphael, hier absichtlich etwas manipuliert zu haben?"

„Sina, das habe ich nicht gesagt, ich bin mir nur nicht sicher, ob er der Richtige ist, diese sensiblen Daten zu bearbeiten. Auf jeden Fall kommt er mir – rein von der Sache und den Möglichkeiten hergesehen – verdächtiger vor, als die junge Bloggerin, die Richard verdächtigt."

„Mensch, Tom, mir ist ganz schwindelig, wenn ich daran denke, was in den letzten Tagen passiert ist und wer darin verwickelt sein könnte."

Tom nickt bestätigend: „Und ich vermute, das ist erst der Anfang."

In diesem Moment klingelt es.

„Wer kann denn das sein?" fragt Sina.

„Keine Ahnung. In deiner Agentur jedenfalls habe ich die strikte Anweisung gegeben, dich nicht zu stören“, antwortet Tom.

Sina ist schon an der Video-Anlage ihrer Wohnung. In dem kleinen Bildschirm sind zwei, ihr unbekannte, Personen zu sehen.

„Ja, hallo, wer ist da?“

Etwas blechern tönt es aus dem Lautsprecher:

„Kommissar Nöcker und meine Kollegin Rosinger, wir möchten gerne mit Ihnen über die Ermittlungsergebnisse bezüglich des Überfalls gestern Nacht sprechen.“ Sina betätigt den Öffner und wendet sich an Tom.

„Dann werden wir gleich hören, was die Polizei herausgefunden hat.“

Tom nickt und stellt sich erwartungsvoll neben Sina in die schon geöffnete Wohnungstür. Kurz darauf sind die beiden Polizisten oben an der Wohnungstüre angekommen.

Ganz dem Klischee entsprechend stehen dem Pärchen zwei durchtrainiert wirkende Mitdreißiger gegenüber. Nöcker, mit kurzen schwarzen Haaren, einem markanten Gesicht, in Lederjacke und Jeans; seine Kollegin Rosinger, eine drahtig wirkende Frau, Typ Kickboxerin, mit hellbraunem Pferdeschwanz, etwas Kajal, ansonsten ungeschminkt. Ganz in Schwarz, ein rotes Trägershirt leuchtet aus der Funktionsjacke hervor.

Nöcker ergreift sofort die Initiative: „Guten Abend, wie geht es Ihnen, Frau Söhnke?“

Ohne eine Antwort abzuwarten, fährt er fort: „Wir würden gerne mit Ihnen den Vorfall von gestern Nacht einmal durchgehen und die nächsten Schritte besprechen.“

Nöcker ist Sina gleich unsympathisch.

Ein Kaugummi kauender Macho, denkt sie. „Danke der Nachfrage, mir geht es schon wieder besser", erwidert sie kühl.

Tom versucht es mit mehr Freundlichkeit: „Wir hatten ja schon das Vergnügen Herr Nöcker. Kommen Sie doch herein, dann können wir uns in Ruhe unterhalten."

Die vier setzen sich.

Nöcker bleibt bei seiner sachlichen, leicht arroganten Art: „Frau Söhnke, erzählen uns doch bitte, aus Ihrer Perspektive, was Ihnen zugestoßen ist."

Sina überlegt, wo sie anfangen soll und entscheidet sich für die kurze Version, ohne subjektive Interpretationen.

„Wir kamen gerade von einem gemeinsamen Abendessen im Sabaidee Garden und schlenderten die angrenzende Fußgängerzone entlang. Als wir eine Kreuzung erreichten hörte ich das laute Geräusch eines Motorrads oder Motorrollers. Ich drehte mich um, denn es kam verdächtig näher, und kurz darauf sah ich nur noch in einen hell blendenden Scheinwerfer. Vom Motorrad selbst und auch vom Fahrer konnte ich so gut wie nichts erkennen. Alles ging dann sehr schnell. Ich wurde brutal von einem kräftigen Arm gepackt und hochgehoben. Zuerst war ich ganz perplex, ich habe nur die Luft angehalten und hatte Angst, dass mich dieser Typ gleich loslässt und ich auf die Straße knalle. Dann gab er Gas und brauste mit mir im Arm davon. Als wir um die nächste Kurve gebogen sind, stand ein paar hundert Meter weiter ein Auto. Ich glaube es war ein großer SUV, mit geöffneter Tür. Das Motorrad hielt an, zwei Typen ergriffen mich, zogen mir sofort eine übergroße Mütze über und hoben mich in den SUV. Dann wurde mir schwarz vor Augen. Das nächste, was ich weiß, ist der Moment im Krankenhaus, als ich in Herrn Strassers besorgtes Gesicht blickte."

Kommissar Nöcker hat aufmerksam zugehört. Wie immer lässt er Zeugen oder auch Opfer möglichst ohne Unterbrechung reden, denn, wenn diese ungestört berichteten, kann er schon durch die Art und die Wortwahl einiges aus den Aussagen entnehmen, beziehungsweise schließen. Bei Sina fallen ihm spontan keine Besonderheiten auf. Dennoch versucht er weitere Details zu erfahren.

„Haben Sie irgendeine Erinnerung an Gesichter, Gestik, Besonderheiten oder vielleicht Stimmen?"

Sina überlegt und versucht sich an das unangenehme Ereignis zu erinnern, sich erneut in die Situation zu versetzen.

„Hm, schwierig. Der Motorradfahrer hatte Lederkleidung an und einen Integralhelm auf. Ich habe seine Schuhe gesehen. Schwarze Motorradstiefel, Glattleder. Bevor ich diese Strickmütze übergezogen bekam – sie war auch schwarz – konnte ich einen der Typen kurz sehen. Er hatte einen blonden Bürstenhaarschnitt, aber sein Gesicht, nein, das konnte ich nicht erkennen."

Sina konzentriert sich noch einmal intensiv: „Komisch, irgendetwas war auffällig an diesem Kerl, der mich in das Auto gehoben hat. Sein Geruch. Ich habe diesen schweren blumigen Duft jetzt noch in der Nase. Das war kein Männerparfum. Es hat mich ganz benommen gemacht, so intensiv war es. Wenn ich es nicht völlig daneben fände, würde ich sagen, es war Chanel No. 5."

Die beiden Polizisten schauen Sina überrascht an. Melanie Rosinger reagiert zuerst.

„Das ist ja mal was, ein Frauenparfum entfaltet seine ganz besondere Wirkung. Ich denke aber, Frau Söhnke, was Sie beschreiben, ist Ethen. Ein Gas, das auch zur Betäubung benutzt wird. Es riecht recht süßlich. Aber sehr gut, jetzt wissen wir schon einmal, wie sie so schnell betäubt wurden. Sie haben eine gute Beobachtungsgabe, hat das etwas mit Ihrem Beruf zu tun? Soweit wir informiert sind, leiten sie eine Castingagentur?"

Sina lächelt die burschikos wirkende Frau an.

„Ja, das stimmt. Deshalb achte ich auch sehr auf das Äußere von Menschen und auch auf individuelle Besonderheiten. Haben Sie denn das Kfz-Kennzeichen des Motorrads ausfindig machen können?"

Rosinger schaut zu ihrem Kollegen, dieser nickt ihr zu: „Ja, es handelt sich um einen gestohlenen Motorroller der Marke Piaggio. Einer dieser großen Modelltypen mit den doppelten Vorderrädern. Sehr stabile Straßenlage. So lässt sich auch erklären, warum der Fahrer sie hat greifen und mitschleifen können. Wir bezweifeln, dass dies bei einem normalen Motorrad möglich gewesen wäre. Ergänzend kommt hinzu, dass dieser Roller eine Variomatik hat und der Fahrer nicht schalten muss. Er hatte also seine linke Hand frei und konnte sie für eine kurze Zeit heben – und dabei noch fahren. Ein gewagtes Manöver war es aber allemal."

Jetzt schaltet sich Nöcker wieder ein: „Und genau das ist der Punkt, der uns beschäftigt. Warum dieses Risiko? Warum so eine riskante Aktion?"

Nöcker blickt Sina durchdringend an und wartet auf eine Reaktion. Sina hält seinem Blick stand. Nöcker fragt: „Haben Sie Feinde? Gibt es Probleme mit Ihrer Castingagentur? Was sagen Sie dazu, Frau Söhnke?"

Sina greift nach Toms Hand. Er schaut sie daraufhin aufmunternd an.

„Bevor Sie kamen, haben Herr Strasser und ich über mögliche Theorien gesprochen. Es gibt einen Vorfall, der vor einigen Tagen unser Casting für die Z24 Show 'Kiss for Love' betrifft.“

Nöckers Augenbrauen bewegen sich nach oben, und er lehnt sich interessiert vor.

„Dann berichten Sie mal, Frau Söhnke.“

Sina erzählt in allen Details vom Vorfall mit den beschädigten Video-Daten sowie von ihren Vermutungen über Raphael. Über Corinne Sailer aber schweigt sie.

Nöcker versteht überraschend schnell und seine Reaktion bezieht sich auf die möglichen Folgen.

„Was wäre passiert, wenn Sie das Casting nicht hätten nachholen können?“

Tatsächlich hat Sina darüber noch nicht nachgedacht, weil sie mit einer solchen Katastrophe nicht gerechnet hat. Ihre Antwort fällt dementsprechend vage aus: „Ehrlich gesagt, das kann ich Ihnen gar nicht genau sagen. Da müsste ich erst in meinen Vertrag mit der Produktionsgesellschaft nachschauen. Aber ich schätze, dass dann auf mich eine sehr hohe Entschädigungszahlung zukommen würde.“

Nöcker nickt, aber bohrt weiter: „Frau Söhnke, wir haben, während Sie noch im Krankenhaus waren, mit einigen Ihrer Mitarbeiter gesprochen. Unter anderem auch mit Richard Lester, dem Regisseur der Sendung. Er berichtete uns auch von diesem Vorfall und äußerte die Vermutung, dass es sich bei den defekten Videodaten um eine gezielte Sabotage handeln könne.“

Unbewusst rollt Sina mit den Augen.

„Ja, Herr Lester hat mir das auch schon gesagt, und er hat deshalb auch einen Privatdetektiv darauf angesetzt. Ich bin davon aber nicht überzeugt. Am Tag des Castings war eine junge Bloggerin bei uns zu Gast. Eine gewisse Corinne Sailer. Ich denke, er lässt sie gerade überprüfen."

Jetzt ist es Nöcker, der mit den Augen rollt.

„Das hat er uns gegenüber nicht erwähnt. Die Sache gefällt mir nicht."

„Eine letzte Frage", sagt Melanie Rosinger und wendet sich an Tom: „Herr Strasser, Sie sind seit einiger Zeit im Musikgeschäft sehr gefragt. Treten international auf, haben recht erfolgreiche Stücke in den Charts, auch auf Social Media haben Sie über zehntausend Follower. Könnte es sein, dass man es auch auf Sie abgesehen hat?"

Tom erscheint die Frage völlig aus der Luft gegriffen.

„Also, Frau Rosinger, ich sehe keinerlei Ansatzpunkte oder Gründe, die mich betreffen. Und überhaupt, warum sollte jemand meine Freundin überfallen? Und dann auf diese Art?"

Rosinger bleibt stur: „Genau das frage ich Sie ja gerade! Denken Sie mal darüber nach."

Tom reagiert empört: „Nein, das will ich nicht, denn es ist absolut irrelevant!"

Kommissar Nöcker bemerkt, die beiden blocken hier. Er beendet das Gespräch mit der typischen Floskel: „Nun gut, wir haben momentan keine weiteren Fragen. Frau Söhnke, bitte halten Sie sich zu unserer Verfügung und verlassen Sie in der dieser Woche nicht die Stadt."

Erleichtert über das Ende des Gesprächs, begleitet Sina die beiden Polizisten zur Tür. Als sie weg sind, bemerkt Tom: „Na, das waren ja zwei, die können ganz schön unangenehm werden."

„Aber zu ihren Recherchen haben sie uns nichts verraten. Komm, ich habe Hunger, wir machen uns ein paar Nudeln. Salat habe ich, denke ich, auch noch da."

Tom ist sofort dabei.
„Gute Idee, hast du auch einen Wein?“
Der Abend verläuft dieses Mal für beide ruhig.
Aber der Schein trügt.

Kapitel 5

Das Flugzeug landet pünktlich in Genf. Cornel Camden schlängelt sich geschickt als einer der ersten, die den Flieger verlassen, durch das Flughafenterminal. Er hat nur Handgepäck dabei, deshalb führt sein Weg direkt zum Ausgang, wo ihn ein Fahrer mit einem Schild erwartet, auf dem „Kongress Beaune“ geschrieben steht.

Auf der Fahrt telefoniert er mit Koslovski, seinem Sicherheitschef.

„Koslovski, was hast du zu berichten? Wie weit haben sich unsere synthetischen Neurotransmitter schon ausgebreitet? Der Fehler von Atkinson kann uns schwer treffen und unser Projekt gefährden. Du weißt, was das bedeutet?!“

Koslovski und Camden kennen sich schon seit der Zeit beim Militär. Beide vertrauen sich blind. Bei XOVELL wird gemunkelt, Camden hätte während seines Militärdienstes etwas ausgefressen, und Koslovski hätte ihn gedeckt. Seitdem ist das ungleiche Paar unzertrennlich, wenn man das so formulieren mag.

Koslovski, der grobschlächtige Starrkopf, Camden der großformatige Businessmann. Sie ergänzen sich auf kongeniale Weise. Beiden gemeinsam ist der 7. Sinn für Chancen und Gefahr. Droht ihnen jemand oder etwas, dann funktionieren sie, wie ein perfektes System.

Nach einem kurzen Moment antwortet Koslovski: „Es ist komplexer, als befürchtet. Durch die Rolle, die Richard Lester bei dieser Show einnimmt, sind in den letzten Wochen mehrere Kandidaten mit den Neurotransmittern infiziert worden. Allen voran Sina Söhnke, die Geschäftsführerin dieser Castingagentur. Bei ihr wirken die NTs ganz besonders intensiv, denn sie ist von ihrer Psyche und ihrem Verstand her der perfekte Multiplikator. Dummerweise hatte sie in den letzten Wochen einen neuen Sexualpartner, einen gewissen Tom Strasser – und hat, darüber hinaus, einige Models während der Castings geküsst. Wir haben schnell reagiert und haben versucht, sie mit einem transdermalen Pflaster zu neutralisieren. Doch ich befürchte, die Aktion ist nur teilweise gelungen, und die Polizei könnte – gemeinsam mit Ärzten der Uniklinik – erste Erkenntnisse zu unseren Forschungen erlangt haben. Diesen Regisseur müssen wir uns noch vornehmen. Er ist eine wahre Brutstätte für neue Kontakte. Er ist jeden Abend in Clubs unterwegs, wo er sich meistens an jungen Männern versucht, die ihn jedoch oft abblitzen lassen. Ich denke, wir werden in den nächsten Tagen die Gelegenheit haben ihn uns vorzunehmen. Bei ihm werden wir die direktere Methode der Neutralisierung anwenden. Bliebe vorerst noch dieser Tom Strasser. Hier haben wir es mit einem interessanten Fall zu tun. Er gehört zu der Gruppe der Kreativen. In unserer Typologie, die schwierigste Gruppe, um sie gezielt zu beeinflussen. Bedeutet: die über seine Freundin Sina Söhnke weitergegebenen NTs sind unberechenbar. Könnte gefährlich werden für ihn. Ein einfaches Pflaster reicht da nicht aus. Kurz gesagt, für ihn haben wir noch keine Lösung."

Camden hat dem Bericht seines Sicherheitschefs mit großer Selbstbeherrschung zugehört. Damit er ein komplettes Bild erhält, stellt er noch eine letzte Frage: „Was ist mit den vielen Casting-Kandidaten, die in den letzten Wochen mit Sina Söhnke und Richard Lester in Berührung gekommen sind?"

Durch das Handy hört Camden einen tiefen Atemzug, er riecht förmlich die Zigarillos, an denen der Kettenraucher Koslovski permanent zieht.

„Keine Sorge. Wir haben vor Ort unseren jungen Informanten, der stellt uns gerade eine Liste zusammen. Es sind einige, aber die Zahl bleibt überschaubar."

„Du weißt, wir sind hier im freien Feld und nicht im Labor. Die Leute sind nicht nach unseren definierten Parametern ausgewählt. Es können alle möglichen Reaktionen hervorgerufenen werden. Von schweren Depressionen bis zur Ekstase, alles ist möglich. Wir wissen nicht, was für schräge Persönlichkeiten darunter sind. Aber keine Bange, vorerst ist der Castingbetrieb sowieso lahmgelegt. Damit haben wir etwas Zeit gewonnen. Ich habe ein weiteres Team auf die Kandidaten angesetzt. Um Lester und Strasser kümmere ich mich persönlich."

Camden beschäftigt noch ein weiteres Detail, deshalb insistiert er: „Sind die Spuren nach dem Überfall auf Sina Söhnke beseitigt?"

Koslovski atmet deutlich hörbar aus: „Bis auf die Tatsache, dass sie zu früh gefunden wurde, hat alles perfekt geklappt. Eine Rötung am Oberarm könnte den Ärzten oder der Polizei verdächtig vorkommen und sie zu gezielten Untersuchungen und Analysen veranlassen."

Das Taxi ist mittlerweile fast am Kongressgebäude angekommen.

„Bleib konsequent an allem und *allen* dran", betont Camden deutlich. "Wir können uns keine weiteren Fehler erlauben. Insbesondere, weil ich dem Fachpublikum das eine oder andere Stück Zucker zu unserer Forschung anbieten werde. Du kennst unseren Plan. Das Glück der Menschen liegt in unseren Händen", beendet

Camden das Gespräch mit einem sarkastischen Unterton.

Tom ist schon seit einigen Stunden auf den Beinen, denn er hat den Rest der Woche über Konzerte in verschiedenen europäischen Metropolen. Zuerst in seiner Heimatstadt Wien, dann in Prag, Budapest, Mailand und zuletzt in Paris.

Der Abschied von Sina fällt ihm schwer. Die Ungewissheit belastet das junge Paar enorm. Das Geschehene ist ungeklärt. Die Polizei hat viele Fragen gestellt und so gut wie keine Antworten gegeben. Die Ärzte haben Sina sehr verunsichert. Allerdings sind die beiden sich durch die widrigen Umstände nähergekommen. Aus der Affäre ist eine vertrauensvolle Beziehung entstanden. Beide wurden auf die Probe gestellt, aber sie hielten zueinander. Das alles hat ihr Verhältnis gefestigt, und genau deshalb verabschieden sie sich innig.

Tom spricht aus vollem Herzen aus, was Sina fühlt: „Wir kennen uns noch nicht lange, aber ich fühle mich dir so nah. Sina, du bist für mich die erste Frau, mit der ich mir vorstellen kann, meine Zeit, meine Leidenschaft und meine Zukunft zu teilen."

Tränen treten der sonst so taffen Businessfrau in die Augen.

„Und du Tom, bist für mich der erste Mann, der nicht nur meinen Körper will, sondern sich für mich interessiert und für mich da ist. Du bist mein Traumpartner!"

Nach einer entspannten Nacht mit sanftem, einfühlsamem Sex, verabschiedet sich Tom zum Flughafen. Das Taxi wartet schon, und sein Assistent hat ihm ungeduldige Nachrichten geschickt. Er soll auf jeden Fall früh genug am Gate eintreffen. Die Maschine sei überbucht, und sie hätten noch einiges zu besprechen. Tom kennt das schon. Aber irgendwie findet er es auch okay. Dafür war sein Assistent da. Aufpasser, Seelsorger, Organisator und manchmal auch bewusster Kritiker. Jacky ist sein gutes Gewissen. Ohne ihn hätte Tom nicht diese Karriere hingelegt. Der Abschiedskuss mit Sina ist lang und leidenschaftlich, der Blick ebenso.

Tom dreht sich noch einmal zu seiner Freundin um, die im T-Shirt in der Tür ihres Appartements steht. Am liebsten würde er den Duft ihrer Haut weiter in sich hineinsaugen. *So ein Mist,* denkt Tom, *gleich werde ich diese Aura gegen den Kerosingeruch in einem Flugzeug tauschen.* Er nimmt sein Bord-Case und macht den Schritt in den Aufzug.

“Good-bye Sina, bleib stark und lass dich von diesen Typen nicht klein kriegen.“

Ein letzter Blick und die Aufzugtüren schließen sich.

Für die nächsten fünf Tage ist er von seiner Flamme getrennt. *Hoffentlich würden nicht wieder so krasse Dinge passieren,* denkt Tom.

Tom hat ein mulmiges Gefühl, als er ins Taxi einsteigt. Gleichzeitig ist er aber auch voller positiver Anspannung, was seine Konzerte betrifft. Ihn erwarten super Städte mit vielen neuen Eindrücken und Fans. Genau das ist es, was das Musikgeschäft für ihn so anziehend macht. Für nichts in der Welt, möchte er das aufgeben. *Also, los geht’s. The show must go on!*

Peter Nöcker holt sich seinen ersten Bürokaffee, der wie immer bescheiden schmeckt. Er hat sich daran gewöhnt. Der Geschmack gehört für ihn zu seinem Start in einen arbeitsreichen Polizistenalltag, wie seine Camel. Mittlerweile ist er der letzte im Ermittlerteam, der noch raucht. Alle anderen hatten es freiwillig oder gezwungenermaßen aufgegeben. Doch Nöcker wollte und konnte nicht vom Glimmstängel weg. Er war für ihn gleichermaßen kontemplativ wie anregend. Immerhin hatte er den Konsum deutlich eingeschränkt, sozusagen kultiviert. Morgens eine zum ersten Kaffee, mittags nach einem schnellen Imbiss und nachmittags, da kamen schon mal drei, vier zusammen. Über den Tag wurden es aber selten mehr als zehn Zigaretten. Und das war für ihn in Ordnung.

Sein Vater, ja, sein Vater. Der schaffte locker zwei Päckchen Roth-Händle am Tag. Das waren aber auch andere Zeiten, denkt Nöcker, als er seiner Kollegin am Kaffeeautomaten begegnet.

So ganz frisch sieht die auch nicht aus, denkt Nöcker, aber er behält das lieber für sich. Besonders weil sie ihr knappes Top anhat, das ihn immer wieder beeindruckt. Wobei, ist es das Top oder das, was in ihm steckt? Schnell versucht Nöcker weitergehende Gedanken zu verscheuchen und stellt eine beruflich zielführende Frage, um den Tag und einen Dialog zu beginnen.

„Servus Melanie, wie siehst du die Sache mit Sina Söhnke und der vermeintlichen Entführung?“

Melanie, ähnlich zerknautscht wie ihr Kollege, versucht eine spontane Antwort zu formulieren: „Sie ist noch mal davongekommen. Wenn da wirklich was Bedeutendes dahinterstecken würde, dann will ich mir nicht ausmalen, was die mit ihr gemacht hätten.“

Melanie dreht den Spieß um und konfrontiert ihren Kollegen mit einer Gegenfrage: „Hast du jemals von einem solchen Überfall gehört?“

Nöcker kratzt sich an seinem Dreitagebart, denkt angestrengt nach. Seine Antwort ist so dünn wie der Kaffee, den er trinkt: „Wir hatten es mit unterschiedlichsten Drogen zu tun, mit Leuten, die komplett ausgeknockt und peinlich berührt, am nächsten Tag keinerlei

Erinnerung mehr an den Abend davor hatten. Geschäftspartner, die sich geprügelt, sogar mit Waffen bedroht hatten und dann in der Zelle ein Herz und eine Seele waren. Aber eine Casting-Chefin, die eine Nacht bewusstlos in einem Parkhauseingang liegt und keine Ahnung hat, wer ihr das angetan hat oder was da passiert ist, das hatten wir noch nicht. Lass uns erstmal die Kollegen fragen, wie weit sie mit der Recherche der Fahrzeugdaten sind, und später nehmen wir uns diesen von Trebitz zur Brust."

Da Melanie Rosinger vor dem zweiten Kaffee auch keine bessere Idee hat, beschließen beide, genauso vorzugehen. Immerhin haben sie jetzt einen Plan für den Tag. *Ob das ausreicht?*

Corinne Sailer von 'Mega' fühlt sich irgendwie beobachtet. In den letzten Tagen hatte sie einige Termine bei Produktionsfirmen für ihren Blog 'Mega'. Sie hat viele Interviews geführt – mit Regisseuren, Models, Moderatoren, Amateuren und natürlich mit den Produktionsleitern der jeweiligen neuen Formate. Herausgekommen ist ein bunter Mix aus absolut schrägen Ideen, aber auch wirklich interessanten Konzepten, die sich durchsetzen könnten. Gerade sitzt sie im Café Marais und versucht sich auf den neuesten Blogbeitrag zu konzentrieren, den sie auf ihrem MacBook Air schreibt. Doch immer wieder muss sie zu diesem Typen in der hinteren Ecke des Cafés hinsehen, der permanent zu ihr herüberschaut. Und, während sie so nachdenkt, erinnert sie sich, dass er es auch ist, der auf der Vernissage gestern Abend war. Dieses wellige Haar, der blasierte Blick? Corinne erinnert diese Schmalzlocke an einen Lord, ja genau, an einen Engländer. *Schlecht sieht er nicht aus. Bestimmt trinkt er gerade Tee,* denkt sie.

Und so wie es ihre Art ist, steht sie spontan auf und geht direkt auf ihn zu. Jener hebt die Zeitung, die er zuvor auf den Tisch neben seine Tasse gelegt hat, wieder hoch und versucht, sich dahinter zu verbergen. Das spornt Corinne noch mehr an, den feinen Herrn anzusprechen.

Die Szene sieht lustig aus: eine knallbunte feminine Erscheinung tänzelt kokett auf einen Mann mit lässig übereinander geschlagenen Beinen zu, während der Mann alles daransetzt, nicht mit diesem jungen Ding in Kontakt zu kommen. Doch er hat keine Chance. Ein mehrfach beringter Finger legt sich auf die Oberkante seiner Zeitung, ein etwas zu grell geschminktes freches Gesicht mit roten Lippen fixiert den blassen Blick des Mannes, der selbst eben genau diese Corinne Sailer unbemerkt beobachten wollte.

Und dann spricht das Wesen auch noch. Eine Stimme, wie aus einem bunt gefüllten Kaugummiautomaten.

„Hallo, kennen wir uns? Ja, klar, wir kennen uns. So oft wie wir uns in letzter Zeit begegnet sind. Sie jedenfalls sind mir aufgefallen. So korrekt wie Sie dasitzen und ihren Tee trinken. Da habe ich mir einfach gedacht, ich komme mal rüber und wir machen uns bekannt. Ich bin Corinne Sailer und wer sind Sie?“

Stille. Ein Schlucken. Die Zeitung liegt mittlerweile wieder auf ihrem Platz neben der Tasse. Die Augen des blassen Typen gehen von links nach rechts und wieder zurück. Nein, es gibt kein Entkommen. Der bunte Bonbon ist einfach zu groß, um ignoriert zu werden.

„Äh, hm, darf ich mich vorstellen. Mein Name ist Maximilian von Trebitz.“

Pause.

„Schön! Und was führt Sie, Maximilian von Trebitz, hierher, in dieses Etablissement? Und warum hat ER so ein Interesse an Corinne Sailer?“

Maximilian von Trebitz denkt sich, *Angriff ist die beste Verteidigung:* „Nun, ich, ... Sie haben recht, ich habe Sie beobachtet. Nicht ohne Grund natürlich.“, räuspert von Trebitz gekünstelt. „Aber wollen Sie nicht Platz nehmen, Frau ... Sailer?“

Er zieht den neben ihm stehenden Stuhl ein Stück zurück. Corinne setzt sich, während sie den Mann fest im Blick hat. Schnell ordnet sie noch ihre Locken, obwohl das völlig sinnlos ist.

„Max, ich darf Sie doch so nennen, oder?“ Keine Antwort abwartend, redet Corinne einfach weiter: „Sie haben mich also beobachtet? Hatte diese Tätigkeit einen tieferen Sinn, oder beobachten Sie generell junge Frauen bei ihren täglichen Beschäftigungen?“

Dieses Wesen ist wirklich ein Phänomen, denkt sich von Trebitz und rutscht unruhig auf seinem Stuhl herum. Sein Zucken am Auge nervt ihn wie immer.

„Liebe Frau Sailer ich beschäftige mich nur mit sinnvollen Dingen. Und Sie gehören dazu. Auch wenn Sie es für schräg oder unmöglich halten, ich habe einen Auftrag.“

Mittlerweile fühlt sich Corinne mit sich und der Situation absolut im Reinen und merkt, dass dieser von Trebitz ihr nicht das Wasser reichen kann.

„Wer beauftragt einen wie Sie? Sie sitzen doch nur in Cafés herum und begaffen unschuldige junge Frauen! Was kann man da Wertvolles herausfinden?“

Von Trebitz merkt, dass es eng für ihn wird. Ihm fällt nichts Besseres ein, als mit der Wahrheit herauszurücken: „Ich bin offiziell beauftragt, Sie zu observieren. Denn Sie sind verdächtig, höchst verdächtig. Während

Ihres Besuchs bei 'Charisma' sollen Sie Daten gehackt – oder noch schlimmer – diese absichtlich zerstört haben."

Das hat gesessen. Selbst Corinne ist für einen beinahe historischen Moment sprachlos.

„Daten, welche Daten? Ich habe nur mit den Leuten dort gesprochen. Wie sie sich so fühlen bei dem ganzen Geknutsche!"

Von Trebitz nippt versonnen an seinem Tee.

„Und da hatten Sie nichts Besseres zu tun, als mal eben am Computer die Video-Daten zu zerstören."

Corinne wird das zu viel. Sie steht unvermittelt auf, geht zu ihrem Tisch, greift sich ihren Café Latte und läuft im Stechschritt zu von Trebitz zurück. Während sie den Caffè Latte auf den Tisch knallt, bläst sie zum finalen Angriff.

„Sie haben wohl zu viele Krimis geguckt oder man hat sie beim Secret Service gefoltert. Ich bin Bloggerin und keine Spionin. Ich bin an Gossip interessiert und nicht an Codes. Sie tun mir echt leid, verschwenden ihre Zeit mit einer wie mir. Armer Max kann seinen Auftrag nicht erfüllen. Warum hätte ich das denn tun sollen? Welche Videos zerstören? Da waren doch nur knackige Jungs und propere Mädels?"

Von Trebitz setzt wieder seine gespielte professionelle Miene auf und lässt sich nicht beirren.

„Vielleicht, weil Sie gekauft sind? Weil Sie gar keine Bloggerin sind, sondern für einen anderen Sender oder eine andere Produktionsfirma arbeiten und 'Kiss for Love' boykottieren wollten?"

Corinne beugt sich vor, ihre Augen sind groß und hypnotisierend.

„Mäxchen, Mäxchen, Sie halluzinieren. Ich habe einen Blog. Sie wissen, was ein Blog ist? Ich schreibe über mega Dinge. Dinge, die ICH mega finde. Das können neue TV-Formate sein, ein neuer Künstler oder Musiker. Niemand beauftragt mich, ich bin frei, frei, frei!"

In diesem Moment steht sie auf und tanzt um den kleinen Bistrotisch herum. Von Trebitz wird das Ganze zu bunt. Auch er steht auf. Ungelenk wie er ist, glättet er seinen Anzug und schaut ein letztes Mal die Verrückte an.

„Ich bitte Sie, Frau Sailer, wir sind hier an einem öffentlichen Ort. Führen Sie sich nicht so auf. Ich glaube ihnen ja."

Schnurstracks verlässt er das Café, und Corinne blickt ihm mitleidig nach. Sie setzt sich auf seinen Platz und ruft der Bedienung zu.

„Noch einen Latte und einen Prosecco, bitte!"

Corinne ist sehr mit sich zufrieden und freut sich schon auf den Scheck, der alles übertreffen wird, was sie als arme Bloggerin in einem Monat verdient.

Jacky wartet schon ungeduldig am Gate auf Tom.

„Ja, Gottseidank! Da bist du ja. Ich hätte mich nicht gewundert, wenn du den Flieger verpasst, bei dem Stress, den du in den letzten Tagen mit deiner neuen Freundin hast."

Tom kann diese bemutternde Art seines Managers nicht ausstehen. Er soll seinen Job machen. Alles organisieren, ihn unterstützen, aber nicht, ihm Vorwürfe machen. Aber so sind sie nun mal, die fürsorglichen Homos. Insbesondere, wenn sie gerade solo sind.

„Mach mal halb lang, Jacky. Ich habe alles im Griff, und Sina geht es schon viel besser. Lass uns lieber über die nächsten Tage sprechen. Was steht in Wien auf der Agenda?"

Beide haben sich in der nahe gelegenen Business-Lounge einen Platz gesucht und einen frischen Espresso geholt.

„Also, du bist schon gleich hoffnungslos ausgebucht. Wir steigen im Grand Ferdinand Vienna ab. Zuerst hast du einige Interviews mit Wiener Zeitungen, Jazzradio und Onlineforen für Musik und Kultur. Dann haben wir ein Abendessen mit dem Manager deines Labels in Österreich. Er will noch einen Überraschungsgast mitbringen. Morgen früh ist Probe und Sound-Check. Am Abend dein Konzert im Wiener Konzerthaus."

Während Tom der Aufzählung seines Managers lauscht, beobachtet er die Businessleute, die hier in der Lounge warten und sich, als ob sie den ganzen Tag nichts mehr zu essen bekommen würden, um die kleinen Schnittchen, die Getränke und insbesondere das Münchner Bier drängeln, das exklusiv hier in der Lounge am Münchner Flughafen *for free* zu haben ist.

„Also diese Vertretertypen mit ihren Karohemden, die aus der Hose hängen, und die Lackaffen in ihren Slim-Fit-Anzügen, was für eine obskure Mischung. Jacky, das muss dich doch auch ganz schön nerven. Business-Lounges sind das Abbild des männlichen Grauens."

Jacky löffelt gekonnt den letzten Rest des Zucker-Espresso-Gemischs aus seiner Tasse und blickt bewusst gelangweilt zu Tom.

„Weißt du was, das sehe ich schon gar nicht mehr. Ich habe mir einen Tunnelblick angewöhnt, wenn ich fliege. Du solltest noch erfolgreicher werden, dann können wir uns die HON Circle Lounge leisten und First-Class fliegen. Ich habe die Hoffnung, dass es dort etwas niveauvoller zugeht. Aber was rede ich, bist du mit meiner Planung für die nächsten zwei Tage einverstanden?"

Tom versucht sich an den Redeschwall von Jacky zu erinnern. „Hast du an meine Mutter gedacht? Ich will sie unbedingt besuchen!“

„Wie konnte ich das nur vergessen.“

Jacky macht seine typische antrainierte Handbewegung und legt seine rechte Hand an seinen Mund. Sein Blick zeigt gleichzeitig Reue und Demut. Tom reagiert gelassen, aber deutlich: „Es ist noch nicht zu spät. Arrangiere bitte für heute Nachmittag im Café Sacher einen Tisch. Du weißt, wie sehr Elfriede darauf besteht, mich in dieser Umgebung zu treffen. Das heißt, besser formuliert, wie sehr sie in dieser Umgebung mit mir gesehen werden will.“

Jacky fummelt umständlich sein roségoldfarbenes Smartphone aus seinem taillierten Jackett und drückt ostentativ den Wählknopf. Tom gönnt sich einen zweiten Espresso und blättert in einem der vielen herumliegenden Magazine, die voll sind mit überflüssigen Business-Gadgets, die niemand braucht.

„Alles erledigt, 16:00 Uhr ein Tisch für zwei im Sacher. Jetzt musst du nur noch deiner lieben Mama Bescheid geben.

„Das ist die leichteste Übung, sie hat seit neuestem WhatsApp und findet das unglaublich praktisch. Ehrlich gesagt, ich auch. So muss ich nicht zweimal am Tag mit ihr telefonieren.“

Jacky schaut gekünstelt auf seine Apple Watch, natürlich auch in Roségold und bemerkt hektisch: „Du meine Güte, wir müssen ans Gate, die rufen uns schon aus!“

Beide brechen auf und lassen die Karohemden und Slim-Fit-Manager wieder mit Bier und Laptops allein.

Das Smartphone von Raphael vibriert, während er sich gerade ein Sandwich holt.

Seit dem Vorfall mit den defekten Video-Daten, geht es bei 'Charisma' drunter und drüber. Sina war jetzt seit zwei Tagen nicht mehr in der Agentur. Sie soll sich wohl die ganze Woche noch schonen. Die anderen Mitarbeiter vermuten die aberwitzigsten Stories. Insbesondere seit dieser Tom, der angebliche Freund von Sina, in der Agentur aufgetaucht ist und für Sina gesprochen hat. Manche vermuteten sogar, dass ihre Chefin vergewaltigt wurde oder in finanziellen Problemen steckt und das Ganze nur ein Vorwand sei.

„Ach, du bist es, Corinne, was gibt's?"

Raphael, der sein Handy mit der Schulter ans Ohr geklemmt hat, fummelt einen Schein aus seiner Hosentasche.

„Du wirst es nicht glauben, aber ich werde überwacht! Von so einem schrägen Typen. Er heißt Maximilian von Trebitz."

Raphael bleibt der erste Bissen seines Sandwiches fast im Hals stecken. Mit vollem Mund antwortet er: „Wie hast du das denn herausgefunden?"

Corinne kichert auf ihre kindlich freche Art. „Hi, hi, ich hab' ihn mir vorgeknöpft. Bin einfach auf ihn losgegangen, habe ihn etwas gekitzelt und gepikst. War in einem Café mitten in der City, und da er mir die ganze Zeit schon gefolgt ist und mich angeglotzt hat, hab' ich die Chance genutzt, ihn direkt mit meiner Vermutung zu konfrontieren."

Raphael hat sich auf eine Parkbank gesetzt, denn die Nachricht war schon ein Hammer. „Und, hat er's zugegeben?"

Corinne quietscht nicht ganz ohne Stolz ins Telefon: „Er ist ganz blass geworden, anscheinend hat er nicht mit meinem Direktangriff gerechnet.“

Raphael unterbricht Corinnes überdrehten Redeschwall: „Du bist mir vielleicht eine, da hätte doch was passieren können.“

Corinne winkt ab: „Was soll da in einem vollen Café schon passieren. Ich glaube, er hatte vor mir mehr Bammel als ich vor ihm. Ich hab' ihn ganz verrückt gemacht. Zum Schluss ist er einfach aufgestanden und gegangen. Aber vorher hat er zugegeben, beauftragt zu sein, mich zu observieren. Er denkt, ich würde hinter der Sache mit dem Video-Hack stecken.“

Raphael stammelt in sein Mikro: „Beauftragt, wer hat ihn beauftragt?“

Er überlegt einen Moment, Hm, das kann doch nur *dieser* Richard gewesen sein. Der behandelt mich, seit ich bei 'Charisma' bin, nur von oben herab und spielt den Chef der Agentur. Sina käme nie auf solch eine Idee.

Corinne setzt sich in ein ruhigeres Eck des Bahnhofs, an dem sie gerade auf einen Zug wartet.

„Was meinst du, was sollen wir Koslovski berichten?“

Raphael schluckt den letzten Bissen seines Sandwiches herunter und rät seiner Komplizin: „Ich bin gerade dabei alle gecasteten Kandidaten zusammenzustellen. Gut, dass wir im Moment wenig zu tun haben, da kann ich mich dieser Aufgabe widmen. Wenn ich die Liste fertig habe, dann melde ich mich bei unserem Auftraggeber und werde mit ihm auch über diesen von Trebitz sprechen. Koslovski hat sicher eine Idee, was wir machen sollten und wie es weiter geht.“

Corinne hat die ganze Sache doch mehr zugesetzt als sie zugibt.

„Und wenn er zur Polizei geht?“

„Das glaube ich nicht, Corinne, was soll er denn sagen? Er hat keine Beweise. Wie gesagt, ich rede mit Koslovski – heute Abend. Bis dahin halt bitte die Füße still. Keiner hat was davon, wenn wir jetzt Panik schieben.“

Corinne atmet tief durch. Anscheinend hat Raphael sie beruhigt, jedenfalls teilweise. „Raphael, du weißt nicht vielleicht doch, warum wir das Casting boykottieren sollten?“

Jetzt ist es Raphael, der schnauft: „Auch wenn ich es wüsste, es würde uns nicht helfen. Wir müssen jetzt weiter in unseren Rollen bleiben und uns nicht ungewöhnlich verhalten. Lass uns die neuen Instruktionen abwarten, dann sehen wir weiter.“

Corinnes Zug fährt ein, sie beendet das Gespräch: „Rapha, bitte pass auf. Ich möchte da nicht weiter reingezogen werden.“

Die Antwort hört sie schon nicht mehr.

„Das sagst du jetzt? Ich melde mich morgen, mach’s gut!“

Der ewige Praktikant Raphael blickt noch eine Weile ins Leere. Mit einem Detektiv hatte er nicht gerechnet. Dieser arrogante Schnösel. Richard war ihm von Anfang an unsympathisch. Jetzt heißt es, den Job professionell durchziehen, sonst ist alles umsonst gewesen. Er steht auf und geht direkt zu seinem Arbeitsplatz bei 'Charisma'‘.

Koslovski wartet auf die Liste. Ich werde ihn nicht enttäuschen, sagt er zu sich selbst, als er in den Aufzug steigt.

Das Hotel Grand Ferdinand bietet echten Wiener Chic, modern interpretiert. Genau das Richtige für einen Musiker mit Anspruch, wie Tom es mittlerweile geworden ist. Niveauvoll, aber nicht übertrieben. Man fühlt sich umsorgt und bis zum Wiener Konzerthaus ist es auch nur einen Katzensprung. Ganz besonders angenehm für das Treffen dort mit seiner Mutter Elfriede, denn er kann in fünf Minuten zu Fuß da sein. Eigentlich könnte er bei seiner Mutter übernachten, doch das wäre des Guten zu viel. Wenngleich Tom ein besonderes Verhältnis zu ihr hat, denn immerhin war sie es, die ihn in seiner Jugend musikalisch förderte und sich gegenüber seinem Vater dafür einsetzte, dass er aufs Wiener Musikkonservatorium, die heutige MUK (Musik und Kunst Privatuniversität der Stadt Wien), gehen durfte und nicht eine medizinische Laufbahn, nach Wunsch seines Vaters, hat einschlagen müssen. Dennoch: zu viel Nähe ist nicht gut. Elfriede ist eine sehr resolute Person und das hat auch ihr Sohn Thomas schon oft erfahren dürfen. So bleibt es bei einem Treffen mit ihr meistens bei einem Gespräch über seine Profession – der Musik.

Ihr gegenüber ist er offen, was seine musikalische Entwicklung angeht, denn er kann Elfriede sowieso nichts verheimlichen. Als passionierte Klavierlehrerin ist sie voll im Bilde. Vielleicht nicht über Toms Experimente mit DJs, aber in Sachen Jazz, Klassik und Popmusik kann sie gut mitreden. Nachdem er die üblichen Fragen und Phrasen der Journalisten überstanden hat macht sich Tom in seinem Hotelzimmer mit Blick über Wien schick für seine Mutter.

Sie liebt es, wenn ihr Sohn adrett gekleidet ist. Insbesondere bei einem Treffen im Sacher. Seit sie Instagram für sich entdeckt hat, postet sie gerne Fotos von sich und ihren vielen Aktivitäten, ihren ehrenamtlichen Tätigkeiten und natürlich auch von ihrem Sohn. So ist Tom auch stets informiert, was sie so alles treibt. Eigentlich ist Tom sehr froh, dass seine 74-jährige Mutter wieder Anschluss gefunden hat, jetzt wo sein Vater schon seit vier Jahren tot ist. Wobei, Zweifel hatte er daran nie. Sie ist eine richtige Society Lady und Musik ist eine akzeptierte Eintrittskarte in die Welt der vermeintlich Reichen und Schönen in der österreichischen Hauptstadt.

Wie immer fühlt sich Tom in seine Studienzeit versetzt, als er unweit der Wiener Staatsoper die Philharmonikerstraße entlanggeht und am Haus der Musik vorbei, dem genialen Klangmuseum, das mit seinen interaktiven und multimedialen Präsentationsformen von den Anfängen bis zur Musik der Gegenwart Menschen aus aller Welt begeistert.

Gerade erreicht Tom das Sacher, als er im Fenster sein Spiegelbild erkennt. Dabei sagt er zu sich selbst: *Hier steht nicht mehr der kleine Bub, der die Trompete kaum fassen konnte; hier steht ein populärer Trompeter, der morgen Abend ein Konzert in seiner Heimatstadt gibt.*

Stolz geht Tom in das Café. Und da sitzt sie auch schon, seine Mutter. Wie immer kerzengerade und voller Erwartung. Ihren Lieblingshut hat sie auf, passend zu ihrem malvenfarbenen Kostüm. Sie strahlt über ihr ganzes Gesicht, als sie ihren Sohn begrüßt, der ihr liebevoll zwei Küsschen auf die Wangen haucht.

„Elfriede, Mutter, wie schön, dich zu sehen und wie schön, dass du so kurzfristig Zeit hast!“

Elfriede rückt ihren Hut zurecht, legt ihren Kopf leicht schräg und formuliert betont distinguiert: „Wenn mein Lieblingssohn Thomas nach Wien kommt, mache ich frei – selbst wenn der gutaussehende Kanzler Kurz käme, ich würde dich bevorzugen.“, flüstert sie und kichert auf ihre unnachahmlich charmante Art.

„Aber gleich danach würde ich ihn schon empfangen! Obwohl, wenn ich es mir recht überlege, dann bin ich doch etwas zu alt für den jungen Politstar.“

Tom rückt seinen Stuhl etwas näher an seine Mutter und ergreift ihre Hand.

„Jedes Mal, wenn wir hier sind, beginnt für mich ein neuer Lebensabschnitt. Erinnerst du dich, nach meiner Matura waren wir hier, nach meinem ersten Konzert in Wien und natürlich nachdem mein erstes Album veröffentlicht wurde, haben wir hier ein Gläschen getrunken.“ Elfriede blickt ihren Sohn erwartungsvoll an.

„Was möchtest du mir damit sagen? Gibt es heute vielleicht auch etwas Besonderes mitzuteilen?“ Ihre Fältchen ziehen ein Lächeln über ihr Gesicht.

„Ja, das habe ich.“

Gerade will Tom ansetzen, da kommt ihr obligatorisches Stück Sacher Torte mit einem frisch gebrühten Kaffee. Tom nimmt einen zweiten Anlauf, nachdem sie jeder ein kleines Stück des Wiener Traditionskuchens probiert haben.

„Also, ich habe mich verliebt – so richtig verliebt!“

Die Augen seiner Mutter beginnen zu strahlen und werden leicht feucht.

„Mein Sohn, was für eine wundervolle Nachricht! Und wer ist die Glückliche?“

Tom bemerkt, wie stolz er ist, seiner Mutter diese Neuigkeit zu erzählen und ihr von Sina zu berichten.

„Sie heißt Sina Söhnke, lebt in München und hat eine eigene Castingagentur. Sie ist ein Traum und, das wird dir besonders gefallen, sehr selbstbewusst."

Tom greift in seinen Blazer und holt sein Smartphone heraus.

„Möchtest du ein Foto von ihr sehen?"

Seine Mutter beugt sich erwartungsvoll vor, und Tom zeigt ihr ein Bild von Sina, das er bei ihrem letzten Abendessen im Sabaidee Garden aufgenommen hat. Sina schaut glücklich und verliebt aus, mit ihrer typischen blonden Strähne im Gesicht, mit ihrem frischen Teint. Und natürlich strahlen ihre wasserblauen Augen.

„Sehr sympathisch, aber so gar nicht dein bisheriger Typ? Sonst bevorzugst du doch eher dunklere Typen?", fragt seine Mutter sichtlich überrascht.

Tom denkt sich, typisch Elfriede, platzt sofort mit ihrer Meinung heraus.

„Mutter, vielleicht waren genau diese dunkelhaarigen rassigen Frauen nichts für mich. Alle Beziehungen haben nicht lange gehalten."

Elfriede ist neugierig, und wie Mütter so sind, will sie weitere Details wissen.

„Wie hast du Sina denn kennengelernt?"

„Durch meinen Freund Ron, von dem ich dir schon erzählt habe. Er ist Moderator beim Fernsehen. Da Sina für den gleichen Sender Models und Schauspieler sucht und bucht, hat er sie kennengelernt. Und eines Abends habe ich sie bei Balduccis, meinem Lieblingsitaliener, getroffen. Und dann ging alles ganz schnell …"

Bewusst verschweigt Tom weitere Details, insbesondere, dass Ron auch mal was mit Sina hatte.

„Immerhin lebt sie auch in München. Da habt ihr bei deinen vielen Reisen immerhin die Möglichkeit, euch öfter mal zu sehen", bemerkt seine Mutter, wie immer praktisch veranlagt.

„Ja, so kann man das auch sehen."

Tom ist etwas von der Reaktion seiner Mutter enttäuscht. Er hat sich mehr Euphorie gewünscht. Deshalb verlässt er spontan das Thema neue Freundin und legt seiner Mutter eine Eintrittskarte für sein morgiges Konzert auf den Tisch.

„Für dich, Mutter. Ich würde mich sehr freuen, wenn du morgen zu meinem Konzert kommst."

Er legt noch eine zweite Karte grinsend dazu: „Wenn du möchtest, kannst du gerne eine Freundin oder vielleicht einen Freund mitnehmen."

Elfriede streicht über ihren großen Busen, der elegant, aber doch deutlich wahrnehmbar, in ihrem Kostüm ruht.

„Du meinst also, ich sollte in meinem Alter ...?" Sie unterbricht kurz ihren Satz, „Hm, warum eigentlich nicht, ich könnte Albert mitnehmen, der ist schon immer ein großer Fan von dir."

„Und von dir, Mutter!"

Albert. Der gute Geist von Elfriede. Er hat sie getröstet nach dem Tod ihres Mannes, denkt Tom überzeugt davon, dass Albert der ideale Freund für seine Mutter ist.

„Das ist doch eine phantastische Idee. Und nach dem Konzert lade ich euch zu einem Drink zu mir ins Hotel ein. Wie wäre das?"

Tom ist sichtlich froh, etwas Gutes für seine Mutter tun zu können. Sein Gewissen ist immer etwas belastet, denn durch seinen Beruf hat er so gut wie keine Zeit für sie.

„Mal sehen, ich werde Alfred zuerst einmal fragen, ob er mitkommt, und dann schauen wir mal, ob wir nach dem Konzert nicht zu müde sind. Jazz kann doch recht anstrengend sein."

Schon wieder eine typische Elfriede-Reaktion. *Waren alle Mütter so?* Man denkt, jetzt, genau jetzt, sind sie voll für einen, aber dann gibt es diese Bedenken.

Tom reißt sich zusammen und bemerkt, „Ein guter Plan, gib mir einfach über WhatsApp Bescheid, ob ihr es zum Konzert schafft. Ich sage euch dann, wo wir uns treffen. Leider kann ich nicht sofort zu euch, du weißt, die Fans ..."

Elfriede steckt die Karten in ihre selbstverständlich passend malvenfarbene Handtasche. In der gleichen Bewegung holt sie ihr Portemonnaie heraus.

„So, Thomas, ich muss gleich los. Ich habe noch einen Frisörtermin. Und du weißt ja, das kann dauern."

Tom zeigt seine Erleichterung nicht, doch er legt zum zweiten Mal seine Hand auf die seiner Mutter und sagt: „Ich übernehme das. Ich muss noch ein Telefonat führen und bleibe einen Moment länger hier."

Er steht auf und begleitet seine Mutter zum Ausgang.

„Wie gesagt, ich freue mich riesig, wenn ihr morgen kommt."

Elfriede hält erwartungsvoll ihre Backe hin und Tom gibt ihr liebevoll zwei gehauchte Küsschen auf die Wangen. Er schaut ihr noch nach und denkt sich: *Einmal Sohn, immer Sohn. Das wird sich wohl nie ändern.*

Leicht resigniert, besonders über die Reaktion seiner Mutter bezüglich Sina, wählt Tom die Nummer seiner Freundin. Das Besetztzeichen ist zu hören. *Schade,* denkt sich Tom, *ich hätte gerne Sinas Stimme gehört.*

Er hinterlässt ihr eine Sprachnachricht: „Hallo Süße, ich bin gut in Wien angekommen, gerade habe ich mich mit meiner Mutter getroffen. Sie freut sich sehr, dich bald kennenzulernen. Sie war, wie immer, ganz Grande Dame. Vielleicht kommt sie morgen Abend zu meinem Konzert. Übrigens, gibt es etwas Neues von Dr. Preuss oder der Polizei? Ich denke ganz viel an dich, und bitte, lass dich nicht gleich in deiner Agentur blicken. Lass es langsam angehen. Ich versuche es später noch einmal. Bis 19:00 Uhr bin ich zu erreichen, dann habe ich ein Abendessen mit meinem österreichischen Verleger. Ich umarme und küsse dich.“

Auch wenn Tom nicht persönlich mit Sina gesprochen hat, so ist er doch froh, ihr eine Nachricht hinterlassen zu haben. Spontan entschließt er sich, noch einen kleinen Spaziergang zu machen, denn er fühlt sich ungewöhnlich müde. Und bevor er und Jacky im Hotel abgeholt werden, will er aber unbedingt noch eine Stunde Trompete üben. Die Stücke durchgehen, damit er für morgen alles perfekt beherrscht.

Die Reaktionen auf Cornel Camdens Vortrag sind kontrovers. Einige Zuhörer sehen in seinen Theorien die Chance, psychische Krankheiten und sogar erblich bedingte bipolare Störungen durch den Einsatz von 'Emotionalizern' – diesen Begriff führte Camden erstmals in seinem Vortrag ein – zu reduzieren oder gar zu stoppen.

Die Rolle unbelasteter Menschen als positive Beschleuniger bei der Übertragung wurde von Camden noch nicht in allen Details erklärt, jedoch erwähnte er, dass seine Forschungsabteilung dabei ist, eine Studie vorzubereiten. Andere Teilnehmer sehen die Gefahr der emotionalen Beeinflussung durch Ärzte oder Unternehmen, um Menschen gezielt in Stimmungen zu versetzen, die vorbestimmt sind und dazu führen können, dass zum Beispiel ein unkritisches oder auch aggressives

Verhalten stimuliert wird. Diesen Aspekt hat Cornel bewusst weggelassen, denn das eigentliche Geschäftsmodell, womit er das ganz große Geld machen will, bleibt sein Geheimnis.

Ein Online-Artikel, der kurz darauf im internationalen Magazin 'Science' mit dem Titel:

'Emotionalizer'. Lässt sich Glück übertragen? Revolutioniert XOVELL die Psychopharmaka? erscheint, fasst die ersten Reaktionen am treffendsten zusammen. Eines ist auf jeden Fall sicher: Camden hat die Fachöffentlichkeit neugierig gemacht und sein Ego befriedigt.

Gut gelaunt, macht Camden sich auf den Weg zurück in sein Hotel in Genf. Jetzt müssen sie als nächstes das Problem mit den unkontrolliert übertragenen 'Emotionalizern' lösen. Denn treffen diese auf Charaktere, die zum Beispiel schon eine bipolare Störung haben und überträgt ein negativ vorbelasteter Beschleuniger die synthetischen Neurotransmitter, dann haben sie ein ernstes Problem.

Daran mag Camden nach seinem heutigen Erfolg nicht denken, wenngleich er auf jeden Fall nach seiner Rückkehr mit Atkinson darüber sprechen will. Sich selbst beruhigend stellt er sich Koslovski vor, der ihn bisher noch nie im Stich gelassen oder enttäuscht hat.

Camden gönnt sich im Hotel ein saftiges Steak mit einem guten Rotwein und sagt sich: *Morgen werde ich mich darum kümmern.* Er schenkt sich ein drittes Glas ein.

Als Professor Atkinson den Online-Artikel im Magazin 'Science' liest, wird ihm ganz schlecht. Aus seiner Sicht hat sich sein Chef zu weit vorgewagt. Zwar waren sie schon in der Lage, eine Person als „Überträger“ für die 'Emotionalizer' zu nutzen, um einen psychisch Erkrankten positiv zu beeinflussen. Dabei spielten die synthetisch hergestellten neuen Formen der künstlichen Neurotransmitter in Kombination mit den natürlichen im Körper des Übermittlers, wie zum Beispiel Dopamin, die entscheidende Rolle. Deswegen musste die Person, die das transdermale Pflaster erhält und in ihrem Körper die eigenen Neurotransmitter mit den zugeführten kombiniert, absolut passend ausgewählt werden. Der sogenannte 'Sender' muss mit seinem Partner stimmig sein, also zum Empfänger der 'Emotionalizer' passen. Ist dies nicht der Fall, kann eine negative Kettenreaktion beim Empfänger ausgelöst werden. Im schlimmsten Fall kommt es zu einer manischen Episode. Unkontrollierte Emotionen überfluten das Gehirn, unter der Haut wird es heiß, die Stirn ist wie taub, Denken nicht mehr möglich. Neuronenschwemme. Das Hirn setzt aus. Stürzt ab.

Professor Atkinson fällt wieder das Problem mit Sally und John ein. Ihr Fall ist noch in der kritischen Phase. John hat die 'Emotionalizer' zwar gut vertragen. Seit der Übertragung hat er keine Panikattacken mehr gehabt. *Aber was wird durch den sexuellen Kontakt zwischen John und Richard Lester passieren? Wie wirken die synthetischen Neurotransmitter bei einer zweiten Person, der zweiten Ebene? Oder der Dritten?* Professor Atkinson wird ganz schwindelig bei diesen Gedanken. *Worauf hatte er sich da nur eingelassen? Warum hatte er sich dafür hergegeben?* Leider weiß er es zu genau. Aber der Colonel hat ihn in der Hand. Hätte er nur damals als junger Arzt seinen Fehler zugegeben, und hätte man ihn doch nur bestraft.

Der Retter kam in Form des ihn begeisternden Start-up-Managers: Cornel Camden. Ihm hatte er sich anvertraut. Und das war sein Fehler gewesen. Und jetzt kann er nicht mehr zurück. Er ist genauso in die Sache verwickelt, wie Koslovski. Der eine als Spion und Wachhund, der andere als verkanntes Genie. *War er ein Genie? Oder wird er irgendwann einmal für seine Forschungen zur Rechenschaft gezogen?*

Immer wieder hat er sich eingeredet, er könne vielen Menschen helfen. Theoretisch war das auch richtig. Wären da nicht die Pläne des Colonels, in die er keinen wirklichen Einblick hatte. *Gab es eine Möglichkeit ihn daran zu hindern?* Camden war schon jetzt ganz wild darauf, die synthetischen Neurotransmitter, die er seit vorgestern 'Emotionalizer' nennt, zu vermarkten. Er wittert das ganz große Geld und weltweiten Ruhm. *Was hat er nur damit vor, und wie kann ich, Atkinson, ihn zur Vernunft bringen? Seit Wochen suche ich eine Möglichkeit eine Eskalation auszuschließen und die Öffentlichkeit davor zu warnen, was hier passiert. Das Dumme ist nur, dass ich keine Verbündeten habe. Wer wird mir glauben? Und wer erkennt die wirkliche Gefahr?,* fragt sich Atkinson voller panischer Angst und Entsetzen.

Wie immer in solchen Momenten stürzt sich der Professor in seine Arbeit. Das beruhigt ihn, und er schöpft neue Hoffnung. Hoffnung, endlich einen Riegel vor die unkontrollierte und eventuell unendliche Weitergabe der 'Emotionalizer' zu schieben und dadurch eine emotionale Kettenreaktion zu vermeiden.

Denn dann, dann ist er es, der das Spiel gewinnt, redet er sich ein.

An: dimitri.koslovski@XOVELL.com

Von: raphael.reiter@gmail.com
Betreff: Casting-Liste
18.05.2018, 22:00 Uhr

Dear Mr. Koslovski,

Wie von Ihnen angefordert, schicke ich Ihnen die komplette Casting-Liste für die aktuelle Sendung 'Kiss for Love'. Ich habe die Kandidaten markiert, die zum Casting gekommen sind und zusätzlich die, welche dann vom Sender ausgewählt wurden. Leider muss ich sie noch über etwas Wichtiges informieren. Corinne Sailer, die eng mit mir zusammenarbeitet, ist von einem Privatdetektiv mit dem Namen Maximilian von Trebitz beschattet worden. Sie hat ihn gestellt, und er hat dies zugegeben. Ich denke Richard Lester, unser Regisseur, hat ihn beauftragt. Er vermutet nämlich, dass Corinne die Video-Daten gehackt hat. Er wird sicher auch Interesse an mir haben. Wie sollen wir uns verhalten? Meine Chefin vertraut mir weiterhin. Bitte melden Sie sich, wenn ich noch etwas tun kann.

Best

Raphael Reiter

Es war spät geworden, an diesem Abend. Der Musikmanager hatte nicht aufgehört zu reden, und Jacky fand ihn umwerfend attraktiv. Die beiden verstanden sich prächtig und initiierten immer neue Themen, so dass sich Tom um 23:30 Uhr – nach einem Espresso und einem Grappa – entschied, sich in sein Hotel zu verabschieden. Er hatte ja einen guten Grund: morgen um 10:30 Uhr begannen für ihn die Proben, da sollte er schon fit sein. Jacky lächelte ihn mehrdeutig an, als er den beiden eine gute Nacht wünschte. Was auch immer das bedeutete. Und Tom war ohnehin zu müde, sich die gute Nacht näher auszumalen.

Als Tom das Hotel Grand Ferdinand betritt, ist es kurz vor 00:00 Uhr. Er steigt in den Aufzug und begibt sich direkt in sein Zimmer. Sein Kopf ist leer und er fühlt sich angespannt. Seit er sich heute Morgen von Sina verabschiedet hatte, war er von den Ereignissen der letzten Tage abgelenkt worden.

Er schiebt seine Karte durch den Schlitz an der Tür seines Zimmers. Das kleine Lämpchen leuchtet zu seiner Verwunderung rot auf. Er versucht es ein zweites, dann ein drittes Mal. Dabei dreht und wendet er die Karte mehrmals herum: *So ein Mist, das passiert mir nur zu gerne,* dachte er. Irgendwo hatte er mal gehört, dass man solche Karten nicht gemeinsam mit dem Smartphone in die Tasche stecken sollte. Dummerweise hatte er aber genau das getan. Unverrichteter Dinge geht er zurück zum Aufzug und fährt hinunter zum Welcome Desk.

Die Mitarbeiterin lächelt ihn verständnisvoll an. Er gibt ihr die Karte und ohne viele Worte händigt sie ihm eine neu codierte Plastikkarte aus.

„So, mit der müsste es klappen“, gibt sie ihm hoffnungsvoll mit auf den Weg.

Oben angekommen, probiert Tom sein Glück erneut. Und wie ein Wunder, die Tür geht gleich beim ersten Mal auf. Schwungvoll öffnet er sie. Dann erstarrt er.

Der Schwung mit dem Tom die Türe geöffnet hat, reißt ihn beinahe um, als er abrupt zum Stehen kommt.

Der Anblick seines Zimmers ist irritierend. Alles darin scheint in einem totalen Chaos zu versinken! Nichts ist mehr an seinem Platz. Alles, aber auch alles, liegt verstreut herum. Selbst seine Trompeten liegen überall verteilt auf dem Boden.

Spontan entscheidet er sich, nicht einzutreten.

Mit einem Kloß im Hals, steigt Tom nun zum dritten Mal kurz hintereinander in den Aufzug. Nervös wankt er in dem kleinen Raum und schaut verstört in sein Spiegelbild, das sich ihm in der gläsernen Aufzugwand entgegenstellt. Er ist ganz blass und die Ringe unter seinen Augen sind deutlich zu sehen. Verworrene Gedanken rasen durch seinen Kopf. Panik steigt in ihm hoch. Er spürt, wie der Schweiß ausbricht. Er hat das Gefühl, als könne er gleich nicht mehr atmen. *Hatte das etwa was mit dem Überfall auf Sina zu tun?* Sofort erinnert er sich an die Bemerkung der Polizistin, *er selbst könne ja auch ins Visier von diesen Leuten kommen, da er eine prominente Person sei.*

Fröstelnd steht er erneut vor dem Empfangstresen des Hotels. Dummerweise ist gerade ein englisches Paar angekommen, das die einzige Mitarbeiterin voll in Beschlag nimmt.

Nach ein paar Minuten des Wartens, die Tom wie endlose Stunden vorkommen, wendet er sich schließlich an den dunkelhäutigen Barkeeper. Dieser schaut überrascht und unschlüssig, als Tom ihn wegen des Vorfalles anspricht, denn er hat mit einer Bestellung gerechnet. Nicht mit einer Kurzfassung einer Horrorgeschichte.

„Bei mir ist eingebrochen worden, mein Zimmer ist verwüstet! Bitte rufen sie die Polizei!“, fordert Tom den Barkeeper auf. „Und einen Cognac bitte!“, fügt er verzögert hinzu.

Der Barkeeper, auf dessen Revers der Name Jack steht, schenkt Tom zuerst einen Cognac ein und bittet ihn, einen Moment zu warten. Dann greift er zum Telefon direkt hinter sich. Tom versteht nicht, was er sagt, denn es ist immer noch viel Betrieb, die Leute sind guter Stimmung und es ist dementsprechend laut.

Jack wendet sich an seinen Gast: „Die Polizei ist unterwegs. Sie sagen, dass sie in circa zehn Minuten hier sind. Wir sollten aber auch die Hotelmanagerin informieren. Ich habe für Notfälle ihre Mobilnummer. Ich werde sie gleich anrufen. Möchten Sie noch einen Cognac?"

Tom überlegt kurz und denkt sich, *vielleicht ist es nicht so vorteilhaft der Polizei mit einer Fahne gegenüberzutreten.* Er entscheidet sich stattdessen für einen doppelten Espresso.

Der Cognac und der Espresso beginnen zu wirken, seine Panik lässt nach. Langsam kommt die Energie wieder zurück. *Das darf doch alles nicht wahr sein. Warum war sein Leben plötzlich aus den Fugen geraten?*

Gerade als er darüber weiter nachgrübeln will, tippt jemand auf seine Schulter. Er dreht sich um und schaut in das Gesicht einer Frau mit stechenden Augen.

„Guten Abend, ich bin Swetlana Romanova, die Hotelmanagerin. Mein Mitarbeiter hat mich gerade informiert, ihr Zimmer sei aufgebrochen und durchsucht worden?"

Tom setzt sich aufrecht auf seinen Barhocker, damit er der hochgewachsenen Frau einigermaßen auf Augenhöhe begegnen kann.

„Das ist korrekt, Frau Romanova. Ich wollte zu Bett gehen und konnte zunächst nicht in mein Zimmer, weil meine Karte nicht funktionierte. Dann habe ich mir an der Rezeption eine neue geholt, die Tür geöffnet – und war geschockt. Es war wirklich alles durcheinander."

„Herr …“

„Strasser. Tom Strasser“, unterbricht sie Tom. „Ich bin Musiker und habe morgen einen Auftritt im Wiener Konzerthaus gegenüber.“

Die stechenden Augen der Managerin öffnen sich ein wenig, und sie zeigt ein leichtes Lächeln.

„Nun, Herr Strasser, ich denke wir warten hier, bis die Polizei kommt. Dann gehen wir gemeinsam auf ihr Zimmer. Darf ich in der Zwischenzeit ihre Karte bekommen? Ich möchte am Frontdesk überprüfen, ob das Zimmer in Ihrer Abwesenheit geöffnet wurde.“

Mit der Karte in der Hand geht sie mit großen Schritten ins Foyer. Kurz darauf konfrontiert sie Tom mit einer unerfreulichen Feststellung.

„Also Herr Strasser, irgendwie sind alle Daten seit heute Morgen gelöscht. Nur die letzte Öffnung der Tür ist registriert. Und das war um 00:05 Uhr.

„Genau. Das war ich. Kurz davor habe ich es das erste Mal probiert. Aber die Karte, die ich heute beim Einchecken erhalten habe, funktionierte nicht.“

Frau Romanova nickt bestätigend: „Das hat mir meine Mitarbeiterin bestätigt. Sie war nicht mehr lesbar, offensichtlich zerstört.“

Tom ist verwundert und fragt: „Waren die Daten der Tür insgesamt gelöscht worden?“

Die Managerin überlegt kurz: „Ich denke nein, aber ich werde morgen unseren IT-Manager fragen, wie das passieren konnte.“

Plötzlich drehen beide ihren Kopf zur Seite und schauen in die gleiche Richtung. Eine ungewöhnlich sonore Stimme hat ihre Aufmerksamkeit erregt. Sie kommt vom Frontdesk und durchdringt den riesigen Hotelraum.

„Wir haben einen Vorfall gemeldet bekommen. Hier ist eingebrochen worden?!"

Kurz darauf steht die junge, etwas verunsichert wirkende Frontdesk-Mitarbeiterin vor Tom und Frau Romanova.

„Hier sind zwei Polizisten wegen des Einbruchs in Zimmer 504, dem von Herrn Strasser."

Die Managerin wendet sich gleich an die beiden imposant wirkenden Polizisten: „Meine Herren, wir sind hier in einem Luxushotel, ich würde sie bitten, nicht ganz so laut aufzutreten. Wir haben einen formidablen Ruf. Ein Einbruch in eines unserer Zimmer passt da nicht ins Bild. Ich danke Ihnen für ihr Verständnis."

Der Beamte mit der sonoren Stimme blickt konsterniert in die Runde.

„Dann lassen Sie uns gleich zur Sache kommen. Wer ist der Geschädigte?"

Tom blickt den kahl rasierten Adonis an und erwidert: „Das bin ich, Tom Strasser."

Der zweite Uniformierte blickt auf Tom herab. Aus circa zwei Metern Höhe gibt er seine Anweisungen.

„Herr Strasser, Frau ... wie war noch mal Ihr Name?"

„Romanova. Ich bin die Hotelmanagerin."

„Gut, sehr gut. Lassen Sie uns gemeinsam in den fünften Stock fahren und den Tatort inspizieren."

Ohne größeres Aufsehen erzeugen zu wollen – was ihnen jedoch völlig misslingt – versuchen die vier unbemerkt zu den Aufzügen zu gelangen. Dabei spüren sie die Blicke aller Anwesenden im Rücken.

Die Managerin Romanova geht voraus, die beiden Polizisten hinter ihr, während Tom mit etwas Abstand folgt. Im Aufzug herrscht gespannte Stille. Alle warten auf den Moment, den Tatort zu besichtigen. Im fünften Stock angekommen, schiebt Tom abermals seine neue

Karte in den schmalen Schlitz. Das Licht blinkt grün, die Tür geht auf. Der Blick ist frei.

Tom reagiert als Erster.

„Wie! Was ist denn das!?“

Frau Romanova tritt vor, schaut und formuliert dann sachlich: „Ein ordentlich aufgeräumtes Hotelzimmer, so wie es sein sollte, oder?“

Die beiden Polizisten sagen erst einmal nichts. Sie zwängen sich einer nach dem anderen in das penibel aufgeräumte Zimmer. Auf dem Tisch steht einer von Toms Trompetenkoffern. Über dem Sessel hängt Toms Jacke. Das Bett sieht unberührt aus. Selbst der Hochflor-Teppich weist keine Trittspuren auf. Tom sieht sich genötigt, eine Erklärung abzugeben, aber es fällt ihm nichts dazu ein: „Ich kann nur betonen, ... vor ungefähr“, er schaut auf seine Uhr, „vierzig Minuten herrschte hier Chaos. Der Inhalt meines kompletten Koffers war im Raum verteilt. Die Matratze des Bettes lag auf dem Boden. Der kleine Tisch dort war umgeworfen und zwei meiner Trompeten lagen daneben. Ich bedauere zutiefst, Ihnen Umstände bereitet zu haben. Und leider habe ich keine Fotos gemacht.“

Da regt sich der Polizist mit der unverwechselbaren Stimme: „Das hätten sie mal machen sollen, denn mit diesem Tatbestand können wir wenig anfangen. Bitte schauen Sie einmal nach, ob etwas fehlt.“

Tom folgt der Aufforderung, schaut in seinen Koffer und in seine Reisetasche, geht ins Bad, schaut in sein Necessaire und öffnet seine drei Trompetenkoffer. Danach konstatiert er: „Meine Herren, es ist alles da. Es fehlt, soweit ich das jetzt beurteilen kann, nichts.“

Die Managerin schaut das erste Mal an diesem Abend entspannt: „Was für ein Segen. Dann war das alles ein Versehen, stimmt’s Herr Strasser? Vielleicht war der doppelte Espresso und der Cognac danach doch etwas viel für den sensiblen Künstler?“

Während sie das sagt, kneift sie ein Auge zu. Tom setzt gerade an, um auf das Gesagte zu reagieren, doch einer der Polizisten kommt ihm zuvor. „Es ist schon spät und unser Dienst ist seit einer halben Stunde vorbei. Ich glaube, für alle ist es das Beste, wenn wir die Sache vergessen.“

Beim letzten Wort drehen sich die beiden Männer um und gehen zurück zum Aufzug. Im Weggehen rufen sie noch: „Dann eine ruhige, restliche Nacht.“

Tom kommt sich vor wie ein Depp. Aber immerhin zeigt Frau Romanova Verständnis für ihn: „Herr Strasser, das Beste wird sein, sie versuchen jetzt zu schlafen. Haben Sie morgen nicht ein Konzert? Da brauchen Sie doch ihre Kräfte!“

Tom fällt nichts Besseres ein, als der Managerin die Hand zu geben.

„Es tut mir leid, dass ich so einen Tumult erzeugt habe. Danke für ihr Verständnis.“

Frau Romanova löst sich aus Toms Hand, schaut ihn verständnisvoll an und schreitet zur Tür. Während sie die Türklinke herunterdrückt, wendet sie sich noch einmal an Tom: „Gute Nacht Herr Strasser. Schlafen Sie gut.“

Sie zieht die Tür hinter sich zu. Tom ist allein. Endlich. Das Einzige was er noch denken kann ist, *jetzt fange ich auch noch an zu halluzinieren!*

Er zieht sich schnell aus, schlüpft in Shorts und T-Shirt, putzt sich die Zähne und geht zu Bett.

Sofort fällt er in einen tiefen Schlaf.

Wie tief dieser werden würde, würde er erst am nächsten Tag erkennen.

Kapitel 6

Jacky erlebte einen fantastischen Abend und eine ebensolche Nacht. Sie war so gut, dass er sein Hotelzimmer nicht benutzte. Nicht benutzen musste. Ein Taxi setzt ihn um 9:00 Uhr vor dem Grand Ferdinand ab. Etwas wacklig in den Knien, betritt er die Lobby. Er schaut sich um, kein Tom zu sehen. Da er mächtig Hunger hat, entscheidet er sich für den direkten Weg in den Frühstücksbereich.

Ein leckeres Buffet wartet dort auf die Gäste. Jacky durchwandert erst einmal die Tische und das Buffet mit dem üppigen Angebot. Er stellt sich einen Teller nach seinem Geschmack zusammen. Viel Obst, ein gekochtes Ei, etwas Speck, und ganz wichtig, ein großes Glas Orangensaft. Der obligatorische Wiener Kaffee darf natürlich nicht fehlen. Er sucht sich ein freies Plätzchen, nimmt mit einem leichten, aber glücklichen Seufzer Platz und beginnt genüsslich zu frühstücken. Tatsächlich genießt er es, mal allein zu sein.

Er hängt seinen Gedanken nach und gönnt sich noch eine zweite Runde mit Müsli und einem weiteren Kaffee. Zwischendurch schaut er in die Wiener Tageszeitung. Um 9:45 Uhr beginnt er sich so langsam zu wundern, *Sonst ist Tom immer der Erste beim Frühstück. Die Probe beginnt um 10:30. Das Wiener Konzerthaus ist zwar direkt gegenüber, aber pünktlich sollte der Star schon sein. Dafür würde er sorgen; das war ja eine seiner Aufgaben – und so stand es im Vertrag. Das Beste würde sein, wenn er seinen Chef mal anruft.*

Jacky greift sein Smartphone, das direkt neben ihm auf dem Frühstückstisch liegt, wählt die Nummer und klemmt das Handy zwischen seine Schulter und sein

Ohr. Er lässt es klingeln. Das Rufzeichen ertönt beinahe zwanzigmal. Dann hört er den typischen Satz: *Der Teilnehmer ist momentan nicht erreichbar, bitte hinterlassen sie* ... und legt auf.

Gut, dann die nächste Möglichkeit, sagt er sich. Er geht zum Frontdesk und bittet die junge Frau in Toms Zimmer Nr. 504 anzurufen. Auch dieser Versuch scheitert. Niemand hebt ab. Etwas umständlich erklärt er die Tatsache, dass er, Jacky, der Assistent des bekannten Star-Trompeters Tom Strasser ist und dieser gleich bei seiner Probe im Wiener Konzerthaus erwartet würde, aber noch nicht aufgetaucht sei.

„Könnten Sie mir freundlicherweise eine Karte für die 504 freischalten?"

Die junge Frau schaut Jacky an und erwidert: „Leider darf ich das nicht. Aber Sie können mit unserer Hotelmanagerin sprechen. Sie hat bestimmt eine Lösung."

Jacky schaut auf seine Smart-Watch: kurz nach 10:00 Uhr.

„Wo finde ich die Dame?"

„Ich rufe sie für Sie an, sie wird dann zu uns kommen, bitte gedulden Sie sich noch einen Moment."

So eine Sch..., denkt sich Jacky, hoffentlich ist Tom nichts passiert. Kurz darauf steht eine wohlproportionierte, gutaussehende Erscheinung vor ihm. Jacky kommt sich gleich klein und unwichtig vor.

„Sie wünschen?", formulieren glänzend rot geschminkte Lippen, während ein Paar stechend grüne Augen Jacky scharf fixieren.

„Äh ... mein Chef, Tom Strasser ... ich versuche ihn telefonisch seit einer halben Stunde in seinem Zimmer 504 zu erreichen. Er geht aber nicht dran und wir haben gleich eine Jazz-Probe, drüben im Wiener Konzerthaus."

„Soso, der Herr Strasser. Schon wieder! Der Gast, der uns bereits gestern am späten Abend intensiv beschäftigt hat."

Jacky blickt verdutzt drein: „Beschäftigt? Womit denn?"

Die Managerin antwortet ausweichend, um die Sache kurz zu halten.

„Das soll er Ihnen mal selbst erklären. Wir gehen am besten gemeinsam zu seinem Zimmer und schauen nach, ob der Herr Strasser es vielleicht schon verlassen hat. Es soll ja Menschen geben, die früh aufstehen, um zum Beispiel zu joggen."

Dieses Mal lässt sich die Tür zu Zimmer 504 sofort öffnen.

Jacky geht als erster in das geräumige Hotelzimmer. Die Vorhänge sind noch zugezogen und im Bett liegt Tom. Jacky schaut zu der Hotelmanagerin. Diese wirft ihm einen auffordernden Blick zu. Daraufhin geht Jacky ans Bett zu Tom und schüttelt ihn leicht.

„Hallo Tom! Guten Morgen! Aufwachen!"

Keine Reaktion. Jacky bemerkt gleich, dass sein Chef schlafwarm ist und ruhig atmet.

„Versuchen Sie es noch einmal. Es war ein anstrengender Abend für ihn."

Jetzt packt Jacky Tom an seinen Schultern und rüttelt ihn gehörig durch.

„Hallo, Schlafmütze! Es ist gleich 10:30 Uhr. Du hast Probe!"

Wieder keine Reaktion. Der Mann schläft tief und fest.

„Ich denke, wir sollten einen Arzt rufen, hier stimmt etwas nicht“, konstatiert die Managerin mit Nachdruck.

Sofort schießen Jacky alle möglichen Gedanken und Konsequenzen durch seinen hübschen Kopf. Er macht sich Vorwürfe, gestern Abend nicht gemeinsam mit Tom zurück ins Hotel gefahren zu sein.

„Einverstanden, tun Sie das. Ich bleibe bei Herrn Strasser, vielleicht wacht er ja in der Zwischenzeit auf.“

Der Jaguar steht wie gewohnt in der Valet-Parking-Zone am Flughafen Edinburgh.

Cornel Camden wartet kurz im vorgesehenen Bereich, bevor der frisch gewaschene und polierte XJ vorgefahren kommt. Camden gehört zu den CEOs, die lieber selbst fahren. Außerdem hat er kein Interesse, einen Chauffeur in seine Tätigkeiten und Verabredungen einzuweihen. Camden gibt dem jungen Mann, der aus seinem Auto springt, ein großzügiges Trinkgeld, worauf dieser den Koffer einlädt und Camden eine gute Fahrt wünscht.

Gerade als Camden die Ausfahrt des Parkhauses verlässt, klingelt die Freisprechanlage seiner Luxuslimousine. Etwas unwirsch meldet er sich: „Camden. Mit wem spreche ich?“

Aus dem Lautsprecher ertönt eine sympathische Frauenstimme, die eindeutig keine Engländerin ist. Camden vermutet als Muttersprache Deutsch oder Schweizerisch.

„Hier ist Cynthia Jäger, ich bin Journalistin und arbeite für den deutschen Sender Z24. Wir bereiten eine Sendung vor, die 'Nah ran' heißt. Schwerpunkt nächste Woche ist das Thema *‚Volkskrankheit Psychische Störungen‘* insbesondere vor dem Hintergrund der immer rasanter fortschreitenden Digitalisierung.“

Camden konzentriert sich auf das Fahren, denn er fädelt sich gerade auf die Autobahn ein und es herrscht viel Verkehr.

„Wie kommen Sie da auf mich? Und woher haben Sie meine Mobilnummer?"

„Wir haben gewissenhaft recherchiert und sind auf Ihr Unternehmen aufmerksam geworden. Insbesondere ein Online-Artikel, der gestern in 'Science' erschienen ist, macht Sie aus unserer Sicht zu einem interessanten Gesprächspartner. Es stimmt doch, Sie arbeiten an synthetischen Neurotransmittern?"

Gerade noch rechtzeitig bemerkt Camden, dass er während der letzten Sekunden die mittlere Spur nicht gehalten hat und gefährlich nah auf einen Laster rechts aufzufahren droht. Abrupt bremst er und zieht das Lenkrad nach links. Der Jaguar wankt bedenklich, doch als geübter Fahrer kann Camden das Fahrzeug abfangen. Kleine Schweißperlen stehen auf seiner Stirn. Adrenalin schießt in seinen Körper.

„Mr. Camden, sind Sie noch dran?"

Camden ringt nach Fassung.

„Ja, ich bin noch dran. Wie war noch mal Ihre Frage?"

Geduldig wiederholt die Journalistin ihre Frage. Camdens Antwort dagegen, kommt etwas voreilig.

„Das sind Forschungen in einem frühen Stadium. Ich kann dazu noch nicht viel in der Öffentlichkeit sagen."

Die Journalistin insistiert: „Uns kommt es auch nicht so sehr auf Details Ihrer Forschung an, sondern wir sind sehr daran interessiert, eine moralische Debatte mit Ihnen und anderen Experten aus unterschiedlichen Bereichen und Perspektiven zu führen. Wären Sie dazu bereit?"

Camden ist jetzt wieder Herr der Lage und erwidert: „Wissen sie, ich entscheide solche Anfragen nicht spontan und schon gar nicht während ich am Steuer sitze. Am besten schicken Sie die Anfrage schriftlich an mein Sekretariat, und wir melden uns dann bei Ihnen.“ Nach einer kurzen Pause fragt er: „Wann sagten Sie, soll die Sendung sein?“

„'Nah ran' kommt immer donnerstags um 19:30 Uhr. Die Produktion ist am gleichen Tag um 16:00 Uhr in München.“

Ganz der CEO, erwidert er: „Sie hören von uns. Goodbye.“

Er wartet die Antwort nicht ab und drückt die Lenkradtaste zur Beendigung der Verbindung.

Der Hotelarzt, den Frau Romanova bei Notfällen ruft, ist innerhalb kürzester Zeit vor Ort. Er hat seine Praxis nicht weit vom Grand Ferdinand entfernt und kennt die typischen Fälle, die in einem Hotel vorkommen. Dieses Mal jedoch handelt es sich nicht, wie so oft, um einen Rausch, der am nächsten Tag seine unangenehmen Nachwirkungen zeigt.

Dr. Kaiser bringt Tom zuerst einmal in eine stabile Seitenlage, prüft Atmung, Puls, Blutdruck, die Reaktion der Pupillen und schließt ihn dann an ein mobiles EKG Gerät an.

Währenddessen läuft Jacky nervös von links nach rechts im Zimmer herum.

„Ist Herr Strasser Diabetiker oder hat er starke Allergien? Ist er schon öfter bewusstlos gewesen?“, fragt der Arzt, während er dem Patienten Blut abnimmt.

„Mir ist nichts dergleichen bekannt. Ich kenne Herrn Strasser aber erst seit ungefähr zwei Jahren. Ich bin sein Assistent, Jacky Arden“, antwortet Jacky nervös.

Der Arzt stellt weitere Fragen: „Was macht er von Beruf, kann es sein, dass er mit toxischen Substanzen in Berührung kommt oder mit Drogen?“

Die Nervosität des Assistenten wird nicht weniger. An seinen Fingern kauend, antwortet er: „Giftige Stoffe, nein. Herr Strasser ist Musiker – genauer gesagt, Jazz-Trompeter. Soweit mir bekannt ist, nimmt er keine Drogen.“

Dr. Kaiser greift zu seinem Mobiltelefon. „Hallo, hier Dr. Kaiser, bitte schicken Sie einen Krankenwagen zum Hotel Grand Ferdinand und informieren Sie bitte die Notaufnahme der Universitätsklinik. Wir haben einen Koma-Patienten.“

Für Jacky bricht eine Welt zusammen. Er reagiert leicht hysterisch.

„Wieso ... das kann doch nicht sein! Ich habe Tom ... also Herrn Strasser, gestern Abend noch gesehen, wir waren zusammen essen. Ich ... ich ...“, er stammelt etwas Unverständliches und fällt kraftlos in den neben ihm stehenden Sessel.

„Herr Arden, bitte bleiben Sie ruhig. Wir werden gleich alle notwendigen Maßnahmen einleiten: Computertomografie, EEG und weitere neurologische Untersuchungen um die Ursache des Komas einzugrenzen. Bitte geben Sie mir ihre Mobilnummer, wir werden uns dann bei Ihnen melden. Hätten Sie vielleicht den Personalausweis von Herrn Strasser? Ich benötige die Daten für die Aufnahme ins Krankenhaus.“

Als Jacky aufsteht, hat er ganz feuchte Augen. Etwas orientierungslos sucht er nach dem Sakko, das Tom gestern getragen hat. Als er aufsteht, merkt er, dass er selbst darauf sitzt. Toms Portemonnaie ist in der Innentasche. Nachdem der Arzt ein Foto vom Ausweis gemacht hat, schickt er Jacky aus dem Zimmer. Die Hotelmanagerin, die geduldig gewartet hat, begleitet den Assistenten hinunter in die Lobby und bietet im dort einen Tee an. Verständnisvoll versucht sie ihn zu beruhigen, was ihr jedoch nicht so richtig gelingt, denn sie fühlt sich verpflichtet, Jacky von den Ereignissen des gestrigen Abends zu berichten.

Jetzt ist Jacky komplett geschockt. Er stammelt: „Was für eine Katastrophe! Das Konzert heute Abend können wir vergessen. Ich muss gleich Toms Manager informieren ... und natürlich Toms Mutter, sie lebt hier in Wien."

Die Managerin ergänzt: „Und ich denke auch die Polizei. Denn ich glaube, Herr Strasser hat sein durchwühltes Zimmer von gestern nicht geträumt."

Langsam kommen Jackys Lebensgeister wieder zu zurück, denn er steht auf und formuliert willensstark. „Sie haben Recht, vielen Dank Frau Romanova. Ich gehe auf mein Zimmer und erledige die Anrufe. Dann laufe ich hinüber zum Konzerthaus und informiere unser Team und die Musiker. Danach bespreche ich die weiteren Schritte mit Ricardo Salerno, Toms Manager.

„Machen Sie das, Herr Arden. Ich sollte mich langsam mal wieder um unsere anderen Gäste kümmern. Wenn ich später noch etwas für Sie tun kann, geben Sie einfach am Frontdesk Bescheid. Die Kolleginnen rufen mich dann."

Jacky trinkt den Rest seines Tees in einem Zug aus und verabschiedet sich mit einem altmodischen Diener.

Wo steckt Tom nur? Sina schreibt schon die dritte Nachricht an ihren Freund. *Keine Antwort. Und die Häkchen bei der Nachricht werden auch nicht blau, das heißt, er hat sie nicht gelesen,* resümiert sie enttäuscht. Dummerweise war sie gestern Nachmittag mit ihrer

Freundin Johanna, die auch ihre Assistentin und Empfangsdame bei 'Charisma' ist, unterwegs. Sie war froh, mit ihr die Ereignisse, die ihr zugestoßen waren, zu besprechen und sich Rat zu holen. Johanna, die immer gut drauf ist, konnte Sina mit ihrer Energie und guten Laune immer aufmuntern. Obwohl sie es nicht vorhatte, gingen beide dann noch Essen und danach in eine kleine Bar um die Ecke. Deshalb hörte sie Toms Sprachnachricht erst nach 23:00 Uhr. Zu spät, um ihn anzurufen. *Wegen des Konzerts am nächsten Tag,* so dachte sie, *würde er bestimmt früh zu Bett gehen.* Nun ärgert sie sich über sich selbst und fühlt sich allein. *Wie erreicht man einen Künstler, der auf Tournee ist,* fragt sie sich.

Sie könnte Ron anrufen, Toms besten Freund. Aber genau das wollte sie nicht. Ron soll nicht denken, dass sie noch Interesse an ihm hat. *Ach was, es wird schon nichts sein,* sagt sie sich. *Ich warte noch. Tom wird sich schon melden.*

Zurück in seinem Headquarter in Edinburgh stürmt Camden in sein Büro und verteilt sofort Aufgaben. Seine männlichen Vorstands-Assistenten, er hat gleich drei davon, schreiben eifrig mit und düsen sofort los. Einer muss das neue Sendeformat des Senders Z24 analysieren und ihm eine Empfehlung geben, ob er daran teilnehmen soll oder nicht. Der Zweite darf Erkundigungen über die Journalistin Cynthia Jäger einholen. Und der Dritte soll eine Potenzial-Analyse für die Zulassung von synthetischen Neurotransmittern, sogenannten ‚Emotionalizern', erarbeiten.

Danach zieht er sich in seinen Meditationsraum zurück. Alle Mitarbeiter wissen, dass er nun für die nächsten zwei Stunden nicht gestört werden darf.

Die perfekte Gelegenheit für Professor Atkinson seinen Plan durchzuführen, zu dem er sich nach einer schlaflosen Nacht durchgerungen hat. Ihm ist klar geworden, er wird den Colonel nie davon überzeugen können, dass die 'Emotionalizer' in ihrer jetzigen Form, nicht für den Massenmarkt geeignet sind. Aus seiner Sicht können sie – unter strenger ärztlicher Kontrolle – begrenzt zur Therapie unterschiedlicher psychischer Erkrankungen, wie bipolaren Störungen, Psychosen oder auch Epilepsie, eingesetzt werden. Doch der Colonel will so eine Art Glückspille daraus machen. Und seine – Atkinsons – Aufgabe soll es sein, den Erfüllungsgehilfen zu spielen.

Soweit wird er es aber nicht kommen lassen, denn gestern Nacht hat der sonst eher ängstlich agierende Professor für sich entschieden, Beweise zu sichern. Beweise über die geheime Strategie von XOVELL. Aus der langjährigen Zusammenarbeit mit Camden weiß auch er, wenn der Colonel meditiert, dann darf er nicht gestört werden – aber dann ist sein Büro auch offen. Das Passwort für den Laptop hatte er vor einiger Zeit durch Zufall herausbekommen. In einem unbeobachteten Moment, konnte er auf eine Liste des IT-Chefs schauen, und da der Chef immer als erster kommt, stand dieser auch ganz oben auf der Liste. Wie so oft, war sein persönliches Passwort nicht besonders kompliziert. *Typisch für diese selbstgefälligen Charaktere*, dachte sich Atkinson, *sie fühlen sich so sicher.* Ein schneller Blick genügte ihm, die Kombination für immer in sein Gedächtnis zu brennen. „XOVELLCo1Ca54“ Die

1 steht für die Nr.1 im Unternehmen und 54 ist das Alter von Cornel Camden. Jetzt muss er nur noch den richtigen Moment abpassen, wenn die drei Assistenten, die im Unternehmen – frei nach den Neffen von Donald Duck – die Spitznamen Tick, Trick und Track haben, gemeinsam zum Lunch in der Kantine sind.

Mit einem Adapter und einem Memorystick der neuesten Generation in der Tasche, geht er geradewegs in Camdens Vorzimmer. Für den Fall, dass er entdeckt wird, hat er sich bestens vorbereitet. Mit den neuesten Forschungsergebnissen in der Hand, will er nur seine Pflicht tun und den Chef unterrichten. Wenn ihn jemand fragen würde, hat er eine Antwort parat: Dummerweise habe ich nicht auf die Uhr gesehen und die mittägliche Meditation des Colonels vergessen.

Das Glück ist auf seiner Seite. Die großzügigen Räume, die eher wie eine Wellness-Oase in einem Hotel wirken, durchschreitet er lautlos, schiebt die große Teakholztür zur Seite, schließt sie wieder hinter sich, und, nach weiteren acht Schritten, steht er hinter dem überdimensionalen runden Tisch des Colonels. Das neueste Apple Macbook Pro steht aufgeklappt vor ihm. Schnell steckt er den Adapter samt Stick in den kleinen Slot. Jetzt noch das Passwort eingeben. Und schon erscheint der Desktop. Ordentlich wie der Colonel ist, hat er eine übersichtliche Ordnerstruktur angelegt. Der Titel „Strategie“ erscheint Professor Atkinson am eindeutigsten. Damit er keine Zeit verliert, kopiert er ihn komplett. Drei Minuten später zieht er ohne ein verdächtiges Geräusch zu machen die Türen wieder zu und geht zufrieden zum Aufzug, um in das fünfte Untergeschoss zu fahren. In sein Reich. Der Forschungsabteilung von XOVELL.

In der Redaktion von Z24 ist mal wieder der Teufel los. Die nächsten Sendungen für 'Nah ran' werden vorbereitet, was nichts anderes bedeutet, als dass zwei Teams aus Redakteuren, Journalisten, Kameraleuten und Technikern rund um die Uhr recherchieren, telefonieren, Themen vorschlagen und passende Experten finden müssen.

Natürlich ist einiges Routine, doch der Anspruch ist immer hoch. Jede Woche ein neuer und brisanter Aufhänger, etwas, das länger in den Medien bleibt, also keine Eintagsfliege ist.

Cynthia Jäger ist mittendrin in den Vorbereitungen für die übernächste Ausgabe. Ihr Thema: ***Volkskrankheit Psychische Störungen.***

Die Fakten sprechen für sich: Depressionen, Angststörungen und Panikattacken, insbesondere bei jungen Menschen, nehmen zu. Das geht aus dem Barmer-Arztreport 2018 hervor. Mehr als jeder Vierte der rund sieben Millionen jungen Erwachsenen in Deutschland hat heute eine psychische Störung. Insgesamt ist der Anteil der 18 bis 25-Jährigen mit psychischen Diagnosen in den Jahren 2005 bis 2016 um 38 Prozent gestiegen, bei Depressionen um 76 Prozent. Kein Wunder also, dass Cynthia kein Problem hat, geeignete Gesprächspartner für die Sendung zu finden. Das Thema ist in aller Munde und quer durch unsere Gesellschaft ein großes Problem.

Das Besondere am neuen Format ‚Nah ran' ist der Einsatz einer neuen Technologie und somit auch einer neuen Art der Dokumentation. Eine Mini-Drohne begleitet die Teilnehmer einen Tag lang um authentisch, realistisch – und wie der Titel der Sendung es besagt – 'Nah ran' zu kommen.

Cynthia hatte schon morgens damit begonnen Experten, Organisationen, Betroffene und auch Kollegen, die sich intensiv mit dem Thema ‚Volkskrankheit Psychische Störungen' beschäftigten oder auskannten, zu kontaktieren. Aufgrund einer Mail eines ihrer Kollegen war sie auf einen Artikel im Online-Magazin 'Science' aufmerksam geworden:

Hi, Cynthia, du bist doch gerade mit diesem Psycho-Thema beschäftigt. Hier ist ein durchgeknallter CEO, der behauptet, er könne mit ‚Emotionalizern' Menschen so programmieren, dass sie von psychischen Störungen dauerhaft geheilt werden. Ich glaube nicht an diesen Kram, aber vielleicht ist er genau der Richtige zum Anheizen in deiner Sendung. Du suchst doch nach Sprengstoff für dein Thema? Lust auf ein Abendessen, wenn du damit durch bist? Würde mich freuen. Bis dann. Georg.

Das hörte sich doch interessant an, dachte Cynthia. Deshalb machte sie sich gleich daran die Telefonnummer des CEOs, Cornel Camden, herauszufinden. Wie die meisten Manager war auch er in LinkedIn zu finden.

Der Anruf kam für den Mann, wie es schien, recht überraschend. Mit so einer schnellen Reaktion der Medien hatte er wohl nicht gerechnet.

Mal sehen, ob er sich zurückmeldet, fragt sich Cynthia gerade, als sie sich einen frischen Kaffee an der Redaktions-Bar holt. Wie sie einen ersten heißen Schluck nimmt, klingelt ihr Smartphone.

„Cynthia Jäger, Z24, guten Tag."

Am anderen Ende der Leitung ist ein Räuspern zu hören, und eine nasale Stimme meldet sich auf Englisch – genauer – auf Schottisch. „Roy Heart, speaking. Assistant to Mr. Cornel Camden ... I'd like to clarify the conditions ..."

Der Fisch hat angebissen.

Schnell läuft Cynthia zu ihrem Schreibtisch, um sich Notizen zu machen: Fragen im Vorfeld übermitteln ... Studiogäste ... Info vorab *an Mr. Camden* ... Hotel in der Nähe des Studios ... insgesamt vier Stunden zur Verfügung.

Nachdem Cynthia konzentriert zugehört hat, ist sie an der Reihe. In fließendem Englisch erklärt sie dem Assistenten Heart das Thema mit der persönlichen Mini-Drohne. Die Reaktion ist, wie meistens, zuerst einmal ablehnend.

Ruhig beschreibt sie ihrem Gesprächspartner: „Die Filmaufnahmen werden während eines Tages erstellt. Sie sollen möglichst authentisch sein und den Studiogast, also ihren CEO Cornel Camden, während seiner Arbeit zeigen. Bedingung für eine Teilnahme ist, dass mindestens zehn unterschiedliche, max. 20 Sekunden lange Takes zur Verfügung stehen."

Roy Heart wirkt etwas überfordert. Deshalb formuliert er seine Antwort diplomatisch. „Certainly Mr. Camden is interested in participating in your show, 'Nah ran', but I have to check with him, if he is willing to accept your terms and the implications."

Das war doch schon mal ein Fortschritt, denkt sich Cynthia. Lächelnd beendet sie das Gespräch und ist sehr gespannt, ob sie wieder von Heart, beziehungsweise Camden, hört.

Sinas Handy spielt die Melodie von Dallas. Hastig stürmt sie weg vom Herd, wo sie sich gerade eine leichte Mahlzeit zubereitet, in Richtung Couchtisch. *Endlich ruft Tom zurück, freut sie sich.*

„Hallo Sina, hier ist Johanna."

Enttäuscht gehen Sinas Mundwinkel nach unten, und sie meldet sich nicht gerade freundlich. „Du, Johanna, was gibt es?“

„Leider nichts Erfreuliches. Ich versuche seit gestern Morgen Richard zu erreichen. Er meldet sich nicht, was ungewöhnlich für ihn ist, denn morgen beginnen die Aufnahmen zur nächsten 'Kiss for Love'-Sendung. Hast du vielleicht eine Ahnung, wo er stecken könnte? Ich wollte das gestern bei unserem Treffen auch schon fragen, aber irgendwie habe ich es verdrängt.“

Sina kann zwar verstehen, dass ihre Assistentin nach Richard fragt, aber sie weiß genauso wenig über die Lage Bescheid, in der sie sich momentan befinden und ist deshalb über die Frage doch etwas verwundert.

„Ich bin doch nicht das Kindermädchen dieses Mannes. Ich weiß nicht, wo er stecken könnte. Er erwähnte irgendwas von einem Trip nach Schottland. Aber wann er dort hin wollte, weiß ich nicht. Und viel Zeit hat er dafür ja auch nicht, denn, wie du richtig sagst, müsste er eigentlich morgen im Studio sein.“

Johanna lässt sich nicht aus der Ruhe bringen.

„Genau, das Studio hat bei mir schon mehrmals angerufen. Er geht nicht ans Mobiltelefon und auch nicht ans Festnetz seiner Münchner Wohnung. Er ist wie vom Erdboden verschwunden. Und eine Assistentin oder so etwas hat er nicht.“

Sina schaut zu ihrem Herd herüber.

„Du meine Güte, meine Nudeln kochen gerade über! Halte mich bitte auf dem Laufenden, ob er wieder auftaucht.“

Gerade noch rechtzeitig nimmt Sina den Topf vom Kochfeld.

„Okay, Sina. Guten Appetit. Bis dann.“

Im Moment läuft aber auch nichts normal, denkt sich Sina, als sie die Fertigsauce für die Nudeln zubereitet. Einen kleinen Salat hat sie auch vorbereitet. Sie macht es sich an ihrem Tresen gemütlich. So ganz fit fühlt sie sich noch nicht, ab und zu ist es ihr leicht schwindelig, aber der Appetit ist schon wieder da.

Kaum hat sie die erste Gabel Spaghetti im Mund wird sie erneut von der Dallas-Melodie unterbrochen. Praktischerweise hat sie ihr Smartphone mitgenommen, es liegt direkt neben ihrem Teller. Sie nimmt den Anruf im Lautsprechermodus an. Die Nummer im Display sagt ihr nichts.

„Sina Söhnke."

„Guten Tag Frau Söhnke, hier ist Jacky Arden, ich bin Toms Assistent."

Kurze Stille.

„Frau Söhnke? Sind sie noch dran?"

Sina schluckt ihre Nudeln herunter.

„Ja ..., was gibt es denn? Ich versuche Tom schon seit geraumer Zeit zu erreichen."

Wieder eine kurze Pause.

„Mein Chef ... also Ihr Freund Tom ... er ... er, liegt im Koma in der Neurologie der Uniklinik hier in Wien."

Pause.

Sina kommen Tränen in die Augen, ihre Hände fangen an zu zittern, Panik steigt in ihr hoch. Sie stammelt: „Wie ... wie ... konnte das passieren? Er hat doch heute ... sein Konzert?"

Jacky fühlt sich unwohl in seiner Rolle, doch er sieht sich verpflichtet, Sina die Umstände zu erklären.

„Wir haben Tom heute Morgen in seinem Hotelzimmer bewusstlos aufgefunden. Leider bin ich gestern spätabends nicht mit ihm gemeinsam zurück ins Hotel. Ich hatte noch eine Verabredung. Die Hotelmanagerin informierte mich dann heute Morgen über einen Einbruch in Toms Zimmer. Als die Polizei vor Ort war, und wir das Zimmer gemeinsam betraten, war es allerdings wieder ordentlich und sauber."

Sina versteht die Story nicht so ganz: „Was erzählen Sie mir da? War es nun ein Einbruch oder nicht?"

Jacky gestikuliert am Telefon und gibt sich alle Mühe, Sina die abstruse Geschichte zu vermitteln: „Das hat keiner so richtig verstanden. Die Polizei ist unverrichteter Dinge gegangen, da auch nichts gestohlen wurde. Tom hat wohl selbst seine Sachen auf Vollständigkeit geprüft. Als alle dann weg waren, ist er wohl ins Bett gegangen, das muss so kurz vor Mitternacht gewesen sein, sagt jedenfalls die Hotelmanagerin. Und dann, dann ist er wohl ins Koma gefallen."

Während Jackys Berichterstattung muss Sina sich immer wieder die Nase putzen, da die Tränen unaufhörlich fließen.

Schluchzend flüstert sie: „Wer hat ihn gefunden? Und woher wissen Sie, dass es sich um ein Koma handelt?"

„Nun, ich selbst habe, nachdem er nicht zum Frühstück erschienen ist, versucht ihn telefonisch zu wecken. Das ist mir nicht gelungen. Ich habe mich dann an das Hotel gewandt und die Hotelmanagerin hat einen Arzt gerufen. Der hat nach diversen Tests ein Koma festgestellt. Tom lebt, aber er ist nicht bei Bewusstsein und kriegt nichts mit. Warum das so ist, kann momentan niemand sagen. Aus diesem Grund wird er untersucht, und natürlich versuchen die Ärzte ihn wach zu bekommen."

Nach lautem und intensiven Naseputzen hat Sina sich wieder einigermaßen im Griff.

„Wo sind Sie gerade, wie heißt das Hotel und in welchem Krankenhaus ist Tom? Ich nehme gleich den nächsten Flieger nach Wien."

Jacky, ganz Assistent, antwortet prompt: „Am besten schicke ich Ihnen die Daten per SMS. Toms Mutter ist auch informiert und natürlich sein Manager. By the way, das Konzert heute und alle weiteren sind abgesagt, beziehungsweise auf unbestimmte Zeit verschoben."

Darauf geht Sina nicht mehr ein.

„Danke, Herr Arden. Sind Sie noch länger vor Ort?"

„Selbstverständlich bleibe ich in Wien", schluckt er, „bis Tom wieder in Ordnung ist."

Sina will das Gespräch möglichst schnell beenden. „Ich sehe gerade, der nächste Flug geht um 16:30 Uhr. Das kann ich schaffen. Können Sie mir bitte ein Zimmer im gleichen Hotel reservieren? Vielen Dank und bis heute Abend."

Sie wartet die Antwort von Jacky nicht mehr ab und wählt gleich die Nummer von Lufthansa. Sina hat Glück, auf dem Flug sind noch Plätze frei.

Sina bestellt sich ein Taxi, denn in ihrem momentanen Zustand will sie nicht selbst fahren. Nachdem sie ihr Bordcase mit dem Nötigsten gepackt hat, wählt sie schnell noch die Nummer von Johanna und informiert sie über Toms Zustand und ihre Entscheidung nach Wien zu fliegen. Dabei erfährt Sina, dass Kommissar Nöcker bei 'Charisma' angerufen und bereits mit einigen Mitarbeitern gesprochen hat. *Auch das noch,* denkt Sina.

Als Johanna den Namen erwähnt, fällt Sina Nöckers Aufforderung ein, die Stadt diese Woche nicht zu verlassen.

Darauf kann ich jetzt keine Rücksicht nehmen, sagt sie sich. Trotzdem nimmt sie sich vor, ihn in Wien anzurufen. Mit sorgenvollem Gesicht steigt Sina in das wartende Taxi. Hoffentlich kann Tom wieder mit ihr gemeinsam zurückkommen. *Es tut richtig weh, ganz tief da drinnen,* sinniert Sina. *Ich liebe ihn.* Da ist sie sich ganz sicher.

An: raphael.reiter@gmail.com
Von: dimitri.koslovski@XOVELL.com
Betreff: Re: Casting-Liste
19.05.18
15:00 Uhr

Dear Mr. Reiter,

Thank you for sending me the list with the casting candidates. You were absolutely right to inform me about this detective Maximilian von Trebitz. My plan is to have an eye on him. Be aware that in the next days some things will happen, which could leave some questions for you. Possibly the police will cross-examine you and other colleagues in your agency. Stay in your role and be calm. Especially talk to Corinne. There's nothing they can charge you with. Concerning your special friend Richard, we already have him in a safe place for the next days. Please delete all the mail correspondence with me. From now on, well contact each other through our XOVELL extranet. You'll get a separate message with the login information. I'm counting on you.

Dimitri Koslovski.

Es ist nicht schwierig den Aufenthaltsort von Maximilian von Trebitz herauszufinden. Er hat ein schickes Büro in der Sendlinger Straße in München.

„Arm scheint der Herr von Trebitz nicht zu sein", bemerkt Rosinger schnippisch zu ihrem Kollegen, als sie die zwei Stockwerke des Neorenaissance-Gebäudes hinaufsteigen.

Sie klingeln an der überdimensionalen Holztür. Es dauert eine Weile, bis sie gedämpfte Schritte hören. Ein großer, etwas blass wirkender, sehr elegant gekleideter Mittvierziger öffnet ihnen und blickt sie blasiert fragend an.

„Guten Tag, Sie wünschen?"

Kommissar Nöcker, wie immer mit Kaugummi im Mund, hält von Trebitz seinen Ausweis vor die Nase und antwortet einstudiert: „Kommissar Nöcker und die Kollegin Rosinger. Wir möchten gerne mit Ihnen sprechen, dürfen wir eintreten?"

Keine Reaktion, nur ein leichtes Zucken seiner rechten Augenbraue. Von Trebitz macht keine Anstalten, die Polizei in seine Wohnung beziehungsweise in sein Büro zu lassen. Nöcker bleibt cool und redet einfach weiter.

„Dann haben sie nichts dagegen, wenn wir Sie gleich mit aufs Revier nehmen?"

Das scheint zu wirken, denn von Trebitz geht ein kleines Stück zur Seite und lässt gerade genügend Platz, damit sich das Duo durchzwängen kann. Sie treten in einen riesigen quadratischen Flur mit vier großen Schiebetüren an jeder Seite. An der Decke hängt ein imposanter Kronleuchter. Ansonsten ist der weiß gehaltene Raum an den Wänden mit moderner Kunst überraschend farbenfroh und lebendig gestaltet.

Von Trebitz öffnet eine der Schiebetüren und weist den Weg in sein Arbeitszimmer. Hier setzte sich die gekonnte Mischung aus klassisch und modern weiter fort. Spartanisch möbliert, ganz mit USM Haller Möbel ausgestattet, dominiert eine annähernd fünf Meter lange, gebogene Chrom-Lampe den Raum. In der einen Ecke liegt eine komplette Fallschirmspringer- Ausrüstung. Nöcker erkennt das sofort, denn in seiner Bundeswehrzeit war er bei der Luftwaffe.

Gegenüber dem Schreibtisch stehen zwei hochwertige Freischwinger, in denen die beiden Polizisten ungefragt Platz nehmen.

„Nun, wie ich sehe, haben Sie es sich schon bequem gemacht, darf Ich ihnen etwas zu trinken anbieten?“, fragt der Detektiv überraschend freundlich.

„Nein, danke, wir würden gerne gleich zur Sache kommen“, bestimmt Nöcker dominant.

Von Trebitz schenkt sich selbst ein Glas Mineralwasser ein, das auf einem Chromtablett mit weiteren Gläsern auf seinem Schreibtisch bereit steht.

„Dann legen Sie mal los“, sagt er betont lässig, trinkt einen Schluck und lehnt sich in seinem Design-Lederstuhl der Marke Vitra nach hinten.

Nöcker schaut zu seiner Kollegin, die sogleich mit einer Frage beginnt: „Herr von Trebitz, wir wissen aus zuverlässiger Quelle, dass Sie von Richard Lester, dem Regisseur von 'Kiss for Love', beauftragt wurden, Nachforschungen bei der Agentur 'Charisma' durchzuführen hinsichtlich einer möglichen, bewussten Zerstörung von Video-Daten. Wir waren heute Morgen im Studio. Richard Lester ist seit einigen Tagen nicht erreichbar. Wann hatten Sie das letzte Mal Kontakt zu ihm?“

Von Trebitz legt seinen Kopf zur Seite und sein akkurat gekämmter Scheitel fällt dabei auf. Während er überlegt, spitzt er seinen Mund, öffnet ihn, holt Luft und beginnt zu sprechen.

„Mr. Lester ist in Schottland, soweit ich informiert bin, genauer gesagt, in Edinburgh. Ich habe ihn persönlich am 16. Mai im Café Lungo zusammen mit Sina Söhnke getroffen. Er wollte nach dem Überfall von Frau Söhnke, also am 17., nachmittags für einen Tag nach Schottland fliegen. Er hat mich nicht darüber in Kenntnis gesetzt, was er dort zu tun hat. Auf jeden Fall wollte er am 19., also heute, wieder in München sein. Er sagte mir noch, die Proben für seine Sendung würden dann beginnen."

Melanie Rosinger ist sichtlich überrascht über die Offenheit des Privatdetektivs und nutzt gleich die Chance, um eventuell noch mehr in Erfahrung zu bringen.

„Was konkret ist denn Ihr Auftrag?"

„Mein Auftrag ist eine eventuelle Sabotage bei 'Charisma' aufzuklären. Richard Lester vermutet, dass möglicherweise Mitarbeiter bezahlt wurden, um Casting-Aufnahmen zu zerstören. Die Sendung 'Kiss for Love' ist äußerst erfolgreich. Es wäre nicht das erste Mal in der TV-Branche, dass die Konkurrenz nicht ganz sauber handelt."

Nun mischt sich der Kommissar wieder ein: „Sie sind also über den Überfall auf Frau Sina Söhnke informiert?"

Von Trebitz reagiert beinahe beleidigt, denn die Frage scheint seine professionelle Vorgehensweise als Privatdetektiv in Frage zu stellen: „Was glauben Sie denn?! Schließlich mache ich meinen Job seit über 20 Jahren und wie sie sehen, recht erfolgreich. Natürlich ist mir die ungewöhnliche Tat bekannt! Aber bisher habe ich keinen direkten Zusammenhang zu den Vorgängen bei 'Charisma' herstellen können."

„Apropos Zusammenhang: ist Ihnen bei Ihren Nachforschungen irgendein Mitarbeiter verdächtig vorgekommen?“

Nöcker agiert ganz direkt, denn von Trebitz scheint zu der Sorte Privatdetektiv zu gehören, die mit der Polizei kooperieren.

„Für mich gibt es eine Kandidatin und einen Kandidaten. Die eine habe ich mir schon vorgenommen. Es ist die Bloggerin Corinne Sailer, die zum Zeitpunkt des Casting anwesend war, weil sie einen Artikel über die Sendung schreiben wollte. In Frage kommt noch Raphael Reiter, er ist ein intelligentes Bürschchen, Typ ewiger Praktikant. Ich habe über ihn herausgefunden, dass er schon für diverse Filmproduktionen, Castingagenturen und TV-Sender gearbeitet hat. Nie besonders lange. Das macht ihn natürlich auch anfällig für eine mögliche zusätzliche Einnahmequelle.“

Nöcker zeigt sein Pokerface. Er denkt sich aber: Der Mann sollte bei uns arbeiten, könnten wir gut gebrauchen.

Deshalb reagiert er positiv: „Nun, Herr von Trebitz. Ich bedanke mich für Ihre Offenheit. Wir werden die Kollegen in Edinburgh wegen Richard Lester kontaktieren und überprüfen, ob er den Rückflug heute nach München angetreten hat.“

Nöcker und Rosinger stehen auf, von Trebitz, ganz Gentleman, tut es ihnen gleich, öffnet die Schiebetür und begleitet die beiden zum Ausgang. An der Tür räuspert sich von Trebitz gekünstelt: „Eine Sache noch, die mir auch Sorgen macht: Richard Lester. Ich kenne ihn schon seit Jahren, er hat sich irgendwie verändert. Er wirkt nervös, unkonzentriert und teilweise ist er unbeherrscht. Irgendetwas stimmt nicht mit ihm.“

Melanie Rosinger schaut ihren Kollegen an. Dieser zeigt aber keine Reaktion und bedankt sich lediglich höflich für den interessanten Hinweis. Das Duo läuft schnellen Schrittes das opulente Treppenhaus hinunter, ohne ein weiteres Wort zu verlieren. In Gedanken sind sie schon dabei, intensiv nach Richard Lester zu fahnden.

Sina ist erleichtert. Der Flug nach Wien war pünktlich. Da sie nur Bordgepäck dabei hat, kann sie direkt in ein Taxi steigen und ist gegen 18:30 Uhr schon im Grand Ferdinand beim Einchecken.

Aus dem Auto hat sie Jacky eine Nachricht geschickt, damit er sie gleich im Hotel in Empfang nimmt. Auch das hat perfekt geklappt. Gerade als ihr die Zimmerkarte ausgehändigt wird, steht ein äußerst hübscher, nicht gerade großer, aber sehr adretter, junger Mann vor ihr. Er wirkt wie der Schwiegersohn, den sich Mütter wünschen. Ein weißes, eng tailliertes Hemd, dazu eine blaue Chino und frisch geputzte Budapester Schuhe. Zu seiner gepflegten Erscheinung passen auch seine Manieren, stellt Sina sofort fest.

Jacky begrüßt Sina mit zwei gehauchten Küsschen auf die Wangen und bietet ihr sofort an, ihr den Koffer abzunehmen. Sina nimmt die Galanterie wohlwollend an, jedoch ist sie mehr an Infos wegen ihres Freundes interessiert. Nachdem sich die beiden das „du“ angeboten haben, fragt Sina direkt: „Hast du schon Neuigkeiten zu seinem Zustand, Jacky?“

Im dritten Stock angekommen, öffnet Sina die Türe zu ihrem Hotelzimmer.

Jacky bleibt davor stehen und antwortet ihr: „Leider noch nicht, aber ich denke, wir fahren, wenn du dich frisch gemacht hast, direkt in die Klinik. Dann, so hoffe ich, erhalten wir Informationen aus erster Hand."

Sina nickt ihm zu, und beide beschließen, sich in zwanzig Minuten in der Lobby zu treffen. Jacky bestellt sicherheitshalber schon mal ein Taxi und ruft Dr. Kaiser an, der Tom in die Wiener Uniklinik eingeliefert hat. Es dauert eine Weile bis dieser sich meldet, doch schon nach den ersten Worten ist Jacky froh, ihn angerufen zu haben.

„Ah, Herr Arden, gut dass Sie sich melden, ich hatte gerade vor, sie zu kontaktieren. Mir ist nur mal wieder ein weiterer Anruf dazwischengekommen. Ich habe gute Nachrichten für Sie, Herr Strasser ist vor wenigen Minuten aus dem Koma erwacht. Er hat zwar noch einen dicken Kopf und es ist ihm übel, aber ansonsten scheint er in guter Verfassung, wie der behandelnde Arzt in der Neurologie sagt."

Jacky atmet erleichtert tief durch.

„Das sind gute Nachrichten, Dr. Kaiser. Ich möchte nämlich gleich mit seiner Freundin Sina Söhnke zu ihm fahren. Was denken Sie, werden wir zu ihm gelassen?"

Dr. Kaiser lässt sich einen Moment Zeit mit seiner Antwort.

„Nun, das ist nicht ganz so einfach. Er ist noch nicht lange wach, aber ich werde dort für Sie anrufen und versuchen, eine Ausnahmeregelung zu erwirken. Ich melde mich gleich wieder."

Nachdem sich Jacky bedankt hat, ist es auch bereits Zeit für ihn, nach Sina zu schauen. Kaum, dass er an sie gedacht hat, kommt sie auch schon. In einem hellblauen, schlichten Kleid, das ihr fantastisch steht, läuft sie direkt auf ihn zu. Die große Sonnenbrille hält ihre blonden Haare zusammen. Über ihrem Arm liegt ein leichter Sommermantel in einem passenden Blauton und die harmonisch dezente Handtasche rundet das Bild einer elegant-sportlichen Frau ab.

Jacky sieht Toms Geschmack als überaus stilvoll bestätigt. Dennoch bemerkt er sofort Sinas nervösen Blick. Er geht auf Sina zu und weist ihr den Weg zum bereits wartenden Taxi. Nachdem sie dem Fahrer die Adresse mitgeteilt haben, kann Jacky nicht mehr an sich halten und teilt Sina die freudige Nachricht mit. Sinas Gesichtsausdruck, der zuvor sehr angespannt war, ändert sich schlagartig. Erfreut darüber bewundert Jacky heimlich ihre Schönheit.

„Ich bin so erleichtert, du glaubst gar nicht, was ich mir alles ausgemalt habe, ganz besonders nach meinem Überfall vor ein paar Tagen."

Verwundert blickt Jacky sie an.

„Ein Überfall?"

Sina erzählt Jacky in knappen Worten, was ihr passiert ist, und er kann es kaum fassen.

„Du wirst überfallen und Tom liegt kurz darauf im Koma? Hier läuft doch irgendetwas ganz schön schief. Wart ihr schon bei der Polizei? Ich frage, weil ich das heute auch eigentlich tun wollte, aber nicht dazu gekommen bin."

Sina will gerade Antworten, doch der Taxifahrer unterbricht sie: „Wir wären dann gleich da, die Herrschaften."

Sina öffnet ihre Handtasche, doch Jacky ist schneller und kommt ihr zuvor: „Ich übernehme das."

Als sie aussteigen, stehen beide vor einem riesigen Klotz von Gebäude und sind erst einmal erschlagen von der Größe und den Ausmaßen. Im richtigen Augenblick klingelt Jackys Smartphone. Es ist Dr. Kaiser. Jacky hört kurz zu und bedankt sich zuvorkommend.

„Das war Dr. Kaiser, der Arzt, der Tom im Hotel untersucht hat und ihn hier hat einweisen lassen. Er hat für uns in der Neurologie angerufen. Wir dürfen Tom kurz besuchen!"

Jacky ist erleichtert und ein wenig stolz, alles so perfekt arrangiert zu haben.

„Jetzt müssen wir nur noch die Station finden", bemerkt Sina richtig.

„Lass das mal mein Problem sein."

Jacky läuft zur Information und kommt kurze Zeit später zurück.

„Wir müssen zu Station 15 H. Dort sollen wir uns im Schwesternzimmer melden."

Es vergeht noch eine Weile, denn es ist nicht so leicht, sich in einem der größten Krankenhäuser Europas zurechtzufinden. Endlich drückt Sina die Klinke zur Tür eines Einzelzimmers herunter.

Eine Sekunde später blickt sie in das blasse Gesicht ihres Geliebten. Sie küsst ihn zart und streichelt seine Wange. Jacky fühlt sich etwas fehl am Platz und verdrückt sich leise aus dem Zimmer.

„Tom, du machst Sachen. Wie geht es dir?"

Toms Stimme ist noch belegt, sie klingt rauer als sonst. Er spricht sehr leise.

„Hallo mein Schatz, du bist da! Ich bin so froh dich zu sehen. Ich fühle mich wie nach einem Drogenrausch. Mein Schädel brummt und ich bin schwach, aber sonst, denke ich, geht es mir gut."

Sina kann gar nicht aufhören, Tom zu streicheln. Er lächelt sie schief an und obwohl er schwach ist, kommt er gleich auf das zu sprechen, was ihm, seit er aufgewacht ist, durch den Kopf geht: „Sina, ich glaube die beiden Ereignisse, dein Überfall und mein plötzliches

Koma, haben etwas miteinander zu tun. Irgendjemand hat es auf uns abgesehen!“

Sina hört abrupt mit dem sanften Streicheln auf und fasst sich an den leicht geöffneten Mund. „Meinst du wirklich?“

Tom versucht, sich etwas aufzusetzen.

„Ja, ich bin davon fest überzeugt. Und ich vermute noch etwas: Wir beide haben während unserer Bewusstlosigkeit gezielt irgendwelche Medikamente erhalten, damit wir beeinflusst werden.“

Sina sitzt jetzt kerzengerade auf Toms Bettkante.

„Wie meinst du das?“

Tom hebt seinen Arm, in dem noch eine Braunüle steckt, die mit einem Tropf verbunden ist.

„Wir haben doch, bevor ich nach Wien geflogen bin, darüber gesprochen. Wir beide haben uns verändert. Unsere Psyche ist anders, wir empfinden anders, wir sind emotional labil. Ich denke, wir haben etwas verabreicht bekommen, ich weiß nicht was und wie. Aber sowohl bei dir als auch bei mir hat jemand versucht, während wir betäubt waren, Hand an uns zu legen. Zumindest glaube ich das. Ich weiß, das klingt verrückt. Vielleicht bin ich das momentan auch etwas, aber ich hatte während meines Komas und als ich aufwachte, diese Gedanken. Und als kreativer Mensch nehme ich meine Träume und Gedanken ernst und lasse sie auch in meinem Leben und meinem Bewusstsein zur Geltung kommen.“

Sina hat mit vielem gerechnet: dass bei Tom eventuell irgendwelche Schäden durch das Koma entstanden sind, oder dass er sie vielleicht im schlimmsten Fall nicht mehr erkennt, da er doch eine Amnesie haben könnte. Aber diese direkten, überlegten Aussagen und Vermutungen geben ihr zu denken.

„Tom, ich will zu deinen Theorien noch nichts spontan sagen. Mich interessiert, was die Ärzte zu dir gesagt haben."

Tom ist schon wieder ganz der Alte und er antwortet schnell: „Noch nicht so viel. Aber sie vermuten, dass ich mit einem recht seltenen Narkotikum betäubt wurde. Ich glaube, es heißt Ketamin, soweit ich mich richtig erinnere. Ich war noch recht benommen, als der Oberarzt bei mir war."

Sina schaut Tom mit großen Augen an: „Ketamin sagst du? Genau diesen Wirkstoff haben die Täter auch bei meinem Überfall eingesetzt. Er wurde in meinem Blut nachgewiesen. Das hat mir Dr. Preuss bestätigt."

Toms Augen sind zu Schlitzen geworden, seine Gedanken rasen.

„Siehst du, da haben wir doch den ersten Beweis. Das kann doch kein Zufall sein. Wir beide sind mit diesem Ketamin außer Gefecht gesetzt worden. Und wir beide haben in diesem Zustand irgendwelche Wirkstoffe erhalten. Für oder gegen was, das ist mir noch nicht klar. Aber ich vermute, es hat etwas, wie schon gesagt, mit unserer *Gemütslage* zu tun. Entweder man will uns gefügig machen oder etwas aus unserem Körper entfernen."

Tom macht eine bewusste Pause und schaut Sina intensiv an: „Bist du bereit, mit der Polizei darüber zu sprechen? Ich habe große Lust dazu. Denn noch einmal will ich so etwas nicht erleben. Vielleicht gibt es ja noch andere Menschen, denen das Gleiche passiert ist?"

Auch in Sinas Kopf wirken die Ereignisse der letzten Tage und Stunden nach. Plötzlich springt sie auf. Ihre Stimme hört sich komisch schrill an:

„Weißt du was: Richard ist verschwunden! Vielleicht ist ihm ja etwas Ähnliches zugestoßen."

In diesem Moment steckt Jacky seinen Kopf vorsichtig in die leicht geöffnete Tür.

„Darf ich reinkommen? Ich würde gerne mit meinem Chef kurz ein paar Dinge klären."

Tom kann sich als erster von dem gerade geführten, intensiven und aufschlussreichen Dialog lösen.

„Ja klar Jacky, komm rein und setz dich auf den Stuhl."

Er zeigt auf einen harten Besucherstuhl. Jacky hält sogleich einen langen Monolog über das, was er alles in die Wege geleitet hat, damit der Schaden, der durch die Absage der Konzerte entstanden ist, möglichst gering bleibt.

Tom ist ihm sehr dankbar und verspricht, sobald er hier raus ist, mit ihm und seinem Manager eine Skype-Konferenz zu organisieren, um alles weitere zu besprechen. Jacky ist froh und geht wieder in die Warteschleife vor der Tür.

Die Unterbrechung durch Jacky war hilfreich. Sina und Tom hatten dadurch die Gelegenheit, die geäußerten Vermutungen zu verarbeiten. Geblieben ist bei beiden ein mulmiges Gefühl, gemischt mit Wut und Tatendrang. Tom versucht, dies in Worte zu fassen.

„Sina, es ist nur logisch. Wir beide haben mit so etwas keine Erfahrung. Ich denke wirklich, die Polizei ist für uns der richtige und einzige Ansprechpartner. Und wenn, wie du sagst, Richard verschwunden ist, werden sie das sicher auch bald erfahren. Vielleicht wissen sie aber schon davon. Lass uns morgen mit Kommissar Nöcker sprechen."

Sina nickt und stimmt Tom zu: „Ja, das machen wir. Ich habe sowieso ein schlechtes Gewissen, da mir Nöcker verboten hat, die Stadt zu verlassen. Ich habe ihn bisher nicht über meine Reise nach Wien informiert.

Dann lass uns ihn gleich morgen früh anrufen. Ich komme um 8:30 Uhr wieder zu dir."

Nach einer langen, etwas ungeschickten Umarmung lösen sie sich voneinander, und Sina geht mit gemischten Gefühlen auf den Gang hinaus. Dort entdeckt sie Jacky aus dem Fenster blickend. Von hinten nähert sie sich dem jungen Mann und hakt sich unter.

„So Jacky, jetzt gehen wir beide was Leckeres zu Abend essen. Ich habe große Lust auf ein echtes Wiener Schnitzel!"

Cornel Camden läuft unruhig in seinem großzügigen Büro hin und her. Er ist unzufrieden, weil er das Gefühl hat, die Situation entgleitet ihm. Wie immer in solchen Momenten, sucht er das Gespräch mit seinem Sicherheitschef Koslovski, den er schon viele Jahre kennt und dem er voll und ganz vertraut. Da Koslovski ausnahmsweise mal in der XOVELL Zentrale ist, gibt er einem seiner Assistenten den Auftrag, ihn zu ihm zu bringen. Natürlich hätte er ihn auch anrufen können, aber typisch für ihn, wählt er einen anderen Weg, der aus seiner Sicht deutlich macht, wer hier der Chef ist.

Dimitri Koslovski lässt sich durch die persönliche Aufforderung nicht aus der Ruhe bringen. Er hat gerade die Recherche-Ergebnisse des letzten Castings von 'Charisma' erhalten. Die Arbeit von Raphael bei 'Charisma' war sehr wertvoll.

Insgesamt haben seit dem Vorfall mit dem Mann von Sally, der mit Richard Lester intim war, drei Castings stattgefunden. Jedoch – und das weiß er jetzt ganz genau – gab es zusammen sieben Körperkontakte durch Küssen oder Geschlechtsverkehr. Diese waren zwischen Richard Lester und John Bishop und zwei weiteren homosexuellen Kontakte in Edinburgh zustande gekommen. Sowie zwischen Richard Lester und Sina Söhnke, die jeweils zum Start eines Castings die typische Kussszene vorspielten. Sina Söhnke hatte Kontakt mit drei männlichen Kandidaten, die einen Kuss mit ihr zu Beginn der Aufnahmen vor der Kamera geprobt hatten, um den anderen Kandidaten vorzuführen, wie das geht.

Sie hatten die Namen der Kandidaten, und Dimitris Team war gerade dabei, allen drei Personen, so wie sie es bei Sina und Tom getan hatten, eine passende Dosis synthetische Neurotransmitter zu verpassen. Wobei Koslovski die Anweisung gegeben hatte, subtiler vorzugehen und auf keinen Fall eine länger anhaltende Bewusstlosigkeit in Kauf zu nehmen.

Richard Lester ist noch ein Problem. Sein exzessiver Lebensstil und die Reisetätigkeit zwischen Edinburgh und München haben Koslovski dazu gezwungen, ihn in Verwahrung zu nehmen. Momentan liegt er, selig schlummernd, in einem der Sozialräume von XOVELL. Mit diesen Informationen steht der große, massig wirkende Mann mit der Charakternase vor dem Colonel.

„Dimitri, da bist du ja endlich. Was gibt es Neues zu reporten?“, brummt Camden mürrisch.

Koslovski berichtet in kargen Worten den aktuellen Status und fügt zum Schluss hinzu: „Es kann natürlich sein, dass wir weitere Fälle entdecken, denn auch die drei Kandidaten von 'Kiss for Love' hatten sicherlich weitere Intimkontakte.“

Camden haut auf seinen runden Tisch.

„Da hat uns Atkinson was eingebrockt. Wie konnte ich nur zustimmen, diese Probandin und ihren Typen wieder in die freie Wildbahn zu entlassen. Ein kapitaler Fehler! Insbesondere, da er uns bis heute nicht mit Sicherheit sagen kann, ob die synthetischen Neurotransmitter die wir den Leuten verabreichen, wirklich dazu führen, ihren ursprünglichen psychischen Zustand wiederherzustellen. Wir können froh sein, dass bisher keiner einen wirklichen Ausraster hatte und die Reaktionen sich auf starke Gemütsschwankungen beschränken."

Koslovski zieht seine beiden dicken Augenbrauen nach oben.

„Was nicht ist, kann ja noch kommen. Bisher hat auch die Polizei noch keinen wirklichen Zusammenhang zwischen den Vorfällen gefunden. Trotzdem sind wir auf der Hut. Die größte Gefahr sehe ich von diesem Musiker ausgehen. Er ist nicht nur intelligent, sondern auch kreativ. Es könnte sein, dass er uns auf die Spur kommt, insbesondere, wenn er sich mit diesem Detektiv, Maximilian von Trebitz, verbündet. Mein Informant bei 'Charisma' hat mich vor ihm gewarnt. Auch hier ist Richard Lester wieder der Initiator."

Camden sitzt nun an seinem Schreibtisch. Er hält eine Notiz in seinen Händen.

„Ich will mich nicht weiter mit deinen Angelegenheiten beschäftigen, Dimitri – du löst das schon. Ich habe noch ein anderes Thema mit dir zu klären. Mein Assistent Heart hat mir, kurz bevor du reinkamst, diese Info auf den Tisch gelegt. Es geht um meine mögliche Teilnahme in einer neuen Talk-Show des Senders Z24. 'Nah ran' oder so ähnlich, ist der Titel. Die wollen, das ich als Experte auftrete, und Achtung, sie wollen mich einen Tag lang von einer Mini-Drohne begleiten lassen, am besten hier bei uns im Headquarter. Noch so eine unberechenbare Sache."

Koslovski setzt sich zu Camden an den Tisch. Er wischt mit der Hand über die Platte, als ob er damit die Probleme lösen würde, die kommen könnten. Vor sich hin blickend, beginnt er zu sprechen: „Wir müssen vorsichtig sein. Zu viel Öffentlichkeit bedeutet zu viele Fragen. Zu viele Fragen, bedeuten viele Antworten und eventuell Fehler von uns. Andererseits sind wir ein bekanntes Unternehmen, und wir dürfen uns medial nicht abschotten. Das wirft noch mehr Fragen auf und man beobachtet uns mit Argwohn. Der einzig mögliche Weg ist der, dass wir die Oberhand behalten müssen. Wir sind diejenigen, die Informationen streuen. Bis wann musst du diesem Sender antworten?"

Camden schaut noch einmal auf den Zettel: „Hier steht bis morgen. Die Aufnahmen sollen dann nächste Woche stattfinden."

Koslovski lehnt sich zurück.

„Gut. Genügend Zeit, um alles vorzubereiten. Wir planen deinen kompletten Tag durch. Was du machst, wo du bist, mit wem du sprichst. Da darf nichts schiefgehen. Sicher kommt doch einer dieser lästigen Reporter mit?"

Camden nickt: „Ich befürchte ja, ich habe auch schon mit dieser Dame telefoniert. Sie heißt Cynthia Jäger, wahrscheinlich ist ihr Name Programm."

Er lacht rau und schallend über seinen eigenen Witz.

„Hoffentlich wird dir das Lachen nicht vergehen, wenn du nach acht Stunden Drohnenbeschattung ein Interview geben musst."

Camden schaut sofort wieder ernst.

„Also, was meinst du? Ja oder nein?"

Koslovski reibt sich den Dreitagebart: „Ja, du solltest da mitmachen."

Darauf reagiert Camden sofort. Er hat gleich einen weiteren Job für Dimitri.

„Und du solltest dir unbedingt Atkinson vorknöpfen und herausfinden, wie weit er mit der Neurotransmitter-

Verfeinerung ist und ob er die Rezeptur optimiert hat, damit wir eine Basis für die Herstellung der 'Emotionalizer' bekommen. Wir können uns kein zweites Sally-und-John-Desaster erlauben. Mein Zeitplan sieht vor, den ersten großen Coup spätestens in einem halben Jahr zu landen.“

Die beiden Komplizen stehen auf und schauen sich noch einmal in die Augen. Dimitri verlässt den Raum, ohne ein weiteres Wort zu verlieren.

Sina und Jacky sitzen im Gasthaus Pöschl in Wien und erfreuen sich eines echten - vielleicht sogar dem besten – Wiener Schnitzels. Gerade, als Sina mit einem Seufzer den letzten Happen des extrem dünnen und perfekt panierten Stück Fleisch in ihrem wohlgeformten Mund verschwinden lässt, klingelt das Smartphone. Noch während des Kauens geht sie dran. „Elfriede Strasser. Spreche ich mit Sina Söhnke?“, sagt die Stimme am anderen Ende.

Fast verschluckt sich Sina an dem Bissen, doch sie meldet sich gewohnt professionell: „Ja, die bin ich. Hallo Frau Strasser. Ich freue mich, mit Ihnen zu sprechen.“

Sina merkt, dass Elfriede Strasser einen Moment braucht, um die richtigen Worte zu finden.

„Haben Sie ... Wissen Sie ... Wie geht es meinem Sohn? Ich habe heute Mittag einen Anruf von seinem Assistenten erhalten. Jacky heißt er, soweit ich mich erinnere. Er informierte mich über den Zustand meines Sohnes.“

Sina will die aufgeregte Frau nicht länger hinhalten, deshalb unterbricht sie ihren Redefluss: „Liebe Frau Strasser, ich kann Sie beruhigen, ihrem Sohn geht es schon viel besser. Er ist aus dem Koma aufgewacht. Ich habe ihn vor einer guten Stunde gesprochen.“

Am anderen Ende der Leitung ist ein deutliches Schniefen und Schnauben zu hören. Anscheinend entlädt sich die Anspannung, die die ältere Dame die letzten Stunden auszuhalten hatte.

„Ich bin so froh, das von Ihnen zu hören. Wann kann ich ihn sehen? Vielleicht morgen früh?"

Sina überlegt kurz und denkt an ihre Abmachung: um 8:30 Uhr bei Tom im Krankenhaus zu sein, um Kommissar Nöcker gemeinsam anzurufen.

„Ich denke, Sie können ihn am späten Vormittag besuchen, dann wird die Visite vorbei sein, und er wird bestimmt schon mehr über seinen gesundheitlichen Zustand wissen."

Die Lebensgeister scheinen bei Frau Strasser so langsam wieder zurückzukommen, denn sie bemerkt keck: „Das passt gut in meinen morgigen Terminplan", und fügt sachlich hinzu, „Dann haben Sie vielen Dank, Frau Söhnke. Und entschuldigen Sie die Störung beim Essen."

Sina ist überrascht über das schnelle Ende des Gesprächs und verabschiedet sich dementsprechend distanziert. *Na, das ist ja eine …*, denkt Sina.

Sie rollt mit den Augen und schaut Jacky an, der die ganze Zeit mitgehört hat.

„Ja, ich hatte auch schon das Vergnügen mit der Dame. Sie scheint mehr eine Gesellschaftslady als Mutter zu sein. Da hatte es Tom sicher nicht einfach."

Beide entschließen sich, das Gespräch ad acta zu legen und gönnen sich noch ein Glas Grünen Veltiner.

Kapitel 7

Tom ist gerade mit seinem spartanischen Krankenhausfrühstück fertig, da kommt Sina in sein Zimmer. Sie balanciert zwei Becher Kaffee in ihren Händen. Zur Abwechslung ist sie heute mal ganz in Gelb. An so einem schönen Frühlingstag möchte sie positive Stimmung in Toms recht bedrückende Krankenhausatmosphäre bringen. Zur Begrüßung küsst sie ihn auf die Wangen und anschließend auf den Mund. Dabei bleiben drei rote Flecken in Toms Gesicht zurück. Sie lacht ihn an und ihre makellosen weißen Zähne glänzen. Ganz besonders weiß, da der Kontrast zu ihren roten Lippen das helle Strahlen noch betont.

„Jetzt bist du ganz rot, das sieht lustig aus. Da hast du wenigstens etwas Farbe im Gesicht."

Tom wirkt im Gegensatz zu seiner Freundin nachdenklich und ist in sich gekehrt. Er bedankt sich für den Kaffee, nippt aber nur ganz kurz daran und setzt sich in seinem Bett auf. Das Rückenteil stellt er aufrecht, so dass er mit Sina auf Augenhöhe ist, denn sie hat sich mittlerweile neben das Bett auf den Besucherstuhl gesetzt.

"Wie wollen wir das Telefonat mit Kommissar Nöcker beginnen? Soll ich ihn zuerst einmal über meinen Zustand informieren? Und dann gibst du ihm die Informationen von Dr. Preuss zu diesem Narkosemittel Ketamin? Ich denke, das reicht schon, er wird dann sicher einige Fragen haben. Ach ja und natürlich musst du ihn über deinen Aufenthaltsort informieren."

Sina ist mit diesem Vorgehen einverstanden. Sie nimmt ihr Smartphone aus der Tasche und wählt die

Nummer auf der Visitenkarte, die ihr Nöcker gegeben hat.

Es klingelt eine Weile, doch dann hören beide die leicht rau klingende Stimme des Kommissars: „Nöcker hier, mit wem spreche ich?“

„Guten Tag Herr Nöcker, hier sind Tom Strasser und Sina Söhnke. Haben Sie einen Moment Zeit für uns? Wir würden Ihnen gerne ein paar, unserer Meinung nach wichtige Informationen geben?“

Im Hintergrund hören die beiden ein Stimmengewirr und Betriebsamkeit.

„Ja, gerne nehme ich mir die Zeit für Sie und stelle auf Lautsprecher, dann kann auch meine Kollegin Melanie Rosinger mithören, wie Sie wissen, ermitteln wir ja gemeinsam. Sind sie damit einverstanden, wenn wir das Telefonat aufzeichnen?“

Sina und Tom schauen sich an und nicken.

„Ja, das sind wir.“

„Gut, dann legen Sie los. Um welche wichtigen Informationen handelt es sich denn?“

Tom erzählt den beiden Ermittlern von seinen Erlebnissen und das, was ihm im Hotel Grand Ferdinand zugestoßen ist. Natürlich erwähnt er auch den Krankenhausaufenthalt und seinen gesundheitlichen Zustand. Er endet mit: „Das sind erst einmal die Fakten von meiner Seite. Frau Söhnke möchte diese aber noch durch ihre eigenen ergänzen.“

Zuerst entschuldigt sich Sina, nicht in München geblieben zu sein. Da von den Polizisten dazu keine Reaktion kommt, geht sie auf die medizinischen Ergebnisse der Untersuchungen zu ihrem Überfall ein.

„Herr Strasser und ich haben uns bewusst dazu entschieden, Ihnen die Informationen aus dem Arztgespräch mit Dr. Preuss aus der Münchner Uni-Klinik mitzuteilen, denn wir denken, dass sie der Schlüssel zur Aufklärung der Taten sind. Ich werde Dr. Preuss bitten, Ihnen den Arztbrief zukommen zulassen, dann haben sie alles schwarz auf weiß. Vorab kann ich Ihnen sagen, dass an meinem rechten Oberarm eine Stelle von circa einem Quadratzentimeter mit einer Hautreizung und mehreren kleinen Einstichen entdeckt wurde. Die Ärzte vermuten bei mir eine Veränderung der neurochemischen Signalübertragung. Diese soll sogenannte Neurotransmitter, wie insbesondere Noradrenalin und Dopamin, betreffen. Die Folge wäre, so die Analyse der Ärzte, eine bipolare Störung, welche durchaus erblich bedingt – aber auch durch psychosoziale Faktoren – ausgelöst werden kann oder auch durch Drogen oder Medikamente. Die Symptome reichen von starken Stimmungsschwankungen, die durch andauernde tägliche Belastungen ausgelöst werden können, bis hin zu Depressionen. Jetzt kommt das Entscheidende, Herr Nöcker: Dr. Preuss vermutet, dass mir mit einem transdermalen Pflaster Wirkstoffe über die Haut zugeführt wurden. Einer dieser Stoffe konnte schon im Blut nachgewiesen werden. Es handelt sich um Ketamin, ein Narkotikum, welches auch zur Behandlung von schweren Depressionen eingesetzt wird. Es kann teilweise starke Nebenwirkungen verursachen, bis hin zu einer Amnesie. Die Täter haben wohl Ketamin eingesetzt, weil der Kreislauf stabil bleibt und es nicht die Gefahr eines Atemstillstands während der Betäubung gibt."

Sina muss nach den Ausführungen erst einmal tief Luft holen und an ihrem mittlerweile fast kalten Kaffee nippen.

Tom nutzt die Gelegenheit und ergänzt die Darstellungen seiner Freundin: „Unterstützend kann ich sagen, dass auch nach meiner Betäubung, beziehungsweise meinem Koma in Wien, Ketamin im Blut festgestellt wurde. Jemand versucht, uns bewusst zu manipulieren. Wir haben schon seit über zwei Wochen das Gefühl, dass mit unserer Psyche etwas nicht in Ordnung ist. Beide sind wir unruhig, gereizt, schlafen schlecht, haben wilde Träume und insbesondere ich als Trompeter habe Schwierigkeiten, meine Stücke frei zu spielen. In einem Satz zusammengefasst: unsere Persönlichkeiten haben sich verändert. Es ist uns sehr wichtig, Ihnen das mitzuteilen. Wir machen uns große Sorgen."

Nach diesen langen Erklärungen, herrscht zuerst einmal Schweigen. Dann übernimmt Kommissar Nöcker das Wort.

„Frau Söhnke, Herr Strasser, als erstes möchte ich Ihnen für Ihre Offenheit danken, das erleben wir leider nicht oft. Und ich bin sehr froh, dass Sie sich an uns gewandt haben, denn Ihre Informationen sind wirklich sehr wertvoll, um diesen Fall aufzuklären. Natürlich haben auch wir nachgeforscht und mit einigen Zeugen und Experten gesprochen. Ich darf Ihnen momentan dazu leider keine Details verraten, aber ich bin mir sicher, wir kommen mit Ihren Schilderungen ein gutes Stück weiter. Denn es gibt nun sogar einen weiteren Vorfall, den ich Ihnen gegenüber erwähnen möchte. Es ist das plötzliche Verschwinden von Richard Lester, dem Regisseur von Frau Söhnke. Wir haben zwar seinen momentanen Aufenthaltsort in Erfahrung bringen können, er ist in Edinburgh. Dort hatte er gestern einen Rückflug nach München gebucht, aber er war nicht in der Maschine. Die Polizei in Edinburgh sucht nach ihm. Können Sie uns eventuell etwas zu seinen Reiseplanungen oder Weiteres zu seiner Person sagen?"

Sina fühlt sich sofort angesprochen.

„Ich habe von meiner Assistentin von Richards Verschwinden gehört. Er hat sogar die erste Probe seiner Show 'Kiss for Love' verpasst. Von seinem Plan nach Edinburgh zu reisen wusste ich. Er ist ja Engländer, vielleicht hatte er dort privat etwas zu erledigen. Im Übrigen ist er schwul. Vielleicht hat er einen Freund in Schottland.“

Melanie Rosinger meldet sich: „Das könnte gut sein, denn er hat kein Hotelzimmer gebucht. Deshalb vermuten wir eine private Geschichte oder es ist ihm gleich nach der Ankunft etwas passiert und er wurde entführt.“

Tom mischt sich wieder ein: „Die ganze Sache ist doch mehr als nur verdächtig. Richard ist jetzt der Dritte, dem wahrscheinlich etwas zugestoßen ist.“

Nöcker schnaubt in den Hörer: „Ja, das wissen wir auch. Wir werden jede Spur weiterverfolgen.“

Tom merkt, wie sensibel Nöcker reagiert. Anscheinend fühlt er sich in seiner Ehre als Ermittler gekränkt. Etwas unfreundlich fährt der Kommissar fort: „Sie bitten wir, möglichst bald wieder nach München zurückzukommen. Herr Strasser, wann sind sie wieder reisefähig?“

„Die Visite wird wahrscheinlich gleich kommen, ich denke, da werde ich Konkretes erfahren. Ich lasse Sie wissen, wann ich wieder in München sein kann. Frau Söhnke möchte gerne so lange bei mir bleiben und mich dann auf dem Rückflug begleiten. Denken Sie, das ist möglich?“

Ein zweites, wenn auch etwas leiseres Schnauben ist zu hören.

„Wenn es unbedingt sein muss, aber bitte lassen Sie ihr Mobiltelefon angeschaltet, falls wir sie erreichen müssen.“

Nach dem Austausch von ein paar Höflichkeitsfloskeln, ist das Telefonat beendet.

Sina sitzt auf dem Besucherstuhl wie ein Häufchen Elend. Auch Tom ist erst einmal in sich zusammengesunken.

Er ist der erste, der seine Worte wiederfindet: „Irgendwie anstrengend mit diesem Nöcker. Er lässt sich nicht in die Karten schauen. Trotzdem bin ich froh mit ihm gesprochen zu haben. Und du?"

Sina ist sich ihrer Sache nicht ganz so sicher.

„Hoffentlich war es richtig, ihm diese ganzen Details zu erzählen. Die haben das auch noch aufgenommen. Wir bereuen das doch nicht irgendwann, oder?"

Tom schaut Sina schief an.

„Jetzt warten wir einfach mal ab und bleiben noch ein paar Tage in Wien. Ich würde dir gerne meine Heimatstadt zeigen! Und egal was der Nöcker von uns erwartet, wir lassen uns nicht unter Druck setzen."

Diese Aussicht lässt Sinas Laune mit einem Schlag besser werden.

„Super Idee. Ich wohne auch in deinem Hotel. Hast du dort noch ein Zimmer?"

Tom überlegt.

„Ich denke schon, das wird Jacky organisiert haben. Und wenn nicht, dann darf ich doch sicher zu dir?"

Er lächelt verschmitzt und plötzlich ist auch wieder etwas Farbe in seinem Gesicht.

Sina fällt noch etwas ein: „Oh, ich muss dir noch etwas sagen. Heute Vormittag, ich denke so um 11:30 Uhr wird dich deine liebe Mutter besuchen. Sie hat gestern Abend bei mir angerufen. Es war etwas komisch, das Telefonat. Zuerst war ich ziemlich überrascht, wie sie an meine Nummer gekommen ist ..."

Tom lächelt etwas verkrampft.

„Ja, sie ist stets für eine Überraschung gut. Ich kann sie ja fragen, woher sie die Nummer hat."

Sina schüttelt heftig den Kopf.

„Nein, lass mal, dann denkt sie nur, ich sei neugierig ... Ich glaube, ich gehe dann mal wieder ins Hotel. Bitte melde dich, wenn du weißt, wann du hier rauskommst."

Tom streckt Sina seine Arme zu einer Umarmung hin. Sie sucht sofort seine Nähe, und die beiden verabschieden sich zärtlich voneinander.

Dimitri muss nicht lange suchen, um Professor Atkinson zu finden: Er ist wie immer in seinen Katakomben. Tief unter der Erde forscht er nach der Seele des Menschen. Oder was diese ausmacht. Dinge, die Dimitri eigentlich nicht interessieren. Das ist für den Sicherheitschef von XOVELL viel zu abgehoben. Er will stattdessen herausfinden, ob Camden und er selbst dem Professor noch vertrauen können. Ob er noch für ihre gemeinsame Sache brennt. Wenn nicht, dann ... Doch soweit muss es ja nicht kommen. Genau deshalb ist er jetzt hier. Zum einen, um zu checken, wie weit der Professor mit den synthetischen Neurotransmittern ist, zum anderen, um ihm auf den Zahn zu fühlen, wie es denn so mit seiner Loyalität zum Unternehmen und seinen Zielen steht.

„Hey Atkinson, was macht die Forschung?"

Dimitri steht plötzlich hinter dem Professor, der gerade eine Zahlenreihe an seinem Laptop analysiert. Atkinson zuckt zusammen, denn ein Besuch Koslovskis in seinem Labor ist so selten wie Weihnachten und Ostern zusammen.

„Das kennst du doch Dimitri, zwei Schritte vorwärts, einer zurück. Aber immerhin kommen wir voran. Vor drei Monaten waren wir noch nicht so schlau wie heute."

„Komm Professor, du kannst mir doch nichts vormachen, du trittst auf der Stelle, und ich darf deine Fehler ausbaden. So wie bei Richard Lester, Tom Strasser, Sina Söhnke und all den anderen, die deine synthetischen Neurotransmitter ungehindert weiterverbreiten. Du kannst dir sicher ausmalen, dass diese Art von unkontrollierter Vermehrung so nicht weiter gehen kann. Nicht nur, weil ich keine Lust habe, mich um alle diese Leute zu kümmern ..."

Der Professor unterbricht Koslovski: „Da brauchst du dir mal keine Gedanken machen. Was glaubst du, woran ich gerade arbeite?"

Dimitri schaut Atkinson fragend an.

„An einer Art Zeitschaltuhr für die synthetischen Neurotransmitter, die ihre Wirkung beschränken. Da musst du dann nicht mehr ausrücken, um die Leute zu betäuben und ihnen weitere synthetische Neurotransmitter zu verabreichen, die sie dann auf „normal" stellen. Vertrau mir, wir werden die Wirkung in den Griff bekommen. Keine emotionalen Zeitbomben mehr!"

Koslovski ist mal wieder vom Professor überrascht. Irgendwie mag er diesen kauzigen Typen, der nie aufgibt und immer zuversichtlich bleibt.

„Wie hast du das wieder hingekriegt? Camden war schon am Zweifeln."

„Der soll mal die Füße ganz stillhalten. Was hat er schon zu der Entwicklung der Neurotransmitter beigetragen? Geld. Ja, das ist auch alles. Und jetzt will er das ganz große Ding landen. Glück in Blister-Packungen verkaufen. Die ganze Menschheit manipulieren. Ich sage dir, das wird nicht funktionieren. So blöd sind die Menschen nicht. Sie werden ihn durchschauen."

Dimitri ist einigermaßen verwundert.

„Wie kommst du darauf? Bisher hat der Colonel doch voll deine Forschung unterstützt. Es stimmt, er sieht die Sache mit der offenen Testreihe kritisch, und du hast uns mit Sally und Co. eine Menge Ärger eingehandelt. Von einer massenhaften Verbreitung der synthetischen Neurotransmitter ist bisher keine Rede."

Atkinson fühlt sich jetzt herausgefordert, seine intellektuellen Reflexe setzen ein.

„Du glaubst doch nicht an den guten Menschen in Camden, der sich für die psychisch Labilen einsetzt und selbstlos Millionen investiert, ohne den schnellen Profit im Auge zu haben? Ich bin mir sicher, da gibt es einen großen Plan, einen bei dem wir beide Marionetten sind und am Ende nur einer gewinnt!"

Jetzt hat Koslovski den Professor soweit, er zeigt ihm sein wahres Gesicht.

„Und du? Du bist unschuldig? Sozusagen ein Unbeteiligter. Bei deinen ganzen Gutmensch-Überlegungen, solltest gerade du beachten, dass du in diesem Spiel der Joker bist. Ohne dich würde es die 'Emotionalizer' nicht geben. Ohne dich könnte der Colonel keine großen Pläne schmieden. Ich kann dich nur warnen, Atkinson, distanziere dich nicht von deiner eigenen Arbeit und unserer Vision. Denn es geht dir um genau das Gleiche: Die Emotionen der Menschen zu beeinflussen. Und zwar gezielt und nachhaltig. Nichts anderes hat auch der Colonel vor. Der einzige Unterschied zwischen euch beiden: Er wird damit verdammt viel Geld verdienen und du kriegst vielleicht den Nobelpreis. Meine Aufgabe in diesem Spiel ist es, euch beide zu synchronisieren. Wäre doch gelacht, wenn mir das nicht gelänge!"

Dimitri Koslovski klopft dem Professor auf die Schulter und verlässt selbstzufrieden das Labor. Im Hinausgehen denkt er sich: *Den hätten wir mal wieder eingefangen. Nur, woher hat er die Informationen über die Pläne von XOVELL? Irgendwas stimmt da nicht.*

„Guten Morgen, Sie sprechen mit Cynthia Jäger, was kann ich für Sie tun?"

„Good Morning Ms. Jäger. This is Roy Heart speaking. Ich möchte auf Ihr Angebot zurückkommen, Mr. Cornel Camden in ihrer Sendung 'Nah ran' teilnehmen zu lassen. Mr. Camden ist bereit. Auch der Tag mit der persönlichen Mini-Drohne geht klar."

„Oh, das sind aber gute Nachrichten, Mr. Heart. Dann schicke ich Ihnen gleich eine E-Mail mit dem geplanten Ablauf. Die Sendung ist ja schon nächste Woche Donnerstag, dann sollten wir Sie Anfang nächster Woche bei XOVELL besuchen kommen. Wann wäre der beste Tag für Mr. Camden?"

„Montag, da ist er meistens hier. Dann hat er einige interne Meetings, außerdem ist es auch unser Besuchstag für Studenten, Schulen und interessierte Bürger."

Cynthia Jäger schaut in das Intranet von Z24 und öffnet das Projektmanagement-Programm: „Ja, das sieht gut aus, unser Team kann an diesem Tag, und die Mini-Drohne steht uns auch zur Verfügung."

„Sehr gut, dann erwarten wir Sie um 9:00 Uhr an der Pforte. Ich werde sie abholen. Eine Frage noch, sind Sie auch dabei? Und mit wie viel weiteren Personen können wir rechnen?"

„Ja, ich werde das Team begleiten und Mr. Camden interviewen. Neben mir sind noch drei weitere Kollegen dabei. Kamera, Ton und Technik für die Drohne. Ein kleines schlagkräftiges Team."

„Na, ich hoffe, dass Sie das nicht wörtlich meinen!"

Cynthia Jäger lacht: „Mit schlagkräftig meine ich natürlich schnell und erfolgreich."

„Falls Sie zur Vorbereitung noch Fragen haben, dann melden Sie sich direkt bei mir, meine Nummer haben Sie ja."

Überrascht von der kooperativen Art des Assistenten bedankt sie sich und sie verabreden, dass sich Cynthia kurz vor Drehbeginn noch einmal meldet, um letzte Punkte zu besprechen.

Die letzten Tage waren für Ron die Hölle. Er erkannte sich selbst nicht wieder. Unkonzentriert, fahrig. Kurz: ein Nervenwrack. Jetzt sitzt er in der Redaktionskonferenz für die nächste 'Nah ran'-Sendung.

Cynthia berichtet gerade über ihren Erfolg, einen der mächtigsten CEOs aus der Pharma- beziehungsweise Medizinbranche in die nächste Ausgabe eingeladen zu haben.

„Stellt euch vor, der hat wirklich ja gesagt! Ich hätte das nie für möglich gehalten. Dieser Mann scheint ein echtes Geltungsbedürfnis zu haben. Sein Name ist Cornel Camden. Ich bin auf ihn gekommen, weil er doch recht großspurige Behauptungen während einer Konferenz in Beaune in Frankreich gemacht hat. In seinem Vortrag mit dem Titel *'Emotionalizer'. Das Ende der Angst*, behauptet er und dass seine Firma XOVELL in der Lage sei, psychisch kranke oder auch gesunde Menschen mit synthetisch hergestellten Neurotransmitter so zu steuern, dass sie ihre Ängste verlieren und sogar ihr Charakter oder ihre Emotionen beeinflusst werden. Ich denke, das passt perfekt in unserem Aufmacher *Psychische Belastung am Arbeitsplatz.*"

Ron denkt, er ist im falschen Film. Da bereiten sie eine Sendung vor, und er sitzt hier an seinem Arbeitsplatz und hat Schweißausbrüche. Um ihn herum ist alles wie im Nebel. Er sieht sich selbst in diesem kargen Konferenzraum sitzen und alles in ihm will nur weg. *Reiß dich zusammen! Das wird schon wieder. Du bist überarbeitet und hast die letzten Nächte kaum geschlafen.*

Eigentlich gibt es keinen Grund für Rons Panik. Sie kommt einfach aus dem Nichts, wie die Wolken an einem blauen Sommerhimmel. Die letzte Sendung hat er noch einigermaßen überstanden. Sie hätte aber keine Sekunde länger dauern dürfen. Danach war er zu Hause, zitternd mit kaltem Schweiß im Bett gelegen und konnte keinen klaren Gedanken mehr fassen. Der reinste Horror. Was hatte Cynthia gerade gesagt? Irgendetwas mit Neuro... Er kann sich einfach nicht konzentrieren. Vielleicht sollte er noch einen Kaffee trinken. Er steht auf ... was ist das? Ihm wird plötzlich ganz schwindelig. Gerade so kann er sich noch am Stuhl festhalten. Doch es wird immer schlimmer. Cynthia teilt jetzt das Team ein, das am Sonntagabend nach Edinburgh fliegen soll.

Der Stuhl, der Raum, die Decke, die Stimmen, alles verschwimmt vor Rons Augen. Plötzlich ein lauter, dumpfer Schlag und er liegt samt Stuhl am Boden. Das letzte was er denkt: *Also kein Kaffee.*

Die anderen Konferenzteilnehmer erstarren. Einer ruft: „Holt mal den Defibrillator! Vielleicht hat er einen Herzinfarkt."

Eine andere junge Kollegin steht auf und beruhigt die Runde.

„Halt, ich bin Ersthelferin, ich kümmere mich um ihn.

Sie bringt Ron in eine stabile Seitenlage. Als sie ihn bewegt, öffnet er schon wieder die Augen. Sie redet beruhigend auf ihn ein und bittet alle Kolleginnen und Kollegen, den Raum zu verlassen. Cynthia übernimmt es, den Krankenwagen zu rufen.

„Mir geht es schon wieder besser. Mir war nur plötzlich schwindelig. Ich glaube, ich habe die letzten Tage zu wenig gegessen und viel zu wenig geschlafen."

Ron setzt sich mit Hilfe der jungen Kollegin an die Wand hinter ihnen.

„Sie sehen kreidebleich aus und sind schweißnass. Wir haben einen Krankenwagen gerufen. Sie sollten sich im Krankenhaus durchchecken lassen."

„Aber ..." will er noch entgegnen, doch in diesem Moment wird Ron kotzübel und er muss sich übergeben. Wenige Minuten später wird er vom Krankenwagen abgeholt und in die Uniklinik gebracht.

Cynthias Team steht draußen auf der Terrasse. Einige rauchen. Die Diskussion ist in vollem Gange, jeder hat etwas beizutragen.

„Was hat er nur? Was kann das nur sein?" ... „Bestimmt zu viel Stress." ... „Er ist doch erst Ende dreißig, da sollte man doch kurzzeitige Arbeitsbelastungen wegstecken." ... „Du hast doch keine Ahnung, jeder Mensch ist anders, ich weiß, Ron macht sich immer sehr viele Gedanken, er kann schlecht abschalten." ... „Er hat keine Freundin, keine Hobbys, nur seinen Beruf." ... „Als Moderator musst du topfit sein, immer auf dem Laufenden, vielleicht war der Druck einfach zu groß." ... „Und habt ihr gehört, bei der nächsten Verwaltungssitzung soll 'Nah ran' noch einmal überprüft und diskutiert werden. Einige sind wohl der Meinung, das Format passe nicht zum Sender." ... „Ja, typisch. Da gibt es mal eine Sendung, eigenständig, anders und besonders, die kein Blatt vor den Mund nimmt und schon ziehen die den Schwanz ein." ... „Wahrscheinlich kommt dann als Ersatz eine dieser amerikanischen Soaps! Und wir gucken in die Röhre."

In diesem Moment stößt Cynthia zu der Gruppe.

„Es geht Ron schon besser. Trotzdem soll er jetzt im Krankenhaus durchgecheckt werden. Wir haben ja noch knapp eine Woche bis zur Sendung. Ich denke, bis dahin ist er wieder fit. Kommt bitte alle wieder rein, wir wollen weitermachen."

Unter allgemeinem Gemurmel geht die Truppe in den zweiten Konferenzraum, denn im ersten wird gerade geputzt. Das Meeting geht weiter, als wäre nichts passiert.

Nachdem die Polizei gestern die Tür hinter Maximilian von Trebitz schicker Altbauwohnung hinter sich zugezogen hatte, suchte der Detektiv online gleich nach dem nächsten Flug in Richtung Edinburgh. Er war sich sicher, mit Richard Lester war etwas passiert. Er verschwindet nicht einfach so von der Bildfläche, wenn er mitten in einer Produktion steckt.

Am nächsten Morgen machte er sich auf den Weg und war gegen Mittag vor Ort. Da er den Regisseur schon einige Jahre kannte, wusste er über seine Homosexualität und seinen Hang zu Männergeschichten in Clubs Bescheid. Von Trebitz selbst ist nicht schwul, doch sein gepflegtes Äußeres und sein höfliches Auftreten kommen bei homosexuellen Männern gut an.

Im Sinne einer effizienten Recherche, nah an der Zielgruppe, entscheidet er sich für das in der Szene bekannte und direkt in der Innenstadt, nicht weit von den angesagten Locations entfernt liegende Hotel, ‚Nira Caledonia'. Er liebt es, bei seinen Recherchen in das Umfeld der Menschen einzutauchen, die er überwacht. Oder, wie in diesem Fall, der Menschen, die er ausfindig machen will.

Die Gay-Szene in Edinburgh ist alteingesessen und gediegen, so auch das Hotel. Englisch, aber mit wenig Patina. Moderne Elemente mischen sich mit Leder und dunklem Holz. Kein Muff. Eher mit einer angenehm duftgeschwängerten Atmosphäre und mit extrem zuvorkommendem Personal. Von Trebitz fühlt sich hier gleich willkommen. Als er in seinem großzügigen Zimmer die möglichen Clubs und Bars checkt, ist er voller Anspannung und kann es kaum erwarten, mal wieder eine Recherche vor sich zu haben, die ihn sicher mit interessanten Menschen in Berührung bringen wird. Gleich macht er sich einen Plan für den Nachmittag und Abend. Zuerst ins ‚Café Habana', danach einen Snack im ‚Club CC Blooms' und zum Schluss auf einen Drink in die ‚Planet Bar'.

Natürlich würde er, je nach neuesten Informationen, weitere Locations dazu addieren oder auch ganz spontan, sich treibenlassen. Etwas untypisch für ihn, wählt er nur topmodische Kleider aus seinem kleinen Koffer aus. Ein eng tailliertes hellblaues Hemd, enge Skinny-Jeans und einen sehr auffälligen Gürtel mit Metall-Applikationen. Dazu noch die obligatorische Sonnenbrille. Sie darf als Accessoire natürlich nicht fehlen. Und ausnahmsweise nimmt er einen Vorrat an feinen Zigarillos mit. Etwas Bargeld und die American Express Kreditkarte genügen, um sich ins Partyleben von Edinburgh zu stürzen. Aber zuerst gönnt er sich einen Spaziergang von seinem Hotel in die Altstadt. Sein Weg führt ihn zu Queen Street Gardens, mitten durch den Park in Edinburgh, die Frederick Street entlang. Dort entdeckt er ein kleines französisches Restaurant, das Côte Brasserie. Ein schattiger Tisch im Freien lädt ihn zu einem Mittagssnack ein. Er entscheidet sich für ein Entrecôte et frites und eine Karaffe Côte du Rhône.

Entspannt und beglückt verlässt er die Brasserie in Richtung George Street. Etwas Window-Shopping muss sein, dabei führt sein Weg über den St. Andrew Square, vorbei am Kaufhaus Harvey Nichols. *Wieso vorbei?* Fragt er sich rhetorisch. *Hinein ins Vergnügen!* Nach ungefähr einer Stunde und zwei Tüten gefüllt mit Markenkleidung ist er stehend KO. Er ruft ein Taxi und fährt zurück ins Hotel. Geschafft fällt er auf sein Kingsize Bed. Mit einem Anflug von schlechtem Gewissen sagt er zu sich: *Wenn du so weiter machst, dann wirst du Richard Lester nie finden. Also ab unter die Dusche und dann an die Arbeit.*

Kommissar Nöcker hat seine Füße auf die Kante seines alten Schreibtisches gelegt. Wie immer wippt er dabei mit seinem Stuhl. Melanie Rosinger weiß, dies ist ein Zeichen für Sie, dass er mit ihr über den aktuellen Fall reden will. Noch ist es still im Raum, so hat sie etwas Zeit, um sich auf die eventuell aufkommenden Fragen vorzubereiten. Mittlerweile sind auf Ihrem Laptop einige Dateien zum aktuellen Fall zusammengekommen. Unter anderem zu den betroffenen Personen, Richard Lester, Tom Strasser und Sina Söhnke sowie weiteren involvierten Personen wie Maximilian von Trebitz, Corinne Sailer, Raphael Reiter, Jacky Arden und Dr. Peter Preuss.

Sie öffnet den Ordner des Regisseurs, denn dieser hat einen roten Tag, das heißt, die Kollegen haben für sie neue Informationen hineingelegt. Leise redet sie zu sich selbst. *Sieh an, unser Regisseur ist schwul, und er scheint ein sehr bewegtes Leben zu führen.*

„Wenn du schon wichtige neue Informationen hast, dann sprich bitte laut und deutlich, du weißt, dein älterer Kollege ist etwas schwerhörig – zu viele Schießübungen."

Melanie räuspert sich und spricht laut und deutlich: „Ich habe gerade festgestellt, dass dieser Regisseur schwul ist! Und er kann seine Finger nicht von jungen Typen lassen. Hier ist gerade ein neuer Bericht hochgeladen worden. Die Kollegen haben mal in der Szene herumgefragt, bisher hat er sich nichts zu Schulden kommen lassen. Aber er scheint mehrmals die Woche unterwegs zu sein. So war er letzte Woche im Pink Paradise in der Müllerstraße."

Nöcker wippt noch immer mit seinem Stuhl.

Melanie denkt dabei immer an einen kleinen Jungen, der auf einem Schaukelpferd sitzt. Bisher ist er noch nicht heruntergefallen.

„Er ist Engländer, dann kennt er sich doch bestimmt auch in der Szene in Edinburgh aus. Bestimmt treibt er sich dort genauso herum. Was meinst du, wollen wir die Kollegen dort heute Abend mal losschicken und etwas rumschnüffeln lassen, vielleicht ist er ja bekannt? Ein Regisseur, der eine Show macht, die 'Kiss for Love' heißt, der findet doch schnell Gleichgesinnte."

Melanie klickt im Intranet den Bereich für europäische Adressen und Kontakte an.

„Hab's gleich gefunden. Hier sind E-Mailadressen und Telefonnummern ... Schottland ... Edinburgh ... Ich schicke gleich mal eine E-Mail raus und rufe dann hinterher noch an."

Typisch für ihren Kollegen: der erwartet immer, dass alles sofort erledigt werden muss. Er duldet keine Verzögerungen. Doch Melanie ist es jetzt noch wichtig, mit Nöcker über das Telefonat mit Tom Strasser und Sina Söhnke zu sprechen, denn es geht ihr so einiges durch den Kopf.

Sie spricht ihren Kollegen direkt darauf an: „Peter, wie stehst du zu den geäußerten Vermutungen der beiden Opfer Strasser und Söhnke? Was hältst du davon, ich spiele uns noch einmal die Aussage von diesem Musiker vor. Nöcker wippt weiter und nickt. Sie startet die Audio-Datei auf ihrem Laptop. Sofort hört man Tom Strassers Stimme, die über den Lautsprecher etwas quäkend klingt.

„... und unterstützend kann ich sagen, dass auch bei mir Ketamin im Blut festgestellt wurde. Jemand versucht, uns bewusst zu manipulieren. Wir haben schon seit über zwei Wochen das Gefühl, dass mit unserer Psyche etwas nicht in Ordnung ist. Beide sind wir unruhig, gereizt, schlafen schlecht, haben wilde Träume, und insbesondere ich als Trompeter habe Schwierigkeiten, meine Stücke frei zu spielen. In einem Satz zusammengefasst: unsere Persönlichkeiten haben sich verändert. Es ist uns sehr wichtig, Ihnen das mitzuteilen. Wir machen uns große Sorgen."

„Peter, du erinnerst dich sicher, auch dieser Detektiv, Maximilian von Trebitz, sagte zu uns, der Regisseur Richard Lester hätte sich in letzter Zeit anders verhalten. Er sei nervös, unkonzentriert und teilweise unbeherrscht. Es klingt verrückt, aber alle drei haben ein psychisches Problem. Bei Sina Söhnke wurde das sogar im Befund von Dr. Preuss bestätigt. Hier habe ich den Arztbrief. *Sie leidet unter einer bipolaren Störung. Laut ihrer Aussage bemerkt sie die dazu gehörigen Symptome aber erst seit wenigen Wochen.*"

Nöcker hört plötzlich auf zu wippen.

Er kippt nach vorne und blickt seine Kollegin direkt an. „Und was vermutet meine Miss Marple?"

„Ich vermute, dass alle drei in Kontakt mit einer chemischen Droge oder so etwas Ähnlichem gekommen sind. Und derjenige oder diejenigen, die dafür verantwortlich ist oder sind, haben sie nun betäubt und ein Gegenmittel verabreicht. Den verschwundenen Richard Lester hat es in Edinburgh wahrscheinlich genauso erwischt."

Nöcker fängt wieder an zu wippen.

„Wenn das stimmt, dann sind wir da an einer größeren Sache dran. Weitaus mehr als Sabotage einer lächerlichen TV-Show. Weißt du was, wir lassen unser Spezialteam mal nach weiteren Koma- oder plötzlichen Ohnmachtsanfällen recherchieren, vielleicht gibt es noch weitere gemeldete Fälle?"

Melanie Rosingers Augen leuchten. Peter Nöcker folgt ihrer Theorie! Seit zwei Jahren arbeiten sie nun schon zusammen. Aber das ist das erste Mal, dass er sich direkt auf ihren Vorschlag eingelassen hat. Er tut zwar immer so kollegial, doch sie kennt ihn mittlerweile genau. Er ist sehr ehrgeizig und eitel, und das sollte sie nicht vergessen. Und er ist ihr Chef.

„Ich kümmere mich sofort darum", sagt Melanie.

Nöcker steht auf und scheint vom gleichen Tatendrang angesteckt zu sein: „Und ich mache mich mal schlau, was es mit diesen Neurotransmittern auf sich hat und welche Unternehmen auf diesem Gebiet forschen."

Als Melanie später am Kaffeeautomaten steht, gesteht sie sich ein, dass dieser Fall bisher sehr nebulös war. Doch jetzt, jetzt hat sie eine heiße Spur entdeckt. Stolz sagt sie zu sich: *Melanie Rosinger, aus dir wird noch eine richtige Ermittlerin!*

Bisher war die Suche von Maximilian von Trebitz ergebnislos verlaufen. Er war wie geplant im ‚Café Habana' und danach im ‚CC Blooms'. Aber es ist noch nicht sonderlich spät und mitten in der Woche – so erklärt er sich seinen Misserfolg. Fast hatte er es schon aufgegeben. Keiner, den er fragte, kannte einen Richard Lester, schon gar nicht einen, der in Germany TV-Shows realisierte.

Jetzt startet er den letzten Versuch für heute. Er steht vor der ‚Planet Bar', der ältesten Gay-Location in Edinburgh. Und hier ist wirklich was los. Eine Drag-Queen nach der anderen kommt aus der Tür um frische Luft zu schnappen. Drinnen wummern die Beats. Genauso hat er sich das *night life* hier vorgestellt. Er beschließt, sich in das wilde Treiben hineinzustürzen.

An der langen Bar hängen alle möglichen Typen herum, einige davon haben sich richtig in Schale geworfen, aber die meisten sind ganz normale Homos, wenn man die Szene in dieser Stadt berücksichtigt. Auf der kleinen Bühne tritt gerade ein Transvestit auf. Von Trebitz gönnt sich erst einmal einen Cocktail und schaut dem Treiben zu. Hier kann er sich Richard gut vorstellen. Die Location passt zu ihm. Authentisch, nichts wirkt spießig. Alle sind locker und gut drauf. Und anscheinend ist es auch nicht schwer, mit anderen ins Gespräch zu kommen. Denn schon kurz nachdem er seinen Drink bekommt und daran nippt, gesellt sich ein bärtiger, etwas fülliger Typ zu ihm. Die Fahne, die ihm vorauseilt, ist nicht besonders antörnend, und von Trebitz steht auch nicht auf Ketten und übermäßig viele Tattoos. Aber egal, er kommt mit diesem Dan ins Gespräch.

Dieser ist ganz begeistert von Maximilians Akzent, er findet ihn richtig *cute*. Nachdem sie sich etwas über die Szene in der Stadt unterhalten, erwähnt von Trebitz die TV-Show 'Kiss for Love', die es auch im englischen Fernsehen gibt. Sein Gegenüber ist ganz begeistert, denn dieses Format des Kennenlernens ist wohl auch ein weitverbreitetes Ritual unter Schwulen. Sogar hier in der Bar hätte das schon mal stattgefunden! Jetzt ist von Trebitz voll angefixt.

„Dan, hast du schon mal mitgemacht?“

Dan grinst schief.

„Shure, ich habe so meinen letzten Lover gefunden. Der erste Kuss war fantastisch, und es hat bei uns beiden gleich geknallt.“

Maximilian wird mutiger und fragt einfach mal direkt: „Dann kennst du vielleicht auch einen Richard Lester?“

Dans Mundwinkel gehen nach unten, und er schaut grimmig und verärgert.

„Ja, klar, den alten Drecksack kenne ich nur zu gut. Der kommt ab und zu hierher, mischt den Laden auf, schnappt sich einen jungen Lover und ist dann wieder für mehrere Wochen verschwunden. Von den Stammgästen mag den keiner!“

Jetzt schaut von Trebitz etwas betroffen, denn dieses harte Urteil hatte er nicht erwartet. Er fängt sich aber gleich wieder und freut sich insgeheim über seinen unerwarteten Erfolg. „Wieso fragst du, hast du was mit dem?“ hakt Dan nach.

Maximilian lacht: „Nein, nicht im Geringsten. Um ganz ehrlich zu sein, wir vermissen ihn in Deutschland. Er sollte gestern bei einem wichtigen Termin sein und ist nicht aufgetaucht. Hast du ihn vielleicht hier gesehen?“

„Auch wenn ich nicht scharf darauf bin, den Typen zu sehen, ich glaube ja, er war vorgestern hier. Hing mal wieder mit einem Jungen herum. He was crazy about him! Da hinten in der Ecke haben sie rumgeknutscht."

Er zeigt mit dem Arm unauffällig über seine Schulter. Maximilian dreht seinen Kopf in die Richtung – und fällt fast vom Glauben ab.

Hinter ihrem Rücken in der dunklen Ecke sitzen zwei Männer, und einer davon ist Richard! Aber was ist mit ihm los? Er hängt förmlich an dem anderen. Sein Kopf liegt auf der Schulter und sein Blick ist glasig. Entweder ist er total betrunken oder stoned.

„Du wirst es nicht glauben, aber er sitzt da, und ich denke, sie knutschen gleich wieder."

Jetzt dreht Dan seinen massigen Kopf herum und blickt mit offenem Mund auch in Richtung der beiden.

„Isn't that true!"

Der junge Bursche neben Richard hat wohl mitbekommen, dass sie beobachtet werden, denn er steht plötzlich auf. Damit Richard nicht umfällt, lehnt er ihn in die Ecke des Sofas. Kaum ist der Blondschopf aufgestanden, geht er auch schon in Richtung Toilette. Maximilian verliert keine Zeit und läuft die paar Schritte in Richards Richtung. Als er direkt vor ihm steht, erkennt er den wahren Zustand des Regisseurs. Er scheint nicht bei Bewusstsein zu sein. Speichel läuft aus seinem Mund. Maximilian setzt sich neben ihn und versucht, ihn wach zu bekommen. Doch auch durch leichtes Schütteln passiert nichts. Mittlerweile ist auch Dan herübergekommen. Er hat gleich zwei seiner Kumpels im Schlepptau.

„Und was hat der Aufreißer? Wohl zu viel getrunken?"

„Sieht nicht so aus. Er ist wie betäubt, nicht anwesend."

Obwohl die Bar recht voll ist, entgeht die Situation nicht den anderen Gästen. Ein gewaltiger Hüne in einer Lederjacke im Harley-Davidson-Stil schiebt die herumstehenden Neugierigen zur Seite.

„Was ist hier los? Stimmt was nicht mit dem Mann da?"

Da Maximilian nicht weiß, mit wem er es hier zu tun hat, ist er erst einmal vorsichtig.

„Dan und ich haben von der Bar dort gesehen, wie dieser Mann hier wegsackte, als sein Freund zur Toilette ging. Da sind wir herübergekommen, um nach ihm zu sehen."

Der Harley-Typ steht jetzt breitbeinig vor Maximilian, der immer noch neben Richard auf der roten Couch sitzt. Er greift in die Innentasche seiner Jacke. Von Trebitz befürchtet das Schlimmste. Er springt auf. Doch der Hüne greift mit der einen Hand an seinen Hals und hält ihn fest. Mit der anderen holt er eine Art Scheckkarte aus der Lederjacke und hält sie von Trebitz vor die Nase. Darauf ist ein echt schlechtes Foto eines Männlichen Gesichts und das Logo der ‚Police of Edinburgh' zu sehen. Darunter steht: Sergeant Robert Finch mit samt seiner Unterschrift. Die restlichen Anwesenden haben das eindeutige Zeichen der Polizei auch gesehen und weichen langsam aber doch merklich zurück. Da der Sänger auf Bühne weiter singt, geht die Party in der Planet Bar auch ungestört weiter, so, als ob nichts passiert wäre.

„So, jetzt wollen wir beide uns mal kurz unterhalten."

Der Sergeant zieht sich einen Stuhl vor Maximilian, der zurück auf seinen Platz auf dem Sofa gefallen ist.

„Sie sind also auf diesen Mann hier neben ihnen aufmerksam geworden."

„Ja, ganz zufällig."

„Zeigen Sie mir bitte einmal ihren Ausweis, meinen kennen Sie ja schon."

Maximilian greift in seine enge Hose.

„Verdammt, ich habe ihn im Hotel liegen lassen. Ich kann Ihnen nur meine Kreditkarte geben."

Er hält Robert Finch die American Express Karte vor die Nase.

„Maximilian von Trebitz, are you German?"

„Yes, ich bin nur kurz hier in Edinburgh."

„Und was führt sie in diese Bar?"

Maximilian schaut sich um, von seinem Gesprächspartner Dan ist nichts mehr zu sehen, der hat sich bestimmt aus dem Staub gemacht.

„Nun, ich bin auf der Suche nach einem Freund", gibt er ehrlich zu. „Und dann habe ihn gerade zufällig hier gefunden. Er sitzt neben mir und es geht ihm anscheinend nicht gut."

Der Sergeant schaut etwas verdutzt.

„Und dieser Freund heißt zufälliger Weise Richard Lester, stimmt's?"

Maximilians Mund geht auf und wieder zu.

„Woher wissen Sie?"

„Das erzähle ich Ihnen auf dem Revier. Oder vielleicht besser im Krankenhaus, wenn ich mir den Kollegen neben ihnen so anschaue. Was halten Sie davon, wenn wir beide jetzt dem guten Richard unter die Arme greifen und ihn in mein Auto laden. Dann fahren wir zusammen in das nächste Krankenhaus. Sie haben ja sicher nichts anderes mehr vor?"

Maximilian nickt, er ist gezwungenermaßen einverstanden.

Bevor sie die Bar verlassen, fragt Maximilian noch vorsichtig: „Was ist mit dem Freund von Richard, der ihn hat sitzen lassen, vielleicht weiß der, warum er in diesem Zustand ist?“

Während sie den Regisseur aus der Location tragen, antwortet der Sergeant lapidar.

„Darum kümmern wir uns schon, lassen Sie das mal unsere Sorge sein.“

So packen beide kräftig zu und gehen, mit Richard in ihrer Mitte, seelenruhig zum Polizeiauto.

Du bist ein seltener Glückspilz, denkt Maximilian.

Peter Nöcker war gerade eingeschlafen, da klingelt sein Smartphone. Er schreckt auf und sitzt wie paralysiert im Bett. Es ist sein Handy, er hat also nicht geträumt. Das blöde Ding klingelt immer noch. Endlich nimmt er das Smartphone und spricht leicht verzögert in das Mikrofon: „Äh, Kommissar Nöcker, sie haben mich geweckt! Was gibt es?“

„Entschuldige bitte, Peter, hier ist Melanie. Sie haben Richard Lester in Edinburgh aufgespürt. Er ist gerade in ein Krankenhaus eingeliefert worden. Und jetzt rate mal, wer dabei ist?“

Peter Nöcker ist wirklich nicht nach raten zu mute. Er ist froh, seiner Kollegin folgen zu können.

„Jetzt sag schon. Ich kann momentan nicht denken.“

Melanie kichert, denn sie kennt ihren Kollegen mittlerweile genau und weiß von seinem Schlafbedarf. Kriegt er keine acht Stunden, dann ist er nicht arbeitsfähig.

„Na, gut, ich sage es dir, es ist Maximilian von Trebitz. Und weißt du, was noch?“

Sie wartet die Antwort ihres Kollegen erst gar nicht ab.

„Sie haben beide in einer der angesagtesten Schwulenbars in Edinburgh aufgegabelt."

Anscheinend sind die grauen Zellen von Nöcker wieder aktiv, denn er reagiert jetzt: „Und wieso sind die beiden im Krankenhaus?"

„Nur der Regisseur musste eingeliefert werden. Rate mal, warum?"

Nöcker brummt: „Weil er bewusstlos war?"

„Genau! Und rate noch einmal: Welches Narkosemittel wurde verwendet?"

„Ketamin?"

„Volltreffer! Und was machen wir nun?", fragt Melanie ihren Chef.

„Ganz einfach. Ich versuche, weiterzuschlafen, und du gibst in Edinburgh Bescheid, sie sollen Richard Lester, sobald er flugfähig ist, nach München zurückschicken. Und für den von Trebitz gilt das Gleiche. Ich möchte mit beiden so schnell es geht persönlich sprechen. Morgen kümmere ich mich um meine Recherchen. Gute Nacht!"

Und schon hat Nöcker aufgelegt. Melanie starrt noch eine Weile auf ihr Smartphone und macht sich an die Arbeit. Es ist ja erst kurz nach Mitternacht.

Drei Tage später. Tom Strasser und Sina Söhnke sind nach einem verlängerten Wochenende in Wien wieder in München. Sina hat das Treffen mit Elfriede erfolgreich überstanden, indem sie sich deutlich zurückgehalten hat und die Ansichten der Mutter einfach mit Schweigen kommentierte.

Tom ist in seiner Heimatstadt förmlich aufgeblüht. Er hat seiner Freundin all die für ihn so wichtigen Orte gezeigt und natürlich auch die vielen Sehenswürdigkeiten. Zu ihrer beider Verwunderung hatten sie keinerlei Schlafstörungen mehr und die Symptome, die Sina laut Professor Preuss haben sollte, waren auch nicht wieder aufgetaucht. Endlich konnten die beiden mal ihre neue Liebe genießen ohne Assistenten, Manager, TV-Producer oder Regisseure, die Privatdetektive beauftragen. Nicht zu vergessen, der Polizei.

Heute jedoch müssen sie in den sauren Apfel beißen und Kommissar Nöcker anrufen, das haben sie ihm zugesagt.

Auch Richard Lester und Maximilian von Trebitz sind wieder in München. Richards Krankenhausaufenthalt war nur kurz. Denn er wurde noch in der Nacht wach, und die Ärzte stellten bei ihm nichts Besonderes fest, außer, dass er durch nicht geklärte Umstände mit dem Narkotikum Ketamin betäubt wurde. Da er oder die Polizei nicht insistierten, wurden auch keine weiteren Untersuchungen veranlasst. Trotzdem war ihm weiterhin übel, und er hatte einen kompletten Blackout, was die letzten zwei Tage betraf. Das Einzige, an das er sich erinnern konnte, war die Taxifahrt nach der Landung. Danach – totale Schwärze. Durch Maximilian von Trebitz erfuhr er von seinem unfreiwilligen Auftritt in der Planet Bar. Beide mussten sich einem langwierigen Verhör durch die Polizei in Edinburgh stellen. Viel kam dabei allerdings nicht heraus. Richard konnte so gut wie nichts sagen, und Maximilian erzählte die gleiche Story, die er auch schon Nöcker berichtet hatte. Sergeant Robert Finch schrieb daraufhin einen kurzen Bericht. Damit war die Sache für ihn erledigt. Die Nachforschungen wegen des mysteriösen Freundes von Richard wurden nicht in Angriff genommen. Irgendwie waren die verhörten Personen froh darüber, wieder in ihr normales Leben zurückzukehren.

Wären da nicht zwei Polizisten in München, die Fälle Söhnke, Strasser und Lester wären in der Versenkung verschwunden. Ihre Motive für weitere Recherchen und Aktivitäten sind unterschiedlich – doch richtig kombiniert, können sie einem Mann sehr gefährlich werden: Cornel Camden. Und dieser schwebt gerade auf Wolke Sieben.

Kapitel 8

Es ist das erste Mal, seit längerer Zeit, dass Cornel Camden sowohl Dimitri Koslovski als auch Professor Luther Atkinson in sein Büro ruft. Denn er will von beiden einen Status und hat seinen Vertrauten eine wichtige Mitteilung zu machen. Die drei geben ein schräges Bild ab, als sie an dem runden Tisch Platz nehmen. Der Colonel in seinem typisch indisch-anmutenden Gewand: Alles aus Leinen, ein weites, cremefarbenes, kragenloses Hemd mit passender Hose. Dazu Birkenstock Sandalen. Dimitri, wie immer, ganz in Schwarz. Ein T-Shirt mit V-Ausschnitt, dazu eine schwarze Stoffhose und schwarze Sneakers. Der Professor in seiner Arbeitskleidung. Wie es sich für einen Forscher gehört, trägt er einen weißen Kittel, darunter eine Jeans und weiße Turnschuhe.

Atkinson, ganz typisch, wenn er einen Termin beim Colonel hat, ist nervös. Er rutscht unsicher auf seinem Ledersessel herum. Dimitri sitzt kerzengerade und schaut den Cornel auffordernd an. Dieser ist anscheinend noch mit etwas beschäftigt, denn er tippt auf seinem Laptop herum.

„Ich bin gleich soweit, die Journalistin Jäger hatte noch eine Frage, die mein Assistent nicht beantworten konnte."

Camden klappt seinen Laptop zu.

Bei dieser Bewegung erinnert sich Professor Atkinson an seine Tat mit dem Stick, den er seitdem in seiner Jackentasche bei sich trägt. *Eigentlich blödsinnig,* sagt er sich in diesem Moment, denn er hat den Inhalt mehrmals gelesen, aber seine Befürchtungen sind dadurch nicht weniger geworden.

Dimitri – nach außen cool – überlegt, ob er seinem Chef von dem Vorfall in der Planet Bar in Edinburgh berichten soll. Viel war zwar nicht schiefgegangen. Obwohl Lester leider sehr schnell entdeckt wurde und die Polizei ihn, nachdem er aufgewacht ist, verhört hat. Sein Mitarbeiter jedoch konnte unerkannt entkommen.

Der Colonel beginnt zu sprechen: „Dimitri, Atkinson, wir haben heute einige Punkte von entscheidender Bedeutung zu besprechen. Ich verlange volle Konzentration und konstruktive Beiträge, die ihrer Verantwortung entsprechen. Zuerst zu den Altlasten."

Camden blickt zu Koslovski: Sind alle Fälle, bei denen die synthetischen Neurotransmitter an Dritte übertragen wurden, neutralisiert?"

„Wir haben in den letzten Tagen die drei homosexuellen Kontakte, die Richard Lester hatte, auf neutral gestellt. Zwei davon hatten weitere Kontakte. Diese sind auch schon umgestellt", beginnt der Sicherheitschef und wird vom Colonel unterbrochen.

„Letztes Mal sprachst du von zwei Kontakten, jetzt sind es drei?"

Auf diese Frage ist Koslovski vorbereitet.

„Richtig, nur hatte der Regisseur, wie er zum zweiten Mal hier war und bevor wir ihn zu uns holen konnten, einen weiteren jungen Boyfriend. Drei Kontakte hatte Sina Söhnke mit männlichen Kandidaten bei 'Kiss for Love'. Die konnten wir auch ausfindig machen und dementsprechend bearbeiten. Hier gab es keine weitergehenden sexuellen Aktivitäten. Glücklicherweise hat sie während der Proben immer den Typen ausgewählt, der dann nicht als Hauptkandidat in die Sendung kam."

Der Colonel scheint noch nicht ganz zufrieden zu sein; er insistiert: „Wie hoch ist die Wahrscheinlichkeit, dass wir alle erwischt haben?"

„Hm, ich denke über neunzig Prozent. Alle infrage kommenden Personen wurden von meinem Team ständig observiert. Wir haben sofort agiert, um keine weiteren Übertragungen zu riskieren."

Mit Falten auf der Stirn antwortet der Colonel: „Zehn Prozent Restrisiko. Atkinson, was kann uns blühen, falls uns einer durch die Lappen gegangen ist?"

Der Professor reibt sich am Kinn, so wie er es immer macht, wenn er in Bedrängnis ist.

„Es kommt ganz darauf an, in welcher psychischen Konstitution die Person ist. Und natürlich, wie viel und welche Art der synthetischen Neurotransmitter sie abbekommen hat. War es nur ein Kuss oder ein intimsexueller Kontakt? Ich habe in der Zwischenzeit durch meine weiteren Forschungen, insbesondere auch durch die Optimierung der – nennen wir sie – Anti-Neurotransmitter, die bei den von Koslovski genannten Fällen zum Einsatz kamen, sowohl bei der Dosierung, als auch bei den Reaktionen der Probanden, einiges dazugelernt."

Ein weiteres Stirnrunzeln bei Camden. „Was wollen Sie damit sagen? Ich verstehe nicht ganz? Funktionieren die 'Emotionalizer' nun oder nicht?"

Typisch, denkt sich Atkinson, *immer werden seine Erfolge infrage gestellt. Dabei baut der Colonel seinen zukünftigen Erfolg ganz auf meine Genialität auf.*

Atkinsons Reaktion fällt dementsprechend trotzig aus: „Sie denken wohl, ich habe einen Zufallstreffer gelandet? Dem ist nicht so! Alle Testreihen, das können Sie meiner E-Mail von gestern entnehmen, beweisen eine hundertprozentige Wirkungssicherheit. Insbesondere bei Paaren, bei denen der starke Partner die 'Emotionalizer' weitergibt. Außerdem habe ich – und das wird sie sicher ganz besonders interessieren und begeistern – die Weitergabe an Dritte durch eine Art zeitliche Wirkungsbegrenzung in der Zukunft ausgeschlossen. Das heißt, ein Fall wie Sally wird nicht wieder vorkommen.“

Jetzt ist der Cornel baff, damit hat er nicht gerechnet.

„Gratulation Atkinson, ich habe nie an Ihnen gezweifelt. Ihnen fehlt halt manchmal die betriebswirtschaftliche Ader, macht aber nichts, dafür bin ich ja da.“

Er lacht laut auf und genauso überraschend wie seine Reaktion ist, so schnell erstirbt sie auch wieder.

Ermutigt von der guten Laune seines Chefs traut sich der Professor weiter vor.

„Es gibt noch etwas zu berichten.“

Die Augen des Colonels werden groß und kleine Fältchen umspielen sie.

„Raus damit, ich bin gespannt.“

Der Professor steht auf und nimmt dabei die Fernbedienung mit, die neben ihm auf dem Tisch liegt. Er drückt einen Knopf. Eine Wand im Zimmer schiebt sich geräuschlos zur Seite. Eine überdimensionale Projektionsfläche wird sichtbar.

„Ich will Sie nicht mit Formeln langweilen, jedoch ist es wichtig, um die Bedeutung meiner Arbeit einzuschätzen, den Kontext genau zu verstehen.“

Während er spricht, geht er vor die Projektionsfläche und wird ein optischer Teil davon.

„Wir haben mit der Entwicklung der verschiedenen synthetischen Neurotransmitter ... (unterschiedliche chemische Formeln sind in Form einer molekularen Modellierung auf der Projektionsfläche zu sehen und verändern sich) ... alle Möglichkeiten, psychisch erkrankte oder labile Menschen auf Dauer zu heilen. Darüber hinaus haben wir jetzt ... (die letzte Modellierung entwickelt sich immer weiter) ... die Sicherheit des einmaligen Wirkens, das heißt, nur in der Kombination zweier sich ergänzender Menschen ist eine optimale Heilung möglich."

Nun steht Camden auf und stellt sich neben seinen Forscher.

„Schön schön, ich verstehe. Was mich aber interessiert, ist nicht der Aspekt der Heilung, sondern der Aspekt der generellen Emotionalisierung. Deshalb habe ich unsere Erfindung auch 'Emotionalizer' genannt."

Gestikulierend setzt der Professor seinen Vortrag fort.

„Das habe ich mir schon gedacht. Für Sie ist die heilende Wirkung der Nebenaspekt. Aber lassen wir die philosophische Diskussion. Bei einer direkten Einnahme standardisierter synthetischer Neurotransmitter zum Beispiel in Form von Tabletten können wir bestimmte vorher definierte Emotionen stimulieren. Der Effekt und die Wirkung halten dann circa zwölf Stunden an."

Camden klatscht in die Hände.

„Ha, endlich rücken sie damit raus! Das heißt also, eine pharmazeutisch industrielle Produktion ist möglich?"

„Wenn Sie dementsprechend investieren und die Anlagen dafür bauen, ja."

Der Colonel geht auf seinen Mitarbeiter zu und nimmt ihn in die Arme. Verdutzt erstarrt dieser zu einer Säule, denn das hatte er noch nie bei diesem sonst so distanzierten Menschen erlebt.

„Wissen Sie, Atkinson, was Sie da gerade bestätigt haben? Meinen Traum, mit den Emotionen der Menschen Geld zu verdienen, sehr viel Geld. Ich sage Ihnen,

Atkinson, wir werden das mächtigste Unternehmen der Welt. Apple kann einpacken!“

Die beiden merken nicht, dass Koslovski mittlerweile auch aufgestanden ist und neben ihnen steht.

„Ich will deine Euphorie nicht stoppen, aber wir sollten an die komplizierten gesetzlichen Bestimmungen denken. Soweit ich das verstehe, ist unser Wirkstoff nicht so simpel wie ein Vitaminpräparat.“

Die Mundwinkel des Colonels gehen nach unten: „Dimitri, lass das mal meine Sorge sein. Ich habe die richtigen Connections, um für unser Produkt die notwendigen Zulassungen zu erhalten. Du wirst sehen! Tja, da ist meine geplante Ankündigung ja fast eine logische Konsequenz aus den Neuigkeiten. Ich wollte meinem engsten Kreis heute mitteilen, dass ich plane, mit XOVELL an die Börse zu gehen. Ich denke, so bekommen wir genügend frisches Kapital, um alle unsere Vorhaben umzusetzen.“

Der Professor wird ganz blass. Seine schlimmsten Befürchtungen drohen Realität zu werden. Der Colonel macht ernst. Und er verstrickt sich immer weiter in etwas hinein, das seiner Meinung nach, die mächtigste pharmazeutische und gesellschaftliche Entwicklung der letzten Jahre darstellt. *Aber was soll er dagegen unternehmen? Jetzt aussteigen?* Nein, dazu ist er zu feige und gleichzeitig auch zu sehr Wissenschaftler. Stolz und Neugier treiben ihn an. Er schaltet die Projektion aus und will wieder an seinen Platz zurück.

Doch Camden kommt ihm zuvor: „Meine Herren, ich denke, das waren genug positive News für heute. Ich muss jetzt nachdenken. Alle weiteren Punkte, die ich besprechen wollte, sind nicht so wichtig. Nur eines noch, der Besuch dieses TV-Teams steht an. Ist alles vorbereitet?“

Im Herausgehen dreht sich Dimitri um und hebt seinen rechten Daumen nach oben.

„Schau in deine E-Mails, da ist der Ablauf genau beschrieben. Alle involvierten Mitarbeiter sind informiert.“

Die Tür schließt sich und Camden ist wieder allein.

Die Gedanken schießen durch seinen Kopf. Was für ein Tag. Es könnte nicht besser laufen. Cornel Camden schenkt sich einen Whiskey ein und hebt sein Glas: „Auf die ‚Emotionalizer'".

Peter Nöckers Dreitagebart erscheint mittlerweile mehr ein Sechstagebart zu sein und seine Augenringe haben schon tragische Züge angenommen. Trotzdem ist er bestens gelaunt, als er nach einem ausgiebigen Frühstück im Revier eintrudelt.

Melanie Rosinger ist schon seit einigen Stunden da und hat eine große Metaplanwand aufgestellt. Diese hat sie mit den Namen der involvierten Personen beschriftet. Außerdem hat sie viele verschiedenfarbige Kärtchen, Stifte und Pins bereitgelegt, denn Kommissar Nöcker hat heute vor, mit ihr gemeinsam eine Übersicht des Falles zu erstellen. Sicherheitshalber hat sie auch alle Berichte, Untersuchungen und Recherchen ausgedruckt. Ergänzend durch Fotos der Beteiligten.

„Guten Morgen, Melanie. Wie ich sehe, hast du schon einiges vorbereitet, sehr gut. Lass uns gleich anfangen. Ich habe die halbe Nacht lang über den Fall nachgedacht und möchte ihn mit dir diskutieren. Später reden wir ein weiteres Mal mit Strasser und Söhnke und danach mit von Trebitz und Richard Lester. Einverstanden?“

Melanie Rosinger mimt gerne die Taffe, doch in solchen Situationen ist ihr Einfühlungsvermögen gefragt.

Sie gibt ihrem Chef zu verstehen, dass sie bereit ist und sich auch eigene Gedanken gemacht hat, die sie einbringen will. Motiviert fragt sie: „Gut, wo oder mit wem fangen wir an?“

Nöcker hat sich, wie immer, wenn er reflektieren will, in seinen wippenden Schreibtischstuhl gesetzt, das heißt, mehr gelegt und lässt es sich nicht nehmen, das Wort zu ergreifen.

„Bevor wir in Details und Kleinigkeiten ersticken, will ich zuerst einmal meine Theorie zu unserem Fall loswerden. Dann können wir ja schauen, ob und wie unsere Akteure da involviert oder betroffen sind. Mit einer schwungvollen Bewegung springt er auf und stellt sich mitten in den Raum vor die aufgebaute Metaplanwand. Mit einem Filzstift in der Hand legt er los.

„Gemeinsamer Nenner aller bisher von uns registrierten Ereignisse sind drei Dinge: zum ersten, die TV-Show 'Kiss for Love', zum zweiten, die Veränderung der Psyche bei den betroffenen Personen und zum dritten, die Fremdeinwirkung durch das Narkosemittel Ketamin, und in der Folge, das Verabreichen von möglicherweise synthetisch hergestellten Neurotransmittern. Die Kernfrage, die ich mir stelle, ist, kamen die Opfer schon vorher in Kontakt mit irgendwelchen die Psyche verändernden Mitteln? Und wer hat sie ihnen gegeben?“

Nöcker zeichnet die drei Beobachtungen in Form von Kreisen auf die Wand. Er verbindet sie mit Linien. In einen vierten Kreis malt er ein großes rotes Fragezeichen.

„Alle drei Personen wurden unfreiwillig betäubt. Nach neuesten Informationen von den Kollegen aus Wien, war das Narkosemittel bei Tom Strasser in seiner Zahnpasta. Man fand darin auch einen Mix aus unterschiedlichen synthetisch hergestellten Neurotransmittern wie Noradrenalin, Glutamat und Dopamin. Ähnliche Ergebnisse gab es von Dr. Preuss, und ich bin mir sicher, wenn wir Richard Lester fragen, auch bei ihm. Alle drei Personen beschreiben eine Veränderung ihres Gemütszustandes schon weit vor der Betäubung und der Gabe dieser oder anderer Stoffe."

Melanie hebt ihre Hand: „Also folgst du meiner Vermutung, dass die Überfälle deshalb passierten, weil jemand Angst hat, die drei geraten eventuell außer Kontrolle?"

Nöcker legt seine Stirn in Falten: „Ich bin mir nicht sicher, ob ich so weit gehen würde. Auf jeden Fall hatten sie etwas in ihrem Körper, was sie anfällig für psychische Störungen macht und die Überfälle dienten vielleicht dazu, sie zu stabilisieren. Aber warum sind sie destabilisiert gewesen? Um dieser Frage auf den Grund zu gehen, habe ich alle Hebel in Bewegung gesetzt und hier in München Krankenhäuser, privaten Kliniken und auch bei niedergelassene Ärzte nach weiteren plötzlichen Ohnmachts- oder Koma-Fällen suchen lassen. Stell dir vor, es gibt drei weitere und alle stehen in direktem Zusammenhang mit den Castings für die TV-Show 'Kiss for Love'! Drei männliche Kandidaten wurden kurz nacheinander in unterschiedlichen Krankenhäusern behandelt, und man hat bei ihnen, wie bei Sina Söhnke, Hautrötungen und kleine Einstiche am Oberarm festgestellt."

Melanie ist ganz aufgedreht, sie läuft nervös um ihren Chef herum. Anscheinend will sie auch etwas Wichtiges loswerden.

„Chef, Chef, das alles passt zu meiner These. Bei dieser Sendung küssen sich wildfremde Menschen. Das heißt, sie tauschen Körperflüssigkeiten aus. Könnte es nicht sein, dass eine oder einer der Küssenden die anderen sozusagen angesteckt oder etwas weitergegeben hat? Hast du schon mal was von der Geschlechtskrankheit HPV gehört? Dem humanen Papillomvirus? Da kann im Mund- und Rachenraum Krebs entstehen, nur weil man die falschen Partner hatte! Vielleicht funktioniert eine solche Übertragung auch mit diesen Neurotransmittern? 'Kiss for Love' ist dann die perfekte Brutstätte für die Vermehrung."

Der Kommissar rauft sich die Haare.

„Wenn das stimmt, dann hast du etwas Entscheidendes formuliert. Um an den Anfang der Spur zu gelangen, müssen wir nach der Person suchen, die die meisten Sexualkontakte außerhalb der Castings hatte oder die während der Castings unsere drei männlichen Kandidaten geküsst hat."

„Du meinst also, es gibt so eine Art Erstinfektion, die dann immer weitergegeben wurde?" Nöcker nickt bestätigend.

„Genau, das meine ich. Und wenn du genau nachdenkst, kommen da nur zwei Personen in Frage: Der Regisseur Richard Lester und die Inhaberin der Castingagentur, Sina Söhnke." Melanie pinnt die beiden Fotos an die Pappe und malt einen weiteren Kreis auf die Metaplanwand. In letzteren schreibt sie Edinburgh rein.

„Wenn, wie wir recherchiert haben, der homosexuelle Lester regelmäßig zu Abenteuern nach Edinburgh geflogen ist, dann gibt es dort bestimmt weitere Fälle."

Nöcker ergänzt: „Und wenn die äußerst attraktive Sina Söhnke in den letzten Wochen neben ihrem neuen Freund mit anderen Männern was hatte, ja dann ..."

Beide sehen sich an, und beide beginnen gleichzeitig an zu reden.

„Dann, dann müssen wir sofort auch in Edinburgh Nachforschungen in Krankenhäusern starten, und wir müssen Sina Söhnke nachher intensiv befragen.“

Melanie greift gleich zum Hörer. Die Nummer der Kollegen in Schottland hat sie ja schon. Nach einem kurzen Telefonat, berichtet sie Nöcker, der gerade eine rauchen war.

„Die Kollegen sind gebrieft. Zuerst versuchen sie noch einmal, etwas von den Ärzten Richard Lesters zu erfahren, und dann starten sie einen Rundruf. Erste Ergebnisse bekommen wir heute Nachmittag.“

Sichtlich entspannter sitzt Nöcker auf Melanies Tischkante.

„Lass uns jetzt die drei und auch Maximilian von Trebitz anrufen und sie für 16:00 Uhr beziehungsweise 17:00 Uhr zu uns bestellen. Ich denke, wir konfrontieren sie geschickt mit unseren Erkenntnissen und sehen, was dabei herauskommt.“

Währenddessen hat Melanie die Zeichnungen auf der Metaplanwand mit weiteren Fotos und Namen kombiniert. Zum Abschluss malt sie einen neuen Kreis. Nöcker stutzt und spricht sie darauf an: „Und wofür steht der?“

Seine Kollegin lächelt ihn vielsagend an: „Für die mysteriösen Täter, wer immer sie auch sind und was immer sie auch vorhaben.“

Ihr Kollege schaut plötzlich schuldbewusst, denn er muss Melanie Rosinger etwas beichten.

„Leider bin ich noch nicht dazu gekommen, mich um mögliche Pharma- oder Medizinunternehmen zu kümmern, die in der Neurotransmitter-Forschung tätig sind. Was hältst du davon, wenn ich mir deutsche Firmen vornehme und du internationale?“

Das ist mal wieder typisch für ihren geschätzten Chef. Essentielle Dinge vergessen und dann an sie weitergeben. Aber Melanie ist viel zu ehrgeizig diese interessante Aufgabe abzulehnen.

„Aber dann machen wir das gleich. Damit wir um 16:00 Uhr vielleicht erste Ergebnisse haben."

„Jawohl, so machen wir das. Darf ich vorher noch eine rauchen gehen?"

Melanie zieht ihre Augenbrauen hoch.

„Wenn du danach schneller bist?"

Nöcker geht zur Tür und macht mit seiner rechten Hand ein eindeutiges Zeichen.

Du bist ein Arschloch, sagt Ron zu sich, als er aus dem Krankenhaus kommt. Warum hatte er es nur wieder getan? Er wollte doch davon loskommen. Die Party vorgestern war aber so geil, und alle haben die Pillen genommen. Er konnte tanzen wie ein junger Gott. Die Rechnung durfte er gleich am nächsten Tag bezahlen und die große Scheiße war, dass alle seine Arbeitskollegen mitbekommen hatten, in welchem Zustand er sich befand. Nur eines kann er nicht verstehen: seine körperlichen Reaktionen nach dem Trip sind viel stärker als früher. Er hat extra noch Cannabis geraucht, um runterzukommen. Soweit runter wollte er aber auch nicht abstürzen. Die Reaktionen in seinem Körper wurden immer unkontrollierbarer, und der Arzt im Krankenhaus fand dazu klare Worte: „Herr Weller, wenn Sie so weitermachen, dann besteht die Gefahr einer chronischen Psychose. Schlafstörungen haben Sie ja schon, und wie es aussieht, scheinen Sie auch andere Drogen oder starke Medikamente zu nehmen. Ich kann Sie nur warnen: insbesondere der unkontrollierte Mix kann in Ihrem Körper zu einer Kettenreaktion führen.“

So weit will er es auf keinen Fall kommen lassen. Er ist nicht mehr zwanzig. Die letzten Jahre waren extrem herausfordernd für ihn. Dauernd neue Themen, die er verarbeiten musste. Neue Sendungen, neue Chefs, neue Formate und er mitten drin. All das konnte er meistern, aber wenn er ehrlich zu sich selbst ist, nur mit den kleinen Helfern. Oft ging es bis spät in die Nacht und am nächsten Morgen musste er ganz früh wieder im Studio sein, um die Sendung für den Nachmittag vorzubereiten.

Er war immer präsent und präsentierte das Neueste, führte Interviews und sah blendend aus. *Doch die Schminke wird immer mehr,* denkt Ron. Sein Gesicht ist eingefallen, er ist ausgemergelt. Zehn Kilo hat er im letzten Jahr abgenommen. Zwischendrin hatte er immer wieder Fressattacken. Dann für Tage wieder das Gegenteil. Nur Kaffee, Zigaretten und den einen oder anderen Trip. *Was soll er nur tun?* Das Rad beim Sender dreht sich weiter. Seine Sendung, 'Nah ran', die er moderiert, ist schon am nächsten Donnerstag. Und Cynthia hat fantastisch gearbeitet. Es soll sogar ein CEO eines großen Pharma Unternehmens kommen. Und das Thema ist auch brisant: 'Psychische Belastungen am Arbeitsplatz'. Vielleicht sollte er lieber als Talk-Gast auftreten, bei seiner aktuellen Verfassung. *Jetzt reiß dich zusammen! Geh nach Hause, nimm eine kalte Dusche. Vielleicht sollte ich mal Tom anrufen und mit ihm sprechen. Aber der hatte letztes Mal, als er ihn gesehen hatte, auch so seine Probleme. Egal, ich werde ihn später anrufen. Jetzt mache ich Pause und entspanne. Das wird schon wieder.*

„Richard Lester calling, haben Sie auch eine invitation aufs Präsidium erhalten?“

Maximilian von Trebitz ist wenig überrascht vom Anruf seines Klienten.

„Ja, für 17:00 Uhr. Sie auch?“

Lester schnauft in den Hörer.

„Dann sind wir zusammen da. What do they want from us?“

„Ich würde mir mal keine Sorgen machen, ich denke, das ist ganz normal, wenn die deutsche Polizei uns zu den Ereignissen in Edinburgh befragt. Ihr Verschwinden war denen bekannt, und Ihr Auftauchen wurde sicher von den schottischen Behörden gemeldet. Ich kenne die beiden Polizisten, die den Fall bearbeiten. Die waren sogar schon bei mir im Büro. Das sind ganz verträgliche Typen. Sie sollten einfach das berichten, was Sie mir auch geschildert haben. Oder gibt es da etwas, was Sie mir noch nicht gesagt haben?“

Es entsteht eine längere Pause.

Der Regisseur ringt mit sich und entschließt sich dann doch, mit den Dingen rauszurücken, die ihn seit Tagen belasten.

„You know, I am gay.“ Pause. „Ich habe oft wechselnde Partner. In Munich and in Edinburgh.“ Pause. „It was never a problem for me, ehrlich gesagt, habe ich es genossen zwei identities zu haben. The one in leather und der andere im Designer-Outfit. In Edinburgh bin ich der Dominante, in Munich der Elegante. It was lots of fun. Bis ich some weeks ago, eine kurze Affäre with a totally mad Scotsman hatte. He was a psycho. He went overboard, wie sagt ihr? Er rastete aus, glaube ich. Ich hatte vor ihm Angst. He played den Softy, and in the next moment, er bedrohte mich, and once he even pulled a knife ... ich habe as fast as possible dann das Weite gesucht und den contact zu ihm beendet."

„Und jetzt denken Sie, was Ihnen passiert ist, hat dieser, wie heißt der Mann eigentlich?"

„John. John Bishop."

„Verbrochen?"

„No idea! Aber seit ich John nicht mehr gesehen habe, you know, I thought I'd gone mad. Had hallucinations and other things. I'm nervous and my heart went boom boom boom."

Maximilian von Trebitz ist nicht überrascht von den Symptomen, die Richard beschreibt. Er hat die Veränderung im Charakter des Regisseurs auch mitbekommen.

„Mr. Lester, mir ist auch aufgefallen, dass Sie unruhig und sehr angespannt sind. Sind Sie sich sicher, dass diese psychischen Veränderungen erst auftraten, nachdem sie mit John in Kontakt waren?"

Richard antwortet sofort.

„Yes, I'm sure."

„Es war eine sehr gute Entscheidung, mit mir darüber zu sprechen, Mr. Lester. Ich denke, so kann ich Sie im Gespräch mit dem Kommissar aktiv unterstützen. Noch eine letzte Frage. Sie müssen darauf nicht antworten. Was haben die Ärzte in Edinburgh zu Ihnen gesagt, nachdem Sie im Krankenhaus untersucht wurden?"

„Well, dass ich wurde betäubt. With a narcotic called Ketamin. And they said, my, how do you say, Blutwerte are in disorder. Ich soll hier in Munich zu einem specialist gehen. I think, he said I should visit a Hämatologe."

„Okay Mr. Lester. Ich denke, wir sind gut vorbereitet. Warten wir am besten ab, was die Polizei fragt. Wie gesagt, ich werde Sie so gut es geht unterstützen, falls das möglich ist."

Richard Lester ist durch das Gespräch mit dem Privatdetektiv viel ruhiger geworden. Er bedankt sich, und die beiden verabreden sich für 16:30 Uhr in einem Café in der Nähe des Präsidiums.

Die kalte Dusche hat Ron gutgetan. Er sitzt in seinem Bademantel auf seiner Couch und trinkt einen doppelten Espresso. Die Panik, die ihn erfasst hatte, ist schon ein wenig verflogen, trotzdem springen seine Gedanken von einer Vermutung zur nächsten. Um sich Klarheit zu verschaffen, muss er mit jemanden sprechen. Da fällt ihm wieder seine Idee ein, Tom anzurufen. Er hat schon mehrere Tage nichts mehr von sich hören lassen.

Tom ist sofort dran und freut sich über den Anruf seines Freundes. Nach einer kurzen Begrüßung kommt Tom gleich auf die überraschenden Ereignisse der letzten Tage zu sprechen. Er berichtet von dem Überfall im Wiener Hotel, von seinem Koma und dass Sina zu ihm nach Wien gekommen ist. All das verschlägt Ron förmlich die Sprache und Panik steigt wieder in ihm auf. Als Tom erklärt, dass Sina und er nachher ins Polizeipräsidium müssen, bricht es förmlich aus Ron heraus.

„Tom, das alles ist ja furchtbar. Du erinnerst dich bestimmt an unser Gespräch in der Bar de Lune, meine Beichte, deine Vermutungen und auch die Beschreibung meines Zustandes? Ich habe dich angerufen, weil ich mit dir über die Dinge sprechen will, die mich momentan sehr belasten."

Tom hat sich nach der überraschenden Ankündigung auf seine Terrasse gesetzt, denn er vermutet ein längeres Gespräch.

„Dann leg mal los, ich höre dir zu."

Ron trinkt den letzten Rest seines Espressos und noch einen Schluck stilles Wasser.

„Du musst wissen, Tom, ich konsumiere seit einigen Jahren Drogen. Nicht regelmäßig, aber offensichtlich so, dass mein Körper mittlerweile stark darunter leidet. Ich bin, was die Art der Drogen betrifft, nicht besonders wählerisch. Meistens nehme ich sie, wenn ich in Clubs unterwegs bin, um mich in Stimmung zu bringen. Das kann Extasy, Speed, Kokain oder auch einfach nur Hasch sein. Die Folgen sind jetzt voll da. In Verbindung mit meinem stressigen Job und der Rund-um-die-Uhr-Verfügbarkeit, hat mein Körper gestern gestreikt. Ich bin mitten in einer Redaktionssitzung zusammengebrochen. Schon Wochen vorher hatte ich vermehrt Symptome wie Schweißausbrüche, Halluzinationen, Schlafstörungen und extreme Stimmungsschwankungen. Mir fällt es immer schwerer mich zu konzentrieren. Ich vermute, die Kollegen beim Sender reden schon über mich. Und mein Arzt sagt, ich sei kurz vor einer chronischen Psychose. Was soll ich nur machen, Tom?"

Nachdem Tom selbst gerade stark mit seinen eigenen Ereignissen zu kämpfen hat, fällt ihm eine spontane Antwort schwer.

„Und du denkst, das liegt an den Drogen, die du manchmal nimmst?"

Ron antwortet verwundert: „Woran denn sonst?"

„Wir hatten doch darüber gesprochen, dass auch Sina und ich plötzlich psychische Probleme haben. Vielleicht nicht so stark wie du, aber immerhin so stark, dass sie unser Leben belasten. Könntest du dir einen Zusammenhang zwischen deinen und unseren Symptomen vorstellen?"

Damit hat Ron nicht gerechnet. Eine Verbindung zwischen seinen Eskapaden und Toms und Sinas Überfall? Er antwortet dementsprechend unsicher: „Hast du irgendwelche Beweise oder Fakten dafür?“

„Noch nicht, aber Sina und ich sind nachher um 16:00 Uhr genau deswegen bei der Polizei. Wir denken, die sind den Tätern auf der Spur.“

Ron schüttelt den Kopf.

„Aber mir ist doch gar nichts in der Art passiert.“

„Bisher nicht, lieber Ron.“

Beide schweigen für eine Zeit lang. Dann macht Tom einen Vorschlag: „Wenn du damit einverstanden bist, dann würden wir dich bei dem Gespräch mit der Polizei erwähnen, vielleicht sehen die ja eine Verbindung?“

Wieder herrscht für einen Moment Stille.

„Ich weiß nicht so recht. Wenn die meine Drogengeschichten erfahren und mein Arbeitgeber das mitbekommt ...“

„Ich werde versuchen, denen deine Situation klar zu machen, und ich erwähne dich nur, wenn es Sinn macht. Aber ich denke, es ist richtig und wichtig.“

Ron ist nicht überzeugt, aber am Ende sagt er: „Na, gut, dann tu das. Bitte informiere mich über das Gespräch und was ihr vereinbart habt.“

Tom ist erleichtert: „Klar, selbstverständlich und jetzt ruhe dich noch etwas aus. Wahrscheinlich musst du morgen wieder in die Redaktion?“

„Ich denke schon, sonst verpasse ich die Vorbereitungen für 'Nah ran' am Donnerstag.“

Die beiden verabschieden sich mit unterschiedlichen Gefühlen und Stimmungen.

Tom holt Sina zu Hause ab. Seit sie aus Wien zurück sind, ist seine Freundin wie ausgewechselt. War sie vorher gerne mal launisch und auch leicht zu reizen, ist sie jetzt zahm und anschmiegsam. Die neue Sina gefällt

Tom noch besser. Wobei das Wilde an ihr dabei etwas verloren gegangen ist. In Wien hatten sie endlich mal wieder die Gelegenheit miteinander zu schlafen. Der Sex mit Sina gehört zu den Dingen, die Tom bisher in dieser intensiven Art und Weise nicht von einer Frau gewohnt war. Sie ist nicht nur gerne oben auf, sondern wild und animalisch. Wie eine Raubkatze war sie über ihn hergefallen. Er durfte sich fallen lassen – oder anders ausgedrückt – er hatte keine Chance, sein Ding durchzuziehen. Das war anfangs für ihn fast beängstigend, er war abgelenkt und brauchte viel länger, als er es von sich gewohnt ist. Anders in Wien. Aus der Raubkatze war eine Schmusekatze geworden. Sie fühlte sich soft an, irgendwie weiblicher. Ihre Bewegungen waren nicht hektisch, sondern fließend. Sie liebten sich und schauten sich dabei in die Augen. Nicht dieser schweißtreibende Wettbewerb, sondern eine Verbundenheit zweier Körper und Seelen.

Bestimmt hat das auch etwas mit den belastenden, gemeinsamen Erlebnissen der letzten Tage zu tun. Sie haben sich gefunden, und jetzt haben sie sich geöffnet.

Der Begrüßungskuss fällt dementsprechend leidenschaftlich aus.

„Ich habe dich vermisst, Tom!“ gesteht Sina.

„Und ich erst!“, schmeichelt ihr Tom.

„Wir haben einen wichtigen Termin vor uns, und ich muss dir vorher noch etwas erzählen“, beginnt Tom das Gespräch, während er aus der Parklücke fährt.

„Da bin ich gespannt.“

Tom erzählt seiner Freundin von dem Anruf seines Freundes Ron. Sina ist einigermaßen überrascht, denn sie hatte eigentlich eher eine Sendepause erwartet, nachdem die Sache mit ihr und Ron bekannt wurde.

Nachdem Tom alle neuen Infos erzählt hat, fragt Sina. „Was steckt nur hinter unseren mysteriösen Erlebnissen? Warum gerade wir? Ich kann mir das einfach nicht erklären."

Tom lenkt seinen Range Rover sicher durch das nachmittägliche Verkehrsgewühl Münchens.

Er ist sich sicher, und er formuliert es entsprechend: „Ich denke, es geht nicht um uns. Wir sind ganz zufällig Opfer geworden, das wird mir immer klarer. Irgendwo ist irgendetwas schiefgelaufen und wir haben es abbekommen. Lass uns hören, was die Kommissare sagen."

Sina legt ihre Hand auf Toms Oberschenkel.

„Darauf bin ich gespannt."

Pünktlich um 16:00 Uhr, trotz des erhöhten Verkehrsaufkommens, treffen die beiden im Polizeipräsidium ein. Sie werden zuerst einmal in einen kahlen Raum gebeten. Man bietet ihnen einen Kaffee oder Wasser an. Es dauert eine Weile, bis Kommissar Nöcker und seine Kollegin Rosinger den Raum betreten. Beide scheinen angespannt und konzentriert.

Nöcker überlässt es Rosinger, das Wort zu ergreifen.

„Frau Söhnke, Herr Strasser, wir haben Sie heute hergebeten, weil wir gemeinsam mit Ihnen die Ermittlungsergebnisse besprechen und Ihnen noch ein paar Fragen stellen möchten. Sind Sie dazu bereit, ich meine … auch gesundheitlich?"

Sina und Tom schauen sich an. Daraufhin antwortet Tom: „Ja, das sind wir. Es geht uns gut. Um ehrlich zu sein, so gut wie schon lange nicht mehr. Die psychischen Symptome, die uns die letzten Wochen belasteten, sind weg, bei uns beiden."

Melanie Rosinger tippt etwas in ihren Laptop, den sie immer dabei hat und bemerkt: „Damit haben Sie schon eine unserer Fragen beantwortet. Noch ein Punkt vorab, wir nehmen dieses Gespräch per Video auf. Sind Sie damit einverstanden?“

Ein einvernehmliches Nicken ist die Reaktion.

„Ich werde die Ermittlungsergebnisse nun zusammenfassen. Falls Sie in dem einen oder anderen Punkt anderer Meinung sind, dann unterbrechen Sie mich bitte. Wir sind auf Ihre Mitarbeit angewiesen um diesen Fall aufzuklären, denn Sie stehen sozusagen im Mittelpunkt der Ereignisse.“

Wieder wandern die Blicke zwischen Sina und Tom hin und her.

Das alles beobachtet Kommissar Nöcker still und konzentriert. Melanie Rosinger beginnt mit dem Repetieren der persönlichen Daten der beiden Opfer. Sie erwähnt insbesondere die Tätigkeit von Sina als Geschäftsführerin der Castingagentur und den aktuellen Auftrag für 'Kiss for Love'. Danach beschreibt sie den nächtlichen Überfall mit dem Motorroller auf Sina und resümiert den Tathergang. Sie bestätigt die Tatsache, keine heiße Spur zu haben, was die Täter betrifft. Besonderen Wert legt sie auf Ergebnisse der Untersuchung von Dr. Preuss und bedankt sich noch einmal für das Überlassen des Arztbriefes mit den Befunden.

„Frau Sailer, wenn wir die Freigabe von Ihnen nicht erhalten hätten, dann würden wir sicher nicht so weit sein mit unseren Ermittlungsergebnissen. Der Umstand, dass uns bekannt ist, womit Sie betäubt wurden, die Verwendung eines transdermalen Pflasters und die Einstiche in ihrem Oberarm, sind zum einen Fakten und zum anderen stellen sie die Verbindung zu den anderen Opfern her.“

Tom reagiert an diesem Punkt ungeduldig: „Und bei mir? Bei mir wurde keine Rötung am Arm festgestellt.“

„Richtig, Herr Strasser. Die Untersuchung der Wiener Kollegen am Tatort im Hotel Grand Ferdinand, ergab mit hoher Sicherheit, dass es sich um eine Injektion in ihre Zahnpastatube handelt. Die Wirkstoffe darin wurden in den Analysen als das Betäubungsmittel Ketamin und verschiedene andere Neurotransmitter identifiziert. Also eine ähnliche Zusammensetzung, nur in einer anderen Form der Verabreichung. Ein Rätsel ist uns, warum Ihr Zimmer vorher durchwühlt wurde. Dadurch haben die Täter zwar mögliche Spuren hinterlassen, die aber leider nicht zugeordnet werden konnten. Es gibt keinerlei Fingerabdrücke, keine fremden DNA-Spuren."

Tom fühlt sich durch die Beschreibung der Polizistin in die Ereignisse der Nacht im Hotel zurückversetzt.

Selbstkritisch merkt er an: „Wenn ich heute schwören müsste, ob das Zimmer verwüstet war, als ich vom Abendessen zurückkam, ich könnte das nicht. Es kommt mir alles wie ein schlechter Traum vor."

Jetzt ergreift Kommissar Nöcker das Wort.

„Mit Ihrer Einschätzung liegen Sie nicht falsch. Nehmen wir einmal an, Sie beide hatten durch irgendwelche Umstände Substanzen in sich, die ihre Psyche veränderten. Ihre Aussagen stützen das. Eine Folge könnten unter anderem Halluzinationen sein. Sie waren an diesem Abend, Herr Strasser, sehr müde und überdreht. Wichtig für uns ist das Untersuchungsergebnis der manipulierten Zahnpasta. Damit haben wir auch einen Beweis für die Tat.

Melanie, bitte fahre mit der chronologischen Beschreibung fort, damit wir den weiteren Kontext haben."

„Die Zahnpastatube, die Untersuchungsergebnisse der Münchner Uniklinik und die Beschreibungen Ihres

Zustandes vor den Überfällen und danach, haben uns auf die entscheidende Spur gebracht."

Tom kann schon wieder seine Ungeduld nicht zügeln: „Genauso wie uns! Wir sind der Meinung, die Taten sind geschehen, um irgendetwas ungeschehen zu machen. Irgendetwas, das wir in uns hatten."

Nöckers Augenbrauen ziehen sich zusammen, und er muss sich beherrschen, nicht unhöflich zu werden.

„Herr Strasser, ich danke Ihnen für Ihre Interpretationen, aber bitte lassen Sie Frau Rosinger erst einmal fortfahren, bevor sie Schlussfolgerungen ziehen."

Melanie Rosinger bleibt ganz sachlich und fährt fort: „Bestätigt wurde diese Spur durch einen weiteren Vorfall. Der Kollege von Frau Söhnke, Richard Lester, war plötzlich verschwunden. Sie erinnern sich, wir hatten mit Ihnen bei unserem letzten Treffen darüber gesprochen. Der Mann ist wiederaufgetaucht, in Edinburgh, leider in einem nicht ganz so erfreulichen Zustand."

Sina schaut betroffen, bleibt aber ruhig.

„Der Regisseur tauchte in einer Bar auf, anscheinend völlig betrunken. Später stellte sich heraus, er wurde auch betäubt. Bei ihm war der Privatdetektiv Maximilian von Trebitz. Wir vermuten, er hat nach ihm gesucht und ihn letztendlich auch gefunden. Glück für ihn, denn von Trebitz hat dafür gesorgt, dass Mr. Lester in ein Krankenhaus gebracht wurde. Beide sind mittlerweile wieder zurück in München. Wir werden, direkt nach unserem Gespräch, mit beiden reden."

Bewusst macht Rosinger eine Pause. Die beiden Polizisten schauen Sina und Tom an und warten. Es kommt aber keine Reaktion.

Nöcker hilft nach. „Wundern Sie sich nicht? Gibt Ihnen diese Information nicht zu denken? Nehmen wir einmal an, nur theoretisch, Richard Lester oder Sie,

Frau Söhnke, wurden mit einem Wirkstoff infiziert, der die Symptome auslöst, die sie beschreiben, dann müsste zwischen Ihnen beiden ein Austausch stattgefunden haben."

Plötzlich ruft Sina in den Raum: 'Kiss for Love'

Der Kommissar springt auf und gestikuliert.

„Nicht 'Kiss for Love', sondern *'Kiss for infection*!"

Seine Augen durchbohren Sina: „Haben Sie, Sina Söhnke, den Regisseur Richard Lester jemals geküsst?"

Sina überlegt. Eigentlich kann sie sich das nicht vorstellen, sie findet diesen Mann null attraktiv. Doch dann erinnert sie sich an die erste Probe noch ohne Kandidaten. Da hatten sie den Ablauf des Castings durchgesprochen und die Kamera und das Licht eingerichtet. In dieser Situation hatte Richard sie als Testkandidatin geküsst. Sie fand das noch völlig unangebracht, hatte es aber aus professionellen Gründen durchgehen lassen.

Ihre Antwort lautet somit: „Ja, er hat mich ein einziges Mal geküsst. Es war ein Probekuss für die nachfolgenden Castings."

Nöcker ist weiter am Gestikulieren. Er rudert mit seinen Händen in der Luft herum.

„Rosinger, jetzt haben wir den Ausgangskuss!"

Rosinger muss schmunzeln, unterbricht ihren emotionalen Chef aber nicht.

„Und ich gehe davon aus, Sie haben *nur zu Probezwecken* noch weitere Personen geküsst?"

Sina Söhnke fühlt sich plötzlich nicht wie ein Opfer, sondern wie ein Täter.

„Äh ... ja. Ich habe zum Start der Castings jeweils einen der Kandidaten zur Demo geküsst, damit die anderen sehen, wie es funktioniert und wie sie sich stellen und verhalten müssen."

Nöcker baut sich genau vor ihr auf.

„Und bisher haben Sie wie viele Castings durchgeführt?“

Die Antwort kommt sofort: „Drei.“

Der Kommissar geht auf seine Mitarbeiterin zu: „Drei! Und drei Männer wurden mit Ohnmacht in Münchner Krankenhäuser eingeliefert, stimmt's Melanie? Das waren die drei Kandidaten!“

Sina ist ganz blass geworden. Tom will seinen Arm um sie legen, doch sie wendet sich ab.

„Wenn das so ist, dann sollte ich hier noch eine weitere Aussage machen. Nach diesem Richard-Lester-Kuss und den drei Kandidaten, habe ich noch zwei weitere Männer geküsst. Herrn Strasser und Ron Weller.“

„Wer ist Ron Weller?“, fragt Melanie Rosinger. Dieser Name war bisher in Ihrem Fall noch nicht aufgetaucht.

„Ron Weller ist ein Freund von mir. Er arbeitet beim Sender Z24 und moderiert die Sendung 'Nah ran'“, antwortet Tom.

Nöcker kratzt sich am kahlen Kopf.

„Ich will nicht indiskret sein, aber der Weller-Kuss, das war kein professioneller?“

Sina rutscht auf ihrem Stuhl herum, sie überlegt, wie sie die Sache unkompliziert erklärt.

„Also vor Herrn Strasser, da hatte ich mal was mit Ron. Ich habe Herrn Strasser mittlerweile davon erzählt.“

Tom nickt und übernimmt das Reden, da er sieht, wie unangenehm die Situation für Sina ist.

„Herr Weller und ich sind dicke Freunde. Wir haben uns ausgesprochen. Und gerade heute haben wir lange telefoniert. Es gibt da noch etwas, was Sie wissen sollten. Auch Herr Weller hat psychische Probleme, vielleicht sogar mehr als wir beide sie hatten. Er hat sie immer noch und leider sind sie stärker geworden."

Nachdem sich Nöcker gerade etwas beruhigt hatte, springt er wieder auf und fragt mit großen Augen: „Und warum erzählen Sie uns das jetzt erst?"

Tom schaut verärgert zum Kommissar. „Weil wir mit uns selbst genug zu tun hatten, und weil Herr Weller mich erst kurz vor unserem Termin angerufen hat und mir erzählt hat, dass er während einer Redaktionskonferenz zusammengebrochen ist."

Melanie Rosinger versucht, die Lage etwas zu beruhigen.

„Vielen Dank, Herr Strasser und Frau Söhnke für Ihre Offenheit. Alle diese Informationen sind eminent wichtig für uns. Aber jetzt noch einmal zum Mitschreiben. Dieser Ron Weller, das ist Ihr Freund, Herr Strasser?"

„Ja, schon seit vielen Jahren."

„Und Sie, Frau Söhnke, hatten eine kurze Affäre mit ihm, bevor sie ihren jetzigen Freund, Herrn Strasser kennengelernt haben?"

„Genauso ist es."

„Und diese Beziehungen begannen nach dem Probekuss mit Richard Lester?"

„Gut zusammengefasst."

Jetzt muss Nöcker erst einmal das Gesagte reflektieren.

„Was mich wundert ist, sowohl Sie beide, als auch die drei Kandidaten, Richard Lester und wahrscheinlich weitere Boys von ihm, wurden betäubt und es wurden Substanzen injiziert. Nur Ron Weller ist bisher nicht behelligt worden, ist das richtig?"

Sina und Tom reagieren wie aus einem Mund. „Ja!"

Nöcker haut impulsiv auf den weißen Tisch aus Resopal: „Dann, dann sollten wir diesen Mann rund um die Uhr überwachen, denn er ist das nächste Opfer!“

Melanie Rosinger ist wie immer um Sachlichkeit bemüht.

„Wäre Herr Weller möglicherweise damit einverstanden?“

Tom fühlt sich angesprochen.

„Ich habe mit ihm verabredet, ihn nur dann in unserem Gespräch zu erwähnen, wenn es Sinn macht. Aus meiner Sicht, ist es sogar von entscheidender Bedeutung für die Aufklärung, ihn abzusichern. Deshalb, nehmen Sie bitte Kontakt zu ihm auf, aber gehen Sie vorsichtig mit ihm um, er ist momentan extrem labil.“

„Das werden wir, Herr Strasser und vielen Dank für Ihre Vorarbeit und Unterstützung.“

Melanie Rosinger hat die entscheidenden Fakten protokolliert.

„Einen Hinweis habe ich noch. Bitte lassen Sie sich, am besten bei Dr. Preuss, noch einmal durchchecken. Ich denke, das gibt Ihnen und auch uns die Sicherheit, dass wirklich keine Nachwirkungen mehr auftreten.“

Nach einem Blick zu ihrem Chef, der bestätigend nickt, bedankt Melanie Rosinger sich auch bei Sina und erklärt das Gespräch für beendet.

Im Hinausgehen dreht sich Tom noch einmal um und meint: „Wenn sie unsere Unterstützung noch benötigen, dann melden Sie sich bitte jederzeit bei uns.“

Nöcker ist dieser subtile aber doch deutliche Hinweis etwas zu keck.

„Danke, Herr Strasser, ich denke, wir kommen ab jetzt auch ohne Sie aus. Wir werden Sie aber nach Aufklärung dieses Falles informieren.“

Um genau 16:45 Uhr verlassen Sina und Tom mit gemischten Gefühlen das Polizeipräsidium. Beide sind irgendwie erschlagen von den Fragen und dem intensiven Austausch.

Im Auto meint Sina nur: „Ich bin mal gespannt, ob wir uns auf das Versprechen des Kommissars verlassen können."

Tom antwortet nur: „Wir haben ja Ron, der kann uns bestimmt auf dem Laufenden halten." Irgendwie haben beide das Gefühl, dass das alles noch lange nicht vorbei ist.

„Mit diesem Strasser kann ich nicht. Der hat so eine naiv-oberschlaue Art."

Kommissar Nöcker ist nach einer hektischen Zigarette zurück und hat seiner Kollegin und sich gleich einen frischen Kaffee mitgebracht.

„Mensch Peter, das ist ein Musiker, der muss sensibel und gleichzeitig selbstbewusst sein. Dafür hat es dir die Söhnke angetan, stimmt's?"

Nöcker kratzt sich verlegen am Kopf.

„Nicht übel, die Frau. Und auch verdammt schlau."

„Na ja, so schlau nun auch wieder nicht, sonst würde sie nicht mit zwei engen Freunden kurz hintereinander was anfangen ..."

Melanie legt ihren Kopf leicht schief und fixiert ihren Chef mit einem kritischen Blick.

„Äh ... aber insgesamt sind wir ein gutes Stück vorangekommen, oder? Oh, es ist ja schon fünf Minuten vor fünf. Lester und von Trebitz kommen gleich. Wollen wir sie uns gemeinsam zur Brust nehmen?"

Melanie Rosinger überlegt kurz: „Warum nicht, könnte interessant werden."

„Dann mal los, lass uns mal schauen, ob die Herren schon da sind."

Bevor Melanie in den Wartebereich des Kommissariats geht, schaut sie noch einmal in ihren E-Mail Account, denn sie erwartet jede Minute eine Meldung von den Kollegen aus Edinburgh.

Erfreut sieht sie den Absender der schottischen Polizeistation und öffnet die E-Mail. Zufrieden liest sie den Inhalt und geht zuversichtlich die Wartenden abholen. Von Trebitz gibt sich wie immer zuvorkommend und ganz Gentleman, denn er weiß, was es bedeutet, mit schlecht gelaunten Polizisten zu sprechen, insbesondere wenn man sich, wie er, in laufende Ermittlungen einmischt.

Der schlaksige Regisseur, zum heutigen Anlass in einem Anzug mit einem Einstecktuch erschienen, schaut sich nervös im Raum um und streift mit seinem Blick den Selbstdarsteller Kommissar Nöcker, der wie immer mit den Füßen auf dem Tisch die Gesprächspartner erwartet.

Melanie Rosinger bietet einen Kaffee oder Wasser an. Da beide gerade aus einem Café kommen, nehmen sie jeder nur ein Wasser.

Nöcker geht sofort in die Offensive: „Welcome Mr. Lester! Wir haben uns schon Sorgen gemacht, stimmt's von Trebitz? Verschwinden sie oft so einfach von der Bildfläche? Übrigens, ich bin Kommissar Nöcker und das ist meine Kollegin Rosinger."

Die beiden Geladenen schweigen erst einmal nach diesem Intro.

Melanie Rosinger vermittelt mal wieder. „Herr von Trebitz, wieso sind sie eigentlich nach Edinburgh geflogen? In Folge unseres Gesprächs müsste es Ihnen doch klar gewesen sein, dass wir uns um die Suche von Mr. Lester kümmern."

Von Trebitz rechtes Auge beginnt leicht zu zucken, doch er antwortet unaufgeregt und fließend: „Mir war bewusst, dass die Polizei meinen Mandanten sucht, aber auch ich fühlte mich verpflichtet, nach ihm zu suchen, denn Richard ist seit vielen Jahren ein guter Geschäftspartner."

Nöcker schwingt seine Füße vom Tisch und springt auf.

„Welchen Geschäften gehen Sie denn gemeinsam nach?"

„Herr Nöcker, ich glaube, das trägt nicht zur Sache bei. Formulieren wir es einfach anders. Ich fühlte mich für Mr. Lester verantwortlich."

Die unaufgeregte Art des Detektivs hat die gegenteilige Wirkung beim impulsiven Kommissar.

„Mr. Lester, was sagen Sie denn dazu?"

Lester trinkt erst mal einen Schluck Wasser, bevor er antwortet.

„Well, ich bin Max dankbar. Ohne ihn, I really don't know, what could have happened. Es hätte vieles passieren können."

Rosinger unterbricht ihr Tippen und mischt sich ein.

„Die schottischen Kollegen berichten, Sergeant Robert Finch wäre in der ‚Planet Bar' anwesend gewesen und hätte die Situation bestens im Griff gehabt."

Richard schaut zu von Trebitz und dieser übernimmt die Antwort.

„Ich hatte keine fünf Minuten zuvor mit einem anwesenden Gast gesprochen und dieser hat mir von der regelmäßigen Anwesenheit von Mr. Lester in dieser Bar berichtet. Wie es der Zufall wollte, entdeckten wir

Richard, leider in einem schlechten Zustand, mit einem blonden jungen Typen in einer Ecke sitzend."

Nöcker lässt nicht locker.

„Und Sie Mr. Lester, Sie können sich an all das nicht erinnern?"

„Right, ich war, wie sagt man, weggetreten. Wahrscheinlich schon for a long time. Denn the last thing I remember ist das Taxi von dem Airport zum Hotel. But I never arrived there."

Rosinger liest aus dem Protokoll vor:

„Ich entdeckte Mr. Lester in einer Ecke der ‚Planet Bar'. Er saß dort zusammen gesunken mit einem jüngeren Mann. Gerade als ich zu den beiden ging, kam mir ein weiterer Gast in die Quere. Später stellte sich heraus, dass es sich um den Deutschen Maximilian von Trebitz handelte. Als dieser Mr. Lester näher kam, verschwand der ‚boy'. Ich versuchte den Schlafenden aufzuwecken, doch er reagierte nicht. Von Trebitz und ich brachten Mr. Lester dann in ein Krankenhaus. Dort wurde er behandelt. Er konnte es am gleichen Abend schon wieder verlassen.

Das ist ein Auszug aus dem Bericht von Robert Finch. Können Sie ihn bestätigen?"

„Im Prinzip ja, ich denke nur, der Sergeant hätte den Begleiter von Richard verfolgen sollen, aber er hat sich förmlich auf mich gestürzt. Dadurch ist der andere entkommen."

Nöcker fuchtelt mal wieder mit den Armen.

„Kritisieren Sie hier nicht die Arbeit der Polizei. Wenn Sie nicht da gewesen wären, dann hätten wir bestimmt diesen mysteriösen Begleiter gefasst. Aber zurück zu den Tatsachen. Was ergab denn die Untersuchung im Krankenhaus? Sie können selbst entscheiden, hier Details zu nennen, Ihre Aussage ist rein freiwillig, richtig Rosinger?“

„Ja Chef, aber eine Aussage wäre zur Aufklärung des Falles sehr hilfreich.“

Lester schaut unsicher zu Maximilian von Trebitz, dieser nickt ihm aufmunternd zu.

„It was late that night. Deshalb war nur der Notarzt da. Er hat mein blood untersucht. He said I had a narcotic in my body. It's called Ketamin. And he said ich soll gehen to a hematologist in Munich to have my blood checked once again. Ich habe die Ergebnisse der analysis dabei. If you want, you can make a copy.“

Melanie Rosinger nimmt das Blatt entgegen und legt es neben ihren Laptop.

„Danke, Mr. Lester.“

Nöcker gibt seiner Kollegin ein Zeichen und diese verlässt den Raum.

„Sie arbeiten als Regisseur, momentan für die Show, 'Kiss for Love'?‘“

„Yes.“

„Sie wundern sich vielleicht, warum wir so ein großes Interesse an Ihnen haben. Damit Sie die Zusammenhänge verstehen, werde ich Ihnen kurz einen Überblick geben.“

Nöcker berichtet Richard Lester und Maximilian von Trebitz von den Vorfällen rund um Sina Söhnke und Tom Strasser. Bewusst erwähnt er Ron Weller nicht. Er erläutert die Theorie einer Weitergabe von synthetischen Substanzen durch Küssen und sexuellen Kontakt. Während er spricht, wird Richard Lester immer blasser. Sein Glas Wasser ist mittlerweile leer. Von Trebitz Augenbrauen zucken immer heftiger. Gerade als Nöcker zu den Vorlieben von Lester kommt und ihn auf seine wiederholten Reisen nach Edinburgh anspricht, betritt

Melanie Rosinger wieder den Raum. Sie legt unaufgefordert zwei Fotos auf den Tisch.

Sowohl von Trebitz als auch Richard Lester schauen darauf. Der Regisseur nimmt seine Hand vor den Mund und ein Seufzer ist zu hören.

„Mr. Lester, Sie kennen diese beiden jungen Männer?“, fragt Rosinger sofort.

„Yes, I know them. Ich hatte was mit den Boys.“

Nöcker geht ganz nah an das Gesicht von Lester.

„Und, welch ein Wunder, diese Boys wurden ohnmächtig in ein Krankenhaus in Edinburgh eingeliefert. Was sagen Sie dazu?“

Jetzt bricht dem Engländer der Schweiß aus. Er schaut hilfesuchend zu Maximilian von Trebitz, dieser antwortet für ihn.

„Mr. Lester ist ... homosexuell, das wissen Sie ja bereits. Er hat einen großen Freundeskreis und genießt sein Leben mal in München und mal in Edinburgh. Das ist nicht verboten. Die besondere Situation mit den Überfällen jedoch und der Einsatz von möglicherweise gesundheitsschädlichen Wirkstoffen, macht es, so denke ich, unumgänglich Ihnen unsere Vermutung hier und jetzt zu einer weiteren, bisher nicht bekannten Person mitzuteilen.“

Jetzt ist Nöcker baff. Er hat sich ja schon einmal positiv zu diesem Privatdetektiv geäußert. Diese Wendung hat er nicht erwartet. Er setzt sich ganz ruhig und völlig normal auf einen Stuhl, legt die Handflächen auf die Tischplatte und sagt: „Na, da bin ich aber neugierig.“

„Richard, willst du ... kannst du erzählen?“

Max schaut zum Regisseur und dieser nickt.

„Some weeks ago, leider ich weiß nicht mehr genau wann, aber es war in Edinburgh, da habe ich in der Planet Bar einen jungen Kerl kennengelernt. He was cute and a little bit crazy. Ich bin sofort auf ihn geflogen. Not to go into details, but in the end, we had Sex in my hotel room. Während wir gemacht haben Sex, he went berserk. Ich habe nix Falsches gemakt oder so. Aber dann he suddenly took a knife, he had a crazy Blick. He screamed around und claimed, there would be other people in the room, die ihn umbringen wollen. He fought mit ihnen and killed imaginary people. Ich hatte Angst, dass er mich trifft. As fast as I could, I grabbed my clothes and got out of the hotel room. Ich habe mich dann angezogen, auf dem Gang. Went to the Hotel bar and had some drinks. Ich denke, ich habe so eine Stunde gewartet. And then, I went back. He was gone. But after that, ich war ein anderer. Sweating, panic, no sleep, halucinations and totally nervous."

Der Regisseur sinkt in sich zusammen. Max legt seine Hand auf die Schulter und versucht, ihn zu beruhigen.

Melanie Rosinger reagiert zuerst auf die Ausführungen des Regisseurs.

„Dieser junge Mann, hat der auch einen Namen?"

„Yes, John Bishop."

„Mr. Lester, es wäre wirklich sehr wichtig, das genaue Datum dieses Vorfalls zu erfahren. Denn es könnte sein, dass dieser Mann der Ausgangspunkt für die Weitergabe der synthetischen Substanzen ist."

Melanie Rosinger ist wie immer um Fakten bemüht.

„Let me think, ich denke so vor funf or sechs Wochen. I could check meine Tickets. Dann wir wissen es genau."

Nöcker war die letzten Minuten ungewohnt ruhig. Jetzt steht er auf und sagt überraschend: „Vielen Dank Mr. Lester, auch Ihnen Dankeschön, Herr von Trebitz.

Wie sie sich vorstellen können, haben wir jetzt einiges zu tun. Sie werden von uns hören."

Auch Melanie Rosinger ist einigermaßen überrascht von dem plötzlichen Abbruch. Doch kennt sie ihren Chef nur zu gut und wundert sich nicht.

„Chef, noch eine Sache. Mr. Lester, bitte teilen Sie uns mit, ob sich ihr psychischer Zustand in den nächsten Tagen im Vergleich zu den vorangegangenen Wochen verbessert hat und, ach ja, bitte schicken Sie uns, wenn möglich, einen Scan ihres Tickets oder des Buchungsbelegs."

Sowohl von Trebitz als auch Lester sind froh über das schnelle Ende. Sie wollen nur noch raus aus dem stickigen Raum.

Nachdem beide vor der Tür des Besprechungsraumes stehen, meint Nöcker nur: „Ich denke, wir haben uns eine Pause verdient. Am besten lassen wir die neuen Erkenntnisse erst einmal sacken und treffen uns morgen zum Frühstück. Bitte bring deinen Laptop mit allen Notizen mit. Und Melanie, danke. Guter Job!"

Die Tür schließt sich, jedoch die Gedanken der beiden Polizisten drehen sich die nächsten Stunden und Tage weiter um diesen ungewöhnlichen Fall.

Kapitel 9

Es geht ihm schon besser, als Ron etwas später als üblich im Redaktionsbüro von Z24 eintrifft. Sein Weg führt ihn als allerererstes in das Büro von Cynthia Jäger. Als er mit einem Kaffee in der Hand in der offenen Glastür steht, ist das mulmige Gefühl, das ihn den ganzen Morgen schon begleitet, auf einem unangenehmen Höhepunkt angekommen. Was soll er sagen, soll er sich entschuldigen, einfach so weiter machen, als ob nichts passiert sei? Er entscheidet sich für die direkte Variante.

„Guten Morgen, Cynthia, danke, dass du dich um mich gekümmert hast, mir geht es in letzter Zeit nicht so gut. Darf ich reinkommen?“

Cynthia steckt mitten in den Vorbereitungen für 'Nah ran'. Da sie ihren Kollegen mag, und er für die Sendung von Bedeutung ist, reagiert sie offen und freundlich, obwohl sie insgeheim Rons Eskapaden nicht gutheißt.

„Servus, Ron. Bist du wieder auf den Beinen, was macht dein Kopf?“

Ron hat sich, während Cynthia fragt, auf den einen der vielen bunten Stühle in dem etwas chaotischen Raum gesetzt. Ron ist sich nicht sicher, was und wie viel er von sich und dem, was er von Tom erfahren hat seiner Kollegin berichten soll. Er entschließt sich für eine kompakte und möglichst sachliche Variante.

„Wie du siehst, kann ich schon wieder Kaffee trinken, und in meinem Kopf stecken viele Gedanken und auch Informationen, einige davon würde ich dir gerne schildern, es hat direkt etwas mit unserer nächsten Sendung zu tun, so denke ich jedenfalls.“

Cynthia zeigt ihre weißen Zähne, ohne jedoch dabei zu lachen. Ein kurzes überraschtes „Ah“ ist zu hören. Dabei blickt sie Ron auffordernd an. Der nimmt dies als ein Zeichen zu beginnen. Er beschreibt die Situation bei den Castings von 'Kiss for Love'.

Cynthia kennt das Format, hält als seriöse Redakteurin jedoch nicht viel davon. Als Ron Sinas und Toms Überfall und die damit verbundene Ohnmacht und deren psychischen Zustand beschreibt, wird die Redakteurin hellhörig. Ron erwähnt auch sein Gespräch mit Tom und dass dieser gestern einen Termin bei der Polizei hatte, die auch in seiner Sache ermittelt. Trotzdem versteht Cynthia nicht ganz.

„Lieber Ron, das ist interessant. Aber was haben die Vorfälle der Kollegen mit deinem Zusammenbruch zu tun?“

Vielleicht ist Ron etwas zu weit vorgeprescht, denn so ganz konkret kann er die berechtigte Frage nicht beantworten.

„Ich kann es dir auch nur als Theorie erklären und bitte entschuldige, sie klingt recht schräg: „Mein Freund Tom vermutet, und laut seiner Aussage, auch die Polizei, dass es wohl irgendwelche synthetischen Stoffe gäbe, die psychische Störungen bei den Betroffenen ausgelöst haben. Diese wurden durch Küssen oder Sex ungewollt übertragen. Und da ich (er kratzt sich am Kopf) vor einiger Zeit etwas mit Sina hatte, bin ich sozusagen auch infiziert. Daher meine aktuellen Probleme ...“

Cynthia hat während ihren vielen Recherchen für die unterschiedlichsten Reportagen schon viel gehört, doch diese Story klingt abstrus. Insbesondere, weil ihr Kollege wohl nur teilweise informiert ist und ihm Fakten und Beweise fehlen. Jedoch gibt es hinter jedem Klatsch und

Tratsch meistens einen wahren Kern. Und nicht selten eine Story – das weiß die erfahrene Redakteurin. Wenn das wirklich stimmen sollte, was Ron da fabuliert hat, dann wäre das Sprengstoff. Insbesondere für die nächste Sendung 'Nah ran'.

„Okay, Ron. Ich nehme das jetzt einfach mal so auf. Zwei Fragen habe ich:

1. Kannst und willst du die nächste Sendung 'Nah ran' moderieren?

2. Kann ich mit deinem Freund Tom sprechen?“

Ron überlegt kurz. „Antwort zu 1: Ja, ich denke schon. Antwort zu 2: dito.“

Dabei steht er auf und ist sichtlich erleichtert. Zwei seiner ihm nahestehenden Menschen wissen nun von seinen Problemen und kümmern sich indirekt darum. Aber was bringt ihm das? Diese Frage kann Ron nicht beantworten.

Bevor sich Melanie mit ihrem Chef Peter Nöcker in einem Café um die Ecke des Präsidiums trifft, ist sie bereits im Büro und hat die Kollegen in Edinburgh wegen John Bishop informiert. Da sie in den letzten Tagen schon oft mit ihnen telefoniert und gemailt hat, wird ihre Bitte sofort ernst genommen. Sie kennt den zuständigen Officer durch die Zusammenarbeit mittlerweile mit Namen. Es ist Chris O'Reilly. Sie bittet ihn, mit der nötigen Vorsicht zu handeln und den jungen Mann wegen der Affäre mit Richard Lester zu befragen. Außerdem soll er herausfinden, ob Mr. Bishop aktuell in Behandlung ist und insbesondere, ob er irgendwelche Drogen beziehungsweise Medikamente nimmt. Sobald erste Ergebnisse vorliegen, wird er sich bei ihr melden, damit Melanie Rosinger ihren Chef informieren kann, und sie mögliche Maßnahmen einleiten.

Als sie im Café eintrifft, sitzt der Kommissar schon an seinem Lieblingsplatz, etwas versteckt, aber mit direktem Blick zum Eingang.

Das ist typisch für ihn. Egal was er macht, alles ist auf seinen argwöhnischen Charakter zurückzuführen.

„Guten Morgen Chef! Ist das Croissant frisch?“

Mit vollem Mund und ein paar Krümeln an den Lippen, antwortet der Kommissar: „Vorzüglich und der Kaffee erst! Du musst aber unbedingt die frische Erdbeermarmelade dazu essen. Mit dick Butter unten drunter.“

Melanie schüttelt es bei der Vorstellung, ein solch fettes Frühstück zu sich zunehmen. Sie bestellt sich eine Schale frisches Obst und einen Rooibos Tee.

Da Nöcker bei seinem Frühstücksritual erst einmal seine Ruhe haben will, greift Melanie zu der auf dem Tisch liegenden Tageszeitung. Eigentlich blättert sie nur so zur Ablenkung von Seite zu Seite, doch dann bleibt sie an einem Artikel hängen, mit der Überschrift:

DIE PILLE FÜR DEN KOPF.

Fasziniert liest sie die ersten Zeilen und kann es kaum glauben.

„Chef, hier, der Artikel. Passt perfekt zu unserem Fall. Hör mal: In wenigen Jahren ist die Zahl der Menschen, die ihr Gehirn mit Medikamenten dopen, stark angestiegen. Dabei sind die Mittel teilweise gefährlich oder illegal ... Die Verwendung von Drogen, wie Kokain, Extasy und Cannabis oder Medikamente, wie Ritalin, Dexamphetamin und Modafinil, ein Wachmacher, der rezeptpflichtig ist und normalerweise bei der Behandlung von Narkolepsie eingesetzt wird, sind insbesondere in Europa in den letzten Jahren um das Fünffache angestiegen. Sogenannte Neuro-Enhancer werden von

Ärzten verordnet. Und teilweise an Freunde oder Familienmitglieder weitergegeben ...“

Nöcker wischt sich die letzten Krümel von seinem Shirt, nippt noch einmal an seinem Kaffee und konstatiert: „Und? Drogen wurden schon immer genommen. Medikamentenmissbrauch gibt es *en masse*. Was soll uns der Artikel jetzt sagen?“

Manchmal versteht Melanie ihren Chef nicht so ganz. Sieht er denn nicht den Zusammenhang? Sie gibt nicht auf und versucht, ihm ihre Gedanken zu vermitteln.

„Das, was hier beschrieben wird, ist illegal. Jetzt stell dir mal vor, ein cleveres Unternehmen findet eine legale Möglichkeit, ähnliche Wirkung mit Medikamenten zu erzeugen, die jeder kaufen kann. Vielleicht sogar mit ganz neuen Formen der Einnahme oder im Sinne der Wirkung. Gehe doch mal in eine Drogerie, da gibt es Regale voll mit Nahrungs-Ergänzungsmitteln. Von Magnesium und Vitaminen bis zu Pillen für schönes Haar. Warum sollten nicht in ein paar Jahren dort auch Stimmungsaufheller oder kleine Helfer für die Bewältigung des Alltags stehen? Gute-Laune-Pillen sozusagen?“ Melanie ist ganz angetan von ihren Thesen. Sie schaut erwartungsvoll zu ihrem Chef, der mal wieder anders reagiert, als sie es sich wünscht.

„Ich geh jetzt erst mal eine rauchen und dann reden wir über deine Theorien.“

Dieser Typ ärgert sie manchmal voll. Er, der große erfahrene Kommissar, bleibt ganz cool und hat alles, was sie denkt und sagt, schon einmal erlebt oder angewendet. Ist es nicht so, dass sie die Aktive in diesem Fall ist und er nur auf ihre Initiativen reagiert? Oder bildet sie sich das nur ein und Peter ist mit seinen Gedanken schon viel weiter? Auf jeden Fall geht es hier um kriminelle Machenschaften. Man kann Leute nicht einfach so überfallen und betäuben, damit sie als Versuchskaninchen genutzt und dann alleingelassen werden. Wer so etwas macht, der hat keine Moral. Sie wird ihrem Chef gleich noch einmal verdeutlichen, was sie glaubt und wie sie handeln würde. *So, da kommt er wieder, mal sehen, ob er konstruktiv geworden ist,* denkt Melanie.

„Melanie, du magst ja recht haben mit diesen Zukunfts-Szenarien, jedoch geht es mir momentan um die möglichst schnelle Aufklärung dieser Fälle. Wir müssen weiterkommen. Ich bekomme Druck von oben. Konntest du Edinburgh informieren, damit sie nach diesem Bishop suchen?"

Melanie ist nun echt sauer. Lässt es sich aber nicht anmerken.

„Ist schon vor dem Frühstück passiert. Chris O'Reilly, der zuständige Officer, gibt mir Bescheid. By the way, hast du Firmen ausfindig machen können, die sich mit der Thematik der Neurotransmitter beschäftigen?"

Das hat Melanie geschickt gemacht. Sie weiß ganz genau, dass der Herr Kommissar bisher nicht aktiv geworden ist. Auch sie hat diese wichtigen Nachforschungen immer noch nicht erledigt können.

„Äh ... nein, dazu bin ich noch nicht gekommen. Was hältst du davon, wenn wir diese lästige Aufgabe einfach delegieren? Dafür haben wir doch unseren Nachwuchs."

„Gute Idee, ich bin auch noch nicht dazu gekommen, einverstanden. Ich kümmere mich darum, einen der Kollegen entsprechend zu briefen."

„Was wir aber möglichst heute gemeinsam erledigen sollten, ist, Ron Weller zu befragen und ihn danach überwachen zu lassen. Dieser Typ scheint mir ein fehlendes Teil in diesem Puzzle zu sein."

Melanie wagt noch einen Versuch: „Und danach, wenn wir die Infos aus Edinburgh haben und uns die Recherchen zu den Unternehmen vorliegen, dann können wir meine Theorie besprechen und weiteverfolgen!"

Der Kommissar legt einen zwanzig Euro-Schein auf den Tisch und schaut seine Kollegin an. Beim Aufstehen legt er seine Hand auf ihre Schulter.

„Ja dann, Miss Marple, dann werden wir das tun."

Die Zeit rennt und Cynthia steckt noch mitten in den Vorbereitungen und Recherchen mit ihrem Team. 'Nah ran' soll seinem Namen alle Ehre machen, deshalb ist die Wahl der Teilnehmer entscheidend. Bisher hat sie neben zwei Betroffenen für ihr Thema 'Psychische Belastungen am Arbeitsplatz' eine Psychologin, eine Human Resource Leiterin einer namhaften Bank, den CEO von XOVELL, einem der Start-ups der Pharmabranche, den Vertreter der Gewerkschaft für Handel und Dienstleistungen und ... ja und? Sie ist am Grübeln. *Fehlt da nicht der Provokateur? Vielleicht ist sie ja zu selbstkritisch?* Ihr Bauchgefühl sagt ihr jedoch, die Zusammensetzung ist noch nicht perfekt.

Unruhig geht sie zum gemeinschaftlichen Kaffee-Automaten. Eigentlich will sie nicht mehr so häufig Kaffee trinken. Sie hat schon Magenprobleme von der Brühe. Ein Wasser wäre nicht schlecht. Mit einem vollen Glas und einem Kaffee geht sie in ihr Büro zurück. Als sie die Glastür ausnahmsweise mal hinter sich schließt, kommt ihr ein Gedanke. Wieso nimmt sie nicht selbst an der Diskussionsrunde teil? Sie hat ja gerade einen akuten Fall in ihrem Team, und provozieren kann sie allemal. Zufrieden mit dieser Idee, nimmt sie den

Telefonhörer in die Hand und wählt die Nummer von Tom Strasser.

Ron war eindeutig einverstanden mit einem informativen Gespräch. Natürlich hat sie sich ein Bild über Tom gemacht: Angesagter Jazz-Trompeter, erste Projekte in der Elektro-Szene. Deshalb auch Auftritte gemeinsam mit bekannten DJs. Normalerweise aber Auftritte in Opernhäusern oder auch renommierten Konzerthäusern. Seine aktuelle Tour wurde auf Grund einer nicht weiter beschriebenen Krankheit verschoben. Der erste Auftritt war in Wien geplant, hat aber kurzfristig nicht stattgefunden. Auf Facebook gibt es sowohl verärgerte, als auch besorgte Fans. Hauptsächlich junge Frauen, aber auch einige Ältere. Ein hübscher Kerl, wie Cynthia aus der Google Fotogalerie entnehmen kann. Preise hat er auch schon gewonnen. Eigentlich die perfekte Karriere, denkt sich die Redakteurin. Ein Star auf dem Sprung zu Weltruhm. Und mit genau dem wird sie gleich sprechen – falls er denn dran geht.

„Tom Strasser, Servus."

Was für eine sympathische Stimme! Ein leicht Wienerischer Einschlag. Nicht unangenehm, eher sexy.

Cynthia, jetzt nimm dich zusammen, du rufst den Mann nicht an, um mit ihm auszugehen! Sie räuspert sich, bevor sie ihre professionelle Stimme aktiviert.

„Guten Tag Herr Strasser, hier ist Cynthia Jäger, ich bin Redakteurin beim Sender Z24 und arbeite für die Sendung 'Nah ran'. Mein Kollege und ihr Freund, Ron Weller, hat mir ihre Nummer gegeben, es geht um das Thema Psychische Belastungen beziehungsweise Störungen. Er meinte, sie hätten da aus aktuellem Anlass eventuell Redebedarf."

Ach, du meine Güte, komplizierter kann man sich wohl nicht ausdrücken, sagt sich Cynthia. Sie wartet gespannt auf die Antwort des Musikers.

„Soso der Ron. Kaum spricht man mit ihm, dann gibt er die Infos schon weiter. Ist aber in Ordnung. Aber, meinen Sie nicht ... so am Telefon ... das ist nicht so passend ... wir sollten uns persönlich treffen. Zufällig habe ich heute Nachmittag Zeit. Wahrscheinlich haben Sie mitbekommen, dass meine aktuelle Tournee leider verschoben werden musste."

Puh, denkt sich Cynthia, *so schlecht scheint ihr Einstieg doch nicht gewesen zu sein. Er will sich mit ihr treffen, perfekt. Aber wo?* Nach einem kurzen Moment des Nachdenkens, antwortet sie: „Mal sehen, ob ich mir frei machen kann, so kurz vor unserer Sendung. Okay, diesen Termin kann ich auf morgen verschieben. Geht bei Ihnen 16:00 Uhr? Vielleicht in einem Café?"

Tom antwortet prompt. „Kennen sie das Café Lungo?"

„Ja klar, kenne ich. Dann treffen wir uns um 16:00 Uhr dort."

„Bis dann, Frau Jäger. Ich freue mich."

Sie hört nur noch das Knacken in der Leitung. *Da bin ich mal gespannt, auf den Herrn Strasser. Ob er wohl offen zu mir ist?* Sie ermahnt sich und versucht, sich auf die Vorbereitungen für Edinburgh zu konzentrieren. *Sonntagabend ist schon übermorgen. So ein Mist!*

Ron war nicht sonderlich überrascht, als er den Anruf der Polizei auf der Sprachbox seines Smartphones abhört.

„Guten Tag Herr Weller, hier Melanie Rosinger von der Münchner Kriminalpolizei. Wir würden uns gerne mit Ihnen unterhalten. Ihr Freund, Herr Tom Strasser, hat uns ihre Mobilnummer gegeben. Können Sie heute um 16:00 Uhr zu uns ins Präsidium kommen, Ettstraße 2? Melden Sie sich beim Empfang, ich hole Sie dann ab. Falls es nicht klappt, dann bitten wir um Rückruf unter 089 2910-0. Vielen Dank."

Wollte Tom ihn nicht über sein Gespräch mit der Polizei informieren? Bisher hatte er das nicht getan. Dann muss ich ihn eben anrufen. So einfach hingehen, ohne Vorbereitung, das mache ich nicht. Umgehend wählt er die Nummer seines Freundes. Dieser geht auch gleich dran. Ron informiert ihn über die Vorladung und bittet ihn, ihm die notwendigen Fakten zu geben, damit er vor der Polizei nicht dumm dasteht.

Tom ist sich nicht sicher, wie viel er erzählen soll oder auch darf. Erst jetzt merkt er, wo er sich da hineinmanövriert hat. Spontan entschließt er sich, Ron nur über die Hintergründe von seinem und Sinas Fall zu berichten. Er erklärt ihm noch einmal die Theorie mit der Infektion der synthetischen Neurotransmittern durch Küssen oder sexuellen Kontakt. So sei wohl auch er, Ron, über den Kontakt mit Sina infiziert worden. Das habe dann bei ihm die bekannten psychischen Störungen ausgelöst. Zusammen mit seinem Drogenkonsum entstand bei Ron dann ein gefährlicher Mix, der wohl für den Zusammenbruch gesorgt hat. Was Tom nicht erwähnt, ist die Tatsache, dass mit heutigem Stand der Ermittlungen nur Ron derjenige ist, der noch nicht überfallen wurde. Er ist somit besonders interessant für die Polizei.

„Und du meinst, ich soll da einfach reinspazieren und denen von meinen Problemen berichten?"

„Ja Ron, bitte tu das. Wir haben es auch so gemacht. Durch unsere Aussagen kommt die Polizei den Tätern schneller auf die Spur. Wir sollten jetzt zusammenhalten und kooperieren."

Ron schnauft hörbar.

„Also gut, dann werde ich mal zu meinem ersten Verhör gehen."

„Ron, das ist kein Verhör, das ist ein Gespräch."

„Nenn es, wie du willst, ich rede mit Bullen. Und ich weiß nicht, was die aus meinen Aussagen machen."

„So ist das Spiel, Ron. Ich verlasse mich auf dich. Good luck!"

„Danke dir, ich melde mich, wenn ich raus bin."

Sie gehört zu den Menschen, die lieber etwas zu früh zu einer Verabredung kommen. Deshalb sitzt Cynthia um fünf Minuten vor 16:00 Uhr im Café Lungo. Vor ihr steht ein Latte Macchiato. *Ob Tom wirklich so charmant ist, wie er am Telefon geklungen hat?* In diesem Moment kommt ein feingliedriger, nicht allzu großer Mittdreißiger ins Café. *Das könnte er sein,* sagt sie sich. Die Haare sind etwas länger als auf den Fotos, die sie im Web gesehen hat. Außerdem sieht er deutlich angespannt aus, insbesondere im Vergleich zu den Promotion-Fotos der Agenturen. Sie winkt ihm zu. Er winkt zurück und geht in Richtung ihres Tisches. Mandelbraune Augen und ein Lächeln wie ein lässiger Italiener. Noch hat sie nichts gesagt. Das ist auch gut so, denn viel würde sie so spontan nicht herausbringen.

„Servus, ich bin Tom. Und du musst Cynthia sein. Bist du einverstanden, wenn wir uns duzen?"

Cynthia ist einverstanden.

„Ja klar, gerne."

„Ron hat mir schon so einiges von dir erzählt." Pause. „Du recherchierst für die Sendung 'Nah ran' und möchtest hören, was mir widerfahren ist?"

Endlich hat Cynthia ihre Stimme wiedergefunden: „Genau. Und es wäre super, wenn du mir möglichst viel dazu berichten könntest. Mich interessiert alles, was mit psychischen Belastungen oder Veränderungen zu tun hat. Möchtest du etwas trinken?"

Tom nickt der Bedienung zu und diese nickt zurück. Woraufhin Cynthia etwas irritiert schaut.

„Ich bin hier öfter, die Bedienung weiß schon, dass ich einen Café Lungo und ein stilles Wasser möchte."

Cynthia legt ihr Smartphone vor sich auf den Tisch.

„Ist das okay, wenn ich unser Gespräch aufnehme, dann muss ich mir keine Notizen machen."

„Kein Problem."

Der Lungo und das Wasser kommen.

„Hattest du schon immer mit psychischen Störungen zu tun?"

„Nein absolut nicht. Ich habe eine lebhafte Fantasie und bin ein kreativer Mensch. Als Musiker haben mir diese Eigenschaften immer geholfen. Doch eines Tages, kurz nachdem ich meine jetzige Freundin Sina Söhnke kennengelernt habe, hat sich mein Zustand verändert."

Tom erzählt möglichst sachlich seine persönlichen Erlebnisse und Empfindungen bis zu der Nacht in Wien und seiner Bewusstlosigkeit. Cynthia hat konzentriert zugehört, jetzt muss sie unbedingt eine Frage stellen: „Und es war eindeutig eine Fremdeinwirkung?"

„Ja, die Wiener Polizei hat in meiner Zahnpastatube das Narkotikum Ketamin nachgewiesen, plus eine Mischung unterschiedlicher synthetischer Neurotransmitter."

Tom kommt im weiteren Verlauf nochmals auf Sina zu sprechen. Er beschreibt den Überfall und die identische Manipulation mit dem Narkotikum plus dieser

Stoffe, diesmal aber, dass es in Form eines Pflasters verabreicht wurde.

„Aber warum gerade ihr beiden? Warum so aufwändig?“, fragt Cynthia.

Tom hat in den letzten Tagen viel darüber nachgedacht.

„Mittlerweile glaube ich, dass ist alles ein dummer Zufall, dass es gerade uns getroffen hat. Wobei, wir sind nicht die Einzigen. Der Regisseur von 'Kiss for Love' wurde in Edinburgh betäubt.“

Cynthia reißt ihre Augen weit auf.

„In Edinburgh? Das kann doch kein Zufall sein!“

Nun schaut Tom irritiert.

„Ja, er hat in der Stadt einige Affären mit Schwulen gehabt. Er ist wohl mehrmals im Jahr dort.“

Cynthia überlegt kurz, ob sie Tom in ihre Recherchen und Planungen einweiht. Kurzerhand entscheidet sie sich dafür.

„In Edinburgh ist der Hauptsitz von XOVELL. Der CEO Cornel Camden ist am Donnerstag Gast in unserer Sendung. Ich habe ihn eingeladen, weil er bei einem medizinischen Symposium behauptet hat, sein Unternehmen würde an sogenannten 'Emotionalizern' arbeiten. Mit diesen könnten psychische Krankheiten besser und einfacher geheilt werden.“

„Das ist ja ein Ding!“, reagiert Tom überrascht.

„Und ich fliege am Sonntag mit meinem Team zu ihm, um ihn einen Tag lang zu begleiten und Interviews durchzuführen. Das kann ja lustig werden.“

Cynthia schaltet die Aufnahme aus.

„Wow, aus einem anfangs eher trockenen Thema wird auf einmal eine große Story! Tom, ich bin dir sehr dankbar.“

„Wir sollten Ron danken. Der sitzt gerade bei der Polizei und macht zu seinem Fall eine Aussage. Vielleicht solltest du auch ...?“

Jetzt geht es Cynthia etwas zu weit und zu schnell. Sie schaut auf die Uhr und ist danach auf einmal kurz angebunden: „Oh! Es ist ja schon 16:45 Uhr. Ich muss zurück in die Redaktion.“

Tom versucht das Gespräch freundlich zu beenden: „Lass uns in Kontakt bleiben. Ich schaue mir auf jeden Fall deine Sendung am Donnerstag an.“

„Mach’s gut Tom und danke für deine Infos!“

Wie angestachelt läuft Cynthia zu ihrem Auto. Ihr Reporter-Gen ist geweckt: Diese Story lässt sie sich nicht nehmen. Schon gar nicht von der Polizei!

Tom bleibt noch eine Weile sitzen. Er reflektiert die Entwicklung, welche durch die Gespräche mit der Polizei und der Reporterin Cynthia Jäger ausgelöst wurden. Einerseits ist er zufrieden, die Sache nun in anderen Händen zu wissen, andererseits möchte er weiterhin involviert bleiben. Auf jeden Fall würde er nachher mit Ron telefonieren und hören, wie es ihm so bei der Polizei ergangen ist.

Professor Atkinson ist enttäuscht und wütend zugleich. Der Colonel will ins Rampenlicht. Der große CEO. Omnipräsent. Telegen. Unbesiegbar. Warum hatte er nur diesem Despoten die neuesten Entwicklungen mitgeteilt. Das Problem der ungehinderten vielfachen Weitergabe der 'Emotionalizer' ist gelöst. Die Dosierung kann soweit heruntergefahren werden, dass jeder seinen gewünschten emotionalen Kick haben kann. Er ist stolz auf sich, aber wird er in der Öffentlichkeit jemals dafür einen Dank erfahren oder je in seiner Rolle in dieser Erfindung wahrgenommen werden? Mit diesem

Chef sicher nicht. Ein blasser Professor in einem weißen Kittel, wie viele andere hier im Unternehmen und überall auf der Welt. *Was kann er tun, damit auch er gesehen und anerkannt wird?* Wie er so mit sich selbst spricht und in seinem Labor auf und ab geht, kommt ihm eine Idee.

Etwas, was mindestens so genial ist, wie die Möglichkeit, Menschen in ihren Gefühlen zu manipulieren. Wenn es 'Emotionalizer' gibt und diese überall zu haben sind, dann könnte es doch auch ... Dieser Gedanke lässt ihn innerlich jubeln. Von diesem Moment an, weiß Professor Luther Atkinson, was ihn die nächsten Monate, vielleicht Jahre, beschäftigen wird. Aber eines weiß er auch: Der Colonel ist von nun an mit der Verwirklichung seines großen Traumes beschäftigt. Und so hat er Zeit im Geheimen, die Forschung weiterzutreiben. Die Forschung an *seinen* ‚Rationalizern'.

Die Meldung kommt, kurz nachdem Ron Weller das Polizeipräsidium verlassen hat.

Melanie hat einen Ausdruck der E-Mail in der Hand und läuft damit ganz hektisch zu ihrem Chef.

„Habe ich es dir nicht gesagt, das Ganze ist eine bewusste Manipulation. Jetzt haben wir es schwarz auf weiß."

Peter Nöcker schaut hoch und streckt seine Hand nach Melanie aus. Doch diese will das Blatt Papier nicht hergeben.

„Lass es mich dir vorlesen, Peter. Ich möchte es genießen!"

„Na, gut", brummt Nöcker.

„Dear Colleagues, die Suche nach John Bishop war nicht schwierig. Er lebt mit seiner Frau Sally in einer

Arbeitergegend von Edinburgh. Wir haben ihn zu Hause angetroffen und konnten direkt mit ihm sprechen. Wobei seine Frau nicht sonderlich begeistert war, zu erfahren, dass ihr Mann etwas mit anderen Männern hat. Das Entscheidende aber ist, die beiden haben an einem medizinischen Versuch von XOVELL teilgenommen. Das Ganze ist ungefähr acht Wochen her. Wir mussten deutlich Druck machen und von den Ereignissen in Deutschland berichten, damit sie mit der Sprache herausgerückt sind. Bei dem Versuch, für den sie 18.000 Euro bekommen haben, erhielten beide neue Substanzen gegen psychische Störungen. So wie Sally uns das erklärt hat, war sie eine Art Überträgerin, beziehungsweise der Verstärker. Das heißt, Sie hat über mehrere Sitzungen hinweg Psychopharmaka erhalten, die sie durch sexuellen Kontakt mit ihrem Mann an ihn weitergegeben hat. Wir haben so etwas vorher noch nie gehört. Aber Sally hat uns versichert, John wäre es nach einigen Wochen deutlich besser ergangen. Seine Depressionen sind weniger geworden, und er neigt auch nicht mehr zu unkontrollierten Gefühlsausbrüchen. John war insgesamt eher still, ihm ist die Sache äußerst unangenehm. Insbesondere, weil seine Frau sich so für ihn eingesetzt hat und wohl einiges auf sich genommen hat. Er saß die ganze Zeit da, wie ein Häufchen Elend. Er behauptete, seine Affäre mit Richard Lester sei eine einmalige Angelegenheit gewesen. John hat den Sex mit ihm zugegeben, und daraufhin ist Sally sehr wütend geworden. Sie hat ihm klar zu verstehen gegeben, dass sie damit Vertragsbruch begangen hätten, denn Bedingung für die Teilnahme war, ein absolutes Verbot fremd zu gehen. Beide waren schockiert über die Folgen der Tat. Natürlich haben wir sie um Stillschweigen gebeten.

Wie sollen wir nun weiter verfahren? Sollen wir bei XOVELL nachforschen? Wir haben die Namen der Versuchsleiter und eine Kopie des Vertrags. Ich denke, wir sollten einen Call aufsetzen, um uns abzustimmen.

Regards, Chris O'Reilly."

„Das ist ja ein Ding!", sagt Nöcker und kratzt sich am Schädel.

Melanie grinst selbstzufrieden: „Ja, deine Melanie hat recht behalten. Jetzt haben wir den Ausgangspunkt allen Übels gefunden."

Nöcker ist schon wieder am Grübeln.

„Richtig und wichtig, aber nicht genug. Leider haben wir keine stichhaltigen Beweise für die Taten. Keine DNA-Spuren, keine Beschreibungen der Täter, die uns weitergebracht hätten, auch die Wiener Kollegen konnten uns nichts Werthaltiges liefern. Da war ein Profi am Werk, der alles gut vertuscht hat. Unsere einzige Chance ist Ron Weller. Er ist infiziert, aber noch nicht neutralisiert. Ich frage mich die ganze Zeit, warum. Haben sie ihn vergessen? Bisher waren sie bei ihren Recherchen, was die Sexualkontakte angeht, schnell und effizient. Ich wundere mich, warum nicht in diesem Fall."

„Ich denke, der Informant hier in Deutschland hat einfach nicht mitbekommen, dass Sina Söhnke und Ron Weller etwas miteinander hatten. Es war ja wohl auch nur ein One-Night-Stand. Und Frau Söhnke ist noch nicht lange mit diesem Tom Strasser zusammen. Es scheint eine Affäre gewesen zu sein, die beide schnell vergessen wollten, ein Geheimnis also. Die anderen Fälle waren alle offensichtlich, denn sie haben sozusagen in der Öffentlichkeit stattgefunden: beim Casting für 'Kiss for Love'. Ergo, muss der Informant dort arbeiten, oder dort gewesen sein. Was hältst du davon, wenn wir uns noch einmal die Mitarbeiter vornehmen? Dann haben wir vielleicht eine Spur, die uns zu den wahren Tätern bringt."

Nöcker scheint zufrieden: „Gute Idee, das übernimmst du. Und ich kümmere mich um die Kollegen, die Ron Weller überwachen. Man weiß ja nie, vielleicht passiert ihm ja doch noch etwas."

„Alles klar, Chef, wird gemacht."

„Hallo Tom, ich wollte dir noch von meinem Besuch bei der Polizei berichten."

Tom ist gerade zurück in seiner Wohnung. Das Gespräch mit Cynthia Jäger hat ihn doch mehr aufgewühlt, als gedacht. Eine Spur, die nach Edinburgh führt, sollte er Ron davon erzählen? Wohl eher nicht. Am besten erst einmal zuhören, was sein Freund zu erzählen hat.

„Da bin ich mal gespannt, Ron", begrüßt Tom seinen Freund am Telefon.

„Ich muss dich leider enttäuschen, die haben mir im Prinzip nichts Neues berichtet. Ich durfte nur meine Sicht der Dinge erzählen, und natürlich waren sie ganz besonders an der Sache mit Sina interessiert. Aber auch hier ging es nicht um Details. Trotzdem regt mich das Ganze sehr auf. Ich bin permanent nervös und finde kaum Ruhe."

Tom hat ein schlechtes Gewissen. Er weiß nur zu gut, wie es ihm ging, bevor er neutralisiert wurde.

„Ron, am besten machst du einen Termin bei Dr. Preuss in der Neurologie der Uniklinik. Der kennt unsere Fälle und kann dir bestimmt helfen."

„Meinst du?"

„Ja, das meine ich sehr ernst. Lass dich durchchecken und rede mit einem Spezialisten."

„Danke dir, Tom. Kannst du mir seine Telefonnummer schicken?“

„Klar, mache ich, ich drück dir die Daumen.“

Tom hat kein gutes Gefühl, was Ron angeht. Er war schon immer labil und seine Drogengeschichten – falls er sie fortsetzt? Was dann?

Nachdem Cynthia eine Nacht über die neuen Erkenntnisse zu Cornel Camden und seinen möglichen Machenschaften geschlafen hat, ist sie sich sicher, den CEO von XOVELL nicht vor Ort mit Ihrem Wissen konfrontieren zu können. Ihr Team wird ganz normal und interessiert nach Edinburgh fliegen und bei der sehr wahrscheinlich professionell vorbereiteten Show brav mitmachen. Sie kann sich schon genau vorstellen, wie das Ganze ablaufen wird: Überfreundliche Begrüßung, jeder Weg und jede Location wird vorgeplant sein. Die Mitarbeiter, mit denen sie sprechen, sind natürlich alle instruiert. Und Mr. Camden selbst wird sich von seiner charmantesten Seite zeigen. Aber das, worauf es ihr ankommt, wird sie definitiv nicht zu sehen bekommen. Eine Konfrontation wäre nur kontraproduktiv. Sie hat nur eine Chance: Diesen Mann direkt in der Sendung 'Nah ran' mit ihren Recherche-Ergebnissen zu konfrontieren. Am besten sollte jemand dabei sein, den die Leute von XOVELL betäubt und *medizinisch versorgt* hatten.

Sofort fällt ihr da Tom ein. Seine Popularität wird zusätzliches Interesse bei den Zuschauern und den anderen Medien wecken. Das einzig Dumme ist nur, sie hat keinerlei Beweise für die Beteiligung von Cornel Camden.

Aber was nicht ist, das kann ja noch werden, beruhigt sie sich.

Auf jeden Fall hat Cynthia einen Plan, bei dem es einige unberechenbare Mitspieler gibt.

Kapitel 10

Der Tag beginnt früh für Ron. Die erste Probe ist um 10:00 Uhr. Das heißt, er sollte, um vorbereitet zu sein, den Drehplan und seine Fragen vorher in Ruhe verinnerlichen. Er ist gestern extra früh ins Bett gegangen. Vorher hat er seine Medikamente genommen, die ihm Dr. Preuss verschrieben hat. Ron ist Tom sehr dankbar für den Tipp. Seit er in Behandlung ist, geht es ihm viel besser. Er hatte auch keinen Rückfall mit Drogen mehr. Nur seine innere Unruhe, die ist geblieben. Hätte er sich nur nie mit Sina eingelassen, dann wäre ihm das Ganze erspart geblieben. Das sind aber destruktive Gedanken, die er jetzt nicht braucht. Er muss heute topfit sein. Charismatisch, wach, reaktionsschnell – und wenn es sein muss, bissig.

Vorbesprechung ist um 9:00 Uhr. Da wird er Cynthia, den Regisseur, den Produktionsleiter und den Kollegen, der für die Zuspieler zuständig ist, sehen. Es wird eine ganz besondere Sendung werden. Noch nie war die Redaktionsleiterin selbst Teil der Talkrunde. Das Thema muss für Cynthia von ganz besonderem Interesse sein, sonst würde die eher kamerascheue Frau sich nicht in die Öffentlichkeit begeben. Auch sein Freund Tom hat eine Rolle. Zwar nicht im Studio, dazu hatte er sich auch nach längerem Bitten, nicht bereit erklärt. Aber das Team konnte einige Interviewsequenzen vorbereiten. Brisanter Stoff, das kann man schon sagen. Ganz besonders brisant könnte es werden, falls der CEO von XOVELL sich provozieren lässt. Darum geht es, unter anderem, gleich in der Vorbesprechung.

Der Zeitplan für den Tag sieht nach der Probe, die mit Laiendarstellern stattfindet, eine echte Probe mit den Gästen um 14:00 Uhr vor. Die Sendung wird dann um 16:00 Uhr produziert und um 19:30 Uhr ausgestrahlt. Bis dahin ist noch einiges zu erledigen. Insbesondere muss er die Fragen draufhaben und die Dramaturgie, die von der Regie festgelegt wird. Aber dafür treffen sich alle gleich.

Ron gibt dem Taxifahrer sein Geld und springt aus dem Mercedes. Es hat angefangen zu regnen.

Bleib cool; du schaffst das, sagt sich Ron und geht durch die Drehtür. Noch ahnt er nicht, was für ein Tag das werden wird. In den Redaktionsräumen merkt man sofort, heute ist das Ereignis, auf das alle lange hingearbeitet haben. Es herrscht eine positiv angespannte Atmosphäre. Jeder ist konzentriert, alle versuchen noch letzte Dinge zu erledigen, die für die Probe und die nachfolgende Aufzeichnung wichtig sind. Das Studio ist aufgebaut, die Techniker überprüfen Licht, Kameras, Ton, insbesondere die fast unsichtbaren Mikrophone, die alle Talkgäste tragen.

Als Ron Cynthia über den Weg läuft, hätte er sie fast nicht erkannt. Trägt sie sonst eher Jeans und T-Shirt, hat sie nun für ihren Auftritt in der Sendung einen roten Jumpsuit ausgewählt, der ihr fabelhaft steht und ihre wohlproportionierten Körperrundungen geschickt betont.

Ihre Reaktion ist typisch für sie, als Ron sie darauf anspricht.

„Sag ja nichts, ich komme mir vor wie ein Bonbon.“

Ron hält sich zurück und sendet ihr nur einen anerkennenden Blick zu, woraufhin sie ihm die Zunge rausstreckt.

Pünktlich um 9:00 Uhr kommen alle Beteiligten mit einem Kaffee- oder Teebecher in der Hand in den viel zu engen Besprechungsraum. Die Tür wird heute ausnahmsweise mal geschlossen, denn manchmal kommen Talkgäste schon relativ früh ins Studio und es ist schon vorgekommen, dass diese draußen wartend, mitgehört haben, was drinnen gesagt wurde. Was für die geplanten Überraschungsmomente in der Sendung, relativ ungünstig wäre.

Unterdessen landet Cornel Camden in München. Alles läuft für ihn nach Plan. Der Tag bei XOVELL mit dem Filmteam und der persönlichen Drohne, die den ganzen Tag um seinen Kopf herumgeflogen ist und Aufnahmen gemacht hat, war anstrengend, aber, wie von seinem Team geplant, ohne unangenehme Überraschungen.

Die einzigen Fakten zu XOVELL und der Forschung zu den synthetischen Neurotransmittern, die sie weitergaben, waren ein paar Grafiken über den erfolgreichen Einsatz an Probanden, die sich währenddessen im Labor oder in der kleinen Klinik aufhielten, die sie extra dafür eingerichtet hatten. Das geheime Experiment mit den hoch dosierten Neurotransmittern und der Weitergabe über eine Bezugsperson wurde nicht erwähnt. Seine drei Assistenten machten zusammen mit Koslovski wirklich einen sehr guten Job. Einer der drei Assistenten hatte extra noch eine Werbeagentur beauftragt, einen Imagefilm zu drehen, der die Vision und Mission von XOVELL in eindrucksvollen Bildern illustriert. Dieser zusammen mit einem Geschäftsbericht mit Zahlen und Fakten über alle Divisionen bildete die Grundlage für eine professionelle Selbstdarstellung. Alle waren etwas überrascht von Cynthia Jäger, die freundlich und eher zurückhaltend agierte. Fast schon verdächtig freundlich, so, als ob es normalerweise nicht ihre Art war. Zwischendrin hatte Camden die Vermutung, irgendetwas würde nicht stimmen, denn aus seiner Erfahrung waren die Deutschen doch viel direkter, insbesondere auch, wenn sie Fragen stellten. Auch von der Sally-und-John-Front gab es keine negativen Meldungen mehr. Anscheinend waren sowohl der Privatdetektiv, den Koslovski erwähnt hatte, als auch die Polizei in Edinburgh nicht mehr in der Sache aktiv.

Mit diesen noch frischen Eindrücken geht Camden gutgelaunt durch die langen Gänge des Terminals in die Ankunftshalle. Dort wartet ein Fahrer mit einem Z24 Schild und seinem Namen. Perfekt organisiert.

Dann, bin ich mal gespannt, was mich heute erwartet.

Kaum sitzt der Cornel im Taxi da vibriert sein Smartphone. Eine Textnachricht von Koslovski ist auf dem Display zu sehen.

Hallo Boss, hatte Kontakt mit Sally. Die Polizei war bei ihnen zu Hause. Sie wissen von Johns Affäre mit Richard Lester. Wollten herausfinden, ob John noch weitere Sexualkontakte hatte. Ich vermute, es gibt eine Zusammenarbeit der Bullen in Edinburgh mit der deutschen Polizei. Mein Informant in Deutschland hat sich auch gemeldet. Eine Polizistin war noch einmal in der Casting-Agentur von Sina Söhnke. Sie wollte wissen, wen Richard Lester bei den Proben alles geküsst hat. Auch Sina Söhnke selbst wurde wohl verhört. Sie hatte einen Termin bei der Polizei im Präsidium. Sei vorsichtig, es scheint so, als ob die mehr herausgefunden haben, als wir dachten. DK.

F..., denkt Camden. Seine gute Stimmung hat sich von einem Moment zum anderen in Luft aufgelöst. Jetzt nur nicht nervös werden. Diese Reporter bemerken jede Form von Unsicherheit und schlagen erbarmungslos zu, denn sie haben einen siebten Sinn für Lügengeschichten.

Pünktlich um 13:30 Uhr trifft er im Studio des Senders ein. Man kümmert sich sofort um ihn. Ein junges Mädel holt ihn ab und zeigt ihm ein kleines Zimmer, das mit einem Schminkspiegel, einem Tisch und einer Mini-Couch ausgestattet ist. Er muss nicht lange warten, eine Visagistin, die sehr gut Englisch spricht, betritt den Raum und kümmert sich um sein Äußeres. Wie immer, hat er sich für einen Leinenanzug entschieden, der zwar knittert, in dem er sich aber nie overdressed oder underdressed fühlt. Er ist ein Mann mit Prinzipien, auch was seine Kleidung angeht. Deshalb lehnt er auch dankend ab, als man ihm alternative Anzüge oder Sakkos zeigt. Die Prozedur dauert nicht lange, noch während die Visagistin Hand anlegt, kommt ein vollbärtiger, recht korpulenter, dabei gemütlich wirkender Endfünfziger in den kleinen Raum. Er stellt sich als Sebastian Ehrenfeld vor, der Regisseur. Camden erhält von ihm eine kurze Einweisung, außerdem eine Teilnehmerliste und einen groben Ablauf der Sendung. Da es gleich losgeht, bittet er Camden, ihm zu folgen.

Die anderen Talkgäste sind alle schon im Studio. Laut seiner Liste müssen es neben seiner Person sechs Leute sein plus Moderator, Ron Weller. Als er sich in dem hell erleuchteten Studio umsieht, bemerkt er eine auffällig rotgekleidete Frau. Nachdem er zweimal hingesehen hat, erkennt er Cynthia Jäger. Kaum zu glauben, was aus dieser eher unscheinbaren Frau geworden ist. Lange lockige Haare fallen ihr auf die nackten Schultern. Sie trägt einen ungewöhnlichen Einteiler und rote Highheels. Dezent, aber doch sichtlich geschminkt, wirkt ihr Gesicht offen und deutlich präsent.

Da Camden sonst niemanden im Raum kennt, geht er auf Cynthia zu.

„Hello Miss Jäger, it's a pleasure to see you again."

Cynthia hat sich vorab Gedanken gemacht, wie sie diesem Zweimeter-Mann erneut gegenübertreten will. Geschickt nutzt sie ihre Verwandlung zur Dame und ist relativ kurz angebunden.

„Mr. Camden, welcome to Munich."

Obwohl Camden öffentliche Auftritte gewohnt ist, beeindruckt ihn dieses Studio und die damit verbundene Atmosphäre. Seine mürrische Art legt er vorübergehend ab.

„Darf ich sie fragen, sind sie eventuell heute aktiv beteiligt?"

Cynthia hat mit dieser Frage gerechnet.

„Ja, der Regisseur möchte mich dabeihaben", ist ihre wenig befriedigende Antwort.

In diesem Moment bittet der Aufnahmeleiter alle Talk-Gäste Platz zu nehmen. Neben den eleganten Ledersesseln stehen kleine Tische, auf denen jeweils ein Namensschild und ein Glas Wasser stehen. Camden sitzt direkt neben Cynthia Jäger und der Psychologin.

Nachdem alle ihr Mikro haben, erklärt der Regisseur den Ablauf und stellt den Moderator Ron Weller vor. Dieser geht gleich in *medias res*.

Er bittet alle Talkgäste, sich kurz vorzustellen, und währenddessen merkt Cornel Camden, dass ein Simultanübersetzer das Gesagte für ihn ins Englische übersetzt. Danach werden kurze Videos gezeigt, die das jeweilige Arbeitsumfeld der Teilnehmer vorstellen. Camden ist einigermaßen überrascht, er erkennt kaum etwas von seinem Imagefilm oder den beeindruckenden Bildern wieder. Der Film wirkt eher gewöhnlich, fast schäbig. Er fragt sich, warum diese Leute nicht das

Material genutzt haben, welches sie extra der Agentur zur Verfügung gestellt haben. Eine letzte Erklärung folgt, Camden ist einigermaßen überrascht von der Ansage, dass jeder Teilnehmer nur insgesamt fünf Minuten Redezeit hat. Diese wird gestoppt und kann in mehrere Parts aufgeteilt sein. Wird sie überschritten, ertönt ein unangenehmer Ton, der an ein Auto erinnert, das gegen eine Wand fährt.

Abrupt beendet der Regisseur die Probe und bittet alle Talkgäste wieder in ihre Räume zu gehen. *Eine Probe ohne wirklich zu proben?* Camden versteht das Vorgehen nicht. Auch die anderen scheinen eher unsicher oder verstimmt. Aber keiner der Anwesenden beschwert sich; alle folgen der Anweisung der Regie und ziehen sich in ihre Räume zurück.

Irgendetwas stimmt hier nicht, denkt sich der CEO, als er die Tür seines Raumes schließt. *Gut, dann nutze ich die Zeit eben, um ein paar E-Mails zu checken.* Doch als er auf sein Smartphone schaut, sind keine Empfangsbalken zu sehen. Er geht in das allgemeine Menü, um nach einem WLAN zu schauen. Alle sind verschlüsselt. *Dann frage ich eben.* Als er die Tür öffnen möchte, bemerkt er, sie ist verschlossen. Er überprüft die andere. Auch verschlossen. *Das gibt es wohl nicht, was ist denn hier los?* Er klopft laut an die Tür. Nichts geschieht. Wut und Groll bauen sich in ihm auf. Er poltert mit beiden Fäusten an die Tür und ruft laut: „Open the door! I want to get out!“

Nach endlos langen Sekunden öffnet sich eine der Türen, und ein ähnlich großer Mann wie er steht im Türrahmen.

„What the f... are you doing here?“, fährt Camden den Mann in Uniform an. Dieser erklärt ihm sachlich und ruhig, dass zwischen Probe und Sendung alle Teilnehmer die Zeit hätten, sich vorzubereiten und dafür der Vorbereitungsraum verschlossen sei. Falls er zur Toilette müsse, würde er ihn begleiten. Ein WLAN gebe es aus Sicherheitsgründen nicht. Im Übrigen sei dieses Vorgehen ausführlich im Vertrag beschrieben, den auch XOVELL unterschrieben zurückgeschickt hätte.

Jetzt kocht Camden vollends. Er brüllt und tobt. Doch der Security-Mann bleibt ruhig und lässt ihn nicht durch. Am Ende gibt der Chef von XOVELL auf, denn ein Gedanke, den er plötzlich hat, verändert sein unkontrolliertes Verhalten. *Vielleicht ist das Methode.* Die wollen, dass man aggressiv und geladen in die Sendung geht. Das bringt Quote und lockt die Leute aus der Reserve. *Nicht mit mir,* sagt er sich und ist plötzlich ganz ruhig. Er schließt die Tür und macht das, was man von ihm verlangt: Er bereitet sich mental auf die Sendung vor.

In einem der Nebenräume sitzen Cynthia, Ron und Sebastian Ehrenfeld, der Regisseur, zusammen und haben eine Besprechung, um die letzten Details zu klären.

„Ron, du übernimmst wie immer den Part des erfahrenen Moderators, den nichts aus der Ruhe bringen kann. Bitte bleibe bei deinen vorbereiteten Fragen. Wenn ein Gast aus deiner Sicht die Frage nicht beantwortet hat, dann wiederholst du sie einfach noch einmal. Du kannst ihm auch gerne klar sagen, dass alles, was keinen substanziellen Beitrag zur Sendung liefert, von der Redezeit abgeht. Entsteht ein Wortgefecht zwischen den Gästen, dann halten wir die individuellen Uhren an. Diese Zeit geht nicht auf das Konto der Einzelnen, sondern ist Debattenzeit. Denk daran, ich gebe dir ein Signal in deinen Ohrhörer, wenn wir einen Video-Einspieler bringen wollen. Sei freundlich, aber bestimmt, der Einspieler kommt innerhalb von zehn Sekunden und dauert meistens zwischen dreißig und fünfundvierzig Sekunden.

Cynthia, da du heute ein Talkgast bist, hast du alle Freiheiten und Pflichten, deine Sichtweise darzustellen. Ich denke, es wird auf einen verbalen Fight zwischen dir und Cornel Camden hinauslaufen. Wir setzen die Drohnenvideos unterstützend ein, während ein Teilnehmer spricht. Dann zeigen wir im Bild ein kleines Insert-Feld mit der Studioperspektive. Der Zuschauer sieht also beides. Gut soweit. Wie immer geben wir den Zuschauern die Möglichkeit, sich über Twitter zu beteiligen. Aussagen und Fragen laufen permanent in einem Textband über das Sendebild. Falls eine besonders brisante Frage gestellt wird, dann geben wir sie dir, Ron, auf deinen Screen, den du vor dir hast. Du kannst dann selbst entscheiden, ob und wann du sie bringst. Am Ende gibt es ein Zuschauer-Voting. Die drei Fragen dazu werden von unserem Redaktionsteam während der Sendung ausgearbeitet. Du erhältst diese fünf Minuten, bevor wir sie einblenden. Ich gebe dir ein Signal, wenn du darauf eingehen sollst. Alles klar bei euch? Noch Fragen?"

Ron nickt, er wirkt hochkonzentriert. Von einer möglichen Nervosität bemerkt man nichts.

„Sollen Cynthia und ich uns duzen?"

„Besser nicht, es ist schwierig für dich, hin und her zu wechseln. Bitte sieze sie ausnahmsweise."

Cynthia hat auch noch eine Frage: „Hören wir alle die Simultanübersetzung der Beiträge von Camden?"

„Ja, das ist praktisch für alle, damit sie auf das Gesagte sofort reagieren können. Okay, in fünfzehn Minuten geht es los. Ab in die Maske. Good luck!"

Das rote Licht geht an, wir sind auf Sendung.

Ron Weller legt los: „Guten Abend, meine sehr verehrten Damen und Herren, liebes Publikum! Willkommen bei 'Nah ran'. Nah dran. Und wie immer haben wir für Sie ein brisantes Thema. Heute: 'Psychische Belastungen am Arbeitsplatz'. Ich darf Ihnen schon jetzt eine heiße Debatte versprechen. Und hier sind unsere Gäste. Begrüßen Sie mit mir: Die Diplom Psychologin Prof. Carmen Bento. Den Gewerkschafts-Vorsitzenden Hans-Jörg Zimmer. Die Human Resource Leiterin von General Technologies Regina Tusch und den CEO des Pharma- und Medizinunternehmens XOVELL Cornel Camden, aus Edinburgh.

Special Guest ist heute meine Kollegin Cynthia Jäger, die sich intensiv mit unserem Thema beschäftigt hat. Besonders begrüßen möchte ich unsere beiden, ja, wie soll ich sagen, Betroffenen, die seit vielen Jahren in psychischer Behandlung sind, Horst Tischer und Sabine Klemm. Für alle, die unser Format 'Nah ran' noch nicht kennen, hier noch einmal ein kurzer Trailer, der die Spielregeln der Sendung erklärt."

Die Zuschauer sehen ein schnell geschnittenes Video. Der Off-Sprecher erklärt in markanter, reißerisch-aufdringlicher Stimme: „Nähe erzeugt Betroffenheit. Wir gehen 'Nah ran'. An die Probleme unserer Zeit. Menschen. Schicksale. Tragödien. Ran, an die Themen. Wir schließen nicht die Augen vor den kleinen und großen Katastrophen. Seien sie mit dabei. Schauen Sie genau hin. Wer wegsieht, macht sich mitschuldig. Klagen Sie mit an. Beteiligen Sie sich aktiv. Die Twitter-Kanäle sind offen. Jeder Beitrag hat eine Chance, gezeigt zu werden. Die besten Fragen werden live gestellt. 'Nah ran'. Nichts entgeht uns – und Ihnen!"

„So, nun wollen wir gleich mal in *medias res* gehen. Frau Professor Bento, wie haben sich die psychischen Erkrankungen in unserer Gesellschaft in den letzten Jahren entwickelt?"

„Das kann ich Ihnen ganz genau sagen: sie sind massiv mehr geworden und zwar um über hundertfünfzig Prozent – also eineinhalb Mal so viele Fälle – gegenüber dem Jahr 2000. Insbesondere Angststörungen, Depression und besonders Reaktionen auf schwere Belastungen und Anpassungsstörungen haben einen Anteil von fast zwanzig Prozent an den Fehltagen der Berufstätigen. Bemerkenswert ist, dass diese Menschen dann im Schnitt fünfunddreißig Arbeitstage krankgeschrieben sind. Das bedeutet für den Arbeitgeber einen massiven Ausfall an Arbeitskraft."

„Herr Zimmer, die Gewerkschaften kennen dieses Thema nur zu gut. Welche Erfahrungen haben Sie mit Arbeitnehmern, die psychisch angeschlagen sind?"

„Im Rahmen der Gefährdungsbeurteilung sollte der Arbeitgeber die psychischen Belastungen bei verschiedenen Tätigkeiten beurteilen, zum Beispiel die Arbeitsmenge, das Arbeitsklima, den Handlungsspielraum sowie mögliche Störungen bei der Arbeit. Ziel ist es, krankmachende Belastungen zu erkennen, beziehungsweise durch geeignete Präventionsmaßnahmen zu verhindern und abzubauen. Die Gefährdungsbeurteilung soll so einen wichtigen Beitrag zum Erhalt der Gesundheit, der Motivation und Beschäftigungsfähigkeit leisten."

„Das hört sich sehr theoretisch an, Frau Tusch. Als Human Resource Leiterin kommen sicher täglich Mitarbeiter mit ihren Problemen zu Ihnen?"

„Schön wäre es, die meisten Kolleginnen und Kollegen trauen sich nicht. Erst wenn es nicht mehr geht und dann ist es meistens schon zu spät, wird über die Situation in der man sich befindet, mit uns gesprochen."

„Das entspricht auch unseren Beobachtungen, liebe Zuschauer. Und genau das wollen wir uns mal im Arbeitsalltag ansehen. Unsere 'Nah ran'-Drohne hat Sabine Klemm einen Tag lang begleitet. Frau Klemm, können sie zu den Aufnahmen etwas sagen?"

„Ja gerne, ich arbeite in einem IT Unternehmen, wir entwickeln Software für Kassensysteme. Jetzt kommen die neuen Bezahl-Systeme wie Apple Pay oder Google Pay nach Deutschland, da muss alles umgestellt werden. Ein Riesenstress. Alle machen Druck, denn alle wollen die ersten sein. Aber es gibt natürlich immer wieder Bugs – also Programmfehler. Mein Chef verlangt von mir, unsere Fehler zu finden und Lösungsvorschläge zu erarbeiten. Ich bin aber abhängig von anderen Kollegen, und, was soll ich sagen, der eine ist fast immer krank und die andere, die verursacht selbst immer neue Fehler. Die Folge, alles hängt an mir. Ich drehe dann am Rad. Mache keine Pause, esse zu wenig, mache natürlich jede Menge Überstunden. Und am nächsten Morgen, gibt es einen neuen Bug. Und das Spiel fängt wieder von vorne an. Irgendwann habe ich von lauter Cola und Zigaretten und schlechtem Essen Magenprobleme bekommen, danach konnte ich nicht mehr einschlafen, ich war total aufgedreht und habe die Probleme in der Nacht immer weiter vor meinen Augen gesehen und versucht, Lösungen zu finden. Ich fühle mich einfach verantwortlich. Aber irgendwo gibt es auch Grenzen, auch für mich. Eines Tages war es dann soweit. Am Morgen konnte ich nicht mehr aufstehen. Meine Beine haben versagt, ich bin einfach liegengeblieben. Mein Mann war perplex, sonst war ich immer die Erste.

Ich habe nur noch an die Decke gestarrt und konnte nichts mehr sagen. Das ging drei Tage so. Dann bin ich zum Arzt. Der hat bei mir ein Burnout festgestellt. Wollte mir starke Antidepressiva verordnen. Das habe ich abgelehnt."

„Frau Tusch, vielen Dank. Frau Jäger, sie haben sich unserem Thema von einer anderen Seite genähert. Sie haben ein innovatives Unternehmen besucht, das behauptet, Emotionen beeinflussen zu können und dadurch Situationen, wie sie Frau Tusch erlebt hat, zu verhindern, habe ich das richtig verstanden?"

„Am besten schauen wir uns zuerst einmal ein Video an."

Das Video startet, die Zuschauer sehen Cornel Camden gemeinsam mit einigen Wissenschaftlern in weißen Kitteln in einem Labor. Cornel Camden spricht mit seinen Leuten, doch wir hören nur den Off-Sprecher: „Edinburgh, XOVELL, Forschungsabteilung. Hier wird Zukunft gemacht. Die Wissenschaftler arbeiten an der Entwicklung synthetischer Neurotransmitter. Botenstoffe, wie Dopamin, Notadrenalin, Serotonin, die unsere Emotionen kontrollieren."

Wir sehen Camden in seinem Büro, das wie eine große Suite in einem exotischen Luxushotel wirkt. Er steht vor einer Wand mit Bambus im Hintergrund. Jetzt hören wir ihn reden:

„Wir alle wollen Anerkennung, wir wollen erfolgreich sein. Doch unser Erfolg hängt meistens von anderen ab. In unserer Leistungsgesellschaft entsteht immer mehr durch Teamarbeit. Das Team ist aber nur so stark, wie sein schwächstes Glied. Wir bei XOVELL glauben an die Intelligenz, die Schöpfungskraft eines jeden Menschen. Doch leider sind wir alle Abhängige unserer jeweiligen Tagesform, insbesondere von unserer psychischen Verfassung. Unsere Vision ist die des stets leistungsfähigen Menschen, der sich nicht durch Gefühle oder Launen aus der Bahn werfen lässt. Lasst uns alle gleich stark werden und so immer das beste Team sein."

Das Video zeigt hunderte Mitarbeiter von XOVELL, die aus den Werkstoren strömen.

Ron Weller wendet sich direkt an Cornel Camden. „Mr. Camden, klare Worte. Was veranlasst Sie, eine solche Vision zu formulieren?

Der Cornel sitzt wie immer gerade auf seinem Stuhl. Auch im Sitzen ist er eine imposante Erscheinung. Mit sonorer Stimme und enormer Überzeugungskraft antwortet er: „Mr. Weller, mein Wissen ist meine stärkste Überzeugung. Ich weiß, dass meine Mitarbeiter bald die größte Schwäche der Menschen überwunden haben werden: ihre unkontrollierbaren Emotionen. Emotionen, die sie dazu bringen, nicht mehr an sich zu glauben und dann an der Sache und an anderen zu zweifeln. Angst vor der Zukunft zu haben und die Tage, die ihnen zur Verfügung stehen, unproduktiv verstreichen zu lassen."

Das ist das Stichwort für Cynthia Jäger: „Mr. Camden, wer sagt denn, dass alle Menschen gleich produktiv sein müssen, wie Maschinen funktionieren sollen? Ist das nicht eine unsägliche Dystopie?"

Die Regie zeigt überraschend ein Drohnenvideo. Camden ist aus der Vogelperspektive zu sehen. Er sitzt an seinem Schreibtisch. Die Arme an seinem Kopf. Er denkt wohl nach. Plötzlich steht er auf, läuft im großzügigen Büro auf und ab. Unvermittelt schlägt er mit beiden Händen auf den Tisch. Einer seiner Assistenten betritt das Büro. Camden stürzt auf ihn zu. Packt ihn am Kragen und schüttelt ihn. Dieser schlägt die Arme seines Chefs nach unten und wehrt sich. Die beiden brüllen sich an. Wütend verlässt der Assistent den Raum. Der Colonel setzt sich wieder an seinen Tisch. Er legt den Kopf auf seine Hände.

Währenddessen ist Cornel Camden im TV-Studio von seinem Sessel aufgesprungen und spricht lautstark gestikulierend: „Woher haben Sie diese Aufnahmen? Das gehört sich nicht, das ist privat. Ich werde Sie verklagen!“

Cynthia Jäger ergreift wieder das Wort: „Mr. Camden, das sind doch sie? Sie scheinen ein Problem zu haben, ihre Emotionen unter Kontrolle zu halten. Irgendetwas regt sie in diesem Video sehr auf. Ist das nicht allzu menschlich? Macht nicht genau das uns Menschen aus? Wir zeigen Emotionen, diese erleichtern uns, öffnen uns für neue Möglichkeiten, neue Gedanken. Und genau das wollen Sie verhindern? So wie ich es verstanden habe, will XOVELL unkontrollierte Emotionen kontrollieren. Wenn man wütend ist, nimmt man eine Pille, wenn man Angst hat, auch eine. Wenn man sich glücklich fühlen will, dann vielleicht drei. Ist das so, ist das ihre Vorstellung von der Zukunft der Menschheit?“

Es herrscht eine angespannte Ruhe im Studio.

Cornel Camden starrt mit verzerrtem Gesichtsausdruck vor sich hin. Die anderen Gäste trauen sich nicht, etwas zu sagen. Die Regie nutzt die Situation und zeigt eine kurze Sequenz des verfremdeten Videos mit Tom Strasser. Dieser sitzt ruhig auf einem Stuhl in einem kahlen Raum, ist aber nicht zu erkennen. Seine Stimme ist verzerrt:

„Mein Name ist (Piep), ich bin sechsunddreißig Jahre alt und Musiker. In den letzten Wochen habe ich mich verändert, ich war nicht körperlich krank, sondern meine Psyche war angeschlagen. Ich war permanent unruhig. Ganz besonders tragisch war, dass ich das Gefühl hatte, meine Kreativität zu verlieren. Als professioneller Jazz-Trompeter musst du improvisieren. Du hast das Gefühl für die Musik oder eben nicht. Meine Fähigkeit zu improvisieren ging nach und nach verloren. Ich habe meine Einsätze verpasst. Nachts konnte ich nicht schlafen, und am Tag kam Panik in mir auf. Heute weiß ich, warum ich für mehr als einen Monat ein anderer war. Ich hatte sexuellen Kontakt mit einer Person, die durch einen dummen Zufall in ein Experiment von XOVELL geraten war. Ich will und kann diese Person hier nicht nennen. Vor ungefähr zwei Wochen wurde ich dann in Wien in meinem Hotelzimmer durch den Inhalt einer präparierten Zahnpastatube betäubt, und man hat mir irgendwelche Substanzen verabreicht, die mich psychisch wieder stabilisiert haben. Ich glaube, die experimentieren an und mit Menschen und sie machen Fehler. Fatale Fehler."

Cornel Camdens Gesichtsfarbe wechselt von puterrot zu kalkweiß. Der perfekte Moment für Cynthia, das entscheidende Statement zu platzieren.

„Mr. Camden, Sie wollen mit ihren 'Emotionalizern', wie Sie sie nennen, die Welt verändern. Wer gibt Ihnen das Recht dazu?"

In diesem Moment steht Cornel Camden auf, reißt das Mikro und den Ohrhörer von sich ab und verlässt das Studio.

Ron Weller reagiert sofort. „'Nah ran'. Nah dran. Liebe Zuschauer, unser Versprechen haben wir gehalten. Wie stehen Sie dazu? Nach einer kurzen Werbepause sehen wir uns wieder und diskutieren über die Manipulation der Psyche. Bleiben Sie dran!"

Kapitel 11

Nöcker ist stinksauer. Was erlaubt sich dieser Tom Strasser eigentlich? Macht Videos mit Fernsehsendern und bringt die Ermittlung in Gefahr. Gleich am nächsten Morgen nach der Sendung hat er sein Team zusammengerufen, und nun sitzen sie im stickigen Besprechungsraum und diskutieren die Lage.

„Camden ist auf jeden Fall gewarnt, er wird den Teufel tun, sich noch einmal in eine solche Situation zu begeben."

Melanie Rosinger ist die Erste, die die Lage zu erfassen versucht. Einer der jungen Assistenten, Pietro, hat einen konstruktiven Vorschlag: „Ich denke wir sollten, wie von den Kollegen in Edinburgh vorgeschlagen, eine Skype-Konferenz machen, um ein abgestimmtes Vorgehen zu vereinbaren."

Der Kommissar wippt mal wieder in seinem Stuhl. Und kaut Kaugummi. Beides unterbricht er plötzlich.

„Nichts dergleichen. Ich will mit dieser Reporterin, die in der Sendung war, reden. Die waren doch mit einem Filmteam vor Ort. Wahrscheinlich haben sie Videomaterial *en masse* und konnten einen Eindruck von diesem Mann und seinen Machenschaften gewinnen. Rosinger, rufen Sie mal in der Redaktion von 'Nah ran' an und bestellen diese Frau Jäger, so heißt sie glaube ich, für heute Nachmittag zu uns. Und besorgen Sie uns einen Mitschnitt der Sendung. Den können sie dann auch gerne den Kollegen in Edinburgh schicken. Wenn wir mehr wissen, dann machen wir die Konferenz mit ihnen. Vorher blamieren wir uns nur", blafft Nöcker in den Raum.

So plötzlich wie er mit seinem Monolog begonnen hat, so abrupt endet er wieder.

„Jetzt gehe ich erst einmal eine rauchen. Kommt jemand mit?"

Alle schauen sich an, doch keiner reagiert. Vielleicht weil niemand raucht?

Maximilian von Trebitz hatte am Vorabend zufälligerweise seinen Fernseher an und wurde Zeuge des spektakulären Auftritts von Cornel Camden. Seit er mit seinem Klienten, Richard Lester, vor ein paar Tagen das Polizeipräsidium verlassen hatte, ließ ihn der Fall nicht los. Jetzt ist sein Ehrgeiz erst richtig geweckt. Was wäre, wenn er derjenige ist, der Cornel Camden zur Räson bringt und der dafür sorgt, dass diese Substanzen nicht in den Umlauf kommen? Die Menschen werfen schon genug Pillen ein, wozu brauchen sie diese 'Emotionalizer', fragt er sich. *Aber wo soll er ansetzen? Wie kommt er an die nötigen Informationen?* Wieder einmal würde er sein Netzwerk nutzen, das er seit über zwanzig Jahren aufgebaut und gepflegt hat. In ganz Europa kennt er Wirtschaftsdetektive und viele ehemalige Polizisten, die heute in der Security-Branche arbeiten.

Am besten ich wende mich mal an meine Connections in Schottland. Ich bin mir sicher, XOVELL ist dort kein unbeschriebenes Blatt, und dieser Cornel Camden hat wahrscheinlich Dreck am Stecken. Vielleicht finde ich ja Zugang zu jemandem, der dort arbeitet und nicht mit dem Cornel kann?, sagt er zu sich selbst und loggt sich in ein sicheres Extranet ein, das er für solche Fälle aufgesetzt hat, um seine Anfrage zu starten. Gut, jetzt heißt es, Geduld haben, mal sehen, ob wir eine undichte Stelle finden?

Cynthia ist geschockt. Das hätte sie nicht erwartet. Die Reaktionen in den sozialen Medien sind, gelinde ausgedrückt, kontrovers. Die Menschen empören sich über das Verhalten von XOVELL, Experimente an Personen durchzuführen, ohne deren Wissen. Gleichzeitig hoffen viele auch auf einen Erfolg der 'Emotionalizer', die sie vielleicht von ihren psychischen Problemen befreien könnten. Andere fragen sich schon, wo man diese Pillen kaufen kann. Sie wollen sie ausprobieren. Eines aber ist sicher, sie hat mit diesem Thema und mit der Art, wie es präsentiert wurde, eine Welle ausgelöst. Es scheint nicht nur so, sondern es ist offensichtlich von besonderem Interesse, Emotionen zu stimulieren und zu kontrollieren. Entweder weil die Leute seit Jahren psychische Probleme haben, die ihre Ärzte nicht in den Griff bekommen oder weil sie neugierig sind, neue emotionale Erlebnisse zu erfahren. Das Ganze ist gesellschaftlicher Sprengstoff. Und sie ist der Zünder.

Cornel Camden ist nach seinem Abgang nicht mehr aufgetaucht. Mutmaßlich hat er den direkten Weg zum Flughafen genommen und ist zurück nach Schottland geflogen. Cynthia hat bisher nichts von ihm gehört. Dafür hat sich aber gleich am Morgen nach der Sendung die Polizei gemeldet. Eine Frau Rosinger hat sie in einem freundlichen, dabei sehr bestimmten Ton für den Tag um 16:00 Uhr ins Präsidium gebeten. Verwundert ist Cynthia darüber nicht, aber so richtig Lust hat sie nicht, dort hinzugehen und ihre Recherche-Ergebnisse zur Verfügung zu stellen. Wahrscheinlich wird ihr aber nichts anderes übrig bleiben.

Sina fühlt sich wieder fit genug, um in ihre Casting-Agentur zu gehen. Als sie das Loft-Büro betritt, kommen ihr gleich die schon anwesenden Mitarbeiter entgegen. Allen voran Johanna, ihre Assistentin. Sie nimmt sie sofort in Beschlag, um ihr all das zu erzählen, was sie in der letzten Woche verpasst hat.

Es hat sich natürlich herumgesprochen, dass sowohl Tom Strasser, ihr Freund, als auch Richard Lester, der Regisseur, überfallen und betäubt wurden und beide ins Krankenhaus mussten.

„Sina, wird 'Kiss for Love' jetzt abgesetzt?“ Ist die erste Frage, die Johanna im Auftrag aller stellt.

„Leute, ich bin gerade erst zurück. Ich kann euch diese Frage beim besten Willen nicht beantworten. Aber ich werde mich beim Sender erkundigen, was sie vorhaben.“

Johanna scheint den Auftrag zu haben, alle wichtigen und unangenehmen Themen anzusprechen.

„Wir haben gehört, dass ihr drei mit irgendwelchen Substanzen in Berührung gekommen seid.", sagt sie und betont das Wort Berührung dabei besonders. "Besteht weiterhin die Gefahr einer Ansteckung?“

Sina fühlt sich auf einmal gar nicht wohl in ihrer Rolle, doch sie denkt, da muss sie wohl durch.

„Also, ich kann euch versichern, weder von uns dreien, als auch von anderen, die mit uns in Berührung gekommen sind, geht eine Gefahr aus. Wir wurden im Krankenhaus untersucht, wir sind kerngesund und auch psychisch ist alles wieder in Ordnung.“

Johanna scheint noch eine weitere Frage vorbereitet zu haben, sie löst sich noch einmal aus der Menge der anwesenden Mitarbeiter: „Man erzählt sich, ein Detektiv würde die Sache untersuchen, hat er schon etwas herausgefunden?“

Hier bleibt auch nichts verborgen, denkt sich Sina. Aber so ist das nun mal in Firmen, jeder hat etwas gehört, jeder kann etwas dazu beitragen und, wie man so schön sagt, worüber geredet wird, da ist auch meist etwas Wahres dran.

Sina lächelt und versucht eine unverfängliche Antwort zu formulieren: „Richard und ich haben einen Wirtschaftsdetektiv beauftragt, sich mit dem Fall der defekten Video-Daten des letzten Castings zu beschäftigen. Er hat den Auftrag herauszufinden, ob von außen irgendjemand hier agiert hat. Bisher gibt es dazu noch keine Ergebnisse. Wir sollten aber weiterhin wachsam sein. Ich bitte euch, Ruhe zu bewahren. Die Polizei ermittelt, und sie hat euch ja auch schon befragt. Ich kann momentan leider zum Stand der Ermittlungen nichts Neues sagen. Ihr habt wahrscheinlich alle gestern Abend 'Nah ran' gesehen. Das Verhalten des CEOs von XOVELL war eindeutig, etwas läuft da nicht sauber ab. Auf jeden Fall hat die Sendung dazu beigetragen, dass der Fall jetzt ernstgenommen und dementsprechend professionell untersucht wird. Wir sind bestimmt – so vermuten wir es zu mindestens – durch Zufall in diese ganze Geschichte hineingeraten. Jetzt müssen wir alle zusammenhalten und nicht selbst zu noch mehr Gerüchten beitragen. Lasst uns versuchen, unseren Job zu machen. Die nächsten Castings sind schon beauftragt. Ich danke euch für eure Loyalität. Und jetzt, an die Arbeit! Vielen Dank!“

Sina hofft die letzten Worte haben ihre Mitarbeiter beruhigt, und sie konzentrieren sich wieder auf ihren Job. So langsam löst sich die kleine Versammlung auf. Alle haben kapiert: Sina möchte keine Fragen mehr beantworten. Nur Johanna bleibt stehen und geht noch einmal auf ihre Chefin zu.

„Sina, bitte, ich hätte doch noch ein Thema, das ich gerne mit dir allein besprechen möchte."

Gemeinsam gehen sie in Sinas Büro. Sina bittet ihre Assistentin Platz zu nehmen. Sie setzen sich auf der weißen Ledercouch einander gegenüber.

„Dann leg mal los, was gibt es noch?"

Johanna druckst etwas herum, was normalerweise nicht die Art der vorlauten und lebenslustigen Mitarbeiterin ist.

„Natürlich haben wir auch von Ron Wellers Zusammenbruch gehört. Jetzt fragen sich die Leute, ob dieser im Zusammenhang mit euch steht? Einige behaupten, du hättest mal was mit ihm gehabt, bevor du Tom kennengelernt hast. Bitte entschuldige, es geht mich nichts an, aber ich möchte, dass du das nicht unvorbereitet von irgendjemandem erfährst."

Sina ist für einen kurzen Moment sprachlos und möchte am liebsten gleich wieder nach Hause. Doch sie reißt sich zusammen und versucht ein möglichst neutrales Statement abzugeben.

„Johanna, danke, dass du mich darauf ansprichst. Es stimmt, Ron und ich hatten eine kurze Affäre. Ob sein Zusammenbruch etwas mit unserer Sache und XOVELL zu tun hat, kann ich dir nicht mit Sicherheit sagen. Er wurde auch von der Polizei befragt. Alles Weitere kannst du ihn gerne selbst fragen. Tom und ich waren jedenfalls froh, als wir ihn gestern Abend wieder als Moderator von 'Nah ran' im Fernsehen gesehen haben. Und dort machte er einen sehr vitalen Eindruck."

Zufrieden mit ihrer Antwort, lehnt sich Sina entspannt zurück. Auch Johanna scheint froh zu sein, das Thema nun angesprochen zu haben.

„Ich danke dir für deine Offenheit, Sina. Möchtest du einen Tee?"

„Oh ja, und wenn du ihn mir bringst, dann lass uns gleich die Termine für diese Woche durchgehen."

Sina versucht wieder Normalität bei 'Charisma' zu finden. Dabei ist Johanna bestimmt wichtig, denn sie ist Multiplikator und Meinungsbildnerin in der jungen Casting-Agentur.

Seit langem ist Ron nicht mehr so guter Stimmung. Er hat die Sendung mit Bravur gemeistert. Sie war ein voller Erfolg. Geschickt ist ihm eine Überleitung nach dem spektakulären Abgang von Cornel Camden gelungen. Die Zusammenarbeit mit der Regie und den Kollegen war sehr professionell. Die Twitter Reaktionen überschlugen sich und es wurden noch viele Fragen an die anwesenden Talkgäste gestellt. Das Ganze war nicht nur brisant, sondern sorgt bestimmt auch heute noch für viele Diskussionen in den sozialen Kanälen.

Soll man frei verkäufliche medizinisch wirksame Substanzen erlauben, die dabei helfen, dass man sich jederzeit besser fühlen kann? Ist es moralisch legitim, durch die Einnahme von ‚Emotionalizern', ein gutgelaunter Mensch zu sein? Was passiert, wenn alle sich so stimulieren? Entsteht dann nicht einfach wieder der gleiche Wettbewerb im Job, nur auf einem anderen Niveau? Ron ist überrascht wie viele Gedanken sich die Menschen machen, nachdem ihnen eine solche Perspektive eröffnet wurde. Interessanterweise überwiegt die Neugier und nicht die Angst. Obwohl kaum einer den Namen XOVELL vorher gehört hat, der Auftritt dieses CEOs war, so skurril das ist, beeindruckend. Ron weiß aus der Erfahrung natürlich, dass es eben solche Alpha-Tiere gibt, die mit ihrer Art gut ankommen, telegen sind und absolut von sich und ihrer Sache überzeugt auftreten. Und genau so einer ist Cornel Camden. Ron fragt sich, ob dieser Mann böse ist oder einfach nur besessen?

Bei aller Euphorie über die Sendung macht er sich Gedanken über sich selbst. Die Psychopharmaka von Dr. Preuss haben ihn beruhigt. Seine ständige Nervosität ist unterdrückt. Wenn er aber in sich hinein hört, spürt er weiterhin dieses Summen in seinem Körper. Nur, dass es jetzt nicht mehr so an die Oberfläche kommt. Wie auch immer, heute will er nicht mehr darüber nachdenken.

Gestern, nach der Sendung, ist er sofort nach Hause gegangen und in einen tiefen Schlaf gefallen. Aber heute hat er die Kraft und die Lust, auszugehen. Eine Dusche und dann in Schale werfen. Der Abend gehört ihm und er freut sich, mal wieder auszugehen.

Wie konnte er sich nur so provozieren lassen? Dieses Erlebnis war für ihn erniedrigend. Es hatte nicht nur seelisch wehgetan. Sein ganzer Körper schmerzt noch immer. Dabei ist schon der Morgen danach. Es fühlt sich an wie ein Kater. Er konnte in dem Moment nicht anders, als weglaufen. Auch mit weit über fünfzig Jahren war Cornel Camden leicht zu verletzen, und, wie mehr als zwei Millionen Zuschauer in Deutschland mitbekommen haben, hatte er versagt. Diese verdammte Redakteurin, war sie nicht hinterhältig und perfide? Am liebsten ... Nein! Er muss sich zusammennehmen und wieder ganz der souveräne CEO sein. *Aber was kann er machen? Wie kann er diese Schmach ungeschehen machen?* Wie immer, in ausweglosen Situationen, wendet er sich an seinen alten Weggefährten, Dimitri Koslovski. Viel muss er dem Sicherheitschef nicht erzählen, denn er hat den Auftritt seines Chefs auf

YouTube gesehen. Mit englischen Untertiteln. Eine weitere Erklärung vom Colonel war nicht nötig.

„Was machen wir nur, Dimitri? Ich habe Mist gebaut.“

Koslovski setzt sich mit verschränkten Armen vor der Brust vor den Laptop, auf dem der Filmclip zu sehen ist und schaut einige Sekunden zu.

„Ich bin mir nicht so sicher", hebt er an, "ob dein Auftritt wirklich so negativ war. Das Feedback jedenfalls ist sehr gemischt. Im Prinzip hast du durch deine emotionale Reaktion sehr menschlich reagiert. Man hat dich vorgeführt, und du hast dich in diesem Moment nicht wehren können. Man hat dich in die Enge getrieben. Und du bist, wie ein Tier, das sich nicht verteidigen kann, geflohen. Die Menschen zeigen in den sozialen Medien Verständnis für solch ein Verhalten. Insbesondere, weil es ja um Emotionen geht und um 'Psychische Belastungen am Arbeitsplatz', ist alles, was dort passiert ist, ein Abbild unserer Gesellschaft und unserer Arbeitswelt“, sagt Koslovski in ruhigem Ton, während er sich aufrichtet und seine Hände flach auf den großen, runden Tisch in Camdens Büro legt. Mit dem Oberkörper vorgebeugt, fährt er fort: „Und jetzt kommen unsere 'Emotionalizer' ins Spiel. Viel darüber haben die Leute in der Sendung ja nicht erfahren, aber was sie wissen oder vermuten, hat sie neugierig gemacht. Man spricht darüber. Es wird schon geschrieben, dass es sich um ein neues Wundermittel handelt, um mit den Herausforderungen unserer immer komplexer werdenden digitalen Arbeitswelt umzugehen. Sozusagen das Gegenmittel, um die Menschen an die gestiegenen Anforderungen anzupassen, ihnen mehr Kraft und psychische Stabilität zu geben.“

Camden hat in Ruhe zugehört. Die Worte seines Sicherheitschefs wirken wie Pflaster auf seinen Wunden. Kann es wirklich sein, dass etwas, was noch nicht wirklich existiert, eine solche Faszination ausübt? Warum eigentlich nicht? Er selbst ist von den Möglichkeiten begeistert, die in den synthetischen Neurotransmittern stecken. Die Menschen sehen das nicht von der wissenschaftlichen Seite, sondern projizieren ihre Sehnsüchte und Hoffnungen hinein. Eines ist für ihn sicher, es besteht ein enormer Bedarf an einem Mittel, das ohne die üblichen Gefahren und Nebenwirkungen, die mit dem Konsum von Drogen einhergehen, die eigene emotionale Situation positiv beeinflusst und dabei hilft, mit den Herausforderungen des immer schneller werdenden Lebensrhythmus umzugehen.

„Dimitri, ich danke dir für deine wohltuende Worte. Sie helfen mir, an unsere Sache zu glauben und unbeirrt weiterzumachen. Apropos, was meinst du, was sollen wir tun?“

Der große weise Mann aus Weißrussland formuliert ruhig und besonnen: „Nichts, die Füße still halten. Zum einen ist es gut, wenn über die Sache etwas Gras wächst, zum anderen benötigen wir Zeit, um die 'Emotionalizer' bis zur Marktreife zu entwickeln. Und dann gibt es da noch eine Sache, die uns wirklich Probleme bereiten kann.“

Der Cornel blickt überrascht auf, damit hatte er nicht gerechnet.

„Raphael, mein Informant bei der deutschen Casting-Agentur. Er hat sich heute bei mir gemeldet. Er berichtet, es gibt das Gerücht, eine weitere Person hätte sexuellen Kontakt zu der Geschäftsführerin von 'Charisma' gehabt. Du wirst es nicht glauben, aber du kennst diesen Mann.“

„Woher?“, fragt der Colonel verwundert.

„Es ist der Moderator von 'Nah ran', die Talkshow in der du warst!“

„Das ist ja ein Ding. Und wieso wussten wir nichts davon?“

„Weil es jetzt erst bekannt wurde, dass Ron Weller, so heißt der Moderator, verstärkt psychische Probleme hatte. Frau Söhnke wurde von der Polizei verhört und sie hat das dort bestätigt. Irgendwie hat jemand bei 'Charisma' – dort wurden die Mitarbeiter auch alle befragt – dann auch noch dieselbe Vermutung geäußert. Und du weißt ja, wie Gerüchte sich verbreiten. Und so hat Raphael natürlich auch davon erfahren. Und jetzt wissen wir es auch.“

Nachdenklich streicht sich Cornel Camden über seine Glatze.

„Sollen wir etwas unternehmen, sie neutralisieren, so wie bei den anderen Fällen?“

Ich denke, das ist momentan zu riskant. Wir müssen darauf vertrauen, dass Mr. Weller relativ stabil ist.“

Camden steht auf, er scheint seine Energie und Entscheidungsgewalt wiedergefunden zu haben.

„Halte mich bitte darüber informiert. Ich werde jetzt erst einmal meditieren und dann nach Atkinson schauen. Mal sehen, was der so treibt.“

Pünktlich um 16:00 Uhr betritt Cynthia Jäger das Besprechungszimmer des Polizeireviers für Wirtschaftskriminalität. Kommissar Nöcker und seine Kollegin Melanie Rosinger sitzen schon bereit und sind gespannt, was ihnen die Redakteurin zu berichten hat.

Die erste Frage, die Nöcker stellt, bezieht sich gleich auf Cornel Camden, von XOVELL.

„Guten Tag Frau Jäger und danke, dass Sie es sich heute einrichten konnten. Wie Frau Rosinger Ihnen am Telefon erklärt hat, beschäftigen wir uns schon seit einiger Zeit mit den Vorfällen, die Herrn Strasser, Frau Söhnke und Mr. Lester betreffen. In diesem Zusammenhang sind wir auch auf XOVELL und den CEO, Cornel Camden, aufmerksam geworden. Anscheinend hat er Sie auch interessiert. Warum haben Sie ihn in Ihre Sendung eingeladen?“

Cynthia hat natürlich mit dieser Frage gerechnet und deswegen auch kein Problem, sie wahrheitsgemäß zu beantworten.

„Da wir uns intensiv mit dem Thema ‚Psychische Belastung am Arbeitsplatz‘ beschäftigen, scannen wir permanent die News im Netz mit Hilfe von Suchbegriffen. Google Alerts hat einem Kollegen die Meldung angezeigt, dass der CEO eines schottischen Pharma Startups bei einer Konferenz in Frankreich einen Vortrag gehalten hat. Dort behauptete er, mit 'Emotionalizern' die Psyche von Menschen stimulieren, beziehungsweise, manipulieren zu wollen. Das war natürlich für uns hochrelevant, deshalb habe ich sofort Kontakt zu ihm aufgenommen. Nach einigen Telefonaten und Erklärungen war er schließlich bereit, als Talk-Gast in unserer Sendung aufzutreten.“

Rosinger hat aufmerksam zugehört und sich wie immer, eifrig Notizen auf ihrem Laptop gemacht.

„Frau Jäger, ist es üblich, Firmenchefs in Ihrer Sendung 'Nah ran', zu Wort kommen zu lassen? Machen Sie da nicht automatisch auch Werbung für die jeweiligen Produkte dieser Unternehmen?“

„Wir informieren und klären auf, wenn Sie das als Werbung verstehen? Aber gleichzeitig blicken wir auch immer hinter die Kulissen. Zum Konzept des Formats gehört der Einsatz von Mini-Drohnen, die die jeweiligen Protagonisten an einem Tag begleiten. Das Besondere daran ist, nach einer Weile merken die Leute die Anwesenheit dieser kleinen Spione nicht mehr. So lassen sich auch die Aufnahmen erklären, die wir in der Sendung gestern zeigen konnten. An der einen oder anderen Stelle haben wir die kleinen Flugobjekte einfach in den Räumen gelassen. Wir selbst waren nicht mehr anwesend. Aber die Augen der Flugkameras sind wachsam und die Mikrophone sehr empfindlich."

Nöcker hakt nach: „Ist das denn rechtlich erlaubt?"

„Natürlich klären wir die Teilnehmer vorher schriftlich auf. Alle unterschreiben eine Vereinbarung. Darin ist ganz genau erklärt, wie wir vorgehen. Interessanterweise lesen die hohen Tiere in den Unternehmen diese seitenlangen Schriftstücke nur oberflächlich, und dem Anschein nach, hat XOVELL das Papier nicht in seine Rechtsabteilung weitergegeben, dafür war der Termin möglicherweise zu kurzfristig."

„Aha, so lässt sich also die brisante Aufnahme des CEOs erklären, als er einen seiner Mitarbeiter angreift."

„Ja, genau. Wir haben eigentlich nichts gemacht, lediglich einen unbedachten Moment aufgenommen, in dem dieser Mann sich gehen ließ."

„Was für ein glücklicher Zufall!", bemerkt Kommissar Nöcker zynisch.

Cynthia Jäger schaut Nöcker mit einem überlegenen Lächeln an.

„Das gehört manchmal dazu, wenn man etwas ahnt und es aufdecken will."

Nöcker lässt sich von der sympathischen Redakteurin nicht blenden.

„Ach ja? Was haben sie denn geahnt?"

„Wissen Sie, wir sind immer auf der Suche nach *der* Story. Wir wussten um die Selbstherrlichkeit dieses Firmenchefs und dass er an etwas dran ist, das, wie er selbst behauptet, die Psyche der Menschen stark beeinflussen kann. Natürlich gibt es da schon viel Legales und Illegales auf dem Markt. Aber den großen Durchbruch mit einem Produkt für das allumfassende Glück der Menschen, den hat noch keiner geschafft. Geschweige denn überhaupt angekündigt. Und genau die Behauptung von Camden hat uns dann sehr neugierig auf XOVELL gemacht."

Nöcker schaut kritisch und beginnt wieder mit seinem typischen Stuhlwippen.

„Wussten sie da schon, dass das Unternehmen eventuell Experimente am Menschen durchführt und dabei etwas schief gegangen ist?"

"Nein, der Kontakt zu Cornel Camden begann davor. Erst durch ein Gespräch mit unserem Moderator Ron Weller erfuhr ich von dem Überfall auf seinen Freund Herrn Strasser. In einem nachfolgenden Gespräch mit ihm, äußerte er mir gegenüber den Verdacht, dass XOVELL hinter all diesen Fällen steckt."

Nöcker zeigt seinen Ärger nicht, aber in ihm brodelt es. Schon wieder dieser Musiker. Er kann einfach nicht seine Klappe halten. Den werde er sich noch vorknöpfen, denkt er, um sich zu beruhigen.

Melanie Rosinger bemerkt den Stimmungsumschwung ihres Chefs, und springt taktisch klug, schnell ein.

„Frau Jäger, gibt es bei ihren Recherchen vor Ort bei XOVELL irgendwelche Erkenntnisse, die Sie uns mitteilen möchten. Eventuell Dinge, die in Ihrer Sendung keinen Platz gefunden haben?"

„Hm, wenn, dann nur Gerüchte. Wir haben keine Beweise dafür. In der Kantine des Unternehmens hatten wir die Gelegenheit mit einigen Mitarbeitern zu sprechen. Dort erfuhren wir von jungen Wissenschaftlern, die neu im Unternehmen waren, dass es wohl geheime unterirdische Labore geben soll. Anscheinend existieren zwei verschiedene Aufzüge. Man munkelt, unter der Erde würde an weitaus mehr geforscht, als nur an 'Emotionalizern'. Es ginge um die Erzeugung einer Art Scheinwelt in die sich die Menschen durch die Einnahme von Substanzen begeben können. Wie so eine Art Computerspiel im Kopf, aber ohne Computer. Aber, wie gesagt, das sind nur Aussagen junger Leute, die sehr viel Science Fiction lesen."

Noch eine letzte Frage: „Wie schätzen Sie den Gesundheitszustand von Ron Weller ein? Immerhin kennen Sie ihn als Ihren Kollegen schon einige Zeit und arbeiten intensiv mit ihm zusammen."

Cynthia wundert sich etwas über diese direkte Frage. Sie will ihren Kollegen nicht in die Pfanne hauen, doch ganz verschweigen möchte sie den Vorfall von neulich nicht.

„Er hat wohl psychische Probleme und ist vor kurzem während einer Redaktionssitzung kollabiert."

Beide Polizisten blicken bestürzt auf.

„Davon haben wir von ihm persönlich aber nichts erfahren. Er war vor ein paar Tagen zu einem Gespräch bei uns. Wie hat er diesen Kollaps denn erklärt?"

„Mit den üblichen Floskeln, zu viel Arbeit, zu wenig Schlaf et cetera."

„Also kein Wort von einem Einfluss durch Psychopharmaka?"

„Doch, mir gegenüber schon. Ich vermute, er nimmt auch irgendwelche Drogen. Aber bitte, konfrontieren Sie ihn nicht mit meiner Aussage."

„Frau Jäger, herzlichen Dank für Ihre Offenheit. Sie haben uns bei unserer Arbeit weitergeholfen."

Melanie Rosinger beendet das Gespräch in ihrer typisch sachlichen Art.

„Moment noch, ich möchte ergänzend noch etwas fragen. Wissen Sie, wie es Herrn Weller nach der Sendung geht? Ich denke, sie war für ihn sicher eine Herausforderung."

Die junge Polizistin trifft mal wieder genau den Punkt.

„Dazu kann ich Ihnen leider nichts sagen. Ich habe Herrn Weller nur kurz nach der Sendung gesprochen, da war er guter Dinge, und ich denke, auch stolz auf seine Leistung."

Nachdem Cynthia Jäger gegangen ist, bemerkt Nöcker lakonisch: „Professionell, die Dame."

„Ja, sie lässt sich auf keine für sie gefährliche Situation ein."

Nöcker kippelt mit seinem Stuhl nach vorne.

„Melanie, könntest du bitte mal die Kollegen kontaktieren, die diesen Ron Weller überwachen sollen. Frag einfach mal nach dem aktuellen Stand und wo sich der Moderator gerade befindet, ich mache mir etwas Sorgen."

„Wird sofort erledigt. Wann wollen wir mit den Kollegen in Edinburgh skypen?"

Nöcker schaut auf seine alte Armbanduhr: „17:30 Uhr. Da können wir uns vorher noch absprechen."

Melanie geht voller Motivation zu ihrem Schreibtisch. Sie liebt diese Momente, in denen sie das Gefühl hat, die Dinge gehen voran.

„Hallo Ric, ich wollte mich wieder zurückmelden. Mir geht es besser, habe schon wieder mit den Trompete-Übungen begonnen. Was sagen unsere Vertragspartner, können wir die abgesagten Konzerte nachholen?“

Ric ist einigermaßen überrascht, so schnell wieder von seinem Star zu hören.

„Servus Tom, du bist mir ja einer, kaum aus dem Koma erwacht, zieht es dich schon wieder auf die Bühne. Um deine Frage zu beantworten, ich habe alles offengelassen, weil ich nicht wusste, wie lange du ausfällst. Und ich erinnere mich nur zu gut, dass ich dir bei unserem letzten Telefonat geraten habe, etwas kürzer zu treten, stimmt's Tom?“

„Ja, du hast recht. Aber irgendwie kribbelt es schon wieder. Wie wäre es mit einem klitzekleinen Konzert, vielleicht in einem Club, so ganz exklusiv? Nur damit ich wieder reinkomme.“

„Du kannst es einfach nicht lassen. Aber ich kann dich verstehen. Musik ist alles für dich. Ich werde mich mal umhören, ob wir im nächsten Monat ein paar Club-Auftritte organisieren können. Ich denke, wir bleiben aber im deutschsprachigen Raum.“

„Ja, das passt, da kann ich Sina öfter sehen.“

„Ah, ihr seid also noch zusammen?“

„Klar, mehr denn je. Diese Grenzerfahrung hat uns näher zueinander gebracht.“

„Das freut mich für dich. Und diese Sache, ist die aufgeklärt?“

„Leider noch nicht. Du hast sicher den Auftritt von Cornel Camden, dem CEO von XOVELL, in der TV-Sendung 'Nah ran' gesehen?“

„Ne, habe ich nicht, aber davon gelesen, die sozialen Medien sind ja voll davon.“

„Was denkst du, geht es ihm an den Kragen?“

„Da bin ich mir nicht so sicher, diese großen Bosse finden doch immer Möglichkeiten sich freizukaufen.“

„Glaub' das nicht, die Gerichte werden strenger und die Strafen schärfer. Wirtschaftskriminalität ist kein Kavaliersdelikt mehr.“

„Tom, wollen wir uns nächste Woche zum Mittagessen treffen, da bin ich in München?“

„Gern, dann kannst du mir vielleicht schon Termine für die Clubauftritte nennen.“

„Versprechen kann ich es nicht, aber ich werde mein Bestes tun.“

„Ric, du bist der Beste.“

„Für dich immer!“

Zufrieden legt Tom auf. Das sind doch mal gute Aussichten. Endlich kann er sich wieder mit dem beschäftigen, was ihm Spaß macht.

„Peter, kommst du? Es ist gleich 17:30 Uhr, wir wollen doch mit Officer Chris O'Reilly und seinem Team skypen.“

"Ja, geh schon mal vor in unseren Video-Raum, ich will noch eine rauchen.“

Typisch, denkt Melanie. Und die Abstimmung vorher hat auch nicht stattgefunden. Ihr Chef ist schon ein ganz schöner Eigenbrötler. Als sie mit ihm reden wollte, hat er mal wieder nur gebrummt und aus dem Fenster gestarrt. Aber anscheinend sind die Kommissare so, ihr erster Chef war noch viel schlimmer. Mit dem konnte man überhaupt nicht reden. Dann mache ich mir eben selbst meine Notizen, hatte sie sich gesagt. Jetzt fühlt sie sich gut vorbereitet für das Gespräch, das in Englisch stattfinden wird. Die Vokabeln, die sie in einem solchen Fall braucht, sind ihr nicht sofort geläufig, deshalb hat sie sich die Besprechungspunkte sauber vorher notiert und teilweise ganze Passagen übersetzt. Wie Peter das wohl machen würde? Sein Englisch ist bekanntermaßen nicht besonders. Wahrscheinlich hatte er deshalb so eine Laune.

Die Verbindung gelingt reibungslos, wie immer, seit sie das alte Videosystem eingemottet hatten. Dabei stand es immer noch in der Ecke herum und verstaubte.

Melanie hat ihren Laptop jetzt einfach an den Beamer im Raum angeschlossen. Fertig.

„Hello Officer O'Reilly, this is Melanie Rosinger and Peter Nöcker speaking. We'd like to talk to you about the status of the XOVELL case. Have you had the chance yet, to watch the video from the TV talk show, 'Nah ran'?"

Chris O'Reilly ist nicht allein, eine Kollegin sitzt zu seiner Rechten.

„Yes, indeed we have. We were surprised and shocked about Cornel Camdens reaction."

Nachdem die beiden Teams noch einmal alle Fakten ausgetauscht haben, wird Rosinger und Nöcker schnell klar, dass der Fall nur direkt über die Kollegen in Edinburgh aufgeklärt werden kann, dazu benötigt die schottische Polizei volle Einsicht in die deutschen Ermittlungsergebnisse. Officer O'Reilly wird beim Ermittlungsrichter eine Vorladung für Cornel Camden beantragen. Wobei die Sache noch auf wackeligen Füssen steht, denn die Beweislage ist dürftig. Die Euphorie, die bei Melanie noch vor wenigen Stunden da war, ist komplett verflogen. Verfluchte Bürokratie, schmollt sie in sich hinein. Am liebsten würde sie direkt nach Edinburgh fliegen und die Sache selbst in die Hand nehmen. Jetzt ist Melanie auch klar, warum ihr Chef vorher so eine Laune hatte, er wusste schon aus Erfahrung, dass für sie beide nicht viel bei rumkommen würde.

Doch ein anderer ist mit seinen Aktivitäten erfolgreicher.

Maximilian von Trebitz ist mittlerweile wieder in Edinburgh. Die Anfrage in seinem Detektiv-Netzwerk war erfolgreich. Ein schottischer Kollege, der schon seit längerem ein Auge auf das Unternehmen XOVELL geworfen hat, berichtete ihm, das es nicht das erste Mal war, dass irgendwelche Leute sich gegen Zahlung von recht hohen Summen bereit erklärt haben, sich als Versuchskaninchen zur Verfügung zu stellen.

Die holen sich Leute, die überschuldet sind und bieten ihnen, für ihre Verhältnisse, viel Geld an. Dann dürfen sie Pillen schlucken oder werden mehrere Tage im Labor festgehalten und mit Infusionen drangsaliert. Aber, wo kein Kläger, da kein …

Und jetzt, da Großbritannien aus der EU austreten will, wird die Rechtslage noch unsicherer. Wen kümmert es schon, wenn ein paar arme Schlucker für kurze Zeit verschwinden und danach psychische Probleme haben. Sie sind ja ordentlich dafür entlohnt worden und halten deshalb die Klappe. Doch der Informant verspricht Max einen direkten Kontakt zu einem Mitarbeiter von XOVELL. Genau aus diesem Grund hat sich der Detektiv spontan ins Flugzeug gesetzt.

Jetzt sitzt er in einem Pub in der Altstadt von Edinburgh und wartet auf genau jenen Mitarbeiter, der ihm vielleicht Einblicke in die Vorgänge bei diesem undurchsichtigen Konzern geben wird.

Von Trebitz bestellt sich ein Light Ale. Eigentlich kann er dieses nach abgestandenem Bier schmeckende dunkle Gesöff nicht leiden – aber was tut man nicht alles für Informationen aus erster Hand.

Im nächsten Moment kommt ein junger Mann, der wie ein Student wirkt, in den Schankraum. Er schaut sich unsicher um und wirkt mit seiner Nerd-Brille etwas unbeholfen. Maximilian von Trebitz hebt seine Hand, daraufhin reagiert der Mann auch schon erleichtert mit einem möglichst unauffälligen Nicken und geht auf den Tisch des Detektivs zu. Von Trebitz steht auf und begrüßt den Brillenträger mit einer herzlichen Umarmung.

Jetzt ist dieser noch mehr verdutzt. Von Trebitz flüstert ihm ins Ohr: „Wir kennen uns doch schon seit Jahren, da sollte man sich dementsprechend begrüßen, stimmt's, Mr. ...?“

„Äh ... Roy Heart ist mein Name und Sie sind Mr. von Trebitz?“

„Ja, der bin ich, und ich freue mich, dass Sie gekommen sind.“

„Da bin ich mir nicht so sicher.“

Der junge Mann nestelt an dem Revers seines Sakkos und hebt dabei leicht die linke Schulter.

„Erzählen Sie mir doch zum Warmwerden einfach mal von Ihrem Job bei XOVELL.“

Roy ist das Ganze sichtlich unangenehm. Da kommt ihm die Bedienung gelegen, bei der er eine Cola bestellt. Maximilian merkt, wie nervös der junge Mann ist, deshalb ändert er seine Strategie.

„Nun gut, dann erzähle ich Ihnen erst einmal von den Dingen, die ich über XOVELL weiß und von denen ich glaube, dass das Unternehmen daran arbeitet."

Von Trebitz berichtet von den Ereignissen der letzten Wochen und endet mit dem Auftritt Cornel Camdens bei der Talk-Show 'Nah ran'.

Mittlerweile ist sowohl das Light Ale als auch die Cola leer, und beide bestellen noch eine Runde.

„Okay, dann will ich mal das dazu addieren, was ich weiß“, sagt Roy Heart in einem deutlich sicheren Ton. „Ich bin seit gut einem Jahr einer der Assistenten des CEOs, Cornel Camden. Es gibt noch zwei andere. Wir sind PAs, Personal Assistants, also so was wie Vorstandsassistenten, das heißt, wir machen nicht den üblichen Bürokram, sondern wir unterstützen Mr. Camden bei der Ausübung seines Jobs. Wir bereiten Präsentationen vor, machen Markt-Recherchen oder wir helfen ihm, wie jetzt bei seinem Plan, XOVELL an die Börse zu bringen. Dieses *going public* ist ein sehr komplexer Vorgang. Ich bin zum Beispiel für die Kontakte mit den Emissionshäusern zuständig, das sind die Banken, die, zusammen mit der London Stock Exchange, das Unternehmen fit machen, damit später die großen Investoren alle Informationen haben, um in XOVELL zu investieren.“

Von Trebitz kennt diesen Vorgang und interessiert sich gleich für Details.

„Was sind denn die Argumente, warum sich Fondsmanager für XOVELL entscheiden sollen?“

Maximilian merkt Roy Heart an, dass er jetzt in seinem Element angekommen ist. Genau das beabsichtigt von Trebitz auch, denn man darf nie mit der Tür ins Haus fallen, wenn man wirklich etwas erfahren will. Besonders nicht bei einem Schotten.

„Zu allererst ist es die Branche, die boomt. Pharmazeutik und Medizintechnik entwickeln sich sehr gut und die Margen sind hoch attraktiv. Dann kommt noch die besondere Positionierung von XOVELL. Wir sind ein diversifiziertes Unternehmen, breitaufgestellt und arbeiten an der Forschung neuer innovativer Medikamente. Und wir wollen in Zukunft direkt an die Verbraucher verkaufen, ohne Zwischenhandel. Und schließlich haben wir einige ausgeklügelte medizinische Apps auf den Markt gebracht. Aber unsere Kernkompetenz liegt in der Entwicklung und Produktion von Psychopharmaka."

Der Detektiv hat aufmerksam zugehört und abgewartet, bis Roy eine Pause macht. Diese nutzt er sofort.

„Das ist mein Stichwort. Wie ist das denn, wenn Sie neue Psychopharmaka entwickeln, werden diese auch getestet?"

„Soweit ich informiert bin, ja. Wir haben ein großes Testlabor, da dürfen die Mitarbeiter von der Verwaltung nicht hinein. Aber ich habe durch Zufall einige Berichte gesehen, da ich ein paar Zahlen und Fakten für den Börsengang recherchieren musste", sagt Roy mit einem leicht süffisanten Lachen. „Stellen Sie sich vor, da gibt es Probanden, die bekommen fast 20.000 Euro für einen Test. Da muss ich mehrere Monate für arbeiten. Allein letzten Monat haben wir eine halbe Million Euro für sogenannte Aufwandsentschädigungen ausgegeben."

Jetzt ist von Trebitz ganz Ohr.

„Bei dieser Aufstellung, hatten Sie da auch die Gelegenheit, die Namen der Probanden zu sehen und welche Pharmazeutika an ihnen getestet wurden?"

„Nicht direkt, aber das dürfte kein Problem sein, diese Informationen zu bekommen, denn ich habe einen guten Draht zur Buchhaltung. Die müssten alle Namen wegen der Auszahlung der Beträge haben und dabei steht auch meistens der Case, das heißt für welche Testreihe sie engagiert waren."

Ein Lächeln geht über Maximilians Gesicht.

„Das wäre eine feine Sache, diese Liste zu erhalten."

Der Blick des Assistenten verdunkelt sich für einen Moment.

„In welchem Zusammenhang möchten Sie diese Information haben? Ich meine, wofür brauchen Sie das denn?", fragt er neugierig.

„Wie ich Ihnen ja gerade erklärt habe, gab es einige Fälle von Betäubung durch Fremdeinwirkung beziehungsweise auch Überfälle in Deutschland und auch hier in Schottland. Wir vermuten, dass XOVELL dahintersteckt."

Roy Heart blickt weiter skeptisch.

„Ich weiß nicht, ich gebe Ihnen gerne Informationen zu unserem Unternehmen. Aber ob ich Ihnen persönlich Dokumente zukommen lassen kann, das weiß ich nicht. Immerhin riskiere ich meinen Job dadurch. Aber andererseits habe ich mehr und mehr ein schlechtes Gewissen. Es geschehen schon seltsame Dinge bei XOVELL."

Maximilian von Trebitz merkt dem jungen Mann seinen Argwohn und Zweifel an. Da kommt ihm eine Idee in den Sinn.

„Bei Ihnen gibt es doch Werksführungen? Vielleicht könnte ich da an einem Ihrer Kopierer vorbeikommen und dort ganz zufällig einen Ausdruck finden, den ich dann, neugierig wie ich bin, sozusagen in Gedanken versunken, versehentlich einstecke."

Nachdenklich kommt die Antwort: „... versehentlich ... ja ... das wäre durchaus eine Möglichkeit. Wobei die Führung nicht im Vorstandsbereich vorbeikommt, da müsste ich das Dokument schon in einen der anderen

Kopierer legen ... so ganz in Gedanken verloren, versteht sich."

„Sehen Sie, genau so könnte das gehen.", ermutigt von Trebitz Heart. „Und weil Sie so kooperativ sind, lade ich Sie zu einer weiteren Cola ein."

Während er das sagt, schreibt von Trebitz die Zahl 20 000 auf einen Bierdeckel.

Der junge Mann stutzt, schaut ein zweites Mal auf die kleine Schrift, sieht das anschließende kryptische Eurozeichen und gib, mit einem fast unmerklichen Grinsen im Gesicht und einem verstohlenen Nicken, sein Einverständnis.

Zum Abschied tauschen beide noch ihre Mobilnummern aus.

Von Trebitz ist erleichtert, die letzte Runde Light Ale nicht mehr trinken zu müssen. Er sieht sich schon bei XOVELL, wie er die brisanten Informationen geschickt herausschmuggelt. Noch ahnt er nicht, dass es anders kommen wird, wie er denkt.

Die Bässe wummern. Die Girls bewegen sich rhythmisch lasziv auf der Tanzfläche. Ron ist in seinem Lieblingsclub. Es geht ihm selten gut. Nach ein paar Cocktails hat er sich einige bunte Pillen andrehen lassen. Jetzt traut er sich auf die Tanzfläche und bewegt seine Hüften zu dem scheinbar immer gleichen Sound. Nach ein paar Minuten verliert er auch die letzte Scheu und nähert sich einer der vollbusigen schmalhüftigen Dancing-Queens. Diese fährt voll auf ihn ab. Jedenfalls denkt Ron das in diesem Moment. Sie schmiegt sich breitbeinig an seinen Unterkörper. Dabei kann er perfekt in ihr wohlgeformtes Dekolletee schauen. Noch besser wird es, als sie sich hemmungslos gegen sein bestes Teil reibt. Ihm wird dabei ganz anders. *Mach weiter,* denkt er in diesem Moment. Das tut die wilde Blonde dann auch, als hätte sie seine Gedanken gelesen. Sie züngelt an seinem Ohrläppchen und haucht etwas in sein Ohr. Leider versteht er nichts, denn die Musik dröhnt laut. *Einfach weiter machen, es ist gerade so schön.* Doch das Babe hat etwas anderes vor. Sie nimmt Rons Hand und zieht ihn von der Tanzfläche. Er lässt sich die Aktion gefallen und folgt ihr willig. Im Laufen macht sie ein eindeutiges Zeichen mit der einen Hand. *Das soll wohl Geld heißen,* vermutet Ron. Im Gehen nickt er ihr aufmunternd zu.

Ehe sich Ron versieht, ist er in einem kleinen, knallbunt eingerichteten Raum angekommen, der hauptsächlich aus einer Kissenlandschaft besteht. In den Wänden pulsieren Lampen zu den hier leise wummernden Beats. Mit einem glückseligen Lächeln im Gesicht lässt er sich eine weitere Pille mit Champagner verabreichen, denn seine Lady hat sich bis auf einen Tangaslip vor ihm entblättert und die imposanten, perfekt geformten runden Dinger vor seiner Nase machen ihn schon ganz wuschig. Etwas ungeschickt versucht er sich aus seiner engen Jeans zu befreien. Zum Glück hilft die wirklich perfekt gebaute Maus ihm dabei. Jetzt hat er einen freien Blick auf ihre wohlgerundeten und trainierten Hinterbacken, zwischen denen nur ein kleines weißes Bändchen eingeklemmt ist. So langsam kommt Ron in Fahrt. War das Ganze bis hier hin wie ein Spiel, will er es nun richtig wissen. Ohne Hose und Slip rappelt er sich hoch und versucht, was bei den vielen Kissen nicht so leicht ist, von hinten diesen leckeren Body zu erobern. Von seiner plötzlichen Aktivität überrascht, lässt sie die Eroberung mit wohligem Stöhnen geschehen.

Willig drückt sie sich rückwärts an ihn heran. Das fühlt sich gut an. Rons Instinkte sind geweckt. Er will mehr. Nur den kleinen String gilt es noch zu überwinden. Ein Zug an dem Bändchen und er ist weg. Ron versucht sich richtig zu positionieren, aber die Stellung ist schon etwas für Fortgeschrittene, und die Partnerin sollte mitmachen, sonst geht der Vorstoß ins Leere.

Irgendwie meistert er die Herausforderung, ohne genau zu wissen wie. Bestimmt hat sie mit ihren schönen Pobacken und der richtigen Bewegung gekonnt nachgeholfen, denn auf einmal versinkt Ron in einer weichen und feuchten Umgebung, die sein bestes Stück willkommen heißt. *Immer weiter,* denkt er sich. *Immer weiter ...* Das geschieht ganz automatisch. Unwillkürlich. Mit animalischer Selbstverständlichkeit.

Selten hat er eine Frau erlebt, die so gut mitmacht. Er braucht sich kaum zu bewegen. Seine Erregung steigert sich wie von selbst. Seine Erektion auch. Dazu tragen natürlich auch die beiden wunderschönen, schwingenden Brüste bei, die er ständig anstarrt.

Mittendrin fragt er sich, *wie war noch mal ihr Name? Egal, auch ohne Namen, ist das einer der besten Ficks, die ich je hatte,* denkt er. Seine Stöße, ihr Push. Alles wird Eins. Eins. Und noch einmal. Es steigt in ihm hoch. Und höher. Er schließt die Augen. Und hört sich aufschreien. So schön!

Das ist das Letzte, das Ron an diesem späten Abend noch in der Lage ist, bewusst wahrzunehmen.

Dann bleibt sein Herz stehen.

Kapitel 12

Was ist das nur für ein Scheißfall, denkt sich Kommissar Nöcker, als er den Anruf seiner Kollegin verdaut. Heute, gegen Abend, hatte er noch mit dem Team gesprochen, dass sich um Ron Weller kümmern sollte.

Er sei in seiner Wohnung, ganz brav, und sie säßen in ihrem BMW vor seiner Tür, war die lapidare Aussage, die er von den Kollegen erhielt, die ihn überwachen sollten. Da saßen sie gut, denkt er sich jetzt. *Wo waren die Kollegen als Ron Weller im Club tanzte? Vollpfosten! Versager!* Er kann es immer noch nicht fassen. Im Hinausgehen zieht er seine Lederjacke über und macht sich auf ins Präsidium. Die Ergebnisse der Obduktion werden zwar erst morgen früh eintreffen, doch er will sich mit Melanie besprechen, bevor sie die beiden Loser zur Rede stellen.

Als er im Präsidium eintrifft sitzt Melanie nicht an ihrem Platz. Ein jüngerer Kollege informiert Nöcker, dass sie im Besprechungsraum mit einer attraktiven jungen Dame zusammen ist und diese befragt. Nöcker geht erst einmal eine rauchen und schickt seiner Kollegin vorsichtshalber eine SMS, denn er will das Gespräch nicht in einem ungünstigen Moment stören. Er weiß, aus eigener Erfahrung, wie ärgerlich das sein kann. Nach einigen Minuten kommt die Antwort: *Bin gleich durch. Besser du bleibst draußen. Gespräch unter Frauen!* Da hätte er sich das Kommen sparen können. Mürrisch setzt er sich an seinen Schreibtisch und legt eine Runde Wippen ein. Er muss nicht lange warten, da kommt Melanie zurück.

„Mit wem hattest du das Vergnügen?“, ist seine erste Frage.

„Wenn ich du wäre, würde ich jetzt erst mal eine rauchen, aber ich schnaufe nur kurz durch und berichte dir gleich."

Melanie greift in ihre Handtasche und holt ein kleines Flakon hervor. Sie sprüht jeweils einen kurzen Stoß Parfüm auf die Innenseiten ihrer Handgelenke und streicht mit diesen über ihren schlanken Hals.

„Ah, ich liebe diesen Duft, er weckt die Lebensgeister in mir."

„Schön, schön, Frau Rosinger, duften sie nun nach Rosen?"

Melanie zieht eine Grimasse und geht auf ihren Chef zu.

„Hier, besser als dein Gestank nach kaltem Rauch, den ich den ganzen Tag ertragen muss." Sie hält ihm ein Handgelenk vor die Nase. Darauf muss Nöcker heftig niesen.

"Ich wusste ja, warum ich keine Freundin mehr habe. Zu viele Düfte!"

Melanie läuft mit wiegenden Hüften, betont feminin, zu ihrem Platz zurück und kommt dann direkt zum Punkt.

„Also, ich habe mit Courtney Love, das ist der Künstlername von Frau Natalie Buschewski, gesprochen, dem letzten Escort-Girl, das Ron Weller lebend gesehen und *gespürt* hat."

„Nöcker legt seine Stirn in Falten und öffnet langsam den Mund. Zum Reden kommt er aber nicht, denn seine Kollegin ist schneller.

„Sie hat einen aus ihrer Sicht fitten und attraktiven Mann auf der Tanzfläche kennengelernt. Das heißt, was man in solchen Clubs so unter Kennenlernen versteht. Und was das bedeutet, kannst du dir sicher lebhaft vorstellen. Jedenfalls, laut Aussage von Frau Buschewski, war der Verstorbene, das heißt, Herr Ron Weller, zum Zeitpunkt, als sie sich begegnet sind, leicht betrunken und machte einen sehr stimulierten Eindruck. Möglicherweise durch Einnahme von Pillen, die es dort unter der Hand gibt. Ihr Ziel hat sie schnell erreicht, denn kurz nach dem ersten körperbetonten Tanz ist er ihr bereitwillig in ein Séparée gefolgt. Und da sei es dann zur Sache gekommen. Leider hast du Frau Natalie Buschewski alias Courtney Love nicht gesehen. Aber die Frau ist echt der Hammer. So was von drall und prall, kann ich dir sagen, mein lieber Mann!"

„Du musst es ja wissen, Frau Rosinger, ich kenne ja deinen Frauengeschmack."

„Nicht frech werden, auch wenn ich eher auf die herben Mädels stehe, kann ich mich doch mal an perfekt geformten Brüsten und anderen Rundungen erfreuen."

Nöcker reibt sich die Nase. Mit seinem Wippen hat er schon länger aufgehört.

„Die haben es also krachen lassen?"

„Und wie. Herr Weller hat zuvor von besagter Courtney noch eine ganz besonders aufputschende Pille bekommen, die ihn wohl zum wilden Hengst gemacht hat. Stell dir vor, wie er da so ritt – Frau Buschewski konnte ihm dabei leider nicht ins Gesicht sehen – begann er plötzlich zu stöhnen und zu japsen. Das dürfte bei der Stellung, wie ich mal annehme und bei dem Tempo, das er draufhatte, und wovon ich unter Berücksichtigung seiner völligen Enthemmung auch ausgehen muss, kein Wunder gewesen sein. Und dann vor der letzten Hürde, da fiel er buchstäblich vom Pferd! Du kannst dir das sicher genauer ausmalen? Er sackte sozusagen in sich zusammen und ... war tot."

Ein unbeschreiblich dümmlicher Ausdruck breitet sich in Nöckers Gesicht aus. Erstaunen. Erschrecken. Verwunderung. Es ist irgendwie alles dabei. Sogar ein wenig Überraschung. Eine so bildhafte Schilderung der Umstände, die zum Tod von Herrn Weller geführt haben, hat er von seiner Melanie nicht – das heißt eigentlich nie – erwartet.

Auch Frau Rosinger ist konsterniert. Einen Blick wie diesen hat sie noch nicht bei ihrem Chef erlebt.

„Du solltest das genauso in deinen Bericht schreiben, den du ja noch heute Abend verfassen darfst.", brachte Nöcker endlich heraus. "Ron Weller ist also unverrichteter Dinge, heißt im Coitus interruptus , aus dieser Welt geschieden. Was für ein schaurig-schöner Tod! Nicht wahr, oder?“

„Wenn du das sagst, Peter. Die junge Frau aber, die gerade gegangen ist, die fand das bestimmt nicht sonderlich anregend. Es geht ihr auch nicht besonders gut. Ich habe ihr die Telefonnummer unserer Psychologin gegeben. Ich denke, sie braucht einige Sitzungen, um das Erlebte zu verarbeiten.“

„Ich auch! Ich brauche vor allem Schlaf. Es ist weit nach Mitternacht, lass uns den Obduktionsbericht abwarten, dann entscheiden wir, was zu tun ist. Danke für deinen Einsatz und die sehr lebendige Beschreibung des Todesfalles“, sagte Nöcker und stand auf.

„Du willst mich nur auf den Arm nehmen.“

„Nein, ich meine das ganz ernst. Vielleicht solltest du Schriftstellerin werden, ich habe dir auf jeden Fall gebannt zugehört. Und jetzt hauen wir uns aufs Ohr. Natürlich jeder für sich.“

In seiner typischen Große-Jungen-Art tappt Nöcker aus dem Büro.

Melanie bleibt noch eine Weile sitzen. Auch sie muss die letzten zwei Stunden verarbeiten.

Professor Atkinson geht selten aus. Es ist eine Ewigkeit her, dass er zu einem gesellschaftlichen Event eingeladen wurde. Deshalb hat er sich einigermaßen gewundert, eine hochwertig gestaltete Einladungskarte zu erhalten. Auf dem Titel ist ein sehr abstraktes Gemälde zu sehen. Nachdem man die Karte aufgeklappt hat, wird man vom Vorstand der ‚European Association of Pharma Biotechnology' (EAPB), persönlich angesprochen.

Atkinson ist seit der Gründung im Jahr 2000 Mitglied. Deshalb war er bei den ersten Sitzungen, zum Beispiel in Berlin, dabei und hat sich mit Kolleginnen und Kollegen aus ganz Europa ausgetauscht. Seit einigen Jahren ist seine Beteiligung eingeschlafen, denn er hat sich immer mehr auf seine Forschungen bei XOVELL konzentrieren müssen. Wenn aber, wie jetzt, zu einem Treffen in seiner Heimatstadt Edinburgh eingeladen wird, dann will auch er nicht fehlen. Die Location findet er zwar etwas seltsam, aber vielleicht ist eine Galerie einmal eine schöne Abwechslung zu seinem tristen Labor unter der Erde. Von der Fruitmarket Gallery hat selbst er schon gehört. Sie ist europaweit bekannt für zeitgenössische Kunst und bietet Besuchern immer wieder Ausstellungen neuer Künstler, insbesondere aus Schottland. Sie liegt mitten in der Altstadt, gleich neben dem Bahnhof, wie es sich für eine ehemalige Markthalle gehört. Die wichtigsten Informationen zu den ausstellenden Künstlern findet er auf einem elegant bedruckten Transparentpapier, das in die Klappkarte eingelegt ist.

Deutlich später als in der Einladung angegeben steigt er aus dem Taxi aus. Sogleich fühlt er sich beobachtet. *Wahrscheinlich bin ich es durch die Jahre in meinem Laborgefängnis nicht mehr gewohnt, wenn andere Menschen einen freundlich ansehen,* denkt er sich. Und genau das – scharf beobachten – ist Aufgabe einer großgewachsenen Frau mit dunklem Teint, die in einem umwerfend eleganten roten Kleid auf ihn zukommt. Professor Atkinson hat einen kleinen Pin an sein Revers befestigt, so wie es in der Einladung geheißen hat. Die schlanke Frau begrüßt ihn freundlich und fragt nach seinem Namen. Dieser wird sogleich auf einem iPad abgehakt.

Jetzt kann der Professor die Galerie betreten und wird in der großzügigen Halle mit einem Glas Champagner begrüßt. Ganz bewusst ist er später angekommen. Er hasst es, einer der Ersten zu sein. Denn nichts ist schlimmer für ihn, als einen Small-Talk zu führen.

Sich an seinem Glas festhaltend, schlendert er nun durch die weitläufige Ausstellung und tut dabei so, als ob ihn die ausgestellten Gemälde interessieren. Gerade als er den ersten Raum durchschritten hat, werden die anwesenden Gäste begrüßt. Ein älterer Herr, mit einem typisch deutschen Akzent ist offensichtlich sehr stolz, hier sein zu dürfen. Er bedankt sich bei dem Kurator der Ausstellung und der Stadt Edinburgh. Anschließend motiviert er die Gäste, den Abend für einen regen Austausch zu nutzen. Am morgigen Tag seien dann, auch in diesen Räumen, Vorträge geplant.

Professor Atkinsons Unsicherheit ist nach dem ersten Glas Champagner deutlich weniger geworden, deshalb greift er auch beherzt zu, als eine weitere wunderschöne junge Frau ihm ein Tablett mit gefüllten Gläsern reicht.

Wie er sich umdreht, rempelt er ungeschickt eine Frau in einem schwarzen Hosenanzug an.

„Hallo, junger Mann, wollen Sie sich nicht entschuldigen?“, sagt diese sofort leicht ungehalten.

„Aber natürlich, ich war ganz in Gedanken, es tut mir außerordentlich leid.“

Die Dame lächelt schon wieder und schaut den Professor interessiert an.

„Kennen wir uns nicht? Sie sind ... lassen Sie mich überlegen ... Professor Richardson?“

Jetzt lächelt Atkinson und erwidert höflich: „Professor ist richtig. Aber mein Name ist Atkinson. Professor Luther Atkinson. Und Sie, wenn ich fragen darf, heißen?“

Priscilla Montafonds, ich bin von Seattle extra nach Edinburgh gekommen, um mich seit langem Mal wieder mit geschätzten Kollegen auszutauschen. Sind Sie auch Gründungsmitglied?“

Professor Atkinson ist froh, gleich am Anfang des Abends jemand zu treffen, zu dem es eine Verbindung gibt. Deshalb reagiert er auch ganz euphorisch auf die Frage von Mrs. Montafonds.

„Jawohl, das bin ich. 2000 war ich schon dabei, aber ich muss zu meiner Schande gestehen, seitdem war ich nur ein einziges Mal bei einem Treffen. Das war kurz nach der Gründung in Berlin.“

„Genau, jetzt erinnere ich mich, wir haben dort kurz miteinander gesprochen. Waren Sie da nicht auf der Suche nach einer neuen Aufgabe in der Industrie?“

Mit roten Wangen, offensichtlich bedingt durch den anregenden Champagner und dem Interesse an der femininen Erscheinung, freut sich der Professor über die Zuwendung der attraktiven Mittfünfzigerin.

„Sie haben aber ein gutes Gedächtnis, es stimmt, kurz nach Berlin habe ich ein Angebot von XOVELL erhalten und arbeite seitdem in der Forschungsabteilung."

Mit leicht zur Seite geneigtem Kopf und einem samtigen Lächeln fragt Mrs. Montafonds munter weiter: „XOVELL, ist das nicht das Unternehmen, das an synthetischen Neurotransmittern arbeitet? Ich habe neulich einen Online-Artikel im 'Science' Magazin darüber gelesen. Der CEO heißt, wenn ich mich nicht irre, Camden."

„Sie überraschen mich mehr und mehr, Mrs. Montafonds. Aber wahrscheinlich bin ich durch meine jahrelange Forschungsarbeit uninformiert, was unsere Branche angeht. Erlauben Sie mir die direkte Frage, arbeiten Sie auch in der Forschung in einem Pharma Unternehmen?"

Sichtlich angeregt, geht Mrs. Montafonds gleich auf die Frage ein.

„Ich bin Human Resource Leiterin bei Physico, also für das Recruiting neuer Mitarbeiter und das Arbeitsklima dort zuständig. Wenn sie etwas über das Unternehmen erfahren möchten, dann sollten Sie nicht zögern und mich fragen."

Spätestens jetzt hat Professor Atkinson seine Umgebung vollkommen ausgeblendet, denn er ist dem Gespräch mit der hochinteressanten Frau an seiner Seite verfallen.

Nicht im Leben hätte er damit gerechnet, eine solche Gelegenheit zu erhalten, alleine dadurch, dass er diese Einladung angenommen hat.

Zwei Gläser Champagner und ein paar Fingerfood Häppchen später – die beiden sind beim du gelandet – traut er sich, die für ihn alles entscheidende Frage zu stellen: „Priscilla, hättest du vielleicht einen Job für mich?"

Unterdessen sitzen die beiden etwas abseits auf einem kleinen Sofa für zwei, was die Intimität des Gesprächs nur intensiviert. Priscilla hat die Hand auf Luthers Knie gelegt und tätschelt es liebevoll.

„Für eine Koryphäe wie du es bist, haben wir immer eine Position. Ich darf sogar behaupten, *die Position!* Hier ist meine Karte. Lass uns gleich morgen früh telefonieren und uns in der Stadt treffen, dann können wir die Details besprechen."

Luther Atkinson ist überglücklich. Er ist ohne Erwartungen in die Fruitmarket Gallery gekommen. Und jetzt gibt es für ihn *die* neue berufliche Perspektive, um vom gehassten Cornel Camden und dem Unternehmen XOVELL wegzukommen und eventuell diesem Menschen den schon fest geplanten Erfolg zu zerstören.

Verträumt sitzt er noch eine Weile auf dem kleinen Sofa und denkt an Priscilla, mit der er überraschend schnell vertraut geworden war. Nach weiteren zwei Gläsern Champagner bestellt er sich ein Taxi. Es ist spät geworden und er kann sich kaum noch auf den Beinen halten. Während der Fahrt malt der Professor sich aus, wie er bald in Seattle forscht.

Cynthia weint selten. Doch dieses Mal kann sie sich kaum beruhigen. *Wie hat das passieren können?* Sie macht sich Vorwürfe, sich nicht um Ron gekümmert zu haben. Er war so stolz nach der gelungenen letzten Sendung. Auch wenn sie mit Cornel Camdens Auftritt jede Menge unterschiedlicher Reaktionen ausgelöst hat, er war die neutrale Instanz und hat die Sendung perfekt geführt und zu Ende gebracht. Sie sieht ihn vor sich, wie er, nachdem die Kameras aus waren, auf sie zukam und sie voll echter Freude in den Arm genommen hat.

Normalerweise steht Cynthia nicht auf diese emotionalen Ausbrüche, aber das war eine Ausnahme. Nach dieser verrückten Sendung hatte sie auch mit ihren Emotionen zu kämpfen. Ron war nie der Mutige, aber er war schlagfertig und konnte sich gut anpassen. Er hat sie immer akzeptiert, sie fast schon als Chefin angesehen, die ihm sagen musste, wie er sich zu verhalten hat. Jetzt ist er tot. Auf ihrem weißen Lackschreibtisch türmen sich die gebrauchten Papiertücher. Die Tränen laufen ihr die Wangen herunter, als ihre Assistentin Carina hereinkommt.

Sie geht auf ihre Chefin und Freundin zu und umarmt sie liebevoll mit großer Empathie.

„Es ist sicher furchtbar für dich, aber die Leute erwarten ein Statement von dir. Ron war der Moderator der Sendung und somit auch eine Identifikationsfigur für viele. Insbesondere die jungen Frauen sind schwer getroffen. Er war ja wie ein Vorbild für sie."

Cynthia schüttelt innerlich den Kopf. Sie kannte Ron besser. Er war ein Pantoffelheld und keiner seiner Flammen auch nur eine Minute lang treu, aber trotzdem sind sie auf ihn geflogen. Wahrscheinlich, weil er ihnen zugehört hat und viele Geschichten aus der tollen und verrückten Fernsehzeit von vor zehn Jahren zu erzählen wusste.

„Du hast recht Carina, ich gehe nur kurz ins Bad, mich frischmachen. Du kannst schon mal alle in unseren Besprechungsraum bitten.“

Cynthia ist wie immer ungeschminkt, worüber sie in diesem Moment besonders froh ist, denn sie hält ihr Gesicht unter das kalte Wasser, das aus dem Hahn kommt.

Ich leite diese Redaktion nun schon seit vier Jahren, sagt sie sich, heute ist das erste Mal, dass ich nicht weiß, was ich meinen Leuten sagen soll. Am besten überlasse ich es meiner Intuition und gehe einfach raus. Keiner erwartet von mir, spontan eine Rede zu halten.

Wenige Minuten später hat sie es hinter sich gebracht. Wie erwartet, heulten die fünf jungen Junior-Redakteurinnen gleich los. Die Älteren hatten einige Fragen. Ob Ron denn ersetzt werden würde oder die Sendung eingestellt wird. Diese weitergehenden Fragen konnte Cynthia natürlich noch nicht beantworten. Sie beschränkte sich auf die essentiellen Informationen, die sie heute Morgen von Melanie Rosinger, der jungen Polizistin, erhalten hatte.

Ron war am Tag nach der Sendung abends ausgegangen und hatte in einem Club unterschiedliche Drogen in Form von Pillen genommen, dazu eine Menge Alkohol getrunken. Die intimen Details, welche Frau Rosinger ihr im Vertrauen erzählt hatte, ließ sie selbstverständlich weg. Sie umschrieb die Todessituation als Überanstrengung nach dem Tanzen. Wie der Obduktionsbericht ergab, war Ron an Herzversagen gestorben. Sein Herz war generell und durch den übermäßigen Drogenkonsum über die letzten Jahre extrem schwach.

Alle schauten sich an und es gab dazu keine weitere Frage. Möglicherweise, weil die meisten Rons Zusammenbruch letzte Woche in der Redaktionskonferenz noch deutlich vor Augen hatten. Still, leise und traurig, gehen die Mitarbeiter der Z24 Redaktion wieder an ihre Arbeit, und Cynthia ist mit sich allein.

Schon komisch, denkt sie, *da stellt man sich hin und mimt die Starke, dabei ist man selbst so schwach.* Spontan entschließt sie sich, heute einfach mal nach Hause zu gehen. Sie kann sowieso keinen klaren Gedanken mehr fassen. *Und Morgen ist die Beerdigung, hoffentlich kann ich mich da zusammennehmen.*

Ron lebte immer allein. Er hatte zwar viele Liebschaften, doch keine hielt lange. Seine Eltern waren schon früh gestorben. Deshalb ist es Toms Aufgabe, als sein bester Freund, die Beerdigung zu organisieren. Er hat so etwas vorher auch noch nicht gemacht. Gut, dass Ron ihn schon vor einiger Zeit als Bevollmächtigten ernannt hat und er so relativ frei agieren kann. Über Rons Facebook-Profil konnte er die meisten seiner Freunde informieren, und die wenigen Verwandten, die Ron hat, wurden direkt zur Beerdigung eingeladen.

Die beim Fernsehen sind wie die Filmleute: man nutzt solche Gelegenheiten, um sich wiederzusehen. Bei der anschließenden Trauerfeier ist dann Zeit, den neuesten Tratsch zu erfahren.

Die Schlange am Grab ist lang, und die Tränen fließen, insbesondere bei den jungen Damen, unaufhörlich. Natürlich ist auch die Presse da und ganz besonders theatralische Darbietungen haben die Chance, am nächsten Tag im Lokalteil der Bild München zu erscheinen. Tom findet das widerlich, doch dagegen machen kann er nichts, deshalb hat er die Beerdigung und die anschließende Trauerfeier auch kurz und nicht übertrieben gestaltet. Eine emotionale persönliche Rede gehört für ihn aber dazu. Er beginnt sie mit einem Trompetensolo. Der Titel, den er ausgewählt hat, war einer der Lieblingsstücke von Ron, und er passt perfekt zu einer solch traurigen Feier. ‚Candle in the wind‘ von Elton John.

Danach würdigt Tom die Talente und den Weg, den Ron in seinem zu kurzen Leben gegangen ist. Als sein bester Freund erzählt er die eine oder andere Anekdote.

Als die Gäste sich nach der Trauerfeier verabschieden, bleibt, wie zufällig, eine kleine Gruppe beisammen: Sina, Tom, Richard, Maximilian, Cynthia und Johanna, Sinas Assistentin.

Spontan entscheiden sie, gemeinsam im Englischen Garten einen kleinen Spaziergang zu machen und in einem der umliegenden Cafés den späten Nachmittag ausklingen zu lassen.

Nachdem alle still nebeneinander hergehen, ergreift Richard das Wort.

„Don't you think, wir sollten noch einmal sprechen mit der Polizei? His death, die Bullen sind mit daran schuld. What do you think?"

Cynthia fühlt sich angesprochen und reagiert auf ihre typisch journalistische Art: „Die Polizei hätte seinen Tod auch nicht verhindern können. Ron hat selbst entschieden, Drogen zu nehmen, obwohl er durch seinen Zusammenbruch kürzlich mehr als gewarnt war."

Tom pflichtet Cynthia bei: „Ich habe ihn zu einem Spezialisten in die Uniklinik geschickt, Sina, du kennst Dr. Preuss, er hat auch dich behandelt. Der Neurologe hat ihm ganz klar gesagt, seine Verfassung ist nicht gut, und er sollte sich genau überlegen, ob er seinen Lebensstil nicht ändert."

Sina nickt und ergänzt: „Es gibt immer eine Prädisposition, nicht alle Menschen sind gleich, sonst hätten wir noch viel mehr Drogenabhängige und psychisch kranke Menschen."

Maximilian von Trebitz ist neu in der Runde, Richard ist ihm seit vielen Jahren ein treuer Klient. Cynthia, Johanna und Tom trifft er heute zum ersten Mal. Nun ergreift er das Wort: „Wie vielleicht nicht alle von euch wissen, arbeite ich als Wirtschaftsdetektiv und Berater. Ich habe mich in den letzten Wochen der Sache mehr aus eigenem Antrieb angenommen. Der Überfall auf Richard in Edinburgh war der Auslöser für mich. Ihr solltet wissen, generell interessiere ich mich für psychische Störungen, insbesondere auch für psychische Belastungen im Beruf, denn unserer Wirtschaft gehen dadurch jedes Jahr Milliarden verloren und falls wir dieses Problem jemals in den Griff bekommen sollten, steigert sich unsere Produktivität enorm. Sozusagen Digitalisierung der Prozesse plus Perfektionierung der anfälligen Mitarbeiter. Und wer hier für dieses weltweite Problem eine Lösung findet, der ist ein gemachter Mann."

Cynthia schaut den eleganten Detektiv interessiert an. Er wirkt auf sie seriös und gebildet. Aber seine Theorien findet sie beängstigend. Sie überlegt sich, ob sie ihm darauf antwortet, doch die kleine Gesellschaft ist noch zu sehr von der Beerdigung verstört, und sie will nicht eine Diskussion starten, die momentan fehl am Platz ist.

Nach dem Spaziergang sitzen alle zusammen in einer gemütlichen Couchlandschaft in einem angesagten Münchner Café und genießen unterschiedliche Café-Spezialitäten. Nach einem kurzen Small-Talk, setzt Maximilian seine begonnene Erklärung fort.

„Deine Sendung, Cynthia, war für mich hoch spannend. Insbesondere der Abgang von Cornel Camden. Dieser hat mich motiviert, der Sache noch einmal tiefer nachzugehen."

Jetzt ist es Tom, dessen Neugier geweckt ist.

„Wie meinst du das? Mit uns hast du nicht gesprochen?"

Die Augen des Detektivs leuchten, und er antwortet direkt auf Toms Frage.

„Es ging mir nicht direkt um euch, sondern um die Hintergründe, warum XOVELL so agiert hat. Ganz besonders, warum sie so ein großes Risiko eingegangen sind, Menschen zu überfallen und zu betäuben, nur damit sie nicht weiter mit diesen synthetischen Neurotransmittern im Körper herumlaufen. Ich bin der Meinung, da steckt noch mehr dahinter. Wer synthetische Neurotransmitter herstellen kann, der ist vielleicht zu Größerem in der Lage."

Richard unterbricht seinen Freund: „You have to know, Max is der beste Detektiv in ganz Germany, and he knows a lot of people in the business."

Max linkes Auge zuckt mal wieder. Er streicht sich eine Strähne aus dem Gesicht, was ein eindeutiges Zeichen für seine aufkommende Nervosität ist.

„Richard, bitte übertreib nicht. Ich habe mich nur etwas umgehört und umgeschaut. Und die eine oder andere Information von dem einen oder anderen Mitarbeiter von XOVELL erhalten."

„Wow, dann sind Sie ja so etwas wie ein Spion?", plappert Johanna aufgeregt dazwischen. „Ja, so ähnlich, ich bediene mich vergleichbarer Methoden und Mittel. Jedenfalls konnte ich einiges herausfinden, was Licht in den bisherigen mysteriösen Fall und die immer noch nicht aufgeklärten Vorkommnisse bringt. Ich kann euch heute noch nicht alles erzählen, aber ich denke, spätestens übermorgen bin ich soweit. Ich werde euch, wenn ihr einverstanden seid, zu mir ins Büro einladen und meine Erkenntnisse mitteilen."

Cynthia mischt sich ein und bemerkt etwas vorwitzig: „Ja, die Detektive denken, dass sie besser als die Polizei sind!"

Max lässt sich nicht aus der Ruhe bringen.

„Genau das denke ich. Denn meine Drähte in das Unternehmen sind direkter Natur, und die deutsche Polizei ist auf ihre Kollegen in Edinburgh angewiesen. Was ich euch jetzt schon sagen kann, ist, dass die Forschungsabteilung von XOVELL an weitaus mehr arbeitet und es viele weitere Tests mit Probanden gab und gibt. Nur leider hat sich in diesem einem Fall ein Proband nicht an die vertraglichen Abmachungen gehalten und es gab, wie wir wissen, dann diese ungewollte Übertragung mit Folgen."

„Sorry guys that was me! Ich bin auf einen jungen boy reingefallen. And then ... „

Sina spricht es offen aus: „Und dann hast du mich bei einer Probe von 'Kiss for Love' geknutscht. Und so wurde ich auch eine potentielle Überträgerin. Und unser lieber Ron, der hat es kurz darauf mit mir zu tun bekommen."

Cynthia schaut überrascht. „Das wusste ich nicht. Hat er deshalb noch stärkere psychische Störungen gehabt?"

Tom springt für Sina ein: „Ich denke schon. Ich habe mich mit ihm darüber unterhalten. Er konnte nicht mehr durchschlafen, war hypernervös und hatte starke Wahnvorstellungen. Ich war überrascht, dass er überhaupt in der Lage war, die letzte 'Nah ran'-Sendung zu moderieren."

„Das war ich auch, insbesondere nach seinem Zusammenbruch in der Redaktionskonferenz vor der Sendung", entgegnet Cynthia.

„Er muss sich extrem zusammengenommen haben. Umso schlimmer war dann auch der Rückfall. Armer Ron!" Kurz überlegt sie und dann traut sie sich die Frage zu formulieren, die offensichtlich ist: „Tom, du bist doch mit Sina zusammen, hattest du in der Folge auch Probleme?“

Tom nimmt seinen Latte Macchiato in die Hand und blickt versonnen in die aufgeschäumte Milch.

„Ja! Es war eine schlimme Zeit für mich. Ich habe komplett an mir gezweifelt. Hatte Angst, meinen Beruf nicht mehr ausüben zu können. Meine Kreativität war weg. Ich hatte Schweißausbrüche und Panikattacken. Aber das alles ist vorbei, seit ich in Wien aus dem Koma erwacht bin.“

Maximilian meldet sich wieder zu Wort.

„Auch wenn diese persönlichen Angriffe auf euch und euer Leben nicht in Ordnung waren, wenn sie nicht stattgefunden hätten, dann, ja dann, könnte es euch auch so ergangen sein, wie eurem Freund Ron. Je nachdem wie stark ihr schon vorher belastet wart, ob durch Drogen oder schon vorhandene psychische Störungen. Hier ist genau das gefährliche Potential des Experiments. Man kann von Glück sagen, dass die Leute von XOVELL eingegriffen haben.“

Sina schüttelt den Kopf und erwidert empört: „Sollen wir ihnen auch noch dankbar sein? Ich habe eine Nacht lang betäubt im Treppenhaus eines Münchner Parkhauses gelegen. Stellt euch mal vor, was da sonst noch hätte passieren können?“

„Genau das ist das Entscheidende, was hätte sonst noch passieren können? Oder anders formuliert, was *ist* sonst noch passiert, von dem wir nichts wissen?“, fasst Cynthia zusammen.

Maximilian versucht, beruhigend aufzuklären: „Bei meinen Recherchen und Gesprächen habe ich versucht, einige Antworten herauszufinden. Hat XOVELL die Gefahr der 'Emotionalizer' gebannt? Was hat XOVELL mit dieser neuen Art der Psychopharmaka vor? Gibt es noch weitere Entwicklungen, von denen Gefahr ausgehen könnte?“

Cynthia wittert das Potential für sie als TV-Journalistin.

„Und, was hast du herausgefunden?“

Max schüttelt den Kopf.

„Ich kann euch nur beruhigen, ich habe einige wichtige Fakten aus sicherer Quelle gesammelt, aber ich kann und will sie euch hier und heute noch nicht erzählen. Ich warte noch auf die Zusage einer wichtigen Person. Habt bitte noch etwas Geduld. Ich werde bei unserem nächsten Treffen Fakten präsentieren, die XOVELL belasten, aber es besteht auch die Hoffnung, dass es einen Ausweg gibt.“

Tom kann das kaum glauben, kritisch merkt er an: „Was für Auswege soll es da geben? XOVELL ist ein Unternehmen, das Menschenleben gefährdet oder sogar schon auf dem Gewissen hat. Wir haben gerade einen meiner besten Freunde beerdigt! Ich kann nicht verstehen, warum die Polizei nicht schon längst was unternommen hat. Was soll denn noch alles passieren?“

Max legt seine Hand auf Toms Schulter.

„Die Forschung, die XOVELL betreibt und das Ziel dessen, ist, aus meiner Sicht, im Grunde nicht falsch. Sie sind aber an einer Stelle moralisch gesehen vom Weg abgekommen. Und ich denke, da ist Cornel Camden, der CEO, Schuld daran. Er ist zu ungeduldig und will zu viel. Teilweise kann man es verstehen, denn es ist sein Geld, das in XOVELL steckt. Aus diesem Grund plant er momentan auch einen Börsengang, um die immensen Entwicklungskosten wieder hereinzuholen und Geld für die Vermarktung neuer Produkte wie den 'Emotionalizern' zu erhalten.“

Cynthia schaut skeptisch und formuliert zynisch: „Da bin ich mal gespannt. Man merkt, dass du kein Journalist bist, sondern ein verkappter Betriebswirt, stimmt's?"

Da muss Maximilian von Trebitz lachen.

„So etwas hat noch nie jemand zu mir gesagt, aber im Prinzip hast du recht. Ich suche immer die betriebswirtschaftliche Komponente in meinen Fällen. Was die Leute antreibt, warum sie Fehler begehen oder von der rechten Bahn abkommen."

Cynthia wird diese nüchterne und, aus ihrer Sicht, arrogante und Menschen verachtende Betrachtung zu bunt.

„Das ist schön von dir, dich auf die Seite der Industriebosse und Geldgierigen zu stellen. Aber überlege mal, was ist, wenn die wirklich erfolgreich mit ihren Pillen sind. Wenn immer mehr Menschen sich davon abhängig machen. Das wird das Ende der echten Gefühle. Willst du in einer solchen Gesellschaft leben?"

Sina empfindet die Diskussion deutlich zu aufgeheizt, will aber mit ihrer Meinung nicht zurückhalten: „Wir haben doch an Ron gesehen, wo das hinführt, wenn ein Mensch psychisch labil und anfällig für Drogen oder Medikamente ist. Wenn die es wirklich hinkriegen, solchen Menschen zu helfen und ihre Gefühlswelt stabilisieren, dann wäre vielen geholfen. Ich erlebe es täglich, die meisten Krankheitsfälle, insbesondere die lang andauernden, sind durch psychische Störungen ausgelöst. Aber ich stimme Cynthia zu, werden die 'Emotionalizer' für alle günstig angeboten, zum Beispiel in Drogerien, dann, denke ich, ist die Wirkung kontraproduktiv, denn die Menschen neigen zu Übertreibung und sind maßlos."

Johanna ist bisher sehr zurückhaltend gewesen, aber irgendwie hat sie das Gefühl, die angespannte Stimmung beenden zu müssen: „Kommt, lasst uns diesen traurigen und schwierigen Tag bei einem Glas Wein und gutem Essen ausklingen. Ich reserviere uns einen Tisch im Balduccis, einverstanden?"

Richard ist sofort dabei. „What a great idea. But give me some time, ich brauche eine Dusche. Seven thirty, ist das gut für euch?"

Alle stimmen zu, und jeder geht erst einmal nach Hause.

Auf dem Heimweg kann Cynthia nicht aufhören sich über die Art und Weise zu echofieren, wie Maximilian die Sache sieht und welche Meinung er gegenüber ihr und den Opfern vertritt. Sie vertraut diesem Detektiv nicht. Ja, er ist ein intelligenter Typ, doch seine moralischen Werte teilt sie nicht. Kurz bevor sie Zuhause ankommt, hat sie eine Idee: *Ich werde mit Melanie Rosinger Kontakt aufnehmen. Sie scheint die Vernünftigste bei der Polizei zu sein. Mal sehen, ob wir nicht mit vereinten Kräften XOVELL drankriegen.*

In ihrer Wohnung angekommen, setzt sie ihr Vorhaben gleich in die Tat um: „Cynthia Jäger hier. Hallo Frau Rosinger. Ich melde mich bei Ihnen, weil ich Sie bei der Aufklärung des XOVELL Falles unterstützen möchte. Wären Sie daran interessiert?"

Melanie Rosinger ist einigermaßen überrascht, einen Anruf von der umtriebigen Journalistin zu erhalten. Sie fragt erst einmal kritisch: „Warum wenden Sie sich an mich, ich leite die Ermittlungen nicht. Mein Chef, Peter Nöcker, ist dafür zuständig."

„Ja, das ist mir bekannt. Ich habe mich bewusst dazu entschieden, Sie zu kontaktieren, denn ich vertraue

Ihnen. Außerdem denke ich, wir sind auf der gleichen Wellenlänge. Können wir uns treffen? Ich bin nämlich im Besitz weiterer Details über XOVELL."

Während sie das sagt, spielt sie mit einem kleinen Memory-Stick in ihrer Hand, den ihr ein Wissenschaftler bei XOVELL in einem unbeobachteten Moment in die Hand gedrückt hat.

Es entsteht eine Pause.

Offensichtlich muss Melanie Rosinger nachdenken.

„Gut" sagt sie schließlich, "wie wäre es, wenn wir uns gleich morgen früh um 9:00 Uhr im Café Lungo treffen?"

„Ja, das kann ich möglich machen. Und bitte behalten Sie unseren Termin erst einmal für sich."

„Einverstanden. Also dann bis morgen früh."

„Danke für Ihr Entgegenkommen."

Cynthia legt auf und atmet erleichtert durch. *Ich habe es getan! Jetzt heißt es, konsequent dranbleiben.*

Der Abend, den sie mit Freunden in einem der vielen Münchner Biergärten verbringt, ist für Melanie voller gemischter Gefühle. Insgeheim ist sie stolz und aufgeregt, denn wie es aussieht, besteht die Möglichkeit, einen Fall – ihren ersten, wirklich großen Fall – aufzuklären. Ihr Chef geht ihr gehörig auf den Geist. Sein permanent wichtiges Getue. Seine Marotten. Und ganz besonders die Art, wie er von Anfang an agiert hat, findet sie nicht in Ordnung. Sie kann und will das nicht länger akzeptieren. Außerdem will sie weiterkommen. Seit über drei Jahren hängt sie nun schon in derselben Abteilung fest. Und obwohl sie die Hauptarbeit macht, bekommt er die Lorbeeren.

Damit ist jetzt Schluß!, sagt sie sich. *Morgen früh ist meine Chance. Die Journalistin ist eine clevere Person.*

Bestimmt hat sie bei XOVELL genau recherchiert. Sie war vor Ort. Nicht wie die unbewegliche Münchner Polizei, die sich von den Kollegen in Edinburgh bevormunden lässt.

Gedanken verloren starrt Melanie auf ihr geliebtes Weizenbier. Gleich kommen ihre Freunde in den Biergarten. Dann will sie den lauen Frühlingsabend genießen. Bevor sie morgen die Journalistin trifft. Sie nimmt einen großen Schluck zu Ehren Cynthia Jägers. Die hat nämlich Mut. Und genau den will auch Melanie Rosinger bei sich entdecken.

Kapitel 13

Zwei Tage später trifft sich die Gruppe, bis auf Johanna, die nicht direkt betroffen ist, in Maximilian von Trebitz' Büro. Wie immer ist die Altbauwohnung perfekt aufgeräumt und professionell hergerichtet. Ein heller Besprechungsraum mit zwei USM-Haller Sideboards und einem ovalen Glastisch bietet genügend Platz für alle.

„Möchte jemand einen Espresso? Oder vielleicht einen Saft?“

Nachdem jeder sein Getränk vor sich stehen hat, beginnt Maximilian zu sprechen. „Herzlich willkommen und danke für eure Geduld. Hat sich die Polizei mittlerweile bei euch gemeldet?“

Ein allgemeines Kopfschütteln bestätigt, was der Detektiv schon vermutet hat. Die offiziellen Mühlen mahlen langsam.

„Umso besser, dann kann ich euch heute den aktuellen Stand meiner Recherchen mitteilen und darüber hinaus vielleicht einen sinnvollen Vorschlag unterbreiten.“

Max ist aufgestanden und steht am Ende des Glastisches. Er rückt seine Brille zurecht, die ihm ein noch seriöseres Aussehen verleiht.

„I am curious and ganz gespannt, was du herausgefunden hast. Please start, Max!“

Richard sieht heute irgendwie verändert aus, sein Bart wirkt länger, und er hat sich die Haare mit Gel nach hinten gelegt. Wahrscheinlich hat er einen neuen Lover, mutmaßt Sina.

Mit einer Fernbedienung in der Hand beginnt der Detektiv seine Präsentation.

„Das ist das Headquarter von XOVELL."

Auf der weißen Wand erscheint ein Foto eines hypermodernen Gebäudes, das farblich changierend mit großflächigen Metallplatten verkleidet ist.

„Wie ihr seht, gibt es eine Schranke und um das Areal herum sind hohe Sicherheitszäune. Ich fand das recht ungewöhnlich für ein Pharma-Unternehmen. Da ich eine offizielle Führung gebucht hatte, habe ich natürlich mein Smartphone abgeben müssen, dann wurde meine Identität überprüft, danach bin ich vom Pförtner in die Empfangshalle geleitet worden."

Cynthia unterbricht Max.

„Ja, so ging es uns auch, mit dem kleinen Unterschied, dass wir unsere Kameraausrüstung mitnehmen durften."

Max lässt sich nicht irritieren und setzt seinen Vortrag fort: „Die Führung war für mich nur der Anlass, Kopien wichtiger Unterlagen von einem Informanten zu erhalten. Doch so weit kam es nicht."

Die Runde schaut irritiert und Tom lässt es sich nicht nehmen, eine Bemerkung fallen zu lassen: „Worum geht es hier heute eigentlich? Ich bin etwas verwirrt."

Max wendet sich direkt an ihn.

„Ich komme gleich darauf zu sprechen. Vorher will ich euch bitten, offen für meine und Cornel Camdens Vorschläge zu sein."

Jetzt ist die Bombe geplatzt! Alle schauen sich gegenseitig an, und zum Schluss ruhen die Blicke auf Maximilian. Cynthia steht auf und sagt mit lauter und aufgebrachter Stimme: „Du machst doch nicht etwa Geschäfte mit diesem Mann?"

Max beugt sich vor und legt seine beiden Hände auf den Tisch. „Es geht hier nicht um Geschäfte, es geht um die Entwicklung neuer Möglichkeiten und Chancen für unsere Gesellschaft."

Cynthia ist jetzt kurz vorm Platzen. „Ich ahne etwas; du hast Camden getroffen, als du bei XOVELL warst! Und er hat dich ..."

Weiter kommt Cynthia nicht, denn plötzlich ist der Colonel an der Wand des Konferenzraumes zu sehen. Er schaut freundlich und interessiert in die Kamera. Man hört ihn sagen: „Hello Ladies and Gentlemen. It is a pleasure to see you all together."

Max gibt dem Colonel ein Zeichen und ergreift wieder das Wort.

„Ja, Cynthia, er hat mich davon überzeugt, dass es Sinn macht, mit euch zu reden, damit ihr persönlich die Hintergründe dessen erfahrt, warum passiert ist, was ihr erlebt habt. Und ihr versteht, warum dieses Unternehmen für die ganze Welt von größter Bedeutung werden wird. Hört einfach mal zu. Richard, wärst du so gut und übersetzt?"

„Sure, my pleasure."

„Danke Max, zuerst möchte ich mich im Namen von XOVELL und auch ganz persönlich bei Ihnen entschuldigen. Ich weiß, was wir Ihnen angetan haben, lässt sich nicht wiedergutmachen. Mein Sicherheitschef Dimitri Koslovski und ich haben in den letzten Wochen einige falsche Entscheidungen getroffen. So etwas darf und soll nie wieder passieren, denn wir sind ein Unternehmen, das den Menschen helfen und nicht schaden will. Mein Auftritt in der Fernsehsendung 'Nah ran' war auch nicht in Ordnung. Ich habe mich provozieren lassen und stand insgesamt unter enormen Druck. Ich bin, wie Sie auch, nur ein Mensch und leide unter psychischen Störungen, habe starke Stimmungsschwankungen. Ich versuche, meine Seelenwelt mit Meditation zu stabilisieren, was mir nicht immer gelingt.

Die Forschungen, die wir betreiben, habe *ich* angestoßen. In den letzten zwei Jahren ist fast mein ganzes Vermögen in die Entwicklung der 'Emotionalizer' geflossen. XOVELL hat in dieser Zeit andere Produkte auf den Markt gebracht, die erfolgreich sind, aber bei Weitem nicht das Geld bringen, was wir benötigen, um so umfangreich zu forschen, wie wir es gerade tun. Wir haben insbesondere im letzten Jahr viele Fortschritte machen können. Wobei wir jedoch lange mit der Dosierung der Inhaltsstoffe experimentieren mussten. Und leider ist uns genau dabei ein fataler Fehler unterlaufen. Obwohl wir wussten, dass durch die Potenz der verwendeten synthetischen Neurotransmitter eine Weitergabe über Körperflüssigkeiten von Mensch zu Mensch möglich war, starteten wir eine offene Testreihe mit Freiwilligen.

Die Bishops waren mit dabei, und John war derjenige, der sich nicht an die vertragliche Abmachung gehalten hat, von einem sexuellen Kontakt außer dem mit seiner Frau Sally abzusehen. So begann das Dilemma. Wir wussten durch die Angaben der Probanden und den Untersuchungen durch unsere Ärzte, in welchem psychischen Zustand sich die Patienten befanden. Und wir hatten die Idee, an die wir heute noch glauben, dass ein gesunder Mensch einem psychisch Kranken helfen kann, indem er körpereigene Stoffe an ihn weitergibt. Kombiniert mit unseren synthetischen Wirkstoffen entsteht ein doppelt positiver Effekt, der zur Heilung der psychisch kranken Menschen führen kann. Das war aber leider nicht so bei John Bishop. Zum einen ist er ein besonders schwerer Fall und zum anderen hat er sich, sobald er die Möglichkeit dazu hatte, seinen sexuellen Neigungen hingegeben.“

Richard unterbricht seine Übersetzung und blickt zu den Anwesenden.

„Ich ahnte nichts von der ganzen Sache, and you all know about the consequences."

Cornel Camden gibt ein Zeichen, er ist noch nicht fertig mit seinen Erklärungen.

„Ab diesem Zeitpunkt verstrickten wir uns immer tiefer in Handlungen, für die ich mich persönlich entschuldigen möchte. Jedoch will ich betonen, wir haben stets im Sinne Ihrer Gesundheit und der aller anderen Betroffenen gehandelt. Die Gegenmittel, die Sie erhalten haben, wurden getestet, und ich denke, Sie alle haben bemerkt, wie schnell sie wirkten. Sie haben heute keine psychischen Probleme mehr, wie mir berichtet wurde."

Sina meldet sich und spricht den Colonel direkt an: „Das stimmt so weit auch, aber die Ängste, die wir hatten, die bleiben. Ich habe eine halbe Nacht betäubt in einem Treppenhaus eines Parkhauses gelegen. Finden Sie das in Ordnung?"

Camden legt seine Stirn in Falten und beugt sich näher zur Kamera. „Nein, das finde ich nicht. Meine Leute sind in Ihrer Nähe geblieben, bis sie sicher waren, dass Sie von einem Passanten entdeckt wurden und sowohl Polizei als auch Krankenwagen vor Ort waren.

Ladies and Gentlemen, lassen Sie mich Ihnen einen Vorschlag unterbreiten: XOVELL stiftet eine Million Euro an die Foundation für die Erforschung von psychischen Krankheiten und jeder von Ihnen erhält eine stattliche Summe Schmerzensgeld. Maximilian von Trebitz hat ein Agreement vorbereitet, das er Ihnen jetzt aushändigt."

Überraschte Gesichter sind zu sehen und es herrscht angespannte Ruhe. Max unterbricht das Schweigen.

„Neben der Entschädigungszahlung, finden Sie auch eine weitergehende Verpflichtung von XOVELL die Entwicklung der synthetischen Neurotransmitter auf jene zu beschränken, die niedrig dosiert, später freiverkäuflich sein sollen. Darüber hinaus möchte Mr. Camden ein weiteres Mal bei 'Nah ran' dabei sein, um die Chance zu erhalten, auch dort mehr über die Entwicklungen bei XOVELL zu berichten.“

Mit hoch rotem Kopf springt Cynthia Jäger auf. Ihre Stimme überschlägt sich förmlich.

„Was willst du uns hier verkaufen, Herr von Trebitz? Meine Kollegen und ich haben bei unseren Recherchen noch weitere beängstigende Details zu den Machenschaften dieses Mannes herausgefunden und, das kann ich hier schon sagen, wir werden diese in unserer nächsten Sendung veröffentlichen. Ich fordere dich auf, die Videokonferenz mit Mr. Camden zu beenden, damit ich euch davon berichten kann!"

„Ganz ruhig Cynthia, du wirst gleich die Möglichkeit haben, uns aufzuklären."

"Mr. Camden, thank you for your explanations, you will hear from us.“

Camden nickt und die Beamerprojektion verschwindet.

„Also, dann leg' mal los. Welche Neuigkeiten gibt es noch von XOVELL zu berichten?“

Cynthia hat sich etwas beruhigt, sie ist aber noch immer aufgebracht und unter Strom:

„Jeder von euch kann sich seine eigene Meinung über dieses Unternehmen bilden. Ich hatte die Möglichkeit einen Tag mit Mitarbeitern zu sprechen, und wir waren auch an Stellen im Unternehmen, die nicht für die Öffentlichkeit zugänglich sind, zum Beispiel bei Führungen. Dabei konnten wir Informationen über

XOVELL sammeln und Beweise sichern, die hoffentlich zeigen, warum das Unternehmen so handelt, wie es gehandelt hat. Nämlich Menschen verachtend, wenn ihr mich fragt. Die Erklärungen, die Mr. Camden gerade abgegeben hat, treffen nur oberflächlich betrachtet zu. Wenn man ins Detail geht, dann erkennt man die größere Dimension und Tragweite der XOVELL Pläne. Ich möchte bei den finalen Zielen beginnen, denn diese bestimmen das heutige Handeln des Unternehmens und legen den weiteren Weg fest, den das Unternehmen zu gehen beabsichtigt. Wir haben uns bisher auf die individuellen Komponenten der Taten und deren Folgen konzentriert. Ich möchte auf die gesellschaftlichen Folgen hinweisen. Dazu werde ich euch eine Grafik präsentieren, die die Planung von XOVELL für die nächsten zehn Jahre zeigt", sagte Cynthia und ruft die Grafik auf, die sie für ihre nächste Sendung vorbereitet hatte. "Wir befinden uns im Jahr Null", sagte sie und zeigt auf die Zeitleiste. "Nachdem der von Cornel Camden erwähnte Börsengang stattgefunden hat, ist genügend Geld vorhanden, die industrielle Produktion der 'Emotionalizer' vorzubereiten. Das Unternehmen plant insgesamt acht Kategorien auf den Markt zu bringen. Wie ihr der Legende entnehmen könnt, sind das die Folgenden, wobei die Bezeichnungen natürlich derzeit nur Arbeitstitel sind. Diese reichen von *Gute Laune*, *Glücksgefühle*, *Volle Leistung*, *Durchhalten* über *Nie wieder Angst*, *Heute schlecht drauf*, *Länger Sex* bis hin zu *Besser Schlafen*. Alle diese 'Emotionalizer' sollen möglichst zeitgleich in Drogerien zu kaufen sein. Dazu bedarf es enormer Produktionskapazitäten. Diese sollen weltweit durch sechs Fabriken sichergestellt werden. Anscheinend hat man schon heute Kontakt mit Werbeagenturen aufgenommen, um Kampagnen zu entwickeln, die das Angebot bewerben und bekannt machen. Die entsprechenden Investitionen seht ihr auf dieser Übersicht. Alle wichtigen Länder sind aufgeführt und die möglichen Vertriebspartner dargestellt. Das entscheidende Problem ist nur, das bisher nur die Tests stattgefunden haben, von denen Mr. Camden gerade gesprochen hat. Wie diese verlaufen sind, wissen wir nur zu gut. Ich frage euch jetzt einmal ernsthaft, wer garantiert uns, dass ein Unternehmen, das im Kleinen versagt, von jetzt auf gleich im Großen, wenn es um ein Produkt geht, das weltweit vertrieben werden soll, plötzlich fehlerfrei arbeitet und Erfolge garantiert? Ich jedenfalls habe kein Vertrauen in XOVELL, denn die Führung agiert, wenn überhaupt moralisch, dann äußerst grenzwertig. Bitte beachtet, es geht hier nicht um die Produktion von Druckerpatronen oder Speicherchips, es geht um die flächendeckende Einführung von *legalen* Psychopharmaka für alle. Und das wird fatale gesellschaftliche Folgen haben."

Während des Vortrages von Cynthia hat Tom seiner Fantasie freien Lauf gelassen. Als Musiker und Künstler fällt es ihm nicht schwer, sich eine Welt vorzustellen, in der sich Menschen bei jeder Gelegenheit stimulieren, sozusagen eine Gesellschaft aus Suchtkranken und Abhängigen. Die Fragen, die sich Tom stellt, sind grundsätzlicher Natur: *Wer arbeitet dann noch? Wer übernimmt Verantwortung? Wer ist dann noch zurechnungsfähig?* Dieses Szenario zu Ende zu denken, fällt ihm nicht schwer, denn die Vorstellung impliziert eine Gesellschaft im totalen Chaos. Und das kann keiner wirklich wollen. Tom wird nachdenklich.

Gefühle sind gut. Gefühle sind aber auch Kontrolle, Selbsteinschätzung und die vielen scheinbar negativen Gefühle, wie Wut, Angst, Aggression oder auch Scham. Sie gehören zu den Menschen, zu ihrem täglichen Empfinden. Falls es jemals Pillen oder was auch immer geben sollte, die dieses Gleichgewicht außer Kraft setzen, dann gerät die Welt aus den Angeln. Wie aber soll man den Leuten so eine Dystopie klarmachen? Ich habe es am eigenen Körper und meiner Psyche erlebt, was es heißt, psychisch destabilisiert zu sein. Das Empfinden ist anders, man ist nicht mehr man selbst. Man stellt sich und die Welt in Frage. Man kann negative Gedanken und Gefühle nicht ewig verdrängen, sie kommen immer wieder. Gottseidank gibt es Menschen, die stabil sind, die sich selbst und ihr eigenes Leben im Griff haben. Klar, jeder hat mal einen schlechten Tag, jeder macht sich auch mal Sorgen, die einem den Schlaf rauben. Wer aber bewusst oder unbewusst sein emotionales Gleichgewicht destabilisiert, der gefährdet auch andere und deren Leben.

Es ist lange still im Raum. Keiner traut sich, die beiden Positionen abschließend zu bewerten. Dann fasst sich Tom ein Herz. Mit fester Stimme sagt er: „Ich werde auf das Angebot von Cornel Camden nicht eingehen. Denn sonst würde ich mich mitschuldig machen. Schuldig an der Vertuschung von Straftaten und der Entwicklung möglicher, gefährlicher Substanzen. Die erscheinen zwar auf den ersten Blick positiv, aber auf lange Sicht, werden sie unsere gesellschaftlichen Strukturen und unser aller Zusammenhalt, das Leben miteinander zerstören. Von mir also ein klares Nein!“

Nachdem Tom sich so geäußert hat, trauen sich auch die anderen, ihr Votum abzugeben. Am Ende sind alle gegen die Annahme des Angebots von XOVELL.

Maximilian von Trebitz lässt sich seine Enttäuschung nicht anmerken. Er steht immer noch am Ende des Konferenztisches. Unbemerkt drückt er einen

Knopf, der unter der Tischplatte angebracht ist. Danach setzt er sich hin und schaut in die Runde.

Wie immer ist es Cynthia, die zuerst ihren Mund aufmacht: „Und jetzt?“

In diesem Moment wird die Doppeltür des Konferenzraumes mit einem lauten Krachen aufgestoßen und mehrere schwarz gekleidete Männer stürmen den Raum.

„Hands up and remain seated!“

Dimitri Koslovski stellt sich an das Tischende. Seine Kampftruppe postiert sich einer nach dem anderen hinter die am Tisch Sitzenden. Jetzt steht bei jedem besetzten Stuhl ein Hüne von Mann. Tom fallen sofort die ungewöhnlich aussehenden Waffen in ihren Händen auf.

„Mr. Lester, please translate!“, fordert Koslovski den Regisseur auf. Dieser sitzt wie ein Häufchen Elend auf seinem Stuhl und traut sich kaum den Sicherheitschef von XOVELL anzusehen.

„Okay, I will, I will.“ ist seine zitternde Antwort.

Koslovski formuliert laut und deutlich seine Forderungen: „Leider müssen wir zum Äußersten gehen. Sie wollen auf die überaus großzügigen Angebote des Colonels nicht eingehen, das ist schade, sehr schade. Damit stellen Sie für uns weiterhin eine akute Gefahr dar, denn Sie wissen mittlerweile zu viel! Dieses Wissen werden wir *jetzt* auslöschen. Unsere Forschungsabteilung hat einen Wirkstoff entwickelt mit dem wir Erinnerungen zerstören können. Er ist zwar noch nicht ganz marktreif, aber er funktioniert. Ich kann Ihnen, so leid es mir tut, nicht genau sagen, bis zu welchem Zeitpunkt Ihre Erinnerungen weg sein werden. Die Dosis ist aber so gewählt, dass es auf jeden Fall bis vor Ihre Infektion reicht.“

Ein süffisantes Lächeln huscht über sein Gesicht.

„Das Vergessen ist doch die schönste Form der Bestrafung, finden Sie nicht auch? Guys, schreiten wir zur Tat. Nehmt eure ‚Medshooters' und legt sie an. Keine Angst, Sie werden kaum etwas spüren und in ungefähr einer Stunde aus einem süßen Traum aufwachen. Eventuell werden Sie sich fragen, was Sie hier machen ... aber mit der Zeit, gibt sich die Leere in Ihrem Kopf. Konzentrieren Sie sich einfach auf das, was kommt und nicht das, was war. Okay, are you ready guys? One, two ..."

Die ‚Medshooters' werden an die Oberarme von Sina, Tom, Richard, Cynthia und Maximilian gesetzt. Dieser schaut Koslovski entsetzt und panisch an. Doch der Sicherheitschef verzieht keine Miene.

„Halt!", ruft eine Stimme plötzlich, wie aus dem Nichts.

Eine Gruppe von Männern, dieses Mal in grün, mit Maschinenpistolen bewaffnet, Helmen und kugelsicheren Westen ausgestattet, stürmt den Raum. Sie sind schnell und perfekt vorbereitet. In Bruchteilen von Sekunden haben sie die Leute von XOVELL überwältigt und ihnen die ungewöhnlichen Waffen entrissen. Koslovski steht erstarrt da und bringt keinen Laut mehr hervor. Dafür hört man die selbstbewusste Stimme von Melanie Rosinger:

„Danke, meine Herren, das dürfte an Beweisen genug sein, um Sie aus dem Verkehr zu ziehen!"

Hinter Rosinger folgen Kommissar Nöcker und Officer O'Reilly. Diese nehmen sich der Leute von XOVELL wortlos an und führen sie ab.

Melanie Rosinger wirft einen vielsagenden Blick zu Cynthia Jäger. Diese lächelt sie wissend an.

„Was denkst du?“, fragt Sina, nachdem sie in Toms Wohnung angekommen sind und bei einem Glas Wein das überraschende Ende ihres Abenteuers Revue passieren lassen.

„Ich bleibe bei meiner Meinung. Ich möchte nichts, aber auch gar nichts mehr mit diesen Erfindungen zu tun haben. Niemals würde ich diese Emotionalizer schlucken!“

„Mir geht es genauso", sagt Sina. „Ich denke, wir sollten uns ab sofort schlicht und einfach aus allem heraushalten und die Sache möglichst schnell vergessen.“

Tom schwenkt seinen Côte du Rhône im Glas und schaut versonnen.

„Das wird nicht so leicht sein, denn die Polizei und die Staatsanwaltschaft brauchen unser Wissen. Wir sind Zeugen.“

„Okay, wenn sie uns als Zeugen vorladen, können wir natürlich nichts dagegen tun. Aber von uns aus spielen wir nicht mehr Detektiv.“

Tom schaut Sina mit seinen braunen Augen intensiv an.

„Wenn wir schon beim bedeutungsvollen Reden sind und du so entscheidungsfreudig bist, dann wird es dich freuen zu wissen, dass die Erlebnisse der letzten Wochen bei mir auch etwas Positives ausgelöst haben.“

Sina legt ihren Kopf leicht schief und blickt erwartungsvoll.

„Jetzt schau mich nicht so an! Ich will dir doch nur mein ehrliches Gefühl mitteilen: Ich liebe dich! Und falls, du es dir vorstellen kannst, dann wäre ich bereit, mit dir ein Bett zu teilen, falls du mich ab und zu auch schlafen lässt.“

Mit einem breiten Grinsen im Gesicht, kniet Tom vor Sina nieder, die auf der Couch sitzt und umarmt sie liebevoll. Sina lehnt ihren Kopf auf Toms Schulter und haucht leise: „Mal sehen, ob sich das bewerkstelligen lässt ...“

Das Besondere, was nun folgt, ist ein wahrer 'Kiss for Love', ohne Kamera und unvorhersehbaren Folgen.

Sie ist früh dran. Es ist erst Viertel vor neun. *Macht nichts*, sagt sich Melanie, *dann bestelle ich eben schon einen Caffè Latte bevor Cynthia kommt.* Sie hatten sich für den Tag nach dem Einsatz verabredet. Melanie ist immer noch voller Tatendrang und gespannt auf das erste private Treffen mit der Journalistin. Während sie auf ihr Getränk wartet, schaut sie sich um und entdeckt zu ihrer Überraschung, dass Cynthia bereits da ist und an einem kleinen runden Tisch in einer etwas versteckten Ecke des gemütlichen Cafés Platz genommen hat. Gut gelaunt geht sie auf die Frau mit dem starken Blick und den markanten Gesichtszügen zu.

„Servus, ich bin zu früh, sorry.“

„Kein Problem. Willst du auch einen *Caffè Latte*?"

"Ja, aber den habe ich bereits bestellt, danke."

Melanie ist nervös, starke Frauen sind schon immer eine Schwäche von ihr. Und Cynthia gefällt ihr – sehr sogar.

Die Polizistin setzt sich und schaut erwartungsvoll zu Cynthia, die ihren Blick mit einem verschmitzten Lächeln erwidert.

„Was macht dein Chef?“, fragt Cynthia interessiert.

„Oh, ich denke er wippt mit seinem Stuhl. Oder er raucht eine.“

Melanie kann nicht anders als ihn mit seinen typischen Lastern zu beschreiben.

„Na dann soll er das möglichst lange weitermachen. Wir haben nämlich etwas Besseres zu tun“, sagt sie und legt ihre Hand auf Melanies Bein.

„Stimmt genau, kommst du mit mir?“

Melanie schaut Cynthia mit erwartungsvollen, strahlenden Augen an.

„Wohin?“

„Nach Berlin!“

„Ich habe dort eine neue Stelle als Kommissarin angeboten bekommen!“

„Was du nicht sagst, Frau Rosinger. Da hast du dir aber einen dicken Kuss verdient.“

Epilog

Das Treffen mit Priscilla war mehr als viel versprechend für Atkinson. Sie garantierte ihm alle Freiheiten und ein umfangreiches Team von Wissenschaftlern. Allein das Jahresbudget für seine Forschungen war gigantisch. Einen Vertragsentwurf hatte sie auch schon dabei. Perfekte Bedingungen: Ein Jahresgehalt von einer halben Million Pfund, eine Gewinnbeteiligung bei erfolgreicher Einführung neuer Produkte, die zwar nur im Promillebereich liegt, aber trotzdem nach seiner Einschätzung, Millionen einbringen wird. Aber das Wichtigste ist, er, der unterschätze Professor Atkinson, kann es seinem verhassten Chef zeigen. Und zwar so richtig.

Der krankhafte Ehrgeiz, der Camden auszeichnet, ist genau die richtige Motivation, gleich mit der Entwicklung seiner ‚Rationalizern' loszulegen. Und wer soll das besser können, als er, der die Gegenspieler, die 'Emotionalizer', entwickelt hat?

Priscilla hatte sofort verstanden, welches Potential in diesem Zukunftsmarkt liegt.

Die Menschen werden sich natürlich gerne stimulieren, sich emotional aufputschen wollen. Sind sie das erst einmal und haben sie die ersten negativen Erfahrungen mit den 'Emotionalizern' gemacht, dann werden sie versuchen, etwas zu finden, das Ihnen wieder einen kühlen Kopf beschert, sie wieder herunterholt. Besonders im Beruf werden sich die Glückspillen schnell totlaufen. Die Chefs werden über kurz oder lang Mitarbeiter suchen, die wohl überlegt handeln und nicht übermotiviert spontane Entscheidungen treffen.

Atkinsons Konzept ist genial. Das eine bedingt das andere: durch den Konsum von ‚Emotionalizern' wird auch der Bedarf für ‚Rationalizern' steigen. Da er beide Wirkstoffe entwickelt hat, wird er doppelt profitieren. Alle Formeln und Herstellungsmethoden sind ausschließlich in seinem Kopf gespeichert.

Wie sagen die Lateiner treffend: *Pecunia non olet!* Oder so. Und sie haben Recht: Geld stinkt nicht, oder?

Dieses Mal wird er die alten Fehler nicht wiederholen. Physico wird *seine* Erfolgsstory. Zwar ahnt er noch nicht, welche Konsequenzen seine Entwicklungen und seine Entscheidungen für die Weltgesellschaft haben werden. Aber er glaubt an die Prophezeiung von Cornel Camden, dass XOVELL einmal so mächtig und wertvoll sein wird, wie die Marke Apple. Nur heißt dieses megaerfolgreiche Unternehmen nicht mehr XOVELL, sondern Physico.

Die Leute bei Physico glauben ihm und an ihn. Denn obgleich Camden recht haben mag, hatte er die Rechnung ohne den Wirt gemacht. Das heißt, ohne ihn, den Professor aus der Unterwelt seines – Camdens – eigenen Imperiums. Denn dieser Atkinson, wie ihn der Colonel stets mit einem herabwürdigenden Ton genannt hat, ist jetzt oben auf. Bereit, das *Age of the ego* zu begründen.

Die Welt
14. März, 2033

Gesellschaft und Kultur

Wer kann sich heute noch natürliche Emotionen leisten?

Von Karl Voss

In drei Monaten heiratet meine Tochter. Es soll ein großes Ereignis werden. Sophie hat sich die Bilder meiner Hochzeit angesehen und festgestellt, wie ausgelassen die Gäste dort gefeiert haben. Sie war angetan von den lachenden Gesichtern, den Tränen in den Augen meiner Mutter und deren Schwester. Von der Lockerheit, die auf den Fotos herüberkam.

Alle schauten irgendwie glücklich und beseelt. So etwas kannte sie nicht. Ihr größter Wunsch ist: 'Emotionalizer' für alle ihre Gäste bereitzuhalten.

„Papa, ich will, dass meine Freunde und Verwandten mir zeigen, was sie fühlen. Ich will nicht diese sachliche Atmosphäre, wo jeder sich unter Kontrolle hat und am Ende nichts passiert. Ja, okay, sie werden mir gratulieren, mir Geschenke machen, aber so richtig feiern wird keiner.“

Ist dieser Wunsch meiner Tochter ein Rückfall in alte Zeiten? Woher kommt diese Sehnsucht nach unkontrollierten Emotionen? Wir alle sind der Meinung, diese Phase haben wir lange hinter uns gelassen. Cholerische Chefs, despotische Politiker, amoklaufende Schüler, Terror, Hass, Neid, Missgunst. Eben das, was unsere

Gesellschaft über Hunderte von Jahren in Kriege, Krisen und fast zum Exitus der eigenen Art getrieben hat.

Leben wir heute nicht gelassener, sicherer, und jeder kann den anderen einschätzen, weiß wie er oder sie reagiert? Natürlich gibt es impulsive Charaktere, es gibt weiterhin den ruhigen Typ oder den lauten. Aber ist nicht dank der Pharma-Reformgesetze Mitte der zwanziger Jahre unseres Jahrhunderts, die Welt ein gehöriges Stück besser und vor allem sicherer geworden? Was soll ich also meiner Tochter sagen? Soll ich nachgeben und für mehrere tausend Euro unterschiedliche 'Emotionalizer' kaufen, die für einen kurzen Moment ein scheinbares Glück versprechen, mit einem emotionalen Kater als Folge? Wie soll man sich das vorstellen? Anstatt Sahnetorte gibt es Döschen mit den unterschiedlichsten Emotionspillen?

Die Musik spielt, wir wollen ausgelassen tanzen bis zur Ekstase, da nehmen wir doch eine dieser ‚Extasy' Pillen. Ältere Generationen erinnern sich, dieser Name war schon einmal Anfang des Jahrtausends recht bekannt. Aber damals gab es keine frei verkäuflichen Präparate, die man in speziellen Emotheken für jedwede Emotion, wie Freude, Trauer, Lust, Wut oder Antrieb kaufen konnte.

Es ist gut so, wie wir leben. Das habe ich meiner Tochter gesagt. Ich habe ihr klar gemacht: „Du willst doch bestimmt mit deinem Kind rational und vernünftig reden und argumentieren können und nicht, wenn es in der Pubertät ist, es anbrüllen und in sein Zimmer einsperren müssen. Oder?"

Sie ist vernünftig geblieben. Und einsichtig. Zum Schluss haben wir uns auf eine Runde 'Emotionalizer' der Variante *Freude* geeinigt. Für eine Hochzeit genau das Richtige!

Wir haben hart dafür gekämpft, unsere Gesellschaft von der Geißel dieser gefährlichen unkontrollierten Emotionen zu befreien. Sehr hart. Und deswegen wollen wir das Rad nicht wieder zurückdrehen! Nie wieder! Ich bin nicht gegen gelegentliche sogenannte *stimulierte* emotionale Trips. Richtig dosiert kann das bestimmt auch mal dem einen oder anderen helfen. Aber diese ‚Emotionalizer' einfach nur so – unkontrolliert – in die Runde zu werfen, frei nach dem Motto: „So liebe Hochzeitsgäste, jetzt dürft ihr mal umsonst alle Emotionen rauslassen", das geht für mich eindeutig zu weit. Wo soll das denn hinführen?

Eine funktionierende Gesellschaft in einer funktionierenden Wirtschaftswelt mit erfolgreichen Unternehmen, die ihren Auftrag im Sinne ihrer Shareholdererwartungen zu erfüllen haben, kann sich keine Arbeitskräfte leisten, die wegen wechselhafter und womöglich unberechenbarer Gemütszustände nicht zu hundert Prozent leistungsfähig sind. Auch – und nicht nur ausnahmsweise – an Wochenenden.

Denn der Montag kommt schneller, als einem das Lachen vergeht.

Vielen Dank, Renate für die kritischen, aber immer konstruktiven Ratschläge. Danke dir, Matthias, für das plakative Cover. Und ganz besonders möchte ich Raimund für sein Korrektorat und Lektorat *merci* sagen.

Seien Sie gespannt auf den neuen ‚Luc Winger': Sprengfalle. Was gestern war, erst heute ist. Der Polit-Thriller spielt im ereignisreichen Jahr 1989. Eine Gruppe von jungen Leuten beobachtet die Vorbereitungen eines Bombenattentats. Erst viel später begreifen sie die Konsequenzen die dieses Ereignis für sie hat.